ein Ullstein Buch

ein Ullstein Buch
Nr. 20077
im Verlag Ullstein GmbH,
Frankfurt/M – Berlin – Wien

Ungekürzte Ausgabe

Umschlagentwurf:
Hansbernd Lindemann
Alle Rechte vorbehalten
© 1975 Verlag Ullstein
GmbH, Frankfurt/M – Berlin – Wien
Printed in Germany 1981
Druck und Verarbeitung:
Mohndruck Graphische Betriebe GmbH,
Gütersloh
ISBN 3 548 20077 X

April 1981
152.–201. Tsd.

Von derselben Autorin
in der Reihe der
Ullstein Bücher:

Ehe die Spuren verwehen (436)
Ein Frühling im Tessin (557)
Die Zeit danach (2631)
Letztes Jahr auf Ischia (2734)
Die Zeit der Leoniden (Der Kokon)
(2887)
Wie Sommer und Winter (3010)
Das glückliche Buch der a. p. (3070)
Die Mädchen aus meiner Klasse
(3156)
Überlebensgeschichten (3461)
Fünf Romane in Kassette (20078)

CIP-Kurztitelaufnahme
der Deutschen Bibliothek

Brückner, Christine:
Jauche und Levkojen: Roman/Christine
Brückner. – Ungekürzte Ausg. –
Frankfurt/M, Berlin, Wien: Ullstein, 1980.
  (Ullstein-Bücher; Nr. 20077)
  ISBN 3-548-20077-X

Christine
Brückner

Jauche und
Levkojen

Roman

ein Ullstein Buch

›Durch mein offenstehendes Fenster strömt der hier, und auch woanders, ständige Mischgeruch von Jauche und Levkojen ein, erstrer prävalirend, und giebt ein Bild aller Dinge. Das Leben ist nicht blos ein Levkojengarten.‹

Theodor Fontane am 18. Juli 1887
aus Seebad Rüdersdorf an seine Frau.

1

›Ich möchte was darum geben, genau zu wissen, für wen
eigentlich die Taten getan worden sind, von denen man öffentlich sagt, sie wären für das Vaterland getan worden.‹

Lichtenberg

Vor wenigen Minuten wurde auf Poenichen ein Kind geboren.
Es kniff die Augen fest zu, als wäre ihm das Licht der Mor-
gensonne zu grell, und war nicht einmal durch leichte Schläge
auf das Hinterteil zum Schreien zu bringen. Aber: Es bewegte
sich, atmete, lebte. Die Hebamme hatte die Länge: 42 Zentimeter, mit Hilfe der Küchenwaage auch das Gewicht:
2450 Gramm, festgestellt und zusammen mit dem Datum,
dem 8. August 1918, und der Uhrzeit: 7 Uhr 30, auf dem Formular eingetragen, und nun lag das Kind gewindelt und mit
blauem Jäckchen und Mützchen bekleidet in den blaugestick-
ten Kissen der Quindtschen Familienwiege und schlief.

Die Mutter des Kindes, Vera von Quindt geborene von Jadow, für zwei Wochen eine Wöchnerin und dann nie wieder,
hatte darauf bestanden, daß ihr Kind – zum Zeitpunkt dieser
Abmachung allerdings nicht einmal gezeugt – in der Charité
zur Welt kommen sollte, wo ein junger unterschenkelampu-
tierter Arzt in der Entbindungsstation arbeitete, einer ihrer
Bewunderer, aber als Ehemann nicht geeignet: bürgerlich und
ohne Aussicht auf eine baldige Niederlassung in einer guten
Wohngegend des Berliner Westens. Aus begreiflichen Gründen
war von ihm nicht die Rede gewesen, als diese Abmachung getroffen wurde. Die Erinnerung an den Steckrüben-
winter und eine erneute Herabsetzung der Lebensmittelratio-
nen hatten die junge Berlinerin ein pommersches Rittergut
mit anderen Augen sehen lassen. Sie war 24 Jahre alt, dunkelhaarig, hübsch, aber unvermögend, und ihre Tänzer waren an
der Somme und Marne gefallen, ›reihenweise‹, wie ihre Mutter zu sagen pflegte. Vera von Jadow hatte unter diesen Umständen und einer Reihe von Bedingungen dem zwanzigjähri-

gen Leutnant Achim von Quindt, einziger Erbe von Poenichen, ihr Jawort gegeben. Die Hochzeit war zwar standesgemäß im ›Adlon‹, aber auch kriegsgemäß gefeiert worden. Der Brautvater fehlte, da er als Armeepostdirektor unabkömmlich war; es fehlte an Brautführern, die Brautjungfern folgten dem Brautpaar paarweise, sie trugen, ebenso wie die Braut, ihre Rote-Kreuz-Tracht; der Bräutigam in Feldgrau, die ganze Hochzeit feldgrau. Die Eltern des Bräutigams waren für fünf Tage nach Berlin gekommen. Freiherr von Quindt, noch nicht volle fünfzig Jahre alt, hieß vom Tag der Hochzeit seines Sohnes an ›der alte Quindt‹. Er trug die Uniform seines Regiments, in der er noch immer eine gute, wenn auch etwas untersetzte Figur machte, im Rang eines Rittmeisters.

Als sein Sohn und Erbe 1915 Soldat geworden war, hatte er dafür gesorgt, daß dieser zu jenem Regiment kam, bei dem seit jeher die Quindts gestanden hatten: Kürassiere, schwere Reiterei. Er selbst war unmittelbar darauf um seinen Abschied eingekommen, der ihm bewilligt wurde, zumal er sich bei den Kämpfen in Masuren einen Rheumatismus zugezogen hatte, der sich als lebenslängliches Übel herausstellen wird.

In seiner Tischrede, die er diesmal gleich nach der falschen, aber klaren Ochsenschwanzsuppe hielt, sagte er unter anderem: »Die Quindts sind rar geworden, mehr als einen Soldaten können sie dem Vaterland nicht stellen.« Sein Sohn Achim sei die letzte Kriegsanleihe, die er gezeichnet habe, die beiden ersten noch in Goldmark, auch das sei ihm schwer genug gefallen. Er seinerseits habe sich um die Ostfront gekümmert – er erinnerte an dieser Stelle an die Schlacht von Tannenberg, an der er teilgenommen hatte, und brachte einen Toast auf den Generalfeldmarschall von Hindenburg aus, was er bei keiner Rede versäumte – und sagte, daß sein Sohn sich nun um die Westfront kümmern werde, die von Poenichen allerdings weit entfernt sei. Seine Frau warf ihm einen Blick zu, der besagte: Mach ein Ende davon, Quindt!

»Ich tue alles, was du willst, Sophie Charlotte, sogar, was du nicht willst! Ich komme jetzt sowieso zum Schluß. Liebe neue Schwiegertochter! Du stammst aus Berlin, und ihr Berliner, ihr habt so eine Art, über die pommerschen Landjunker zu denken, darum will ich dir und den übrigen Berlinern dieser Tischrunde jetzt sagen, was ein Bismarck einmal gesagt hat: ›Ein echter Landjunker ist so ziemlich das Beste, was Preußen‹ – ob er nun Brandenburg oder Hinterpommern gemeint hat, sei dahingestellt – ›hervorgebracht hat!‹« Während Quindt den Applaus abwartete, zog er ein Couvert aus der Tasche, nahm einen Brief heraus und entfaltete ihn. »Mit dem heutigen Tage geht ein Brief Bismarcks in deinen Besitz über, lieber Achim, dessen Inhalt du kennst und den auch deine Mutter kennt; zur Genüge, würde sie sagen, wenn sie nicht aus Königsberg stammte. Ich lese! ›Mein lieber Quindt!‹ – gemeint ist damit mein Vater – ›Es ist hierzulande nicht immer leicht, ein Patriot zu sein. Der eine denkt an Pommern, und es fällt ihm leichter, der andere an Preußen, und wieder andere denken allgemein Deutsches Reich, und ein jeder fühlt sich als ein Patriot. Auf Poenichen drückt einen das Patriotische weniger. Wer landwirtschaftet, liebt das Land, das er bewirtschaftet, und das genügt ihm.‹ – Du, liebe Schwiegertochter, wirst dich damit vertraut machen müssen, daß auf Poenichen gelandwirtschaftet wird! Um den Brief noch zu Ende zu lesen. ›Meine Frau bittet die Ihrige um das Rezept für die Poenicher Wildpastete. Küchengeheimnisse! Ganz der Ihrige.‹ Gezeichnet mit dem Bismarckschen ›Bk‹. Diesen Brief werde ich bis zu deiner Heimkehr für dich aufbewahren!« Er wandte sich wieder an seine Schwiegertochter: »Du heiratest einen sehr jungen Mann, aber wer alt genug ist, im Krieg sein Leben für das Vaterland, ich sage ausdrücklich nicht ›Kaiser und Vaterland‹, einzusetzen, der ist auch alt genug, Leben zu zeugen!«

Seine Frau versuchte ihn daran zu hindern, noch deutlicher zu werden, aber Quindt winkte ab. »Ich weiß, was ich sage, und alle hier am Tisch wissen, was ich meine!« Er hob sein Glas und trank der Braut zu, richtete dann den Blick auf seine Frau und sagte: »Die angeheirateten Quindts waren nie die schlechtesten. Sie wurden aus freien Stücken, was ihre Männer unfreiwillig wurden, Quindts auf Poenichen. Auf die Damen! Mein Großvater wurde in den Napoleonischen Kriegen gezeugt und ist in der Schlacht von Vionville gefallen, im III. preußischen Korps. Mein Vater hat mich im 66er Krieg gezeugt . . .«

Falls die Braut noch im unklaren über ihre Aufgabe gewesen sein sollte, so wußte sie am Ende dieser Tischrede Bescheid.

Der junge Quindt kehrte nach viertägiger Hotel-Ehe zu seinem Regiment an die Westfront zurück, und die alten Quindts nahmen seine junge Frau mit nach Poenichen. Schnellzug Berlin–Stettin–Stargard, dann Lokalbahn und schließlich Riepe, der die drei mit dem geschlossenen Coupé – nach dem Innenpolster ›Der Karierte‹ genannt – an der Bahnstation abholte. Die junge Frau führte nicht mehr als eine Reihe von Schließkörben und Reisetaschen mit sich. Fürs erste blieb ihre Aussteuer in Berlin, Möbel, Wäsche, Porzellan und Silber für die spätere Berliner Stadtwohnung. Sie würde fürs erste zwei der Gästezimmer im Herrenhaus bewohnen, die sogenannten ›grünen Zimmer‹. Fürs erste, das hieß: bis der junge Baron heimkehrte, bis der Krieg zu Ende war.

Als die Pferde in die kahle Lindenallee einbogen, dämmerte es bereits. Vera sagte, als sie das Herrenhaus am Ende der Allee auftauchen sah: »Das sieht ja direkt antik aus! War denn mal einer von euch Quindts in Griechenland?« Der alte Quindt bestätigte es. »Ja, aber nicht lange genug. Pommersche Antike.«

Wo dieses Poenichen liegt?

Wenn Sie sich die Mühe machen wollen, schlagen Sie im Atlas die Deutschlandkarte auf. Je nach Erscheinungsjahr finden Sie das Gebiet von Hinterpommern rot oder schwarz überdruckt mit ›z. Z. poln. Besatzungsgebiet‹ oder ›unter poln. Verwaltung‹, die Ortsnamen ausschließlich in deutscher Sprache oder die polnischen Namen in Klammern unter den deutschen oder auch nur polnisch. Daraus sollten Sie kein Politikum machen; im Augenblick steht zwar schon fest, daß der Erste Weltkrieg im günstigsten Falle noch durch einen ehrenvollen Waffenstillstand beendet werden kann, aber: Noch ist Pommern nicht verloren!

Suchen Sie Dramburg, immerhin eine Kreisstadt (poln. Drawsko), an der Drage gelegen, die Einwohnerzahl unter zehntausend. Etwa 30 Kilometer südwestlich von Dramburg liegt Arnswalde (poln. Choszczno), kaum größer als Dramburg, ebenfalls eine Kreisstadt; südöstlich in etwa derselben Entfernung dann Deutsch Krone (poln. Wałcz), nicht mehr Hinterpommern, sondern bereits Westpreußen, Teil des ehemaligen Königreiches Polen, gleichfalls eine Kreisstadt. Wenn Sie nun diese drei Städtchen durch drei Geraden miteinander verbinden, entsteht ein leidlich rechtwinkliges Dreieck. Wenn Sie die geometrische Mitte dieses Städte-Dreiecks ausmachen, stoßen Sie auf Poenichen. Gut Poenichen und gleichnamiges Dorf Poenichen, 187 Seelen, davon 22 zur Zeit im Krieg. Die beiden Seen, von einem einfallslosen Vorfahren ›großer Poenichen‹ und ›Blaupfuhl‹ genannt, nördlich davon die Poenicher Heide. Ein Areal von reichlich zehntausend Morgen. ›Pommersche Streubüchse‹ von den einen, ›Pommersche Seenplatte‹ von den anderen genannt, beides zutreffend; seit fast dreihundert Jahren im Besitz der Quindts.

Die Geburt des Kindes war, wie bei allen diesen Fronturlauberkindern, nahezu auf den Tag genau festgelegt. Man starrte der jungen Baronin vom ersten Tage an ungeniert auf den Bauch, sobald sie das Haus verließ. Wenn sie ausreiten wollte, sagte Riepe: »Die Frau Baronin sollten aber vorsichtig sein und nur einen leichten Trab einschlagen.« Daraufhin warf sie ihm einen ihrer hellen, zornigen Blicke zu und gab dem Pferd die Sporen.

Zum zweiten Frühstück kochte ihr Anna Riepe eine große Tasse Bouillon. »Das wird der Frau Baronin in ihrem Zustand guttun!« Jede Suppe kostete einer Taube das Leben. Der Taubenschlag leerte sich zusehends. Es wurde Frühling, dann Frühsommer: Im Schafstall blökten die neugeborenen Lämmer, auf dem Dorfanger führten die Gänse ihre Gösseln aus, auf dem Gutshof suhlten sich neben der dampfenden Dungstätte die Sauen in der Sonne, an ihren Zitzen hingen schmatzend die Ferkel in Zweierreihen, auf der Koppel standen die Fohlen am Euter der Stuten, und auf dem Rondell vorm Haus lag Dinah, die Hündin, und säugte ihre fünf Jungen. Vera kam sich in ihrem Zustand wie ein Muttertier vor. Sie verbrachte den größten Teil des Tages in einem Schaukelstuhl, den sie sich in die Vorhalle hatte bringen lassen. Im

Schatten der Kübelpalmen blätterte sie in der ›Berliner Illustrirten‹, die ihre Mutter von Zeit zu Zeit schickte. Sie las in den Briefen der Freundinnen von Bahnhofsdienst, Truppenbetreuung und Lazarettzügen. Hin und wieder kam auch ein Kartengruß von der Front, nicht an sie persönlich adressiert, sondern an die Quindts auf Poenichen. Knappe Mitteilungen, kurze Fragen. Im Vergleich zu dem eintönigen Leben in Pommern erschien ihr das Leben in Berlin abwechslungsreich und verlockend. Mit der Taubenbrühe in der Hand, verblaßte die Erinnerung an die Steckrübengerichte; den warmen Kachelofen im Rücken, vergaß sie die schlechtgeheizten Zimmer der Charlottenburger Etage; von Riepe und seiner Frau sowie zwei Hausmädchen bedient, verlor der Rote-Kreuz-Dienst seine Anstrengungen. Sie neigte, wie die meisten Frauen, dazu, das zu entbehren, was sie nicht besaß, anstatt zu genießen, was sie hatte. Sie träumte von staubfreien Reitwegen im Grunewald, flankiert von jungen Leutnants.

Sie stieß sich mit dem Absatz ihrer kleinen Stiefel ab und schaukelte ohne Unterlaß. Bis der alte Quindt schließlich sagte: »Na, der Junge wird wohl seekrank werden, falls er sich nicht jetzt bereits entschließt, zur Marine zu gehen.«

Frauen mußten sein, er ließ es ihnen gegenüber auch nicht an Höflichkeit fehlen; Kinder mußten ebenfalls sein, aber er machte sich weder viel aus Kindern noch aus Frauen, im Gegensatz zu seiner Frau übrigens auch nichts aus Tieren. Er trug sich seit Jahren mit dem Gedanken, aus Poenichen ein Waldgut zu machen. Er hielt es mit den Bäumen. »Bäume haben immer recht«, sagte er zuweilen. Vorerst wurden allerdings die Wälder abgeholzt wegen des erhöhten Holzbedarfs im Kriege. Von Aufforstung konnte keine Rede sein, es fehlte an Arbeitskräften. Er gedachte, aus den Kahlschlägen ›Wälder des Friedens‹ zu machen, keine Holzfabriken mit rasch wachsenden, minderwertigen Nadelhölzern, sondern Mischwald mit gutem Unterholz. Deutscher Wald! Sein Nationalismus und sein Patriotismus sprachen sich am deutlichsten aus, wenn es um den Wald ging, um Grund und Boden. Dann wurde der sonst eher nüchterne, der Ironie nicht abgeneigte Quindt feierlich. In einer seiner Reden vor dem preußischen Landtag soll er einmal gesagt haben: »Wir Deutschen, und zumal wir Preußen, müssen endlich lernen, daß auch ein Kornfeld ein Feld der Ehre ist! Dafür muß man allerdings sein Leben lang arbeiten und nicht sein Leben lassen!« Dieser Satz brachte ihm 1914, bald nach Kriegsausbruch, begreiflicherweise nur Beifall von der falschen, der sozialdemokratischen Seite ein. Da er in Uniform erschienen war, trug er ihm allerdings auch keine Rüge von allerhöchster Stelle ein. Er zog trotzdem die Konsequenz und bat, seinen Abgeordnetenposten verlassen zu dürfen.

Jener Satz wird nach dem Krieg häufiger zitiert und von einem Journalisten als eine ›Quindt-Essenz‹ bezeichnet werden. Man hätte leicht eine ganze Sammlung solcher ›Quindt-Essenzen‹ anlegen können, aber daran war wohl nie jemand interessiert. Diese ›Felder der Ehre‹ waren der Anlaß, daß man Quindt auffordern wird, wenn auch zunächst nur für den Landtag, wieder zu kandidieren. Davon später. Zurück in die Vorhalle, wo die Schwiegertochter heftig schaukelt.

Von vornherein stand fest, daß dieses Kind, das auf Poenichen nicht nur von Mutter und Großeltern erwartet wurde, ein Junge werden würde. In jedem Krieg werden, einem geheimnisvollen Naturgesetz zufolge, mehr Jungen als Mädchen geboren. Außerdem sagt man in Pommern: ›Je jünger der Vater, desto sicherer ein Junge.‹

Nach den großen Frühjahrsoffensiven des Jahres 1918 war die Charité von Verwundeten überfüllt. Veras Mutter schrieb, daß die Zustände in Berlin immer schlimmer würden. ›Ka-ta-stro-phal‹, schrieb sie. Man traue sich kaum noch auf die Straße. Sie riet ihrer Tochter dringend davon ab, in ihrem Zustand die beschwerliche Bahnreise nach Berlin anzutreten. Daraufhin ordnete Vera an, daß sie das Kind im größten Stettiner Krankenhaus zur Welt bringen wolle. Alles wurde bis in die Einzelheiten neu besprochen. Riepe würde sie im ›Karierten‹ bis Stargard bringen, und der alte Quindt würde sie persönlich begleiten, damit es ihr nicht an männlichem Schutz fehlte, falls es bis dahin auch in Stettin zu Unruhen käme.

Dr. Wittkow, seit zwei Jahrzehnten Hausarzt mit Familienanschluß auf Poenichen, stattete der Schwangeren in jeder Woche einen Besuch ab. Er durfte ihren Puls fühlen, bekam ihre Zunge zu sehen, aber das war auch alles. Auf seine Frage, ob das Kind sich bewege, antwortete Vera: »Sie bringen es sowieso nicht auf die Welt, dann kann es Ihnen auch egal sein, ob es sich bewegt.«

Sehr liebenswürdig war sie in ihrem Zustand nicht, aber man übte Nachsicht, schließlich trug sie den Quindtschen Erben aus.

Ab Mitte Juli ließ sich dann Frau Schmaltz, die Hebamme, in immer kürzeren Abständen im Herrenhaus sehen; vorerst allerdings nur im Souterrain, wo sie die Figur der jungen Baronin auf ihre Gebärtauglichkeit ausführlich mit Anna Riepe besprach. »In Stettin kriegt man die Kinder nicht anders als in Poenichen«, sagte sie, als sie den letzten Schluck Holundersaft trank, dem Anna Riepe mit einem Schuß Klaren auf die Sprünge half.

Als die Wehen fünf Tage vor dem errechneten Zeitpunkt einsetzten, war man völlig sicher: Nur ein Junge konnte es so eilig haben, auf die Welt zu kommen. Weder von Charité noch von Stettin und nicht einmal mehr vom Krankenhaus in Dramburg war die Rede. Riepe spannte an, um schleunigst Dr. Wittkow zu holen, und seine Frau schickte Dorchen ins Dorf, um auf alle Fälle die Hebamme Schmaltz zu rufen. Die Baronin saß währenddessen beunruhigt am Bett ihrer Schwiegertochter und versuchte vergeblich, sich an die einzige Geburt, bei der sie zugegen gewesen war, die ihres Sohnes, zu erinnern. Der alte Quindt, der auf dem Korridor vor den grünen Zimmern auf und ab ging, erinnerte sich notgedrungen ebenfalls an die Geburt seines Sohnes, was er im allgemeinen vermied. Im Souterrain ließ Anna Riepe das Herdfeuer in Gang bringen und Wasserkessel aufsetzen, dann traf auch schon Dorchen mit der hochatmenden und unternehmungsfreudigen Hebamme Schmaltz ein. Die Baronin überließ ihr den Platz am Bett der Gebärenden und setzte sich mit ihrem Mann in die Vorhalle. Der Morgen zog auf, er graute nicht, sondern kam rötlich, versprach wieder einen heißen Sommertag. Nach einer weiteren Stunde wurde die Sonne hinter dem Akazienwäldchen sichtbar. Auf dem Gutshof wurde die Lokomobile in Betrieb gesetzt: Man war beim Dreschen. Riepe kehrte allein zurück, kündigte aber die baldige Ankunft Dr. Wittkows an, der erklärt habe, daß es bei einer Erstgebärenden noch eine

14

Weile dauern würde. So kam es, daß die Hebamme Schmaltz die Entbindung vornahm. Wie bei jedem anderen Kind im Umkreis von Poenichen.

›Der kleine Baron ist da!‹ Das wußte man in Minutenschnelle in den Ställen, in den Leutehäusern und auf dem Dreschplatz.

Die Freude an dem männlichen Erben währte allerdings nicht länger als zwei Stunden, dann fuhr Dr. Wittkow mit seinem Einspänner vor. Oben am Fenster erschien der Kopf der Hebamme Schmaltz. Sie winkte ihm triumphierend mit dem Formular zu. Wieder war es ihr gelungen, ihm einen Säugling abspenstig zu machen. Sie unterschied zwischen ihren und seinen Kindern und behielt die Unterscheidung bei, bis aus den Säuglingen Konfirmanden und dann Brautleute geworden waren.

Dr. Wittkow fühlte den Puls der Wöchnerin, bekam ihre Zunge zu sehen, sagte: »Sehr schön, sehr schön! Nun schlafen Sie sich erst mal aus, Frau Baronin! Sie haben die erste Schlacht auf Poenichen geschlagen. Kurze Attacke, alle Achtung!« Er bediente sich gern militärischer Ausdrücke, wenn er schon nicht an der Front stehen durfte. Er wandte seine Aufmerksamkeit dem schlafenden Säugling zu, begutachtete den strammgewickelten Nabel des Kindes und stellte bei dieser Gelegenheit fest, daß das Kind weiblichen Geschlechts war. Die Hebamme wurde rot bis unter die grauen Haare. »Kind is schließlich Kind!« sagte sie, aber es ist sicher, daß sie dem Arzt diese Entdeckung nie verzeihen wird. Dr. Wittkow setzte nachträglich ›weiblich‹ auf dem Formular ein, ging in die Vorhalle und erklärte: »Der Junge ist ein Mädchen!«

Gegen zehn Uhr ordnete der alte Quindt an, daß geflaggt würde, und Riepe holte die Fahnen aus dem Hundezwinger. »Dann gratulier ich auch, Herr Baron, wenn es auch nur ein Mädchen geworden is. Der junge Herr Baron is ja noch jung, und wenn der Krieg um is, dann können ja noch viele Kinder kommen.«

»Kann sein, Riepe, kann aber auch nicht sein. Aber: kann auch sein. Obwohl bei den Quindts – ich denke manchmal, mit denen is es vorbei, ebenso wie es mit dem Kaiserreich vorbei is, und was mit Preußen wird, wenn den Alliierten der

Durchbruch gelingt – dann is kein Halten mehr, und bis wir das in Poenichen erfahren . . . Was Neues vom Willem?«

»Nee, das nich, Herr Baron, seit zwei Monaten nich.«

»Wenn man einen Leutnant zum Sohn hat, und der hat auch noch einen Schwiegervater bei der Feldpost, dann hört man öfter mal was. Das dürfte alles nich sein, Riepe. Diese Unterschiede, mein ich, Sohn is schließlich Sohn!«

»Aber zwischen dem jungen Herrn Baron und meinem Willem, da is ein großer Unterschied!«

»So? Meinst du? Du redest wie ein Konservativer!«

»Und der Herr Baron reden manchmal wie 'n Sozi!«

»Dann is es ja gut, Riepe, jeder tut einen Schritt, und am Ende is das sogar auch noch christlich. Aber christlich meinen es die Roten nich, und so meinen es die Schwarzen auch nich. Wir beide, wir kämen schon miteinander aus. Wir sind nun beide fünfzig, wir leben beide unser Leben lang auf Poenichen. Mehr als satt essen können wir uns beide nich. Du kriegst im November Schwarzsauer, und ich kriege Gänsebrust. Aber ich esse lieber Schwarzsauer, und das weiß deine Anna und macht es mir, und ob sie dir nich mal eine Gänsebrust gibt, das weiß ich nich, und das will ich auch nich wissen. Man muß nich alles wissen wollen. Wir haben beide nur den einen Jungen, und ob wir den behalten, wissen wir auch noch nich, und Rheuma haben wir auch beide. Mir verpaßt Wittkow eine Spritze, und dich reibt deine Anna ein. Fürs Einreiben ist deine Anna besser, meine Frau hält es mehr mit den Hunden. Es gleicht sich eben alles wieder aus. Und nun zieh endlich die Fahne auf, Riepe. Neues Leben auf Poenichen!«

»Welche wollen wir denn nehmen, Herr Baron? Die schwarz-weiß-rote oder die schwarz-weiße?«

»Nimm die Quindtsche, die stimmt auf alle Fälle. Von einem Mädchen will das Vaterland weniger wissen. Ob nun männlich oder weiblich – aufs Blut kommt's an.«

Am Fahnenmast weht die Fahne der Quindts im leichten Ostwind. Von Stunde zu Stunde wird es heißer. August. Hinterpommern. Vom Gutshof hört man das gleichförmige Summen der Dreschmaschine. Der alte Quindt hat die Fahrt über die

Felder, die er sonst in den frühen Vormittagsstunden unternimmt, des freudigen Ereignisses wegen auf den Nachmittag verschoben. Er hat auf dem Dreschplatz mit Herrn Glinicke, seinem Inspektor, gesprochen. Er ist der erste Quindt, der die Verwaltung des Gutes selbst, ohne Administrator, besorgt.

Und nun geht er ins Haus, um seinem Sohn zu schreiben. Er tut es im sogenannten ›Büro‹, dem Herrenzimmer. Seine Frau schreibt zur gleichen Zeit ebenfalls an ihren Sohn; sie sitzt im ›Separaten‹, das nach Norden geht und kühler ist als die übrigen Räume. Und auch die Wöchnerin hat sich von Dorchen Tinte und Papier bringen lassen.

Der letzte Satz des alten Quindt kann so nicht stehenbleiben: ›Aufs Blut kommt's an.‹ Meint er das ironisch? Schwingt nicht immer ein wenig Ironie mit, wenn er von ›den Quindts‹ spricht? Wenn von dem ›Erben‹, dem ›Stammhalter‹ die Rede ist? Was weiß er überhaupt von den Vorfällen in Zoppot? Was ahnt er?

2

›Es ist sicher eine schöne Sache, aus gutem Haus zu sein.
Aber das Verdienst gebührt den Vorfahren.‹   Plutarch

Hätte Joachim Quindt nicht schon in jungen Jahren Poenichen übernehmen müssen – sein Vater war 1891 bei einem Jagdunfall ums Leben gekommen –, hätte er noch einige Jahrzehnte seinen Neigungen leben können: ein Philologe aus Liebhaberei. Vielleicht wäre sogar ein Schriftsteller aus ihm geworden, ein Reiseschriftsteller nach Art, wenn auch nicht vom Rang eines Alexander von Humboldt. Später, als Gutsbesitzer, kam er selten zum Schreiben, aber er las noch immer viel, was für einen pommerschen Landjunker ungewöhnlich war. Wenn er auszufahren wünschte, sagte er zu Riepe: ›Dann soll er die Fanfare blasen lassen!‹ Der Kutscher verstand ihn, dazu brauchte er nicht den ›Prinzen von Homburg‹ zu kennen, es genügte, daß er seinen Herrn kannte.

Die junge Sophie Charlotte, eine geborene Malo aus Königsberg, besaß zunächst eine gewisse Ähnlichkeit mit der jungen Effi Briest, die sich später verloren hat. Das Aufschlußreichste über ihre Ehe mit Joachim Quindt findet sich in dem Roman ›Effi Briest‹, richtiger: in den Anstreichungen und Randbemerkungen. Zu welchem Zeitpunkt sie angebracht wurden, ist schwer festzustellen. Der Roman erschien 1895. Es ist zu vermuten, daß der Stettiner Buchhändler ihn schon bald darauf, zusammen mit anderen Neuerscheinungen, nach Poenichen geschickt hat. Das wäre dann bald nach der Geburt des einzigen Sohnes gewesen, in jedem Falle aber nach Sophie Charlottes Aufenthalt in Zoppot. In den Jahren zuvor war sie nach Bad Pyrmont und Bad Schwalbach gereist, immer mit der Auflage, daß die Ehe nicht kinderlos bleiben dürfe. Im Sommer 1896 weigerte sie sich, in eines dieser Frauenbäder zu reisen, und fuhr statt dessen nach Zoppot. Ihr Mann verbrachte jene Wochen auf der Krim, vor der Ernte, also muß es sich um Mai und Juni gehandelt haben. In jedem Jahr unternahm er mit seinem Vetter Max eine große Auslandsreise. Zum vereinbarten Zeitpunkt kehrte Sophie Charlotte zurück, und in den ersten Märztagen des folgenden Jahres kam sie mit einem gesunden Knaben nieder. In Zoppot wurde erreicht, was in Bad Schwalbach und Bad Pyrmont nicht erreicht worden war. Wurden da Gebete erhört? Brunnen getrunken? In späteren Jahren fuhr sie weder nach Zoppot noch nach Pyrmont. Wiederholbar war Zoppot nicht, dieser eine Sohn und nichts weiter.

Zoppot, heute Sopot, zwischen Danzig und Gdingen gelegen, damals preußisch, elegant, beliebt, ein Seebad, wo man sich gern und wiederholt in den Sommermonaten traf. Waldige Berghügel und dann die Küste, von der alle, die sie kennen, heute noch schwärmen.

Die damals dreiundzwanzigjährige Sophie Charlotte, seit vier Jahren kinderlos verheiratet, lernte bei einer Reunion oder auf der Strandpromenade, beim Kurkonzert – man kann da nur Vermutungen anstellen –, einen jungen polnischen Offizier kennen, wie es hieß, ein Nachkomme jenes Jósef Wybicki, der in der polnischen Legion gegen Napoleon gekämpft und die Hymne ›Noch ist Polen nicht verloren‹, den sogenannten Dombrowski-Marsch, gedichtet hatte. Sophie Charlotte sprach später gelegentlich von ›dem guten Bier aus Putzig‹. Bei jedem Glas Bier zog sie es zum Vergleich heran: ›Besser als das Bier aus Putzig‹ oder ›nicht so frisch wie damals das Bier aus Putzig‹. Irgend etwas mußte sie schließlich von jenem Zoppoter Sommer erzählen. Sie war eine leidenschaftlich verschwiegene Frau. Wenn sie den Dombrowski-Marsch hörte, erinnerte sie sich an ihren polnischen Leutnant, aber das kam in den folgenden fünfzig Lebensjahren allenfalls drei- oder viermal vor. Man verstand sich auf Poenichen darauf, eine Aussprache zu umgehen, was bei der Geräumigkeit des Hauses und der Ausdehnung der Ländereien nicht schwer war.

Zoppot also. Ein internationaler Badeort schon damals, in dem der deutsche Kaiser gern weilte, vermutlich auch in jenem Sommer 1896; später dann Hitler, Gomulka, Castro, jeder zu seiner Zeit.

Abende in Zoppot! Da genügt ein Stichwort, und schon ist die Weltanschauung vergessen. Nahebei die Westernplatte, wo der erste Schuß des Zweiten Weltkrieges fiel. Historischer Boden. Der junge polnische Leutnant und die noch jüngere pommersche Baronin, auf der Strandpromenade, im Strandcafé. Man trank in Gesellschaft eine Limonade oder jenes gute Bier aus Putzig. ›Krug um Krug das frische Bier aus Putzig.‹ Das Paar wird seine Spaziergänge bis in die Dünen ausgedehnt haben; vielleicht ist es auch ausgeritten, es reitet sich gut am Saum der Ostsee, und es gibt ausreichend Bäume, an denen man die Pferde für längere Zeit anbinden kann.

Alles Weitere läßt sich dann bei Fontane nachlesen, obwohl einiges im dunkeln bleiben wird und bleiben muß. Es steht nicht einmal fest, ob die beiden Quindts das Geheimnis, das über der Geburt ihres Sohnes lag, miteinander teilten, oder ob es jeder für sich besaß, hütete und später vergaß.

Folgende Stellen des Romans ›Effi Briest‹ tragen am Rand einen Strich, ein Ausrufungszeichen oder eine Anmerkung. Schon bei dem ersten angestrichenen Satz wird man stutzig: ›Ich bin nicht so sehr für das, was man eine Musterehe nennt‹, sagt Effi zu ihrer Mutter. Kann das Quindt angestrichen haben, oder sollten die Anstreichungen von Sophie

Charlotte stammen? Die Handschriften des Ehepaares zeigen Ähnlichkeiten. Da beide fast zur gleichen Zeit die Schulen besucht haben, derselben Gesellschaftsschicht angehören, ist das kein Wunder, zumal Sophie Charlotte nicht nur im Äußeren, in ihrer Art zu gehen, sondern auch in der Handschrift männliche Züge zeigt.

Stammen diese Anmerkungen von ihrer Hand, dann wäre das in hohem Maße leichtsinnig gewesen. Daß ihr Mann die literarischen Neuerscheinungen zu lesen pflegte, spätestens im Winter, mußte sie wissen. Oder wollte sie ihn auf diese mittelbare Weise zum Mitwisser machen?

Denkbar wäre auch folgendes: Sophie Charlotte bekommt den Roman bereits in Zoppot zu lesen. Das müßte dann allerdings eines der allerersten Exemplare gewesen sein. Ihre Affäre mit dem jungen polnischen Leutnant (er kam übrigens aus Kongreß-Polen, dem Rest-Königreich, nach der letzten Teilung Polens Rußland untergeordnet) währte zehn Tage, keinen Tag länger. Wenn man an jedem Abend eine Stunde liest, braucht man für die Lektüre ebenfalls zehn Tage. Tagsüber der Leutnant, abends Effi Briest. Als am letzten Tag der junge Pole ihr ein Billett überreicht und feurig verspricht, daß er ihr immer und ewig schreiben werde, weist sie dieses Versprechen mit Entsetzen zurück: Kein Wort, mein Freund – und: Adieu! Möglich wäre das, wenn auch nicht sehr wahrscheinlich.

Die nächste Stelle: ›*Für die stündliche kleine Zerstreuung und Anregung, für alles, was die Langeweile bekämpft, diese Todfeindin –.*‹ Später besaß Sophie Charlotte ihre Hunde, aber damals, als sie so jung nach Poenichen kam, immerhin aus Königsberg, war sie ohne Freundinnen, ohne den Rückhalt der Schwestern, hatte nur diesen Freiherrn mit seinen politischen und literarischen Interessen, der ohne sie auf Reisen ging und sie in Frauenbäder schickte. Gewisse Ähnlichkeiten mit dem Landrat von Innstetten aus ›Effi Briest‹ mögen tatsächlich vorhanden gewesen sein.

›*Ich habe dich eigentlich nur aus Ehrgeiz geheiratet.*‹ Kein Strich, statt dessen ein Fragezeichen. Von seiner Hand? Von ihrer Hand? ›*Sie sind hier so streng und selbstgerecht. Ich glaube, das ist pommersch.*‹ Zwei Ausrufungszeichen! ›*Aber hüte dich vor dem Aparten oder was man so das Aparte nennt, das bezahlt man am Ende mit seinem Glück.‹* Noch ist im Roman zu diesem Zeitpunkt nichts passiert, aber alles liegt schon in der Luft. Was ist überhaupt ›passiert‹? Die Tochter war ja bereits geboren, und an der Vaterschaft des Barons von Innstetten kann nicht gezweifelt werden. Kessin ist nicht Poenichen, auch wenn beides in Pommern liegt – Kessin übrigens an der Küste –, und Sophie Charlotte mußte erst nach Zoppot reisen. Der Landrat war anwesend, Quindt hingegen befand sich auf der Krim. Und dann bestand in unserem Falle ja auch der ausdrückliche Wunsch nach einem Erben und Namensträger.

›*Es ist so schwer, was man tun und lassen soll.‹* Nicht angestrichen, sondern unterstrichen. ›*Wir müssen verführerisch sein, sonst sind wir gar nichts.‹* Hat das die junge Sophie Charlotte wirklich unterstrichen, bestätigt, gedacht? Sie ist im Jahre 1918 längst keine verführerische Frau mehr, das Verführerische hat sie abgelegt, vielleicht schon damals in den Dünen. Als sie dann wiederkam, paßte sie besser nach Poenichen, war ruhiger, brachte das Kind zur Welt, sorgte dafür, daß immer ein zuverlässiges Kinderfräulein im Haus war; mit zehn Jahren wurde der Knabe dann nach Potsdam ins Internat geschickt, und sie selbst widmete sich der Hundezucht. Da Quindt ein Morgenmensch war, sie aber ein Abendmensch, war der Vorwand gegeben, daß man getrennt liegende Schlafzimmer bezog.

›*Ohne Leichtsinn ist das ganze Leben keinen Schuß Pulver wert‹,* sagt Major Crampas, Effis Liebhaber, und war dann sechs Jahre später doch einen Schuß Pulver wert, wieder in den Dünen. Ein paar Seiten später sagt Innstetten über Crampas, daß er ihn nicht für schlecht halte, ›*... eher im Gegenteil, jedenfalls hat er gute Seiten. Aber er ist so 'n halber Pole, kein rechter Verlaß, eigentlich in nichts, am wenigsten mit Frauen.‹* Ein halber Pole! Und dieser Leutnant in Zoppot ein ganzer Pole! Im Hintergrund die ganze polnische Legion. Noch ist Polen nicht verloren! Patriotismus kam ins Spiel. Dabei hatte einer der Quindtschen Vorfahren unter einem polnischen König gekämpft, aber das lag geraume Zeit zurück.

Innstetten wird nach Berlin versetzt, macht Karriere. Man verläßt Pommern, den Schauplatz des Fehltritts, alles scheint gut auszugehen. Doch dann passiert diese Geschichte mit der kleinen Annie, die hingefallen ist und die verbunden werden muß; der Nähkasten wird aufgebrochen, weil die Mutter in Bad Ems zur Kur (!) weilt. Die verräterischen Briefe werden gefunden. Der Roman wird zum Drama!

Aber wann hätte auf Poenichen ein Drama stattgefunden?

Hat vielleicht Sophie Charlotte den Roman erst Jahre später gelesen? Hat Quindt ihn ihr mit Vorbedacht hingelegt? Hat sie das Buch bis zu dieser Stelle in der Hoffnung gelesen, daß die Sache für Effi gut ausgehen würde? Ist sie zu ihrem Sekretär geeilt, hat die Schubladen aufgerissen, nach den verräterischen Billetts gesucht, sie gefunden, und im selben Augenblick betrat Quindt das Zimmer? Was für Konsequenzen hätte ein Quindt gezogen? Wäre er auf Satisfaktion bedacht gewesen? Oder hätte er gesagt: ›Störe ich?‹, wäre aus dem Zimmer gegangen, und seine Frau hätte, noch bevor sie vom tödlichen Ausgang des Duells wußte, die Briefe im Kaminfeuer verbrannt? Sie hätte dann beruhigt über die verbannte Effi weiterlesen können, die in jungen Jahren an gebrochenem Herzen starb.

Oder: Sie liest hastig die kurzen, in französischer Sprache abgefaßten Briefe. Unterm letzten Billett steht: ›A Dieu!‹ Kein Name, keine Adresse. Sie wirft die Briefe ins Feuer, zieht den Knaben, der damals dreijährig gewesen sein könnte, zwischen die Knie und forscht nach. Er ist ein Malo! Erst zwanzig Jahre später, genau am 11. November 1918, als das Enkelkind getauft wird, taucht der Pole aus der Versenkung auf, aber auch dann nur die Frage: Woher hat das Kind diese Augen?

So könnte es sich zugetragen haben. Dann würden an dieser Stelle die Anstreichungen aufhören; sie gehen aber weiter, und darum bleibt offen, ob sie von der Hand Quindts oder seiner Frau stammen. *Man braucht nicht glücklich zu sein, am allerwenigsten hat man Anspruch darauf, und den, der einem das Glück genommen hat, den braucht man nicht notwendig aus der Welt zu schaffen. Man kann ihn, wenn man weltabgewandt weiterexistieren will, auch laufenlassen.‹*

Dann folgt das tragische Duell. ›*Überall zur Seite standen
dichte Büschel von Strandhafer, um diesen herum aber Immortellen und ein paar blutrote Nelken. Innstetten bückte
sich und steckte sich eine der Nelken ins Knopfloch. »Die Immortellen nachher.«*‹ Wer hat auf Poenichen die Immortellen
anpflanzen lassen? Auf dem leichten Sandboden gediehen sie
natürlich gut. Quindt selbst? Zum Zeichen, daß er Bescheid
wußte? Tatsächlich wachsen in den Dünen bei Zoppot ebenfalls Immortellen, aber Quindt ist nie dort gewesen. Und seine
Frau hat sich nie um die Parkanlagen gekümmert.

›*Ich mußte die Briefe verbrennen, und die Welt durfte nie
davon erfahren . . . Es gibt so viele Leben, die keine sind, und
so viele Ehen, die keine sind . . .*‹ Gedanken Innstettens auf
dem Rückweg vom Duell. Unterstrichen! Nie war im Quindtschen Falle von einem Duell die Rede gewesen, dabei galt
Quindt als vortrefflicher Schütze. Auf wen hätte er schießen
sollen? Wie hätte er den Namen des Liebhabers erfahren können? Von Sophie Charlotte, von der man weiß, daß sie leidenschaftlich verschwiegen war? Er selbst hat sie wiederholt so
bezeichnet. Er hatte sich einen Erben und Namensträger gewünscht, schließlich ging es um Poenichen.

Dann nur noch wenig Anstreichungen. Eine Stelle aus dem
Briefwechsel zweier befreundeter Damen: ›*Es ist doch unglaublich – erst selber Zettel und Briefe schreiben und dann
auch noch die des anderen aufbewahren! Wozu gibt es Öfen
und Kamine? Solange wenigstens, wie dieser Duellunsinn noch
existiert, darf dergleichen nicht vorkommen; einem kommenden Geschlechte kann diese Briefschreibepassion (weil dann
gefahrlos geworden) vielleicht freigegeben werden. Aber soweit sind wir noch lange nicht.*‹ Vielleicht sind diese Sätze
wirklich vielen Frauen eine Lehre geworden? Vielleicht haben sie Ehen gerettet? Man weiß wenig über die Wirkung von
Büchern. Hat sich die Prophezeiung jener Dame erfüllt? Keine
Duelle mehr, aber auch keine Öfen und Kamine. Und keine
Briefe mehr.

Ein einziger Satz ist mit Rotstift angestrichen worden, vermutlich viele Jahre später. Vielleicht vom altgewordenen
Quindt, lange nach der Geburt des Enkelkindes. ›*Das
Glück, wenn mir recht ist, liegt in zweierlei: darin, daß man*

ganz da steht, wo man hingehört, und zum zweiten und besten in einem behaglichen Abwickeln des ganz Alltäglichen, also darin, daß man ausgeschlafen hat und daß einen die neuen Stiefel nicht drücken. Wenn einem die 720 Minuten eines zwölfstündigen Tages ohne besonderen Ärger vergehen, so läßt sich von einem glücklichen Tage sprechen.‹ Bezeichnend für den alten Fontane! Aber auch für den alten Quindt. Zu Riepe sagte er wohl einmal: ›Hauptsache, man schläft, und die Verdauung ist in Ordnung. Davon hängt das ganze Wohlbefinden ab.‹ Beides war bei ihm nicht recht in Ordnung, daher die große Bedeutung, die er ihm beimaß.

Eine weitere Eintragung scheint besonders aufschlußreich zu sein. Zwischen dem alten Briest und seiner Frau findet eine Unterredung über das Glück statt. Briest sagt: *›Nun, ich meine, was ich meine, und du weißt auch was. Ist sie glücklich? Oder ist da doch irgendwas im Wege? Von Anfang an war mir's so, als ob sie ihn mehr schätze als liebe. Und das ist in meinen Augen ein schlimm Ding. Liebe hält auch nicht immer vor, aber Schätzung gewiß nicht. Eigentlich ärgern sich die Weiber, wenn sie wen schätzen müssen; erst ärgern sie und dann langweilen sie sich, und zuletzt lachen sie.‹* Hier steht nun ein deutliches ›Nein!‹ am Rand des Buches. Demnach war Sophie Charlotte in diesem Punkt anderer Ansicht. Und sie hat recht! Hier irrt Fontane, zumindest der alte Briest. In unserem Falle wuchs die Achtung zwischen den Eheleuten zugleich mit der Distanz, in der sie miteinander lebten. Sehr viel später, wenn das Enkelkind herangewachsen sein wird, verringert sich die Entfernung, sie kommen einander näher, und bei ihrem tragischen Ende sind sie sich so nahe, wie zwei Menschen einander nur kommen können.

Das alles mußte gesagt beziehungsweise vermutet werden, damit man gewisse Anspielungen verstehen kann. Wie sonst wäre die eigentümliche Betonung zu erklären, mit der Quindt äußerte: ›Ja, die Quindts!‹ – ›Das Quindtsche Blut!‹

Auch bei den später mit Nachdruck und Genauigkeit betriebenen Ahnenforschungen eines gewissen Viktor Quint (ohne d) aus der schlesischen Linie taucht der polnische Großvater der Heldin nicht auf. Bei den Genealogen spielt die väterliche Linie eine ungleich größere Rolle als die mütterliche, obwohl die Vaterschaft, im Gegensatz zur Mutterschaft, oft als zumindest ungewiß bezeichnet werden muß.

Und nun kein Wort weiter über die Zoppoter Dünen! Von jener Affäre hing aber alles Weitere ab, auch der Säugling, der soeben geboren worden war. Dieses Kind wird, ebenso wie sein Vater, auf Poenichen heranwachsen und erzogen werden wie alle Quindts. Obwohl der Vater des Kindes weder mit seinem biologischen noch mit seinem Namens-Vater die geringste Ähnlichkeit besaß, hieß es bei diesem Kind immer wieder: Es kommt ganz auf den alten Quindt heraus! Ein lebender Beweis für die prägende Kraft der Umwelt. Im Verlauf dieses Buches wird allerdings auch ein Gegenbeweis geliefert werden: Es kommt ganz auf die Erbmasse an.

Aber ›das ist ein zu weites Feld‹, sagt der alte Briest.

3

›Seht ihr drei Rosse vor dem Wagen
und diesen jungen Postillion?
Von weitem höret man ihn klagen
und seines Glöckleins dumpfen Ton.‹
Russische Volksweise

Inzwischen wurden die drei Briefe an den jungen Vater fertiggestellt. »Lieber Achim«, schrieb der alte Quindt, »die Schmaltz hatte uns für zwei Stunden einen männlichen Erben verschafft, dann kam Wittkow und stellte fest, daß es ein Mädchen war. Man hätte einer Hebamme mehr Erfahrung zugetraut, aber sie ist eben schon lange Witwe. Der Wunsch wird wohl der Vater des Gedankens bzw. des Kindes gewesen sein. Ich habe mir, während oben die Geburt vor sich ging, das Buch mit den Bismarckbriefen hervorgeholt und nach jenem Brief gesucht, in dem er seinem Schwiegervater die Geburt seines ersten Kindes mitteilt. Im Bismarckschen Falle teilt der Vater des Kindes die Angelegenheit dem Vater der Kindesmutter mit, was das Natürliche ist. Im Kriege ist alles unnatürlich, da macht der Großvater dem Vater solche Mitteilungen. Er schreibt: ›Ich bin recht froh, daß das erste eine Tochter ist.‹ (Und was für einen Bismarck recht war, muß auch für einen Quindt recht sein!) ›Aber wenn es auch eine Katze gewesen wäre, so hätte ich doch Gott auf meinen Knien gedankt in dem Augenblick etc. etc. Es ist doch eine arge verzweifelte Sache –‹ Soweit Bk. In unserem Falle wäre Deiner Mutter allerdings ein Hund lieber gewesen als eine Katze. Die schöne Dinah hat fünf Welpen geworfen, vor vier Wochen etwa, und Cylla ist bereits wieder gedeckt. Deine Mutter wird die Quindtschen Schweißhunde noch weltberühmt machen, so wie mein Großvater die Quindtschen Traber. Absatzschwierigkeiten hat sie nicht. Wie bei allen Erzeugnissen auf Poenichen ist die Nachfrage größer als das Angebot. Letztere Bemerkung betrifft das Korn, seit vorgestern wird gedroschen. Das Wetter scheint noch eine Weile zu halten. Um noch einmal auf das Kind zu sprechen zu kommen: Soweit ich es beurteilen kann, ist es ein wenig klein geraten, aber ich habe lange nicht so ein Neugeborenes gesehen. Dich habe ich erst gesehen, als Du vier Wochen alt warst. Aber das ist eine andere Geschichte. Wir werden die Geburt in der ›Kreuz-Zeitung‹ bekanntgeben, sobald feststeht, wie das Kind heißen soll. Mit der Taufe wollen wir warten bis zu Deiner Heimkehr. Die ›Voss'sche‹ kommt nur noch unregelmäßig und mit Verspätung nach P., aber für schlechte Nachrichten ist es immer noch früh genug. Um die Front ist mir nicht bange. Aber um die Heimat. An Ausdrücke wie ›Materialschlacht‹ werde ich mich nie gewöhnen. Die Politiker versagen. Ohne einen Bismarck scheint es bei uns zulande nicht zu gehen, die Deutschen brauchen eine eiserne Faust. Es wollen zu viele regieren. Ich mische mich da nicht mehr ein, obwohl mir das Politische noch manchmal in den Adern rumort. Wir hier müssen für die Ernte sorgen. Die Leute haben Hunger, ob wir den Krieg gewinnen oder verlieren. Ich denke eben wie ein Landwirt. Eines Tages wirst Du auch so denken. Dein Q.«

Die Baronin schrieb: »Mein lieber Sohn! Nun bist Du Vater geworden, und ich habe nicht einmal gemerkt, daß aus Dir ein Mann geworden war. ›Ein Soldat ist nicht dasselbe wie ein Mann‹, sagte mein Vater immer. Schade, daß Du ihn nicht kennengelernt hast. Kinder brauchen Großväter noch nötiger als Väter. In den letzten zehn Jahren bist Du nur noch in den Schulferien oder auf Heimaturlaub hier gewesen. Vera und Dein Vater wollen Dir auch noch schreiben. Dafür, daß sie aus Berlin stammt, hat Vera ihre Sache gut gemacht. Die Schmaltz hat in der Küche erzählt, das Kind wäre mit offenen Händen auf die Welt gekommen, alle Säuglinge hätten bei der Geburt die Hände zu Fäusten geballt. So was hätte sie noch nicht gesehen. Das Kind bringt es zu nichts, hat sie zu Anna gesagt. Das muß es auch nicht, es hat ja schon alles, hat Anna geantwortet. Aber die Schmaltz kann sich ja auch irren, sie hat sich ja auch geirrt, als sie dachte, das Kind wäre ein Junge. Anna wird es sich wohl nicht nehmen lassen, uns aus dem letzten Hasen, der noch im Eiskeller liegt, eine Pastete zu machen. Du bist noch nie mit auf eine Hasenjagd gegangen. Im Schießen wirst Du jetzt mehr Übung haben. Vielleicht werde ich in Zukunft außer Schweißhunden auch Teckel züchten, Rauhhaar. Dinah hat fünf Welpen geworfen, gute Rasse. Ich habe Cylla vom selben Rüden (von den Mitzekas) decken lassen. Alle sagen, daß es nun nicht mehr lange dauern kann. Ich sitze im Separaten, wegen der Hitze. Du hast als Kind immer so unter Hitze gelitten.

So Gott will, sehen wir Dich bald wieder. Deine Mutter, Sophie Charlotte v. Q.«

Dorchen nahm der Wöchnerin Briefpapier, Tintenfaß und Schreibunterlage ab, zog ihr die stützenden Kissen weg und setzte sich neben die Wiege, in der das Neugeborene mit hochrotem Kopf schlief.

Vera klebte den Briefumschlag zu, ohne das Geschriebene noch einmal durchzusehen. Sie las es erst Wochen später noch einmal und bedauerte, den Brief nicht freundlicher abgefaßt zu haben. Zu ihrer Entschuldigung sei gesagt, daß sie sich noch schwach fühlte, als sie diesen Brief, ohne Anrede und ohne Unterschrift, schrieb.

»Da habt Ihr Euer Kind! Tut mir leid. Es ist nur ein Mädchen. Sie haben ihr eine blaue Jacke angezogen, damit man es nicht merkt. Nun ist es nicht in der Charité und auch nicht in Stettin und nicht mal in Eurem Dramburg geboren! Euer Doktor kam auch zu spät. Nur diese Frau aus dem Dorf. Sie stinkt nach Ziegen! Einmal und nicht wieder! Jede Frau sollte erst mal eine Geburt mit angesehen haben, bevor sie sich auf so was einläßt. Zwei meiner Freundinnen haben ihre Kinder ›Irene‹ genannt, Irene ist griechisch und heißt ›Friede‹. Wo liegst Du jetzt? Oder stehst Du irgendwo? Ihr liegt doch an der Somme oder steht in Potsdam. Mein Bruder soll auch verwundet sein. Ich bin den Krieg leid. An Poenichen gewöhne ich mich nie! Das Gestampfe der Lokomobile oder wie das Ding heißt macht mich noch verrückt. Versprich mir, daß wir den Winter über in Berlin leben.«

Alle drei waren keine geübten Briefeschreiber, aber die Briefe des alten Quindt besaßen doch wenigstens Originalität. Die Schriftstücke wurden einzeln couvertiert, mit Name, Dienstgrad, Truppenteil und Truppenverband versehen und dann in einem gemeinsamen Umschlag an den Armeepostdirektor Friedrich von Jadow adressiert, damit er die Sendung kraft seines Amtes bevorzugt weiterleiten und für sichere Zustellung Sorge tragen konnte; seit den Frühjahrsoffensiven war es infolge der umfangreichen Truppenverschiebungen immer wieder zu Postsperren gekommen. Riepe brachte den Brief an die Bahnstation und holte bei dieser Gelegenheit die Säuglingsschwester, Fräulein Kuhl, ab, die man über Telegraf in Stettin angefordert hatte.

Anna Riepe hatte derweil eine fast friedensmäßige Hasenpastete für die Herrschaften hergestellt und ein gestrecktes Hasenragout mit Klößen für das Hauspersonal sowie den Landsturmmann Schmidt, der die gefangenen Russen bewachte. Zu allen Feiertagen kochte sie für die Russen Borschtsch, von Mal zu Mal geriet er ihr besser, und jedesmal sangen sie zum Dank ›Näh nicht, liebes Mütterlein, am roten Sarafan‹. Ihr Mann hatte ihr den Text übersetzt, er sprach etwas Polnisch, da seine Mutter aus einem Dorf bei Posen stammte. Diesmal tat Anna Riepe ein Stück Rauchfleisch in den Kessel. Woher sie das nahm, im August 1918, obwohl seit einem halben Jahr kein Schwein und kein Rind mehr geschlachtet worden war, wußte keiner. Irgend etwas ›Extras‹ hatte die Mamsell immer noch in Vorratskammern und im Eiskeller, von dem auch die Baronin nichts wußte; nur gelegentlich erkundigte sie sich: »Kommen wir denn zurecht, Anna? Haben

28

wir wohl auch noch etwas für die Hunde?« »Wir haben!« sagte dann Anna Riepe, und die Baronin: »Dann bin ich ja beruhigt.«

Auf dem Hof wurde bis zum Einbruch der Dämmerung gedroschen. Als die Lokomobile den letzten Dampf ausstieß, schickte der alte Quindt Riepe in die Brennerei, um Schnaps zu holen. »Zwei Krüge!«

»Aber, Herr Baron!« sagte Riepe. »Der Brenner! Der Schnaps! Jetzt, vor der Kartoffelernte! Wo die Gallonen leer sind und außerdem verplombt!«

»Sind sie nun leer oder sind sie plombiert? Meinst du, ich wüßte nicht, daß wir hier eine Schwarzbrennerei betreiben? Haben wir heute alle einen Schnaps verdient oder nicht?«

Riepe kehrte mit den gefüllten Kannen zurück, und die Männer gingen nebeneinander zum Hof. Die Lokomobile stand zum Auskühlen neben der Dungstätte, die Scheunentore waren noch geöffnet, die Luft war heiß und staubig. Die alten Männer standen beisammen, Frauen und Kinder standen beisammen, und die Russen standen beisammen. Drei Gruppen, aber die Gesichter gleichmäßig verrußt, die Augen von den herumfliegenden Kornspelzen entzündet, die Russen mit kahlgeschorenen Köpfen, die Frauen mit Kopftüchern.

»Gieß ein, Riepe!«

Riepe gießt zuerst den Männern ein. Dann sieht er sich nach dem Baron um.

»Den Frauen auch!« sagt der. »Oder gibt es bei uns Frauen, die keinen Schnaps trinken?«

Als Riepe fertig ist mit dem Einschenken, ist ein Krug noch voll. »Und was ist mit dem?« fragt er.

Quindt geht und nimmt ihm die Kanne aus der Hand, geht damit zu den Russen, gießt ihnen die Löffel voll, daß es überschwappt.

Der Landsturmmann protestiert: »Das is aber nich jerecht, Herr Baron! Mehr jearbeitet hamse nich!«

Quindt läuft rot an. »Und Sie, Schmidt? Haben Sie im Schweiße Ihres Angesichts die Russen bewacht? Ist das eine Arbeit, ein Gewehr um den Misthaufen spazierenzutragen? Ist das gerecht, wenn Sie dann Schnaps kriegen? Eure Gerechtigkeit! Bei uns geht es nicht gerecht zu! Hier bekommen nicht alle dasselbe! Wer es am nötigsten hat, bekommt am meisten. Das ist unsere Gerechtigkeit. Nostrowje!« sagt er, setzt die Kanne an, kippt und schüttet sich den Schnaps übers Kinn, schüttelt die Tropfen ab, wischt nicht mal mit dem Handrücken drüber.

»Nostrowje!« sagt er noch einmal und geht. Keiner weiß, worauf er eigentlich zornig ist.

Abends saßen die alten Quindts dann allein in der Vorhalle. Sie hatten ein Stück von der kalten Hasenpastete gegessen und dafür gesorgt, daß die Wöchnerin ebenfalls ein Stück davon bekam, außerdem ein Glas Bordeaux. Der alte Quindt hatte ihr eigenhändig eingeschenkt. Er fühle sich als ›Vater i. V.‹, sagte er. »In Stellvertretung meines Sohnes, auf dein Wohl!«

Zu dem schlafenden Säugling hatte er nichts weiter zu sagen, also sprach er über die Hasenpastete, die von Vera achtlos beiseite geschoben wurde. Es wurde über diese Pastete ungewöhnlich viel geredet. Vera schloß die Augen und gab dem alten Quindt Gelegenheit, ihr eine gute Nacht zu wünschen. An der Tür drehte er sich noch einmal um.

»Du hast deine Sache gut gemacht, will mir scheinen.« Auch darauf erfolgte keine Antwort.

Zu seiner Frau sagte er, nachdem er zurückgekehrt war, daß so eine Geburt doch was Fatales sei, aber vielleicht gewöhne man sich daran. »Vielleicht«, antwortete sie.

4

›Wat sin mut, mut sin, segt de Bur, verköft den Ossen und köft sick 'n P'rück.‹   Pommersches Sprichwort

Der Säugling hieß zunächst nur ›das Kind‹. Ein Name war nicht nötig, im Umkreis von 20 Kilometern gab es kein anderes Neugeborenes. ›Das Kind hat nicht mal geschrien!‹ – das sprach sich natürlich herum. Aber stimmte das? Sollte ausgerechnet dieses Kind nicht laut protestiert haben? War es von vornherein mit allem einverstanden? Es ist unwahrscheinlich. Jedes Kind schreit, muß schreien, um die Lungen zum Atmen frei zu bekommen und den ersten selbständigen Atemzug tun zu können. Darin unterscheidet sich der Mensch wesentlich vom Tier. Nie hat man ein Fohlen, nie ein Kätzchen nach der Geburt schreien hören. Aber die Witwe Schmaltz behauptete: ›Das Kind hat nicht mal geschrien‹, und einen weiteren Zeugen gab es nicht. Die junge Mutter sprach mit niemandem über die Einzelheiten der Geburt. Der Vorgang wird ihr unangenehm genug gewesen sein. Als ein halbes Jahr später ihre eigene Mutter zum ersten Mal nach Poenichen kam und ein volles Vierteljahr blieb, erkundigte sie sich natürlich nach den Einzelheiten, wollte von Frau zu Frau mit Vera sprechen und sagte wörtlich zu ihr: »Dein Vater stellt heute noch Forderungen an mich, du verstehst doch, was ich meine?« Vera, an die derartige Forderungen nicht gestellt wurden, deren Fragen von eben dieser Mutter immer mit ›Da spricht man nicht von‹ beantwortet worden waren, entgegnete daher gereizt: »Sprechen wir doch nicht davon, Mutter!« Also: Das Kind hat nicht geschrien.

Die Frage, ob ›die junge Frau Milch habe‹, wurde nicht nur in der Küche des Herrenhauses ausführlich erörtert, sondern auch im Dorf. Die Säuglingsschwester, Fräulein Kuhl aus Stettin, führte auf eine ruhige, aber bestimmte Weise Regie in der Wochenstube. Sie sprach von der jungen Baronin nie anders als von ›der Wöchnerin‹. Was eine Wöchnerin dürfe und was nicht; das meiste durfte sie nicht, um der Milch nicht zu schaden. Nie sagte sie ›Frau Baronin‹, nicht einmal ›Frau von Quindt‹, sie sprach in der dritten Person Einzahl von der Wöchnerin und stand unmißverständlich auf der Seite des Neugeborenen. Das Ergehen der Wöchnerin interessierte sie nur, soweit es das Ergehen des Säuglings betraf.

Vera erwies sich nicht als geborene Mutter, niemand hatte das erwartet. Sie mag erleichtert, buchstäblich: erleichtert gewesen sein, aber glücklich wirkte sie nicht. Fräulein Kuhl, die ›das Fräulein‹ genannt wurde, später dann zur Unterscheidung von ihren Nachfolgerinnen ›das erste Fräulein‹, legte ihr das Kind an die Brust. Das Kind nuckelte ein wenig, schlief aber immer wieder ein. Der Arm der Mutter wurde ebenfalls müde; das Kind schmatzte, sabberte, saugte, schlief. Der Vorgang des Stillens zog sich auf diese Weise über Stunden hin und machte Vera, die zur Gereiztheit neigte, noch gereizter. Von ›Stillen‹ konnte nicht die Rede sein. In jedem unbeobachteten Augenblick legte sie das Kind von der linken – wohin jede Mutter aus Instinkt ihr Kind legt, nämlich ans Herz – an die rechte Brust. Abwechslungen, die weder das Kind noch seine Mutter befriedigten.

Vera ließ sich das Grammophon in die Nähe des Bettes rücken, hielt das Kind mit der linken Hand, setzte mit der rechten den Tonarm auf die Platte, drehte die Kurbel, wobei das Kind zweimal ins Rutschen kam und aus dem Bett fiel. Daraufhin bediente Fräulein Kuhl das Grammophon, wechselte jedoch nie die Platte. Es handelte sich um ›Puppchen, du bist mein Augenstern‹, ein Geschenk jenes jungen Assistenzarztes aus der Charité, zu einem weit zurückliegenden Anlaß überreicht. Zwischen der Wöchnerin und der Säuglingsschwester wurde ein Kampf ausgetragen, von dem niemand im Haus etwas ahnte. Fräulein Kuhl erwies sich als die Überlegene.

Man hegt jetzt natürlich die schlimmsten Befürchtungen für die Entwicklung dieses Kindes. Mußte in ihm nicht Urangst entstehen als Folge der Geburtsangst? Aber in unserem Falle war die Trennung von Mutter und Kind bereits vor der Geburt erfolgt; übermäßig wohl kann sich das Ungeborene im Inneren seiner unruhigen und unzufriedenen Mutter nicht gefühlt haben. Die Schrecken des Fallengelassenwerdens hat es unbeschadet überstanden. Vermutlich war das ein Verdienst der Säuglingsschwester, die fest und entschieden zugriff. Das Kind fühlte sich bei ihr gehalten. Immer besaß es einen bergenden, wenn auch immer wieder einen neuen Schoß; nie wurde es im Dunkeln allein gelassen. Dank der Vorrechte, die das Kind von Geburt an genoß, wurden in den ersten entscheidenden Monaten einige Kardinalfehler vermieden. Später wird man sie fragen: Wurden Sie gestillt? Und wie lange? Nicht einmal so elementare Fragen wird sie dann beantworten können. Wie sollte sie da irgendwelche Auskünfte über die ›vorgeburtliche Gestimmtheit der Mutter‹ geben können?

Anna Riepe schickte weiterhin Täubchenbrühe in die Wochenstube, doch die junge Baronin erklärte, daß ihr vom Geruch schon übel würde. Sie verlangte nach schwarzem Kaffee und Zigaretten. Beides wurde ihr verweigert, zumal beides nicht zu beschaffen war. Sie wünschte, an Gewicht abzunehmen, noch immer wirkte ihr Gesicht aufgedunsen. Mehrmals täglich ließ sie sich den Handspiegel reichen. Sätze, die mit ›Eine Wöchnerin braucht vor allem‹ anfingen, wurden von ihr mit einem gereizten Auflachen beantwortet. Wer in diesem Haus wußte schon, was sie brauchte! Sie brauchte keine Ruhe, sondern Abwechslung: Besucher, die ihr kleines Kind bewunderten, die vor allem sie selbst bewundert hätten, die unter derart primitiven Umständen ein Kind zur Welt gebracht hatte, nur mit Hebamme, nahezu im Stall! Jemanden, der die Quindtsche Familienwiege bewunderte, mit Wappen und Krone verziert, sogar die Windeln; jemanden, der ihr Blumen schickte. Aber niemand brachte Blumen. Blumen wuchsen im Park, warum sollte man sie abschneiden? Niemand schenkte ihr Konfekt, wo sie doch gerade auf Süßigkeiten solche Lust hatte. Anna Riepe erfuhr davon und brachte ihr eigenhändig einen Teller voll roter Grütze aus Himbeeren und Johannisbeeren, sämig gekocht, dick mit Zucker bestreut, gekühlte Sahne dazu. Vera kostete nicht einmal davon, sagte nicht einmal danke.

Was der Wöchnerin fehlte, das war die Säuglingsstation der Charité, die Freundinnen, die jungen Ärzte, ein Zimmer voller Blumen, in dem sie ihre Lochstickereihemden hätte tragen können. Dort hätte sie die Rolle der jungen Baronin Quindt, deren Gatte an der Westfront kämpfte, tapfer leidend gespielt, das Lächeln noch etwas schmerzlich. In absehbarer Zeit, Ende September, Anfang Oktober, wenn es im Tiergarten und Unter den Linden besonders schön war, hätte sie das Kind dort spazierengefahren, in einem hochrädrigen Kinderwagen. Sie hätte sich fürsorglich darüber gebeugt, an den Kissen gezupft, und Mutter und Kind wären bewundert worden; eine Säuglingsschwester, am besten eine Spreewälderin mit großer Haube, die jederzeit hätte hilfreich eingreifen können, in zwei Schritt Abstand. Auf Poenichen gab es nicht einmal einen Kinderwagen! Kein Quindt war jemals in einem

Kinderwagen spazierengefahren worden. Wo denn auch? Auf den Sandwegen? Durch den ausgefahrenen Lehm der Lindenallee? Der Sinn für Bäume ging ihr ab. Die hundertjährigen Poenicher Linden hätten sich mit den Berliner Linden durchaus messen können.

Das Kind konnte unter den geschilderten Umständen nicht gedeihen. Es wurde regelmäßig morgens auf der Küchenwaage gewogen. Als es an drei aufeinanderfolgenden Tagen kein Gramm zugenommen, am vierten sogar ein wenig abgenommen hatte, ließ man Dr. Wittkow kommen. Er tastete die Brüste der jungen Mutter ab und stellte eine Milchstauung fest, eine beginnende Brustentzündung. Zu nennenswertem Fieber kam es nicht, aber Vera mußte sich feuchtkühle Brustwickel gefallen lassen. Das Kind wurde entwöhnt, bevor es sich noch gewöhnt hatte. Eine Amme war nicht zu beschaffen, im Dorf gab es keine Frau mit einem Säugling; die zeugungsfähigen Männer standen an der Front. Es wurde daher beschlossen, das Kind mit verdünnter Kuhmilch aufzuziehen. Dr. Wittkow gab der Säuglingsschwester entsprechende Anweisungen, und Fräulein Kuhl gab sie an Anna Riepe weiter; diese besprach die Milch-Frage mit der Witwe Schmaltz, die noch immer täglich in der Küche erschien, um sich nach ›ihrem Kind‹ zu erkundigen und zu frühstücken. Beide Frauen waren davon überzeugt, daß Ziegenmilch besser für das Kind sei. Dorchen lief von nun an täglich ins Dorf, den leeren Milchtopf im Henkelkorb versteckt, lief später mit dem gefüllten Topf in die Milchkammer des Gutshofs und trug ihn dann mit der angeblich frischgemolkenen Kuhmilch in die Küche, wo unter Aufsicht von Fräulein Kuhl die Ziegenmilch als Kuhmilch in die Flasche gefüllt, verdünnt und erwärmt wurde. Das Fräulein saß am Fenster des grünen Zimmers und reichte dem Kind die Flasche. Sie hielt es still, wiegte es, ließ es in Abständen aufstoßen, wischte die Blasen vom Mund, tat, was sie gelernt hatte, übte ihren Beruf aus, und weil sie keinen anderen Gesprächspartner hatte, unterhielt sie sich mit dem Kind, was, wie man inzwischen herausgefunden hat, wichtig für die Entwicklung eines Kleinkindes ist. Nach anfänglichen Umgewöhnungsschwierigkeiten nahm es stetig an Gewicht zu, wurde rundlich, bekam Grübchen. Allerdings: Das Kind erhielt nicht ausreichend Wirkstoffe und kam zuwenig an die frische Luft. Die Knochen blieben weich. Es bildete sich eine Anlage zur Hühnerbrust aus, die später bei einer Reihenuntersuchung als ›typische Ziegenmilchrachitis‹ bezeichnet werden wird. Die Frage, ob sie als Kind Ziegenmilch bekommen habe, konnte sie nicht beantworten. Die Handgelenke blieben ein wenig verdickt, ebenso die Knie, die sogar etwas vorragten, beides aber durch Fettpolsterung zumeist verborgen.

Sein erstes Lebensjahr verbrachte das Kind in der Wiege, meist schlafend, selten oder allenfalls leise weinend. Ein zufriedenes Kind. Es machte spät die ersten Geh- und Stehversuche, da es von niemandem dazu ermuntert wurde. Fräulein Kuhl neigte zur Bequemlichkeit; solange das Kind in der Wiege lag und schlief, hatte sie am wenigsten Last mit ihm. Ein Säugling braucht Ruhe, erklärte sie und wickelte ihn stramm, weil sie es für richtig hielt. ›Et hatt de Rauhe weck‹, sagte Witwe Schmaltz über das Verhalten des Kindes.

Erst als Fräulein Kuhl durch ein Fräulein Balzer abgelöst wurde, besserte sich der Gesundheitszustand des Kindes entscheidend; es wurde ein Krabbelkind. Nur mit einer Windel bekleidet, krabbelte es durch den Sommer 1919. Die zarte Wirbelsäule wurde geschont, die Gelenke gekräftigt. Es wurde der Sonne und dem Wind ausgesetzt, gelegentlich auch dem Regen, nachts schlief es bei weit geöffnetem Fenster, bis in den Herbst hinein. Fräulein Balzer blieb nur einen Sommer lang, man sprach später von ihr als dem ›Krabbel-Fräulein‹.

Vera mischte sich nicht in die Betreuung ihres Kindes ein. Die Säuglingsschwestern und Kinderpflegerinnen hatten ihren Beruf gelernt, konnten Zeugnisse vorweisen; sie würden es besser wissen. Sie scheute sich, den Säugling anzufassen, außer, er wurde ihr frisch gebadet und mit Kartoffelmehl bestäubt gereicht. Dann nahm sie ihn für wenige Minuten auf den Arm, schaukelte ihn und lieferte ihn wieder ab. Ihre Sorge, das Kind fallen zu lassen, es unter seinem Kissen zu ersticken, es beim Baden zu ertränken, wurde von den Säuglingsschwestern geteilt.

5

›Jesu, geh voran auf der Lebensbahn, und wir wollen nicht
verweilen, dir getreulich nachzueilen . . .‹ Choral

Zehn Tage nachdem die drei Briefe an den Vater des Kindes
abgesandt worden waren, traf eine Depesche ein. Auch diesmal an die ›Quindts auf Poenichen‹ und nicht an Vera persönlich gerichtet. Ein dreifaches »Hurra! Hurra! Hurra!« –
nichts weiter. Bei den Feldpostdienststellen wird diese Depesche vermutlich Überraschung, wenn nicht Verwirrung ausgelöst haben, schließlich kam sie von der Westfront.

Quindt hatte mit seinen Befürchtungen recht behalten: Den
Engländern war Anfang August mit ihren neuen Tanks der
Durchbruch beiderseits der Straße von Amiens nach St.-
Quentin gelungen. Der Geburtstag unserer Heldin ging als
›Schwarzer Freitag des deutschen Heeres‹ in die Geschichte
des Ersten Weltkriegs ein. Später hieß es dann nur noch
›Schwarzer Freitag‹. Dr. Wittkow hielt den Säugling für
schwächlich, machte unbestimmte Äußerungen über seinen
Gesundheitszustand und riet zur baldigen Taufe. Der alte
Quindt erklärte: »Nur weil es ohne Ihre Hilfe zur Welt ge-
kommen ist, muß das Kind ja nun nicht gleich sterben! Mir
kommt es zwar auch ein wenig klein vor, aber es hat ja vorerst auch nichts weiter zu tun als zu wachsen.«

Nachdem Vera die Wochenstube verlassen hatte, aß man
im Frühstückszimmer: Suppe, Hauptgericht und Nachspeise
zu ›Untern Linden, untern Linden promenieren die Mägde-
lein . . .‹ Das Grammophon stand neben Veras Platz in Reichweite. Für irgend etwas wollte sie sich vermutlich rächen. Ein
wortloser Kampf. Am dritten Tag ordnete ihre Schwiegermutter an, daß in Zukunft auf Poenichen keine Suppe mehr gereicht würde. Eine Jahrhundertänderung, die von Anna Riepe
als Kränkung aufgefaßt wurde. Sie war eine Köchin, die aus
dem Nichts noch eine wohlschmeckende Suppe hätte kochen
können. Tagelang sprach sie nicht mit der Baronin, die sich
aber nicht mit ihrer Mamsell über den wahren Grund der An-
ordnung aussprechen konnte.

Das dreifache Hurra des jungen Vaters lag vor. Man entschloß sich daraufhin, das bisher namenlose Kind zu taufen. Wegen des unfreundlichen Novemberwetters sollte die Taufe im Hause vorgenommen werden.

Der alte Quindt hatte die Kirche – das Kirchdorf lag 9 Kilometer von Poenichen entfernt – seit zwei Jahrzehnten nicht mehr betreten. Er war kein religiöser Mensch, aber doch so kirchlich gesinnt, daß er seinen Pflichten als Patronatsherr nachkam, im Sinne des Kaisers: Laßt dem Volk die Religion! Er hatte für ein neues Kirchendach gesorgt, auch für ein Harmonium. Um die Weihnachtszeit machte Pfarrer Merzin alljährlich einen Besuch im Herrenhaus. Beim Abschied, wenn Quindt ihn zur Kutsche begleitete, sagte der dann regelmäßig: »Ihre Besuche kommen mich teuer zu stehen, Herr Pastor!« Dann entgegnete Pfarrer Merzin: »Sie können mir jederzeit einen Gegenbesuch machen, Herr Baron, und der wird Sie dann nicht mehr kosten als ein Scherflein für den Klingelbeutel.« Der Gegenbesuch erfolgte nicht. Die für den Patronatsherrn vorgesehene Kirchenbank blieb leer.

Anfang November ließ der alte Quindt den Pfarrer ins Haus bitten, um die Taufe mit ihm zu besprechen. Pfarrer Merzin bestand darauf, daß der kleine Erdenbürger wie alle anderen Täuflinge im Gotteshaus getauft werden müsse. »Vor Gott sind alle Kinder gleich, und nicht nur vor Gott, Herr Baron!« Gegenüber dem Patronatsherrn war das eine revolutionäre Beifügung; Quindt brachte schließlich den größten Teil der Kirchensteuer auf. Während Pfarrer Merzin noch weiter über die Gleichheit aller Kinder Gottes sprach, sprach Quindt bereits über den Zustand der Kirche, und daß man selbstverständlich das Kind trotz seines schwüchlichen Gesundheitszustandes in der Kirche würde taufen lassen, wenn die Kirche beheizbar wäre. Es stellte sich heraus, daß Pfarrer Merzin genaue Vorstellungen von einer Heizanlage hatte und zufällig eine Zeichnung in der Tasche seines Überrocks bei sich trug. Man wurde sich einig. Der alte Quindt stiftete einen Ofen, und der Pfarrer erklärte sich bereit, die Taufe wegen des zarten Gesundheitszustandes des kleinen Erdenbürgers im Hause vorzunehmen. Über einen Zusammenhang zwischen Heizung und Kindtaufe sprach man dann später nicht mehr, obwohl man auf den Gedanken kommen könnte, daß dieses Kind schon sehr frühzeitig die Welt etwas wärmer gemacht habe.

Der Kreis der Taufgäste war klein. Nicht einmal die Paten waren anwesend. Die Berliner Großmutter konnte wegen des Eisenbahnerstreiks nicht kommen, überhaupt niemand von der Jadowschen Seite konnte kommen, auch nicht die andere Patin, die älteste Schwester Quindts, die sich aber brieflich bereit erklärt hatte, die Patenschaft zu übernehmen, falls man, wie sie beiläufig zu verstehen gab, das Kind auf ihren eigenen Namen, Maximiliane, taufen würde. Sie selbst war unverheiratet geblieben und lebte auf der fränkischen Stammburg der Quindts, dem Eyckel. Sie war 55 Jahre alt und bewirtschaftete ihre Ländereien ohne Inspektor. Nie sprach Quindt von ihr, ohne zu sagen: ›Hut ab!‹ Was zur Folge hatte, daß das Kind sich diese Tante mit einem übergroßen Hut vorstellen wird.

Der Tisch im Saal brauchte also nicht ausgezogen zu werden. Pfarrer Merzin und Frau, Dr. Wittkow und Frau sowie die Nachbarn von Gut Perchen, die Mitzekas. Eigentlich hießen sie von Kalck, aber irgendein Urahne pflegte sich als ›Kalck mit ck‹ vorzustellen; selbst auf den Visitenkarten stand: Von Kalck auf Perchen, genannt Mitzeka. Dieser Karl Georg von Kalck war seit drei Jahren einarmig. Er hatte den linken Arm in der Schlacht von Nowo-Georgiewsk verloren. ›85 000 gefangene Russen! Was wiegt da ein Arm‹, sagte er wiederholt nach seiner Entlassung aus dem Lazarett. Die unverheiratete Tochter Friederike war ebenfalls eingeladen, da sie kutschieren mußte, aber auch, um die beiden jungen Frauen miteinander bekannt zu machen. Die Versuche der Quindts, Vera das Einleben auf Poenichen zu erleichtern, blieben von ihr unbemerkt. Sie hatte mit diesem dicklichen Mädchen vom Lande nichts gemeinsam außer dem Alter; sie bezeichnete alle pommerschen Mädchen als ›Pommeranzen‹.

Der Saal, seit dem letzten Jagdessen vor zwei Jahren nie mehr beheizt und benutzt, war nur mäßig warm. Das Tageslicht fiel spärlich durch die hohen Glasfenster, so daß zusätzlich einige Petroleumlampen angezündet werden mußten. Kerzen hatten sich nicht beschaffen lassen, aber das Silber glänzte und das Curländer Service, von der alten Baronin mit in die Ehe gebracht, streng klassizistisch, glatte, von Perlstäben eingefaßte Bordüren mit regelmäßig geschwungenen Gehängen, ein Pinienzapfen als Deckelknauf, Feldblumensträuße als Dekor. Frau Mitzeka drehte die Teller um. »Ah, königlich-preußische Manufaktur!« sagte sie. »Auf Perchen haben wir Breslauer Stadtschloß.«

In den Kristallvasen standen violette Strohblumen, Immortellen, eher als Totenblumen anzusprechen, aber mit den Zoppoter Dünen nicht in unmittelbaren Zusammenhang zu bringen. Im Park waren die letzten Rosen längst erfroren. Die Palmen, die den Sommer über in der Vorhalle gestanden hatten, standen nun wieder im Saal, so daß die Taufhandlung unter Palmen stattfinden konnte. Das Taufbecken auf weißem Damast, zwei weiße Kerzen, die Pfarrer Merzin mitgebracht hatte, die Familienbibel der Quindts – es fehlte an nichts außer am Vater des Täuflings. Man stand im Halbkreis, Vera mit dem Kind in der Mitte. Pfarrer Merzin gab ihm ein Wort aus dem Buch Hiob mit auf den Lebensweg: ›Er vergilt dem Menschen, darnach er verdient hat, und trifft jeglichen nach seinem Tun. Gott verdammt niemand mit Unrecht, und der Allmächtige beugt das Recht nicht.‹ In seiner Ansprache wies er dann auch noch auf den Spruch hin, der in Stein gehauen über dem Kamin zu lesen war: ›Dein Gut vermehr! Dem Feinde wehr! Den Fremden bescher, gib Gott die Ehr!‹ Das gelte noch heute und möge noch lange in diesem Hause gelten! Dann taufte er das Kind im Namen des Vaters und des Sohnes und des Heiligen Geistes auf den Namen Maximiliane Irene.

Die Baronin setzte sich ans Spinett, das um mehr als einen halben Ton verstimmt war, und spielte ›Jesu, geh voran auf der Lebensbahn!‹. Nach der dritten Strophe brach sie ab, da niemand mitsang. Ein Choral des Nikolaus Ludwig Graf von Zinzendorf, weitläufig mit den Quindts verschwägert. Das Lied wurde zu allen Taufen gespielt, preußisch-pietistisch. Es hatte sich noch immer als passend erwiesen. ›Und auch in den schwersten Tagen niemals über Lasten klagen‹, das war Quindtsche Art.

Pfarrer Merzin hatte des Vaters gedacht, der fern auf den

Schlachtfeldern des Westens dafür kämpfte, daß kein feindlicher Fuß den Boden unseres geliebten Vaterlandes beträte, und die Hoffnung ausgesprochen, daß Gott der Allmächtige für seine baldige Heimkehr Sorge tragen möge, damit er sich seines erstgeborenen Kindes erfreue. Alle waren ergriffen, jeder auf seine Weise, trotzdem mußte niemand nach dem Taschentuch greifen. Seit vier Jahren trugen alle großen Ereignisse das Vorwort ›Krieg‹: Kriegstrauung, Kriegstaufe, Kriegstod.

Der Täufling folgte den Vorgängen aufmerksam mit den Augen, schlief diesmal nicht, aber weinte auch nicht, als das angewärmte Wasser auf seinen Kopf gegossen wurde. Fräulein Kuhl nahm der jungen Mutter den Täufling wieder ab und ordnete das lang herabhängende Taufkleid aus weißem Batist so an, daß das blaugestickte Quindtsche Wappen gut sichtbar wurde. Pfarrer Merzin löschte die Kerzen und deckte das Taufbecken zu. Die Aufmerksamkeit richtete sich nun auf die Tafel.

Otto Riepe erscheint mit einem Tablett; für die Herren einen Zweietagigen, für die Damen einen Hagebuttenlikör, eine der Spezialitäten aus Anna Riepes Küche. Riepes Hände in den weißen Zwirnhandschuhen zittern, als er das Tablett herumreicht. Er hat sich nie ans Servieren gewöhnt, ein gelernter Diener ist er nicht, das Nötigste hat er sich beim Militär angeeignet, als er im Kasino servieren mußte. Was ihm an Umgangsformen fehlt, macht er durch Fürsorglichkeit wett; den Damen legt er mageres Fleisch vor, den Herren das durchwachsene. Er weiß, wer den Kaffee schwarz trinkt und wer mit Zucker und Sahne. Bei diesem Taufessen beträgt er sich allerdings ungeschickter als sonst. Der alte Quindt nimmt darum jedes Gläschen eigenhändig vom Tablett und reicht es den Gästen, das erste für seine Schwiegertochter. »Wir taufen hier keine Prinzessin, Riepe, vor Gott und dem Gesetz sind alle Kinder gleich, nicht wahr, Herr Pastor?« und hebt das Glas. Der erste Trinkspruch, der auf Maximilianes Wohl ausgebracht wurde. Man muß ihn sich merken.

Der alte Quindt tat sein möglichstes, um die Taufgesellschaft ein wenig zu erheitern. Er forderte Riepe auf, die Suppenterrine herumzureichen. »»Frauen und Suppen soll man nicht warten lassen, sonst werden sie kalt‹, pflegt mein Schwager Larsson, der alte Schwede, zu sagen. Die Suppe können wir gleich haben, aber die Frauen werden hoffentlich auch nicht mehr lange auf ihre Männer warten müssen. Auf dein Spezielles, Schwiegertochter, und auch auf das Ihre, Fräulein Friederike!« Beide Frauen erröten aus unterschiedlichen Gründen.

Als die Suppenterrine geleert war, erhob Vera sich, nahm sie dem erschrockenen Riepe aus den Händen, setzte sie heftig mitten auf die Tafel, ging zur Wiege, holte den Täufling und legte ihn in die Terrine. Unmißverständlich. Dieses Kind stellte ihren Beitrag zum Fest dar; zu sagen hatte sie dazu weiter nichts. Fräulein Kuhl erhob Einspruch, aber die Baronin klatschte in die Hände. »Unsere kleine Hauptperson, warum soll sie nicht im Mittelpunkt stehen?«

»Sagen wir mal: liegen!« warf der alte Quindt ein.

Fräulein Kuhl schob dem Kind, das auch jetzt nicht schrie, ein Tuch unter, konnte aber nicht verhindern, daß das Taufkleid bräunliche Suppenflecken davontrug. Da die Terrine ungewöhnlich groß, das Kind ungewöhnlich klein war, paßte es hinein. Es blickte aufmerksam um sich, wobei die Augen nach allen Seiten kullerten. Das Gespräch mußte zwangsläufig auf die hervorstehenden Augäpfel kommen, sie forderten zu Vergleichen heraus. »Wie Jetknöpfe«, behauptete Frau Pfarrer Merzin, Dr. Wittkow fühlte sich an Weichselkirschen erinnert, seine Frau widersprach. »Eher wie Haselnüsse, aber noch etwas grüne.« »Wie Murmeln«, fand Pfarrer Merzin. ›Klickeraugen‹ nannte sie der zweite Mann des Täuflings später, ein Rheinländer.

Woher hatte das Kind diese Augen? Man blickte Vera an, deren Augen graublau waren, hell und kühl; man blickte den alten Quindt an und blickte sofort wieder weg, so wenig kamen seine Augen für einen Vergleich in Frage. Und die Baronin? Die Übermittlerin dieser Augen? Sie beteiligte sich nicht an den Vergleichen und Mutmaßungen. Es ist aber auch möglich, daß sie die Augen, die sich hier vererbt hatten, niemals aus der Nähe gesehen hat, weil sie die ihren in den entscheidenden Augenblicken geschlossen hielt.

Die Augen des Täuflings waren kugelig und groß, der Blick

aber nicht starr, was auf Basedow hätte schließen lassen, sondern lebhaft; die Augendrüsen sonderten reichlich Flüssigkeit ab, so daß der Blick feucht und blank war. Die Lider schienen ein wenig kurz geraten, die Wimpern weder übermäßig lang noch dicht. Tatsächlich klagte das Kind später, als es in dem großen dreibettigen Kinderzimmer schlafen sollte, daß es zu hell sei. ›Dann mach die Augen zu!‹ hieß es. Aber wenn das Kind gehorsam die Augen schloß, wurde es allenfalls dämmrig. Vielleicht waren die Lider bei ihr wirklich lichtdurchlässiger als bei anderen, sicher aber ist, daß Maximiliane später darauf bedacht sein wird, daß die Fenster im Zimmer ihrer eigenen Kinder dunkle Vorhänge bekamen.

»Ich als Mann muß sagen«, meinte Herr Mitzeka, »solche Augen sind für ein Mädchen ein nicht zu unterschätzendes Kapital!«

Die Baronin Quindt lenkte die Aufmerksamkeit der Gäste auf die Ahnenbilder, und Dorchen, die beim Servieren zur Hand ging, berichtete in der Küche, als sie die Rotkohlschüsseln nachfüllen ließ, daß man ›über die Augen von dem Kind‹ spräche. Anna Riepe und die Witwe Schmaltz waren sich einig: Das Kind hat Bieraugen. Mal hell und mal dunkel, mehr braun als gelb. »Was es sieht, sieht es!« fügte die Hebamme hinzu.

Im Saal sprach man über die Ahnen, die an einer der Längswände hingen, Auge in Auge mit den Landesherren an der gegenüberliegenden Wand: Wilhelm I., weißbärtig, väterlich, ein Souverän, von den Quindts hoch verehrt. Dann Kaiser Friedrich, der 99-Tage-Kaiser, von dem man sich so viel erhofft hatte. Als nächster Friedrich der Große, eine gut gelungene Kopie. Ein Bild des Fürsten Bismarck mit der Dogge zu seinen Füßen, eine Anschaffung, die von dem jetzigen Herrn auf Poenichen gemacht worden war. Als einzige Frau die Königin Luise, ebenfalls eine Kopie nach einem zeitgenössischen Ölbild. Wer augenfällig fehlte, war Wilhelm II., der derzeitige Kaiser des Deutschen Reiches. Statt dessen ein Bild Hindenburgs, in Stahl gestochen, der Sieger von Tannenberg, in der Uniform eines Generalfeldmarschalls; erst vor zwei Jahren der Galerie hinzugefügt. Auch diesmal wurde seiner in einem Toast gedacht.

An der Stirnseite des Saales befand sich der Kamin, wo inzwischen, von einem Ofenschirm vor dem Funkenflug geschützt, der Täufling wieder in seiner Wiege lag. »Servieren Sie das Kind ab, Riepe!« hatte der alte Quindt angeordnet, woraufhin Fräulein Kuhl aufgestanden war, um das Kind zu retten. An der gegenüberliegenden Schmalseite befanden sich die Fenster und dazwischen die Palmengruppe mit dem Altartisch.

Die Ahnenseite: sieben Quindts in Öl, alle in schweren Goldrahmen, alle im besten Mannesalter, die meisten in der Uniform ihres Regiments oder im Jagdanzug, mit Gewehr und Beute, Rehbock oder Fasan, in einem Falle Wildenten. Als vorletzter in der Reihe der alte Quindt selber, hoch zu Roß. Ein Quindtscher Traber vor blaßblauem pommerschen Himmel. Die falsche Beinstellung des Pferdes – rechtes Vorder- und Hinterbein waren gleichzeitig nach vorn gestellt – reizte Quindt, sobald er das Bild ansah. Das Gemälde war vor acht Jahren entstanden, als er noch keinen Bart trug. Neben ihm, als letztes, ein Kinderbildnis: Achim von Quindt, knapp zwölfjährig, in hellblauem Samt mit weißem Spitzenkragen nach Art eines jungen Lord. Der Maler weilte damals für einige Sommerwochen auf Poenichen, Quindt hatte ihn in Neapel kennengelernt. Die Gelegenheit war günstig, weshalb man das Bild des einzigen Sohnes ebenfalls in Auftrag gab. Besser als der Knabe waren dem Maler die beiden Jagdhunde geraten; das Braun des Hundefells kontrastierend zum hellblauen Samt. Frau Pfarrer Merzin, eine Dresdnerin, sprach von ›malerischer Delikatesse‹, von ›deutschem Impressionismus‹ – ›ein pommerscher Liebermann‹.

Man trank auf das Wohl des Vaters, den alle sich zwölfjährig vorstellten, mit Spitzenkragen.

Quindt forderte Riepe auf, die Kartoffeln noch einmal herumzureichen. »Apropos Delikatesse, Frau Pastor, nehmen Sie noch etwas von Pommerns Trost!«

Als Hauptgericht gab es Wildschweinbraten mit eingelegtem Gemüse, Mixed Pickles, Rotkohl und Salzkartoffeln. Herr Mitzeka schob seiner Frau den Teller zu, damit sie ihm den Braten schneide. Von den 85 000 gefangenen Russen, die einen Arm wert seien, war nicht mehr die Rede.

Eine Menükarte gab es nicht, aber Quindt ließ während des Essens die Menükarte seines eigenen Taufessens aus dem Jahre 1867 herumgehen; auf der Vorderseite die inzwischen vergilbte Fotografie des Täuflings, darunter das Quindtsche Wappen und auf der Innenseite die Speisenfolge: Schildkrötensuppe, gespickter Hecht mit Dillsoße, Rehrücken in Rahm; sieben Gänge, bis hin zum Mocca – auf Büttenpapier gedruckt. Das Besondere daran war, und deshalb zeigte er die Menükarte vor: Sein Großvater, Ende des 18. Jahrhunderts geboren, hatte mit sorgfältiger, aber schon etwas zittriger Schrift die Menüfolge vervollständigt und neben Mocca ›Confect und Käsegebäck‹ geschrieben. Diese drei Worte stellten das einzige handschriftliche Zeugnis des Ururgroßvaters des Täuflings dar. Confect und Käsegebäck als Lebenszeichen. Der tiefere Sinn der Geschichte blieb den Gästen verborgen. Nur Maximiliane, der man diese Karte später schenken wird, verstand, was gemeint war. Confect erschien ihr immer als etwas Besonderes, Eigenhändiges.

Als alle Gäste ein zweites Mal Wildschweinbraten und Rotkohl genommen hatten und Fräulein Kuhl eine weitere Portion mit »Danke, es genügt« abgelehnt hatte, erhob sich der alte Quindt, um seine Rede zu halten. Mit Rücksicht auf die Küche hielt er seine Tischreden immer erst nach dem letzten warmen Gericht; alle waren befriedigt, satt und schläfrig.

Er sprach zunächst über den Namen, der zu groß erscheinen möge für ein so klein geratenes Kind. ›Maximal‹, das heiße, wenn ihn seine lateinischen Erinnerungen, die in der pommerschen Sandbüchse etwas versandet sein könnten, nicht täuschten, ›höchst‹ oder ›größt‹, und eine Maxime, das bedeute doch wohl ›oberste Regel‹ und sei von den französischen Moralisten als Grundsatz für praktische Lebensführung benutzt worden. Wenn dieses Kind nun zeit seines Lebens nach den Gesetzen der praktischen Lebensführung handeln werde, scheine ihm der Name ein gutes Omen, es hafte ihm etwas Weites und Großes an, man denke unwillkürlich an den Kaiser Maximilian, den letzten Ritter, in dessen Reich die Sonne nicht unterging.

An dieser Stelle erlaubte sich Pfarrer Merzin ein Räuspern und den Einwurf, daß es sich da doch wohl um Karl den

Fünften gehandelt haben dürfte. Quindt, der Zwischenrufe nicht schätzte, was ihm seinerzeit den Ruf eines undemokratischen Abgeordneten eingetragen hatte, entgegnete mit gewisser Schärfe: »Eine Geschichte muß gut sein, dann stimmt sie auch!«, wozu Dr. Wittkow bemerkte: »Der Abgeordnete kommt doch immer noch durch!«

»Was nun die Augen meiner Enkelin angeht«, fuhr Quindt fort, »so werden da viele am Werk gewesen sein. Goten und Wenden und Schweden, womöglich ein Pole, wer kann das wissen, wer will das wissen! Hauptsache ist das Pommersche, und das hat sich noch immer als das Stärkere erwiesen. Am Ende sind aus Goten, Wenden und Schweden, die alle einmal hier gesessen haben, gute Pommern geworden. Das Nationale hat nicht immer eine so große Rolle gespielt, sonst hätte nicht ein Quindt Woiwode in Polen werden können. Nur bei den Berlinern, da dauert es ein wenig länger, obwohl sie doch sonst so schnell sind.« Er blickte Vera an. Sie hielt seinem Blick stand.

Er wurde nun allgemeiner, kam auf die Zustände an der Front und in der Heimat zu sprechen, sagte, daß auf Poenichen nichts so heiß gelesen würde, wie es in Berlin gedruckt würde, aber auch in abgekühltem Zustand seien die Nachrichten noch schwer verdaulich. »Bei uns Deutschen ist immer alles ›zu links‹ oder ›zu rechts‹. Dieses deutsche ›zu‹, wie ich es einmal nennen will, das wird uns noch viel zu schaffen machen. Nietzsche und Krupp heißt das deutsche Verhängnis, einer von beiden wäre gegangen.« Wieder eine seiner ›Quindt-Essenzen‹, die er für allgemeinverständlich hielt, sogar für anschaulich. Seine Tischreden unterschieden sich nicht wesentlich von den Reden, die er als preußischer Abgeordneter gehalten hatte. Er gab hin und wieder seinen Zuhörern Gelegenheit, sich in einem Lachen Luft zu machen, war aber kein preußischer Filser, auch wenn er seine Intelligenz gelegentlich hinter einer Art von Bauernschläue versteckte.

Durch einen rhetorischen Rösselsprung kam er auch diesmal auf Bismarck zu sprechen. Er wies mit der Hand, in der er das Rotweinglas hielt, auf das Bismarck-Bild. Die Gäste beobachteten mit Spannung, ob der Rotwein überschwappen würde, und widmeten seinen Ausführungen nicht die nötige

Aufmerksamkeit. »Ein Mann wie Bismarck hat sich ehrfurchtsvoll vor dem verneigt, den Sie unter diesen Männern vergeblich suchen. Vermutlich wußte Bismarck nicht einmal, daß er ein Bismarck war.« Er erinnerte daran, daß er, Quindt, sich seinerzeit geweigert habe, die Hand des Kaisers zu küssen. »Ein Quindt küßt keine Hand, aber er läßt sich auch nicht die Hand küssen. Das kommt keinem zu! Die herrlichen Zeiten von Wilhelm Zwo sind vorüber. Wir wollen ihnen nicht nachtrauern, wir haben genug, worum wir trauern können. Damit Sie mich nicht verbessern müssen, Herr Pastor, habe ich mir einen Ausschnitt aus einer Rede des Kaisers notiert.« Er zieht ein Blatt aus der Rocktasche und liest vor: »›Die Augen auf! Den Kopf in die Höhe! Den Blick nach oben, das Knie gebeugt vor dem großen Alliierten, der noch nie die Deutschen verlassen hat, und wenn er sie noch so schwer geprüft und gedemütigt hat, der sie stets wieder aus dem Staub erhob. Hand aufs Herz, den Blick in die Weite gerichtet, und von Zeit zu Zeit einen Blick der Erinnerung zur Stärkung auf den alten Kaiser und seine Zeit, und ich bin fest überzeugt, daß . . .‹ und so weiter und so weiter ›unser Vaterland vorangehen wird auf der Bahn der Aufklärung, der Bahn der Erleuchtung, der Bahn des praktischen Christentums, ein Segen für die Menschheit, ein Hort des Friedens, eine Bewunderung für alle Länder.‹ Soweit der Kaiser, der bei anderer Gelegenheit vom deutschen Wesen, an dem die Welt genesen müsse, gesprochen hat, ein Wort, das man uns sicher noch oft vorhalten wird! An diesem 11. November des Jahres 1918 muß es statt dessen heißen: daß die Welt erst einmal vom deutschen Wesen genesen muß! Wir haben unseren Beitrag für die Geschichte des zwanzigsten Jahrhunderts geleistet. Der große Alliierte hat sich nicht auf unsere Seite geschlagen. Ob nun Alliierter oder Allmächtiger, Herr Pastor, er scheint immer auf der Seite der Sieger zu stehen.«

Pfarrer Merzin ist aufgesprungen. »Er möge uns allen gnädig sein, Herr Baron!«

»Ja, er und auch die Sieger!« schließt Quindt seine Rede.

Und dann sagte Riepe noch: »Amen!«

Herr Mitzeka entgegnete scharf: »Matrosenaufstand, was? Zustände wie in Kiel! Sind wir in Pommern schon so weit gekommen? Wollen Sie das durchgehen lassen, Baron Quindt?«

Der Verweis galt dann nicht Riepe, sondern Herrn Mitzeka: »Amen darf in meinem Hause jeder sagen.« Quindt blickt dabei Riepe an, das Kinn vorgeschoben, in seinem Gesicht zuckt es, dann hat er sich wieder in der Gewalt. »Reich mir die Flasche, Riepe, ich besorge das Einschenken selbst.« Alle erheben sich und trinken schweigend. Dorchen setzt den Karamelpudding auf den Tisch, Mocca wird nicht gereicht. Frau Wittkow sagt: »Diesmal also auch kein Mocca! Hoffentlich fehlt es dem Kind nicht lebenslänglich an diesen Extras!«

Dr. Wittkow ergänzt: »Wenn es sich nur immer an Wildschweinbraten satt essen kann!« Und Pfarrer Merzin sagt, daß er auf seinen Fahrten durchs Kirchspiel kaum noch ein Stück Wild zu sehen bekäme. »Die Wälder sind leer wie der See. Wir sind am Ende!«

Das war ebenfalls kein Satz, der die Stimmung hätte heben können. Dr. Wittkow kam noch einmal auf den Irrtum ›in Sachen Geschlecht des Täuflings‹ zu sprechen und äußerte die Hoffnung, daß dieses Kind auch als Frau immer seinen Mann stehen werde. Dann erhob sich die Baronin, womit das Taufessen beendet war. Die auswärtigen Gäste, meinte sie, würden gewiß vor Dunkelheit gern zu Hause sein. Sie bat Riepe, daß er anspannen ließe. Die Herren zogen sich noch auf eine Zigarrenlänge zurück. Vera zündete sich ebenfalls eine Zigarette an und schloß sich den Herren an. »Das bißchen Nikotin kann dem Kind ja nun nicht mehr schaden«, sagte sie. »Biologisch vielleicht nicht«, sagte Fräulein Mitzeka, »moralisch schon!« Und Vera darauf: »Dann ist eine Zigarre vermutlich zehnmal so unmoralisch wie eine Zigarette. Ein Gegenstand wird doch wohl nicht dadurch moralisch, daß ihn ein Mann in der Hand hält?«

Quindt gab ihr recht, da sei etwas Unlogisches dabei, und reichte ihr den Aschenbecher. Dr. Wittkow fand, daß eine verschenkte Zigarre einem Kriegsopfer gleichkäme. Revolution in München und Berlin, Arbeiter- und Soldatenräte, das waren keine Themen, die man den Damen hätte zumuten können. Daß der Kaiser abgedankt und inzwischen das Deutsche Reich verlassen, daß Scheidemann bereits die Republik ausgerufen hatte, davon wußte man auf Poenichen noch nichts. Die Waffenstillstandsverhandlungen waren abgeschlossen. Ein Weltkrieg war beendet.

6

Als die beiden Kutschen vorfuhren, stand Quindt wie immer auf der obersten Stufe der Treppe, die zur Vorhalle führte. Dorchen klappte die Trittbretter der Kutsche herunter, und Riepe half den Gästen beim Einsteigen, knöpfte die Wachstuchdecke fest. Die Karbidlampen brannten bereits, der Novembertag ging früh und neblig zu Ende. Die Mitzekas fuhren als erste, Dr. Wittkow nahm die Pfarrersleute in seiner Kutsche mit. Noch ein Peitschenschlag zum Abschied, Quindt ruft den Gästen »guten Abend« nach, und dann herrscht Ruhe. Der Täufling schläft längst wieder in seiner Wiege; Vera hat sich bereits in ihre Zimmer zurückgezogen, die Baronin ebenfalls. Auf Poenichen zieht jeder sich so bald wie möglich zurück.

»Zeig her!« ruft Quindt Riepe zu.

Riepe stammelt »aber« und »ach!« und »Herr Baron!«.

»Riepe, du warst nie ein guter Diener, aber du bist ein noch schlechterer Schauspieler!«

»Der Herr Baron hat sich aber nichts anmerken lassen!«

»Ein bißchen besser als mein Kutscher muß ich doch wohl sein, Riepe!«

Quindt streckt die Hand aus, Riepe nimmt umständlich die Depesche aus der Tasche und streicht sie glatt. Den Inhalt kennt er, seit ihm der Postvorsteher die Depesche in die Hand gedrückt und gesagt hat: »Es trifft jeden auf Poenichen! Jetzt noch, zu guter Letzt, obwohl man zu ›guter‹ Letzt ja nicht mal sagen kann.«

Der alte Quindt liest die Depesche, faltet sie zusammen und steckt sie ein. »Wann hast du das abgeholt, Riepe?«

»Heute, so gegen zehn, Herr Baron, ich dachte, das Kind sollte erst noch seine Taufe haben!«

»Die hat es ja nun auch gehabt. Immer eins nach dem anderen. So haben wir wenigstens kein Waisenkind getauft.«

»Darf ich dem Herrn Baron . . .«

»Reden wollen wir nun nicht drüber. Weiß man es in der Küche?«

»Nur die Anna!«

Quindt drehte sich um, ging ins Haus und trug Dorchen auf, seiner Frau und seiner Schwiegertochter zu bestellen, daß er sie im Büro erwarte. Eines der beiden Hausmädchen hieß immer ›Dorchen‹, welche von beiden, entschied Quindt. Die Mädchen fanden das in Ordnung. Es war ein Titel, und sie fühlten sich geehrt.

Dorchen eilte also zur Baronin. Sie trug ihr Sonntagskleid wie alle aus den Leutehäusern. Gab es hier ein Fest, wurde auch dort gefeiert, nur in bescheidenerem Umfang. Gänsebrust und Schwarzsauer. Man teilte Freud und Leid miteinander; im Herrenhaus bekam man allerdings von allem den größeren Teil ab, auch vom Leid.

Der Tod des jungen Barons erschien den Leuten denn auch schlimmer als der Tod eines eigenen Sohnes; sie hatten alle mehrere Kinder, und neue Kinder wuchsen nach. Sie kannten den jungen Baron zwar kaum, aber er war doch der künftige gnädige Herr gewesen.

Wenige Tage nach jener Depesche traf dann auch der Brief des Regimentskommandeurs ein. Er teilte den leidtragenden Eltern und der jungen Witwe mit, daß der Leutnant Achim von Quindt an der Spitze seines Zuges gefallen sei. Eine Kugel habe ihm die Brust durchschlagen. Seit Jahrhunderten fielen die Quindts alle auf die gleiche Weise: immer an der Spitze ihres Zuges, ihrer Kompanie, ihres Bataillons, immer die Kugel von vorn und jedesmal ein glatter Lungendurchschuß. Für Mütter und Witwen hatte sich das als die erträglichste Form des Heldentodes erwiesen.

Quindt ließ in der Todesanzeige, die in der ›Voss'schen‹ und in der ›Kreuz-Zeitung‹ erschien, das vorgesehene Wort ›stolzer‹ streichen, nicht ›in stolzer Trauer‹, sondern nur ›in Trauer‹. Leutnant Achim von Quindt, geboren 1897 auf Poenichen, gefallen 1918 in Frankreich. Es folgten die Namen der Trauernden, als letzte Maximiliane Irene.

Es dauerte noch einige Wochen, bis das Paket mit der persönlichen Hinterlassenschaft des Toten eintraf, die goldene Taschenuhr, die Achim zur Konfirmation erhalten hatte, die eiserne Uhrkette, die 1917 gegen die goldene eingetauscht worden war und die Aufschrift trug: ›Gold gab ich zur Wehr, Eisen nahm ich zur Ehr‹, der Siegelring mit dem Quindtschen Wappen und das Eiserne Kreuz Zweiter Klasse, das ihm nach den Kämpfen an der Lys verliehen worden war, außerdem noch Veras letzter Brief. Weiterhin lag der Sendung ein Plan des Friedhofs bei mit genauer Angabe der Grabstätte, auf der Leutnant Quindt seine vorläufig letzte Ruhe gefunden hatte. Diesen Plan nahm Quindt an sich. Er gedachte, so bald wie möglich die sterblichen Überreste seines Sohnes nach Poenichen überführen zu lassen, damit sie im Erbbegräbnis beigesetzt werden konnten.

Die Mutter des Toten legte die letzten Dinge in ein Elfenbeinkästchen, dazu das einzige Foto ihres Sohnes; es zeigte ihn als Kriegsfreiwilligen neben seinem Unterstand. Auch das Telegramm mit dem dreifachen Hurra, seine letzte Lebensäußerung, legte sie dazu. Sie fragte Vera, ob sie das Kästchen an sich nehmen wolle; als diese verneinte, stellte sie es auf den Kaminsims im Saal, wo bereits ähnliche Schatullen und Dosen standen. Als Maximiliane später anfing, nach dem Vater zu fragen – sie wird etwa fünf Jahre alt gewesen sein –, zeigte ihr die Großmutter den Inhalt des Kästchens, Stück für Stück. Sie erklärte dem Kind aber wohl zu wenig, so daß es den toten Vater in diesem Kästchen vermutete, sich davor fürchtete und sich über Jahre nicht in die Nähe des Kamins wagte.

Die Todesnachricht hatte Bestürzung ausgelöst, aber keine sichtbare Trauer. Es wurde keine Wunde gerissen. Quindt knöpfte für einige Monate ein schwarzes Trauerbändchen ins Knopfloch seines Rockes, die beiden Frauen trugen den Winter über Schwarz. Die Erbfolge war unterbrochen, aber das geschah nicht zum ersten Mal bei den Quindts. Quindt selbst war ein Mann von Anfang Fünfzig, er durfte damit rechnen, seine Ländereien noch zwanzig Jahre bewirtschaften zu können. Ein Kind wuchs heran, und aufs Blut kam es schließlich an. Später würde es zwar nicht mehr ›Die Quindts auf Poenichen‹ heißen, aber bei dem Namen Poenichen würde es bleiben. Das junge deutsche Kaiserreich, das alte Königreich Preußen: alles zerschlagen. Wie hätte da Poenichen unversehrt aus der Katastrophe hervorgehen sollen!

Pfarrer Merzin fragte an, ob sein Besuch erwünscht und ob an eine Trauerfeierlichkeit in der Kirche oder im Trauerhaus gedacht sei, doch Quindt ließ ihn wissen, er sehe keinen Anlaß für eine Feierlichkeit. Zu seiner Frau sagte er: »Wer an Gott glaubt, der hat es da leichter, der weiß wenigstens, bei wem er sich beklagen kann.« Er hatte dabei die Hand auf ihren Arm gelegt, was sonst nicht seine Art war, und sie legte für einen Augenblick ihre Hand auf die seine, und dann trennten sie sich wieder.

Quindt blieb in diesem Winter halbe Tage im Wald. Er ließ sich von Riepe im geschlossenen Coupe oder im Schlitten hinfahren und wieder abholen. Wenn Riepe steifbeinig und krumm vom Rheuma auf den Kutschersitz steigen wollte, befahl Quindt ihm, in der Kutsche Platz zu nehmen, worauf Riepe jedesmal protestierte. »Das is nich recht, Herr Baron!«

»Ich kann dir befehlen, in die Kutsche zu steigen, Riepe, aber ich kann dir nicht befehlen, dich drin wohl zu fühlen!« antwortete Quindt und stieg schwerfällig auf den Bock. Dabei zitierte er einmal ein Weihnachtslied: »Er wird ein Herr und ich ein Knecht – oder heißt es umgekehrt?«

»Es heißt: ›Er wird ein Knecht und ich ein Herr, das mag ein Wechsel sein‹, Herr Baron.«

»Na also, dann stimmt es ja!«

Dann stapfte Quindt in seinem schweren Fahrpelz allein durch den Wald. Wenn der Schnee zu hoch lag, blieb er auf Poenichen und ging in der Allee auf und ab, die Hände auf dem Rücken zusammengelegt. Er handelte die Angelegenheit mit den Bäumen, seine Frau mit ihren Hunden ab. Vera hatte weder zu Hunden noch zu Bäumen, nicht einmal zu dem kleinen schlafenden Kind eine Beziehung. Ihre Unruhe drang durch alle Wände.

7

›Friede den Hütten, Krieg den Palästen! Friede den Arbeitern
aller Länder! Es lebe die brüderliche Einheit der revolutionä-
ren Arbeiter aller Länder! Es lebe der Sozialismus!‹   Lenin

Wie hätte Vera das Kind im Sinne des gefallenen Vaters erziehen sollen? Keiner auf Poenichen kannte den Sinn des Toten. Man hielt sich an das übliche Erziehungsmuster, in dem
die Mutter nicht unbedingt die Hauptrolle zu spielen brauchte. Das Grammophon stand einige Zeit, mit einem schwarzen
Tuch zugedeckt, in der Ecke und wurde eines Tages wieder in
Betrieb genommen. ›Untern Linden, untern Linden!‹ Vera
benutzte den Schlager wie einen Protestsong und führte sich
auf, als sei Poenichen ein preußisches Sibirien.

Sie behandelte die Hausmädchen wie Personal, ebenso die
Mamsell und sogar Riepe. Sie ließ in ihren Zimmern herum-
liegen, was sie gerade ausgezogen hatte, Kleider, Wäsche,
Schuhe. Das war auf Poenichen nicht üblich, man goß das
Waschwasser eigenhändig aus, man hinterließ keine
Schmutzränder in der Waschschüssel, räumte die persönlichen Dinge eigenhändig auf. In allen Zimmern befanden
sich zwar Klingelzüge, aber sie wurden nicht benutzt. Nur
Vera klingelte, verlangte heißes Wasser, verlangte, daß man
ihr eine Bluse bügelte, wurde ärgerlich, wenn Dorchen nicht
umgehend erschien. Die Tochter eines Melkers! Nicht einmal
saubere Hände! Dorchen entschuldigte sich auch nicht, wenn
sie die junge gnädige Frau hatte warten lassen. Vera be-
schwerte sich über sie: »Dieses ungehobelte Ding!«

»Man muß sie zu nehmen wissen«, sagte Quindt, »dann ist
sie ganz willig.«

»Willst du damit sagen, daß ich nicht mit Personal umgehen kann?«

»Ich wollte damit nicht mehr sagen, als was ich gesagt
habe.«

»Heißt das, die Jadows – ?!«

»Lassen wir das!« Quindt versuchte, das Gespräch zu been-
den. Aber Vera trumpfte auf.

»Immerhin war mein Vater im Krieg Armeepostdirektor,

und meine Großmutter mütterlicherseits war eine geborene –.«

Sobald sie ›immerhin‹ sagte, und das tat sie oft, erhob sich Quindt, machte eine kleine unbestimmte Verbeugung in ihre Richtung, ergriff seinen Stock und entfernte sich.

Die Vorhalle war von jeher der Lieblingsplatz der Quindts gewesen. Anfang Mai wurden die Palmen aus dem Saal dorthin gebracht. Die Mutter Quindts hatte sie aus Kernen gezogen, eine Erinnerung an die Deutsch-Ostafrika-Reise des Vaters. Mittlerweile hatten die Palmen eine Höhe von zwei Metern erreicht und mehrfach die leichten Fröste, die es im Mai und oft noch Anfang Juni gab, gut überstanden. Man blickte von der Vorhalle aus über den Rasenplatz mit dem Rondell, auf dem die Immortellen standen, und durch die Lindenallee bis zum Hof mit den Wirtschaftsgebäuden, Scheunen und Leutehäusern. Die Geräusche aus den Ställen, der Schmiede, der Stellmacherei vermittelten den Eindruck von Betriebsamkeit, ohne jedoch als Störung empfunden zu werden. Quindt blickte dann jedesmal auf die Uhr: Jetzt wurden die Sensen gedengelt, jetzt wurden die Schweine gefüttert.

Von hier aus sah man die Gäste kommen und gehen, hier las man die Zeitungen: nicht drinnen, nicht draußen; an der frischen Luft, aber nicht den Unbehaglichkeiten der Witterung ausgesetzt. Für einige Zeit machte Vera diesen Lieblingsplatz unbewohnbar. Aussprachen oder gar Auseinandersetzungen fanden nicht statt. Man ging statt dessen auseinander. Streit entsteht, wenn nicht genügend Raum vorhanden ist, um sich aus dem Weg zu gehen. Auf Poenichen war das nicht der Fall. Wenn man sich nach Stunden wieder traf, setzte man sich zu Tisch, reichte sich Schüsseln zu, kam mit ›bitte‹ und ›danke‹ aus. Ein Schweigen gab das andere. Die Fragen richteten sich zumeist an die Säuglingsschwester und betrafen das Befinden des Kindes. »Es schläft!« – »Der erste Zahn!« – »Es krabbelt!« Die Antworten waren befriedigend.

Vera traf den Poenicher Ton nicht. Bei den Jadows hatte es ein Mädchen für alles gegeben, das putzte, flickte, kochte, einkaufte, den Dienstbotenaufgang benutzte und dessen Geburtstag man nach zehn Jahren noch nicht kannte. Quindts älteste Schwester Maximiliane sagte nach der einzigen Begegnung, die zwischen ihr und Vera stattgefunden hat: »Ein Etagenkind!« Was konnte man da erwarten? Veras Elternhaus bestand aus einer Siebenzimmerwohnung im zweiten Stockwerk, Berlin-Charlottenburg.

Eines Morgens erschien sie im Pyjama zum Frühstück. Quindt sagte nichts dazu, aber als sie mittags noch immer den Pyjama trug, befahl er Dorchen, das Essen wieder in die Küche zu bringen, und sagte zu Vera: »Wie ich sehe, bist du noch nicht soweit. Wir werden warten.«

»Ich nahm an, ihr merkt nicht, was man hier anhat.«

Darauf Quindt: »Wir erwähnen es nur nicht.«

Noch am selben Abend schlug er ihr vor, für einige Wochen nach Berlin zu reisen. Sie brauche wohl mal wieder Berliner Luft, nicht nur aus dem Trichter, womit das Grammophon gemeint war. Er habe ihr ein Konto eingerichtet, damit sie sich frei bewegen könne.

Von dieser ersten Reise nach Berlin kehrte Vera mit kurzgeschnittenem Haar zurück, einem Bubikopf, der ihr vorzüglich stand. Sie trug noch immer Schwarz, aber nun nicht mehr aus Trauer, sondern weil man ihr in Berlin versichert hatte, daß Schwarz zu ihr paßte, schwarze Spangenschuhe, schwarze Seidenstrümpfe, Schwarz bis zur Zigarettenspitze aus Ebenholz, der Rock gerade bis zum Knie reichend.

Quindt erkundigte sich: »Du meinst nicht, daß dieser Rock etwas zu kurz geraten sein könnte?«

»Nein, das meine ich nicht.«

»Du meinst nicht?« – »Nein!«

Unter solch lapidaren Sätzen konnten verwandtschaftliche Gefühle nicht gedeihen. Trotzdem beeindruckte ihn die Schwiegertochter. ›Es steckt was in ihr‹, äußerte er mehrfach.

Um ihr eine Freude zu machen, bestellte er die ›Berliner Illustrirte‹. Donnerstags wurde sie in Berlin ausgeliefert, freitags traf sie auf Poenichen ein. Auf dem Titelblatt der ersten Nummer, die sie erhielten, waren Friedrich Ebert und Gustav Noske im Seebad Haffkrug bei Travemünde zu sehen, beide in kurzen Badehosen. »So sieht es also drunter aus«, stellte Quindt fest. »Das muß wohl das Republikanische sein, das Herzeigen, ein Bismarck hatte das nicht nötig. Wir haben noch viel zu lernen.«

Was man bisher nur in der ›Voss'schen‹ und der

›Kreuz-Zeitung‹ gelesen hatte, sah man fortan auch illustriert und fotografiert: Berlin ohne Licht; Berlin ohne Wasser; Berlin ohne Zeitungen; Straßenkämpfe und Barrikaden. Als Vera längst und für immer Poenichen verlassen hatte, behielt man das Abonnement bei.

Unter den Nachbarn hatte sich schon vor dem Krieg ein Kreis von Gutsbesitzern zum sogenannten ›Jeu‹ zusammengefunden, darunter auch die Mitzekas und Pichts und Dr. Wittkow. Dieser ›Jeu‹ lebte nun wieder auf. Quindt, der fürs Spiel nichts übrig hatte und auf diese Weise auch weder Geld verdienen noch verlieren wollte, hatte sich dort bisher nie sehen lassen. Um Vera eine Abwechslung zu bieten, schlug er ihr vor, einmal hinzufahren und sich das Ganze anzusehen, was diese auch mehrere Male tat. Während die Herren im Herrenzimmer ihr Spiel machten, spielten die Damen im Salon Rommé.

Die Jadows kamen zu Besuch, ›um sich an den pommerschen Fleischtöpfen gütlich zu tun‹; sie ließen ihre tägliche Gewichtszunahme abends im Stall auf der Dezimalwaage prüfen. »Man lebt hier ja noch wie Gott in Frankreich!« erklärten die Gäste aus Berlin.

Quindt schränkte es ein: »Sagen wir, wie Gott in Hinterpommern.« Man blieb beim ›Sie‹, nannte sich ›lieber Quindt‹ und ›lieber Jadow‹, worin mehr Reserviertheit als Herzlichkeit zum Ausdruck kam. Herr von Jadow erwies sich als ein umgänglicher Mann, solange das Gespräch nicht auf Politik kam und auf das, was er ›die gesellschaftlichen Zustände‹ nannte. Als er sich eine Woche ›die Verhältnisse auf so einem pommerschen Großgrundbesitz gründlich angesehen hatte‹, sagte er bei Tisch: »Sie mit Ihren Kutschen und Pferden, lieber Quindt, mit Ihren Petroleumlampen und Wasserpumpen! Sie leben hier wie im vorindustriellen Zeitalter! Man fährt inzwischen Auto! Man brennt elektrisches Licht!«

Seine Frau stimmte ihm zu: »Wie im Mittelalter, im finstersten Mittelalter!«

Tatsächlich dämmerte es draußen, und die Petroleumlampen brannten noch nicht. Quindt schnitt sein Fleisch und hörte zu.

Herr von Jadow nahm seiner Frau das Wort wieder ab.

»Patriarchalische Zustände, lieber Quindt, nehmen Sie mir das nicht übel. Lange wird das auch auf dem Lande nicht mehr gutgehen. Lassen Sie sich das von einem Mann gesagt sein, der sich als einen Fortschrittlichen bezeichnen darf. Der Fortschritt läßt sich nicht aufhalten! Er kommt nicht per Pferdekutsche nach Pommern, sondern per Eisenbahn, im Schnellzugtempo und per Telefon! Es weht ein anderer Wind!«

»Hier weht der Wind noch immer von Osten her, lieber Jadow, und das wird er vermutlich noch eine ganze Weile tun. Und solange ich derjenige bin, der am besten weiß, welcher Wind für dieses Land und diese Leute hier gut ist, wird es gemacht, wie ich sage. Und wenn ein anderer kommt, der es besser weiß, gut, dann werde ich abtreten!«

Die Baronin ließ die Klöße noch einmal herumreichen und erkundigte sich nach der gestrigen Gewichtszunahme der Gäste.

Um die Gewichtszunahme des Kindes mußte man sich zu dieser Zeit keine Sorge mehr machen. Es gedieh unter der Fürsorge von Fräulein Balzer gut, lag auf einer Decke unter der Blutbuche bäuchlings im Halbschatten, bis das Fräulein es wieder aufscheuchte. Dann setzte es sich brav in Bewegung, verließ die Wolldecke, krabbelte ins Gras, rupfte mit den Händen, manchmal auch mit den Lippen, im Frühling Gänseblümchen und im Herbst Buchenblätter ab und verleibte sich ein, was in seine Reichweite kam. Fräulein Balzer jagte die kleinen Hunde, die mit dem Kind spielen wollten, fort und verlangte energisch nach einem Laufstall für das Kind. Quindt lehnte ab. Er fand eine solche Anschaffung für ein einziges Kind nicht lohnend. Er setzte ihr auseinander, daß man zur Beaufsichtigung ein Kinderfräulein angeschafft habe, was jede andere Anschaffung erübrige; sie möge also bitte dafür sorgen, daß das Kind auf der Decke bleibe.

In seiner Antwort kam auch der Ärger darüber zum Ausdruck, daß der Stellmacher Fritz Schwarze Poenichen verlassen hatte, bald nachdem er aus dem Krieg zurückgekehrt war. Er halte die Zustände auf dem Hof nicht mehr aus, sollte er geäußert haben. Ein Vierteljahr später folgten ihm seine Frau und die beiden Töchter, die alle drei auf dem Hof mitgearbeitet hatten. Der Stellmacher hatte unter dem Einfluß von Willem Riepe gestanden, der zwei Monate nach Kriegsende aufgetaucht war, ›um seine Klamotten zu holen‹.

»Mich seht ihr hier so bald nicht wieder, kannst mir ja mal 'ne Gans schicken«, hatte er zu seiner Mutter gesagt. Diese schickte ihm noch einiges mehr, vor allem in den Jahren der Inflation, aber er ließ sich trotzdem nicht wieder blicken. In der Leutestube hatte er erklärt, er ließe sich nicht mehr für den Baron naßregnen. »Mit den Baronen is es jetzt zu Ende! Blutsauger sinn das alle! Der Großgrundbesitz wird aufgeteilt, aber ich will kein Stück davon, nich mal geschenkt! Geregelte Arbeitszeit will ich! Geregelte Löhne und kein Deputat!« Abends war er gewaltsam in die Brennerei eingedrungen, hatte sich einiger Flaschen Schnaps bemächtigt und sie an mehrere Männer verteilt. Außer dem Schnaps hatte er auch Flugblätter verteilt. ›Kampf den Palästen, Friede den Hütten.‹ Aber das Herrenhaus war trotz seiner fünf weißen Säulen kein Palast, und die Leutehäuser waren zwar aus Lehm gebaut, aber sie hatten Ziegeldächer. Willem Riepe kam mit seinen Flugblättern und Reden nicht an; wohl aber mit dem Schnaps. Zusammen mit fünf anderen Männern zog er grölend zum Herrenhaus und versuchte, einen Brand zu legen. Aber sehr ernst durfte man diese Brandstiftung nicht nehmen. Sein Vorhaben wurde allein schon dadurch erschwert, daß seine Eltern und Schwestern im selben ›Palast‹, wenn auch im Souterrain, wohnten.

Am nächsten Morgen hatte ihn sein Vater, damit es schneller ging, im ›Gig‹ zum Bahnhof gebracht. Mit einem Güterzug fuhr Willem Riepe dann westwärts. »Wie ein Stück Vieh«, sagte sein Vater, als er zwei Stunden später mit Quindt eines ihrer wortarmen Gespräche führte. »Als ob das hier gar nichts is!« Und: »So is es schlimmer, Herr Baron. Tot, das is was anderes, da muß man sich abfinden, aber so!«

»Die Unterschiede«, sagte Quindt, »was ich immer sage, Riepe, die Unterschiede sind es. Die sollen nun abgeschafft werden. Alle gleich reich, das geht nich, also alle gleich arm, darauf kommt es raus. Nur durch Teilen kommt keiner nach oben. Es muß auch in einem liegen.«

»Und was liegt im Willem? Ein Brandstifter liegt in ihm!«

»Ach was, Riepe, den haben andere in ihn gelegt. Und nun ist Schluß mit dem ›Herrn Baron‹! Wir haben eine Republik, sag einfach Herr Quindt zu mir, meinetwegen Herr von Quindt, weil das ›von‹ zum Namen gehört.«

Aus dem Freiherrn Joachim von Quindt war ein Joachim Freiherr von Quindt geworden. Ein anderer Stellenwert, der Adelstitel nur noch Bestandteil des Namens. Quindt war der Ansicht, daß eine Demokratisierung von oben her erfolgen mußte, bevor sie als Sozialisierung von unten gefordert wurde. Keine Bedienung mehr bei Tisch! Die Schüsseln wurden in der Küche von Anna Riepe in den Aufzug gesetzt und von Frau von Quindt eigenhändig nach oben gezogen und auf den Tisch gestellt. Dorchen, die bisher in der Küche berichtet hatte: ›Die gnädige Frau hat die Sauce gelobt‹, stellte keine Verbindung mehr zwischen oben und unten her. Diese Änderungen wurden vom Personal als Kränkung empfunden und mußten später rückgängig gemacht werden.

8

›Es gehört zu den beneidenswerten Vorrechten vornehmer Herren, sich nicht zieren zu brauchen. Sie brauchen nichts aus sich zu machen, weil sie durch Geburt, Erziehung und Mittel von vornherein etwas sind.‹   Fontane

Das Tischgespräch über den Fortschritt, der mit dem Schnellzug käme, hatte immerhin zur Folge, daß ein Auto angeschafft wurde. Keine Pullman-Limousine, was nahegelegen hätte, sondern eine Innensteuerlimousine, der Führerraum auch nicht durch eine Glaswand vom Fahrgastraum getrennt. Quindt nannte es ein ›republikanisches Kraftfahrzeug‹ und setzte sich auf den Beifahrersitz.

Wenn Frau von Quindt sich nach Dramburg oder Arnswalde fahren ließ, rief sie: »Otto! Otto!«, wenn Riepe mehr als 30 Stundenkilometer fuhr. Das Auto wurde nicht ausdrücklich Vera übereignet, stand ihr jedoch auf Wunsch zur Verfügung. Riepe brachte ihr seine mäßigen Fahrkünste bei, und sie erwies sich als begabte Fahrerin mit überraschendem technischen Verstand. Noch mehr als mit dem Pferd war sie in Zukunft mit dem Auto unterwegs.

In den Sommermonaten lud sie ihre Freundinnen aus Berlin ein; sie fanden das Leben auf dem Lande ›himmlisch‹. Das Ruderboot wurde abgedichtet, frisch gestrichen und auf den großen Poenicher See gebracht. Man unternahm Bootsfahrten und Kutschfahrten im ›Visavis‹, in dem sechs Personen und notfalls auch acht Platz hatten. Vera veranstaltete Picknicks am See, und Anna Riepe füllte die Körbe mit Wildpasteten und Fischsülzen. Gelegentlich warf man einen Blick auf das Kind, das schlief oder sich schlafend stellte. Man setzte die Wiege in Bewegung, spielte dann aber lieber mit den kleinen Hunden – bereits wieder ein neuer Wurf von Dinah –, denn das Windelpaket verdarb den Anblick. Fräulein Balzer war für einen ungestörten natürlichen Ablauf der Entwicklung. Kein stundenlanges Sitzen auf dem Topf, keine Schläge, sondern Windeln und manchmal nicht einmal diese. Fräulein Balzers Vater gehörte den Nudisten an und betrieb Freikörperkultur, ein Fanatiker, der Ehrfurcht vor der unverhüllten Natur predigte, ›ein reines Körperbewußtsein als Träger sittlicher Kräfte‹. Selbst nackt und keusch, predigte er vor seinen Anhängern in einer Laubenkolonie in Berlin-Lichterfelde. In Fräulein Balzers Zeugnis hatte als Beruf des Vaters lediglich Buchhalter gestanden.

Sie ließ das Kind ›Schubkarren laufen‹, turnte mit ihm, küßte es auf sämtliche Grübchen und ließ es auch sonst an nichts fehlen; nur über Mittag verschwand sie für zwei Stunden und ging am Blaupfuhl ihren Bedürfnissen nach reinem Körperbewußtsein nach.

Löckchen, die das Entzücken der jungen Damen hätten hervorrufen können, besaß das Kind nicht: Das Haar war weder hell noch dunkel, noch lockig. Auf die gleichmäßig gebräunte Haut achtete keiner. Nur Leute, die im Freien arbeiten mußten, besaßen eine braune Hautfarbe; noch galt Blässe als Zeichen von guter Herkunft. Sobald sich Schritte näherten, schloß das Kind die Augen, die vielleicht einen Ausruf der Bewunderung hätten hervorrufen können; es machte sich so unsichtbar wie nur möglich. Eine der jungen Damen entdeckte das Familienwappen auf der Windel. »Echter Batist! Du solltest dir daraus eine Bluse arbeiten lassen, Vera!«

Wenn sich das Gelächter entfernte, öffnete das Kind die Augen.

Die Tage wurden kürzer, abends aß man bereits bei Petroleumlicht. Veras Bruder, Franz von Jadow, war zu Besuch gekommen, ein gelernter Kriegsteilnehmer, wie sich Quindt ausdrückte.

Auch der junge Herr von Jadow erkundigte sich: »Gibt es hier noch keine Elektrizität? Kein Gas zum Kochen? Keine Dampfheizung? Nicht einmal eine Wasserleitung?«

»So ist es«, sagte Quindt. »Im Schweiße des Angesichts von Dorchen oder Frieda muß das Wasser vom Brunnen ins Haus getragen werden. Soweit es sich um das Trinkwasser handelt. Die Lampen besorgt Priska, mein früherer Kutscher, und das Feuer im Herd hält Anna Riepe, unsere Mamsell, in Gang.«

»Aber die Technik! Da brauchte man die ganzen Leute nicht!«

»Die Leute habe ich, und die Technik habe ich nicht. Und was soll aus dem alten Priska werden? Kutschieren kann er nicht mehr, auf dem Feld kann er nicht mehr arbeiten und im Stall auch nicht; aber für die Lampen kann er noch sorgen, und im Sommer kann er die Wege harken. Wenn bei Sturm die Überlandleitungen zerstört werden oder der Blitz in ein Transformatorenhaus schlägt, sitzt man im Dunkeln. Priskas Lampen brennen immer, auch bei Schneesturm. Wasserleitungen gehen kaputt, aber Dorchen und Frieda gehen so leicht nicht kaputt, wenn man sie gut behandelt. Und frischeres Wasser als das, was hier auf meinem Tisch steht, werden Sie in Ihren Berliner Wohnungen nicht haben. Und was die Heizung anlangt, auf Poenichen mußte noch keiner frieren. Dagegen habe ich mir sagen lassen, daß man in Berlin friert. Ich habe mir auch sagen lassen, daß das Gas nicht immer brennt! In meinen Wäldern gibt es ausreichend Holz, es wächst sogar jedes Jahr nach!«

»Hier im Haus mag das alles ja stimmen«, warf Herr von Jadow ein. »Aber in den Leutehäusern! Da ist es jetzt schon dunkel!«

60

»Die Leute schlafen jetzt sowieso, Herr von Jadow«, antwortete Quindt, »weil sie müde sind, weil sie früh aufgestanden sind und zwölf Stunden gearbeitet haben. Es friert keiner, und es hungert auch keiner. Alle bekommen ihr Deputat an Holz, Kartoffeln und an Korn; sie halten sich ihr Schwein, ihre Ziegen, ihre Gänse. Wer krank ist, wird versorgt, und wer alt ist, muß nicht aus dem Haus, für den ist immer noch Platz, für den gibt es immer noch was zu tun. Ich habe davon gelesen, daß es in den Städten nicht überall so zugeht. Und nun gute Nacht, meine Damen, mein Herr! Dorchen, bring mir meine Lampe nach oben. Dorchen ist nämlich nicht nur die Poenicher Wasserleitung, sondern auch die Lichtleitung, und wie Sie sehen, ist sie gut intakt, auch wenn man sie nicht ein- und ausschalten kann.«

Damit nahm er dem Gespräch die Schärfe. Dorchen errötete unter den Blicken des jungen Herrn von Jadow, der sie bei dieser Gelegenheit zum ersten Mal wahrnahm.

»Ein charmantes Argument gegen die Elektrizität, Herr Baron!« sagte er in seinem forschen Leutnantston, hob das Glas: »Ich erlaube mir, auf Ihr Spezielles zu trinken!«

Ihr Schwiegervater sei früher einmal preußischer Abgeordneter gewesen, sagte Vera. »Aber doch wohl ein Erzkonservativer!« ließ sich jemand vernehmen.

»Nein«, sagte die Baronin, »ein Liberaler, sogar ein fortschrittlicher Liberaler« und hob die Tafel auf. Sie mischte sich selten in ein Gespräch ein, beendete es aber, wenn sie es für nötig hielt. Kaum einer nahm wahr, daß sie diesem Haushalt vorstand. Man hatte ihr beigebracht, daß eine Hauswirtschaft lautlos in Gang gehalten werden mußte. Kein Besucher durfte merken, daß die Frau des Hauses irgend etwas zu tun hatte, das Mühelose machte den Unterschied zum Arbeiter. Klagen und Schweiß gehörten in Küche und Mägdekammer. Sophie Charlotte war ohnedies eine Ostpreußin von der schweigsamen Sorte. Außerdem mußte Quindt zu Beginn ihrer Ehe einmal gesagt haben: »Halt du dich da raus, Sophie Charlotte!« Was als Ermahnung für fünf Jahrzehnte ausgereicht hatte. Außenstehende nahmen an, daß die Baronin einzig ihren Liebhabereien nachging, der Hundezucht und im Winter der Weberei. Im letzten Kriegswinter hatte Klara Slewenka, die Frau des Schmieds, ihr das Weben beigebracht. Sie webte Schafwollteppiche, neuerdings auch dicke Westen aus Schafwolle, langärmlig und auch ärmellos. Auf Poenichen trugen zu jener Zeit alle diese friedliche, die Unterschiede verdeckende Uniform: Männer, Frauen und Kinder, mit Ausnahme des Barons, der weiterhin seine grünen Lodenjoppen trug. Stoffe waren knapp, die überhöhten Preise konnte keiner zahlen. Schafwolle war vorhanden und wuchs auf den Schafrükken ständig nach, vor allem, seit der neue Inspektor die Schafe planmäßig auf Wolle züchtete.

An den Nachmittagen sitzt die Baronin mit Dorchen und Frieda im Frühstückszimmer und webt. Eine Manufaktur: Eine zupft Wolle, die andere spinnt, die Baronin webt. Wenn Anna Riepe in der Küche fertig ist, kommt sie ebenfalls dazu. Zunächst sind die Jacken steif vom Schweiß der Schafe, später von Menschenschweiß. Vera hat es abgelehnt, in der Webstube mitzuarbeiten; sie rümpft die Nase: »Das ist ja wie in Hauptmanns ›Webern‹.«

Anna Riepe läßt zuweilen die wärmende Jacke vom Schoß gleiten, greift sich an die Kehle, streicht das ergraute feuchte Haar aus der Stirn und legt die Hände in den Schoß. Die Baronin wirft ihr einen prüfenden Blick zu und bemüht sich, die Hitzewelle, die sich in ihrem eigenen Körper sammelt, wenn nicht zu verhindern, so doch nicht sichtbar werden zu lassen. Sie trägt Einsätze aus Tüll und Spitze, um die aufsteigende Röte am Hals zu verbergen; Anna Riepe knöpft das Kleid am Hals auf, um sich Luft zu verschaffen. Die eine im Klimakterium, die andere in den Wechseljahren, aber ohne Möglichkeit, sich über die Beschwerden zu verständigen, es sei denn durch gegenseitige Rücksichtnahme und das gemeinsame Bedürfnis nach einer Tasse Melissentee.

Die Webstube war gut geheizt, es roch nach Schafen, das gleichmäßige Klappern des Webstuhls wirkte einschläfernd auf Anna Riepe, ihr Kinn sank auf die Brust: sie schnarchte, was die beiden Mädchen immer wieder zum Kichern brachte, und wenn die gnädige Frau, was häufig geschah, sich in den Kettfäden verhedderte, konnten sie sich vor Lachen kaum halten. Gegen Abend, wenn das Kinderfräulein mit dem frischgebadeten Kind in die Webstube kam, wurde dann gesungen. Das Kind wurde auf einem der Wollberge abgelegt, wo es sich wie ein Maulwurf in der Wolle eingrub, mit den kleinen Händen hineingriff und Gluckser des Wohlbehagens ausstieß. Fräulein Hämmerling machte sich daran, die Jacken mit gedrehter Kordel einzufassen.

Dann verlangt das Kind, auf Anna Riepes Schoß gehoben zu werden. Es ruft laut und vernehmlich: »Mama!«, streckt die Arme aus und läßt die Augäpfel kullern. Es wird belehrt, erst von Fräulein Hämmerling, dann von allen anderen: »Anna!« Aber das Kind beharrt auf »Mama«, bis es schließlich bereit ist, »Amma« zu sagen. Und dabei bleibt es für Jahre. Es wird auf Anna Riepes weichen Schoß gesetzt und an die warmen Brüste gedrückt. Beides konnte ihr die eigene Mutter nicht bieten, versuchte es erst gar nicht. Das Kind wurde gewiegt, und die Mädchen sangen unter Führung von Fräulein Hämmerling »Schlafe, mein Prinzchen, schlaf ein«, was von dem Kind auch bald befolgt wurde.

Im Februar wußten dann alle, warum Dorchen nicht mehr kicherte und nicht mehr mitsang: Sie war schwanger. Man schickte sie nicht weg, das war auf Poenichen nicht üblich. Quindt schrieb an den jungen Herrn von Jadow einen Brief, der aber nicht beantwortet wurde. Statt dessen schrieb dieser an seine Schwester: »Ihr könnt doch froh sein, wenn jemand für Nachwuchs in der Landwirtschaft sorgt, die laufen euch doch alle fort in die Industrie.« Ein Regimentskamerad hatte ihm eine Stellung in der Wirtschaft verschafft, aber Franz von Jadow war an den Umgang mit fremden Geldern nicht gewöhnt; einiges konnte vertuscht werden, zweimal sprang der Vater ein, unter erheblichen Opfern, schließlich blieb nur noch die Schiffskarte nach Amerika. Das bescheidene Vermögen der Jadows war damit erschöpft.

Quindt versuchte, einen Mann für Dorchen zu finden, was aber ebenfalls mißlang. Vera war die einzige, die daran Anstoß nahm, daß man Dorchen im Haus behielt. Ihre Abneigung gegen Schwangere rührte noch von ihrer eigenen Schwangerschaft her.

»Schickt sie doch endlich fort! Sie kann ihr Kind schließlich auch woanders kriegen! Ihr seid nur zu geizig! Ihr wollt nicht zahlen! Sie muß für euch arbeiten bis zum letzten Tag!«

Das ›Dorchen‹ hieß nun wieder Luise Priebe, was einer Herabsetzung gleichkam: So ergeht es einem Mädchen, das nicht auf sich hält. Nach ihrer Niederkunft ging sie dann in die Stadt; das Neugeborene wurde auf den Namen Helene getauft, von den Großeltern aufgezogen und später ›Lenchen‹ gerufen. Luise Priebe schickte regelmäßig kleine Geldsummen, aber nicht an die Eltern, sondern an den Herrn von Quindt, der sie in die Sparkasse einzahlte und jedes Jahr etwas dazutat.

Riepe fragte an, ob seine jüngste Tochter, die Martha, nicht als neues ›Dorchen‹ anfangen könnte, sie sei zwar erst fünfzehn, aber anstellig. Quindt lehnte ab. »Keine Unterwanderung, Riepe! Das Unterhaus wird zu stark!«

»Aber die Martha is nich wie der Willem«, sagte Riepe.

»Das meine ich auch nich, aber es gibt zuviel Hin und Her. Dabei bleibt es!«

Riepe sprach tagelang nicht mit seinem Herrn; beide hatten sie pommersche Dickschädel.

Im Gegensatz zu ihrer Schwiegermutter war Vera nicht zur Gutsfrau erzogen worden. Es fehlten ihr alle Voraussetzungen, aber sie hat es an Versuchen, sich nützlich zu machen, nicht fehlen lassen. Sie ist in die Küche gegangen, um sich ein Spiegelei zu braten, aber Anna Riepe hat ihr die Pfanne aus der Hand genommen und den Herd mit ihrer ganzen Breitseite verteidigt: »Damit wollen wir gar nicht erst anfangen, gnädige Frau!« Im Souterrain regierte Anna Riepe. Es blieb bei oben und unten; auch unten hatte man seine Rechte, die beachtet werden mußten. Also verbrachte Vera die meiste Zeit auf dem Pferderücken oder am Steuer des Autos, mit dem sie über die Chausseen raste, den langen schwarzen Trauerflor um den Hals, der sich im Fahrtwind blähte; ›Halbmastbeflaggung‹, wie Quindt sich ausdrückte. Die Gespannführer hatten ihre Not, die Pferde zu bändigen, die an aufheulende Motoren nicht gewöhnt waren. Die verrückte junge Gnädige war unterwegs! Gänse und Hühner konnten nicht schnell genug ausweichen. Vera drehte sich nicht einmal um, wenn sie ein Huhn totgefahren hatte: Das Huhn kam sowieso in den Topf, warum nicht schon heute.

Die Quindtschen Traber trugen die Namen der Winde:

Passat, Monsun, Schirokko und Taifun. Wenn sie ausritt, nahm sie am liebsten Mistral, eine lebhafte fünfjährige Stute. Vera sprengte, den schwarzen Trauerflor jetzt am Hut, über Gräben und Einzäunungen und kehrte meist erst nach Stunden erhitzt und erschöpft zurück. »Laß das Pferd abreiben!« sagte dann Quindt. »Am besten dich auch!« Gewöhnlich richtete sie es so ein, daß sie am großen Poenicher See vorüberkam. Dort im Inspektorhaus wohnte seit einiger Zeit ein neuer Verwalter. Wenn er sie ansah, schoß ihr unter seinen Blicken das Blut ins Gesicht. Sie war zwar nicht leidenschaftlich, eher kühl, aber sie war bald Ende Zwanzig und unbefriedigt. Ihr Mann, ebenso unerfahren wie sie, wird in den wenigen Ehenächten mehr Ungeschicklichkeit als Leidenschaft bewiesen haben. Es hätte sich in jenen Oktobertagen am Poenicher See leicht eine Lady-Chatterley-Affäre abspielen können, aber Quindt witterte die Gefahr rechtzeitig, obwohl ihm dieses Mal kein Werk der Weltliteratur einen Hinweis gab, da Lawrence seinen Roman noch nicht geschrieben hatte. Auf ihre Frage, wer der neue Mann am See sei, gab Quindt, in solchen Dingen eher belesen als erfahren, Auskunft und schlug ihr gleichzeitig vor, jetzt, wo es unweigerlich Herbst würde und die guten Monate auf Poenichen vorüber seien, mal wieder für eine Weile nach Berlin zu fahren. Pferde, Hunde und Landjunker waren wohl wirklich nicht der richtige Umgang für eine Berlinerin.

9

›Yes, we have no bananas, we have no bananas today.‹
Schlager

Anna Riepe füllte Weizenmehl und Dörrobst in Säcke, wikkelte Speckseiten in Mulltücher, verpackte geräucherte Gänsebrust und Schafwolljacken. Die Hausmädchen verstauten die Lebensmittel zwischen den Kleidern der jungen gnädigen Frau, und dann brachte Riepe sie und die Schließkörbe nach Stargard an die Bahn, wo er ihr mit Hilfe des Bahnhofsvorstehers, dem er eine Zigarre ›mit den besten Grüßen vom Herrn Baron‹ übergab, einen Sitzplatz verschaffte. Von den Kontrollen nach Hamstergut blieb sie verschont.

Zunächst wohnte sie bei ihren Eltern, in dem Zimmer mit den weißen Jungmädchenmöbeln. Ihr Vater verfaßte eine Schrift über ›Nutzen und Schwierigkeiten bei der Nachrichtenvermittlung zwischen Heimat und Front‹, stützte dabei seine Angaben auf exaktes Zahlenmaterial: 17,7 Milliarden Postsendungen aus der Heimat an die Front! Bevor er seine Abhandlung zum Abschluß bringen konnte, starb er, im Frühjahr 1920, an einer Lungenentzündung. Vera, die zu dieser Zeit gerade auf Poenichen weilte, fuhr erneut mit ihren Schließkörben nach Berlin, blieb diesmal mehrere Wochen dort, aber: zwei Witwen in einer Wohnung, von denen die ältere genau wußte, was eine Witwe tut, und vor allem, was sie nicht tut, das konnte nicht gutgehen. Vera nahm sich ein möbliertes Zimmer.

Man hörte oft wochenlang auf Poenichen nichts von ihr, bis eine Depesche den Zeitpunkt ihrer Ankunft in Stargard ankündigte. Von einem dieser Berlin-Aufenthalte brachte sie einen Fotoapparat mit, eine einfache Plattenkamera mit Bodenauszug. Sie fotografierte zunächst nur, was still stand, später dann aber auch Hunde und Pferde und schließlich ihre Tochter: ein kleines rundliches Mädchen mit einer großen weißen Schleife im Haar. »Halt still!« befahl die Mutter, wenn sie es fotografieren wollte. Das Kind blieb dann genau so stehen, wie es die Mutter hingestellt hatte, etwa vor einer der weißen Säulen der Vorhalle. Sobald die Mutter aber den Auslöser bediente, hob das Kind die Hände vors Gesicht. Das wiederholte sich mehrere Male, bis die Mutter es aufgab.

Eine dieser mißglückten Aufnahmen blieb erhalten. Das ganze Mißverhältnis wird darauf deutlich. Die Säule zehnmal so groß wie das Kind. Das alles sollte es einmal tragen und weitergeben, was für eine Belastung für ein so kleines Mädchen!

Quindt hatte es sich angewöhnt, Maximiliane am Morgen ihres Geburtstags an ebendiese Säule zu stellen, ihr ein Buch auf den Kopf zu legen und einen Strich zu ziehen. Im Laufe von zehn Jahren kam aber nicht einmal ein voller Meter zu den ersten 42 Zentimetern hinzu, und jedesmal sagte dann der Großvater: »Nun mal zu! Das geht sehr langsam!« Wenn sie sich beim Messen auf die Zehenspitzen stellte, drückte er sie mit Hilfe des Buches wieder herunter.

Zunächst waren es landläufige, laienhafte Fotografien, die Vera machte. Die belichteten Platten schickte sie nach Stargard, wo sie ein Optiker entwickelte und Abzüge herstellte. Reiten, Autofahren, Fotografieren galten auf Poenichen als nutzlose und kostspielige Liebhabereien. Dort ritt oder fuhr man nur aus, um irgendwohin zu gelangen, aber nicht, um zu fahren oder zu reiten. Die Stimmung verschlechterte sich.

Bei einem ihrer Berlin-Aufenthalte hatte Vera einen Redakteur der ›Berliner Illustrirten‹ kennengelernt, einen Herrn Spitz, dem sie ihre besten Aufnahmen zeigte. Sein Interesse galt zunächst mehr der Frau und den geräucherten Gänsebrüsten aus Pommern, aber dann erkannte er eine gewisse Begabung und verschaffte ihr eine Lehrstelle bei dem Fotografen Vogt in Steglitz, der sie ein halbes Jahr lang ausbildete. Auf Poenichen erfuhr man davon nichts. Wenn sie aus Berlin zurückkehrte, erkundigte man sich allenfalls, ob sie eine gute Fahrt gehabt habe; nach Einzelheiten fragte man nicht.

Vera entwickelte einen sicheren Blick für Bild-Folgen. Sie gehört sogar zu den Erfindern der Foto-Serien. Sie fotografierte denselben Baum zu verschiedenen Tages- und Jahreszeiten oder auch ein Fohlen, eine Stute, einen abgeklapperten Gaul, wobei sie überraschend viel Geduld bewies. Später wagte sie sich auch daran, Menschen zu fotografieren, keine gestellten Aufnahmen, sondern Schnappschüsse, objektiv und entlarvend, meist Personen, die sich unbeobachtet fühlten.

An einem Freitag Anfang Oktober saß Quindt in der Vorhalle und blätterte arglos die ›Berliner Illustrirte‹ durch. Da fällt sein Blick auf vier großformatige Fotografien unter dem Titel ›Bilder aus Hinterpommern‹. Er stutzt. Das erste Bild: ein Gutsherr im Gig, der Kutscher auf dem Tritt stehend hinter dem Herrn, beide von hinten gesehen, eine Allee und an deren Ende ein helles, schloßartiges Gebäude. Das zweite Bild: ein Mann zu Pferde, ebenfalls von hinten, die Peitsche zum Befehl erhoben, rechts und links und zwischen den Pferdebeinen eine Kolonne Kartoffelleser: der Inspektor. Drittes Bild: eine gebückte Frau, breitbeinig und in weiten Röcken, die Kartoffeln aufliest. Als letztes ein Kind, das sich mit einem viel zu schweren Kartoffelkorb abschleppt. Rechts unten: ›Aufnahmen Vera v. Q.‹. Die Abkürzung genügte. Auch was gemeint war, wurde deutlich. Kenntlich war ebenfalls jeder, Quindt und Riepe, Oberinspektor Palcke, Marie Priebe und die kleine Erika Beske.

Außer Quindt bekam auf Poenichen keiner die Illustrierte zu Gesicht, nicht einmal Herr Palcke, aber auf den Nachbargütern hatte man die ›Berliner Illustrirte‹ ebenfalls abonniert. Das Telefon klingelte in einem fort.

Quindt führte zunächst eine Unterredung mit seiner Frau.

»Was hältst du davon, Sophie Charlotte?«

»Ich halte mich da raus!«

»Du hältst dich immer raus, das ist wahr!«

Dann suchte er seine Schwiegertochter in ihren grünen Zimmern auf. Diese Unterredung dauerte länger. Vera lag auf dem Sofa und rauchte, das Grammophon spielte. ›Yes, we have no bananas, we have no bananas today.‹ Quindt hielt die Illustrierte hoch.

»Die Bilder sind gut. Sie geben die Situation wieder, wenn auch einseitig. Hinterrücks gewissermaßen. Man könnte dem Problem auch ins Gesicht sehen. Lassen wir das. Ich wünsche nicht, daß du Poenichen ein zweites Mal in die Zeitung bringst. Es wird besser sein, wenn du dir deine Motive in Berlin suchst. Da gehörst du hin, hier gehörst du nicht hin. Was mir leid tut.«

»Wirklich?« Vera drehte die Kurbel des Grammophons und setzte die Nadel neu auf. ›Yes, we have no bananas.‹ »Hat man auf Poenichen schon einmal etwas von E-man-zi-pa-tion gehört?« Sie skandierte manche Worte genau wie ihre Mutter.

»Gehört und gelesen ja!« sagte Quindt. »Aber gesehen habe ich davon noch nichts. Du hältst dich demnach für eine emanzipierte Frau. Also gut, dann mußt du entsprechend leben. Du wirst auf deine bisherige monatliche Zuwendung verzichten müssen. Ich werde dir statt dessen ein Fotoatelier einrichten, über die Höhe der Kosten werde ich mich informieren. Das Kind gehört hierher.« Er machte eine Pause. »Ich sehe, daß du nicht widersprichst. Wenn du die Aufgaben einer Mutter nicht übernehmen willst, hat deine weitere Anwesenheit auf Poenichen keinen Sinn. Im Gegensatz zu deiner Meinung tut hier jeder seine Pflicht. Wenn du es wünschst, kannst du deine Ferien hier bei uns verbringen, deine Freunde sind allerdings unerwünscht. In einigen Jahren wird das Kind groß genug sein, um dich nach jeweiliger Vereinbarung in Berlin besuchen zu können. Es wäre mir angenehm, wenn du dir für deine fotografische Tätigkeit eine Art Künstlernamen zulegen würdest. Ich sehe den Namen Quindt nicht gern in einer Illustrierten. Ob du den Namen Jadow verwenden willst, bleibt dir beziehungsweise den Jadows überlassen. Aber die Jadows gehen ja in ganz anderem Zusammenhang durch die Presse.« Das letzte war eine Anspielung auf Veras Bruder, die besser unterblieben wäre, aber daran waren vermutlich die ›Bananas‹ schuld.

Vera drückte die Zigarette aus. »Bist du fertig? Du kannst deine Ty-ran-nei auf Poenichen ausüben. Mich und meine Familie laß aus dem Spiel! Und bitte: Mach aus den Verpflichtungen mir gegenüber keine Wohltaten, sonst werde ich mir einen juristischen Beistand nehmen, der feststellen wird, wie hoch die Herstellung einer Erbin zu veranschlagen ist.«

»Ich entschuldige mich in aller Form«, sagte Quindt, ging zur Tür und drehte sich dort noch einmal um. »Behalte deine Gastrolle bei uns nicht in allzu schlechter Erinnerung!«

Mit seiner Prophezeiung: ›Es steckt was in ihr‹ behielt Quindt recht. Er hatte zwar die Einrichtung ihres Berliner Ateliers in der neuen Rentenmark zu zahlen, was bedeutete, daß er zu einem Zeitpunkt Geld aufnehmen mußte, als die Steuerschraube erheblich angezogen wurde. Trotzdem lohnte sich die Geldanlage. Vera wurde unabhängig und stellte keine weiteren Forderungen. In jedem Monat erschien unter dem Namen Vera Jadow eine große Bildserie in der ›B. I.‹, deren ständige, aber freie Mitarbeiterin sie wurde. Ihre Serien hießen ›Untern Linden um halb fünf‹ oder einfach nur ›Musik‹ – der Dirigent des Philharmonischen Orchesters, Wilhelm Furtwängler, mit gesenktem Taktstock, daneben ein Alleinunterhalter in einer Eckkneipe, als letztes ein Leierkastenmann im Hinterhof. Hier sah, das erkannte man schon bald, eine Frau Berlin und traf den Nerv ihrer Zeit. Sie fotografierte Balkone an Jugendstilhäusern, von Karyatiden getragen, Palmen und Oleander in Messingkübeln, Berliner Westen – und Balkone im Norden, auf denen Windeln getrocknet wurden.

Diese Serien machten sie bekannt, sie bekam Zugang zu Journalisten- und Künstlerkreisen, die zwanziger Jahre standen ihr gut, sie verkörperte den Berliner Garçon-Typ, hat ihn vielleicht sogar mitgeprägt. Sie trug Hosenanzüge, zumeist aus schwarzem Samt, Hemdbluse und rote Seidenkrawatte. Sie verkehrte unter Homosexuellen, ohne selbst lesbisch zu sein. Sie rauchte, trank Whisky, fuhr ein schwarzes Kabriolett, einen Roadster, was sonst nur Herrenfahrer taten, zweisitzig, die Leica griffbereit. Sie tanzte vorzüglich Charleston, verfügte über den raschen, auch scharfen Witz der Berlinerin. Obwohl sie mit ihren Bildern soziale Mißstände aufdeckte, war sie unpolitisch und nicht auf Änderung der gesellschaftlichen Verhältnisse bedacht. Sie entdeckte zwar ›die Poesie der Armut‹, war aber keine Käthe Kollwitz, allenfalls ›die rote Prinzessin‹. Irgendwo im hintersten Pommern, hieß es, sollte sie eine kleine Tochter haben, ganz legal. Während eines Empfangs im Ullsteinhaus wurde sie fotografiert und in der nächsten Nummer der ›B. I.‹ den Lesern im Bild vorgestellt. Maximiliane schnitt das Bild aus und legte es in das Kästchen auf dem Kaminsims. Früher oder später hätte eine Trennung von ihrem Kind erfolgen müssen, Vera hatte sich für ›früher‹ entschieden, bevor sie sich aneinander gewöhnen konnten.

»Der Kummer um die Kinder frißt mich noch auf«, schrieb die Großmutter aus Charlottenburg in einem Brief nach Poenichen. Der einzige Sohn in Amerika verschollen, die einzige Tochter eine sogenannte Emanzipierte. Der Brief wurde vorgelesen und besprochen. Maximiliane hörte zu, fragte aber nichts. Später kam noch einmal ein Brief: »Ich habe mich verkleinert.« Die Großmutter war in eine ebenfalls in Charlottenburg gelegene Vierzimmerwohnung gezogen. Maximiliane stellte sich die Großmutter angefressen und verkleinert vor. Wenn man sie fragte, ob sie die Großmutter besuchen möchte, verneinte sie, ohne einen Grund anzugeben. Die Großmutter bekam regelmäßig ihr pommersches Weihnachtspaket, für das sie sich im Laufe des Januars bedankte. Sie schickte dann jedesmal ein Spielzeug für ›mein einziges Enkelkind‹, einmal einen Hampelmann, einmal eine Zelluloidpuppe in der Tracht der Kaiserswerther Diakonissen und einen Kaufmannsladen mit Registrierkasse, Waage, Ladentheke und Regalen, die Nudelpakete mit Liebesperlen gefüllt. Aber Maximiliane spielte nicht mit dem Laden, er stand jahrelang aufgeräumt und zugedeckt im Kinderzimmer. Eine Kauf- und Verkaufsleidenschaft war in ihr nicht angelegt, wurde auch von niemandem gefördert. Es wurde auf Poenichen nichts eingekauft. In der Küche wurde verwendet, was in Garten, Wäldern und Seen wuchs, es gab keine Bananen und auch keine Bonbons, allenfalls selbstgekochte. Die Kleider wurden von Frau Görke genäht, die zweimal in jedem Jahr eine Woche lang im Frühstückszimmer saß und Kleider verlängerte oder veränderte.

Es hatte zwar keinen endgültigen Bruch zwischen Vera Jadow und den Quindts gegeben, aber doch eine Trennung. Diese räumliche und zeitliche Trennung bewirkte allerdings auch eine innere. Quindt blätterte die ›Berliner Illustrirte‹ an jedem Freitag mit Besorgnis durch, zu der aber kein Anlaß bestand. Vera hielt sich an die Abmachung: nie wieder ein Bild aus Hinterpommern.

10

›Wenn ein gesundes Kind geboren wird, dann schreit es und piepst nicht.‹   Rosa Luxemburg

Nachdem Quindt für die Bewirtschaftung des Hauptgutes wieder einen Oberinspektor, jenen Herrn Palcke, eingestellt hatte, der mit seiner Familie das Inspektorhaus bewohnte, und als auch das Vorwerk am See wieder bewirtschaftet wurde, verfügte er über mehr Zeit und ließ gelegentlich durchblicken, daß er nicht abgeneigt sei, wieder in die Politik zu gehen.

Als erste schickte die Deutschnationale Volkspartei eine Abordnung nach Poenichen, aber auch das Zentrum sandte zwei Herren zu ihm; in Ostelbien fehlte es an geeigneten Politikern, und konfessionell schien dieser Freiherr von Quindt zumindest nicht gebunden zu sein. Selbst die Sozialdemokraten hätten ihn gern in ihren Reihen gesehen: ein Landjunker mit parlamentarischer Erfahrung, keineswegs konservativ, der die Belange der Landwirtschaft, in der in Pommern nahezu die Hälfte der Bevölkerung arbeitete, im Reichstag hätte vertreten können. Man mußte ihn veranlassen, zunächst einmal für den Landtag zu kandidieren. Vor allem aber mußte die politische Einstellung dieses vermutlich etwas eigenwilligen Rittergutsbesitzers festgestellt werden. Quindt empfing alle, ließ sich die jeweiligen Parteiprogramme vortragen und verschaffte sich einen politischen Überblick. Er selbst erfuhr dabei eine ganze Menge, die Abgeordneten weniger.

Die Unterredungen fanden im allgemeinen im Büro statt, wo den Herren ein kleiner Imbiß serviert wurde. Man sprach zunächst über die Lage der Landwirtschaft im allgemeinen, dann über die des Großgrundbesitzes im besondern, die mißlich war, darin waren alle Parteien sich einig.

Quindt besorgte das Einschenken selbst: Branntwein aus der eigenen Brennerei, zweietagig. Man blieb auf diese Weise ungestört und hatte keine unerwünschten Zuhörer. Nur Maximiliane, die kleine Enkeltochter, saß unter dem großen Eichenschreibtisch und spielte mit ihren Puppen. Besonderer Umstände wegen gab es zu dieser Zeit keine Erzieherin; es wurde immer schwerer, auf dem Land Personal zu bekommen, die jungen Leute wanderten in die Städte ab – auch darüber bestand Einigkeit –, trotz aller offensichtlichen Vorzüge, die das Landleben doch bot.

Das Gespräch wird zur Diskussion. Die Stimmen werden lauter, auch Quindt wird lauter. Es fallen Namen und Schlagworte. Scheidemann, Friedrich Ebert, Noske. Versailler Vertrag, Reparationsleistungen, Erfüllungspolitik. Und immer wieder Ebert und Noske. Quindt bittet sich Bedenkzeit aus.

Bevor sich die Herren verabschieden, beugen sie sich zu dem Kind hinab, klopfen ihm auf den Kopf oder ziehen es an der Haarschleife: »Wie heißt du denn?« – »Wie alt bist du denn?« – »Deine Puppe ist aber viel älter als du!« – »Wie heißt denn deine Puppe?«

Maximiliane hält bereitwillig die eine Puppe hoch: »Das ist der Ebert«, hält die andere Puppe hoch: »Das ist der Noske!« Die Herren lachen. »Prachtvoll!« – »Sehen Sie, lieber Herr von Quindt, was Sie da anrichten?! Da wächst Ihnen eine kleine Rosa Luxemburg heran. Ein ganz reizendes Kind! Ihre Enkelin, nicht wahr?« Dann erkundigt man sich nach dem Vater und erfährt, daß er gefallen sei.

»Ja, ja, der Krieg! Um so wichtiger, daß die geeigneten Männer sich in den Dienst des Volkes stellen. Das Leben geht weiter!«

Maximilianes Puppen stammten aus den siebziger Jahren des 19. Jahrhunderts, Museumsstücke; der Oberkörper aus Leder, die Partien unterhalb der Brust in einem prall mit Sägemehl gefüllten Säckchen zusammengefaßt, geschlechtslos und von Frauenkleidern verborgen. Die Lederarme gelenkig, der Kopf bemalt und mit echtem Haar bewachsen, Mittelscheitel. Ebert trug die Zöpfe doppelt um den Kopf gelegt. Maximiliane, eine rührende Puppenmutter, schmierte immer wieder die Rheumasalbe des Großvaters dick auf die Sägemehlkörper, wusch dann nach kurzer Einwirkungsdauer die Cremeschicht wieder ab und brachte die Kleidung in Ordnung. Dann lüftete sie das Bettzeug, legte Ebert und Noske in Schachteln, die sie durch Hochstellen der Deckel in Himmelbetten verwandeln konnte. Einen Puppenwagen besaß sie nicht, die Anschaffung hätte sich für ein Einzelkind nicht gelohnt. Die Puppen stammten noch aus jenen Jahren, als Quindts Schwestern mit ihnen gespielt hatten.

Eine neue Delegation erscheint, eine nationalliberale. Wieder geht es um den Versailler Vertrag. »Dieser Vertrag wurde nicht geschlossen, Herr von Quindt, sondern diktiert!«

»Und was hätten wir Deutschen unter den gleichen Umständen getan, meine Herren? Hätte der Kaiser oder ein Mann wie General Ludendorff den Mächten der Entente günstigere Bedingungen zugestanden? Ich sehe keinen Grund, das anzunehmen. Die Deutschen sind nicht besser, nur weil sie Deutsche sind!«

Die Entrüstung ist allgemein. »Das heißt denn doch die liberale Gesinnung auf die Spitze treiben!«

»Meine Herren, Sie träumen von einer Zeit vor neunzehnhundertvierzehn. Wollen Sie diese Zustände wieder erreichen? Ich war persönlich zugegen, als Januschau-Oldenburg vor dem Reichstag sagte: ›Der König von Preußen und der deutsche Kaiser muß jeden Moment imstande sein, zu einem Leutnant zu sagen: Nehmen Sie zehn Mann und schließen Sie den Reichstag!‹ Möchten Sie in einem solchen Reichstag Abgeordnete sein? Sie werden vielleicht nicht wissen, daß ich damals, als Reserveoffizier in voller Uniform, den Saal verlassen habe. Unter Protest!« Er kam auf den Reichspräsidenten Ebert zu sprechen, schließlich auch auf Noske. »Vox populi«, sagte er dann. »Man muß dem Volk aufs Maul schauen, man muß hinhören, was die Leute sagen, bevor sie morgen tun, was sie heute nur sagen!«

»Wo stehen Sie eigentlich, Herr von Quindt?«

»Solange mich die Rechten für einen Linken halten und die Linken für einen Rechten, ist mir das recht. Demokratie müssen wir lernen, meine Herren! Jeder von uns, im Einzelunterricht. Demokratie heißt unser Hauptwort! Und alles andere, national und liberal und sozial, das sind nur die Beiworte!«

Eine Woche später erschienen wieder einige Herren von der Sozialdemokratischen Partei. Der Tag war schön; man beschloß, das Gespräch unter der Blutbuche im Park zu führen. Maximiliane schloß sich der Delegation an, schleppte ihre Puppenschachteln unter den Baum und ließ sich dort nieder; lief dann noch einmal weg, kehrte mit einer Schaufel zurück und grub ein Loch zwischen den bloßliegenden Wurzeln des alten Baumes.

Das Herrenhaus lag im Nachmittagssonnenlicht und wirkte besonders antik. Einer der Herren sagte dann auch: »Ganz griechisch! Das Land der Griechen mit der Seele suchend!«

Quindt erklärte, daß einer seiner Vorfahren in Griechenland gewesen sei, aber doch wohl nicht lange genug.

»Immer schlagfertig, Herr von Quindt, immer das richtige Wort!«

Der alte Priska harkte gerade außer Hörweite die Parkwege und lieferte den Anlaß für einige Sätze über die Altersversorgung der Landarbeiter.

Die Akazien standen in voller Blüte und stießen Duftwolken aus, die der Ostwind über die Rasenflächen trieb. Die Herren aus der Stadt waren entzückt. Ein Pirol ließ sich hören, was auch auf Poenichen eine Seltenheit war, die Jagdhunde jagten ums Haus, und unter dem alten Baum spielte das Kind – die Szene hätte nicht besser angeordnet werden können. Die Fragen »Wie heißt du denn?« und »Wie alt bist du denn?« waren bereits gestellt und beantwortet. Ein gelungener Ausflug aufs Land! Man hatte als Städter ja keine Ahnung von den Schönheiten Hinterpommerns. Streubüchse! Davon konnte doch wohl keine Rede sein! Eher pommersche Schweiz! Diese Weite, die dem Auge so wohltat! Eine Kutschfahrt zum See wurde in Erwägung gezogen. Politisch hatte man nicht in allen Punkten volle Übereinstimmung erzielt, aber damit war bei einem so eigenwilligen, charakterfesten Mann wie Quindt ohnedies nicht zu rechnen gewesen. Mehrfach war bereits versichert worden, daß man politisch profilierte Männer brauche, und Quindt war bei seinem Lieblingsthema angekommen, bei der Demokratie, die erlernt werden mußte. »Und das dauert«, sagte er, »da können keine Klassen übersprungen werden. Dann geht es nicht schneller, sondern führt unweigerlich in die Diktatur.« Auch darin ist man sich durchaus einig.

»Ein Mann wie Sie, Herr von Quindt, der den Freiherrntitel bereitwillig abgelegt hat, der durch Geburt und Stand ein Konservativer sein müßte und dennoch demokratisch, ja, sozial denkt, ist für uns in dieser Stunde wichtiger als jemand, der aus eigener sozialer Not zum Sozialisten wurde. Wir dürfen also mit Ihnen rechnen?«

Quindt gibt noch keine endgültige Zusage, aber sie liegt in der Luft wie der Duft der Akazien. Man hat sich bereits erhoben, um zu gehen, als Quindt noch einmal zur Klärung seines Standpunktes ansetzt. »Was die politische Vernunft anlangt, da möchte ich sagen: ›Erst denken, dann reden, dann handeln.‹ Bei uns Deutschen besorgen die einen das Denken, die anderen das Reden, und die, die nachher das Handeln besorgen, die haben zumeist weder nachgedacht noch darüber geredet, sondern stellen das Volk vor vollendete Tatsachen!«

Die Herren spenden Beifall. »Wie wahr! Eine solche Rede

vor dem Reichstag! Was bekommt man dort oft zu hören!«

»Ein Politiker muß nicht unbedingt reden können, meine Herren, aber er muß schweigen können, wenn er nichts zu sagen hat!«

»Bravo! Von solchen ›Quindt-Essenzen‹ spricht man im ganzen Lande!«

Aber schon macht Quindt wieder eine Einschränkung. »Um sich unabhängig fühlen zu können, muß man vermögend genug sein, damit man jederzeit wieder zurücktreten kann, ohne auf wirtschaftliche Verhältnisse Rücksicht nehmen zu müssen. Noch drücken mich die Schulden nicht, aber wenn die Preise für landwirtschaftliche Produkte weiter sinken und die Preise für Kunstdünger steigen?«

»Auch aus diesem Grunde sollten Sie auf die politischen und wirtschaftlichen Ereignisse Einfluß nehmen!«

»Wissen Sie, daß ich zu den meisten Fragen mindestens zwei eigene Meinungen habe?«

Die Herren lachen und setzen sich in Bewegung. Einer von ihnen klopft im Vorbeigehen dem Kind, das immer noch friedlich unter dem Baum spielt, auf den Kopf. »Entzückend! Eine Idylle! Was spielst du denn da? Du willst doch deine hübsche Puppe nicht etwa in dem Loch vergraben?«

»Doch«, sagt Maximiliane. »Der Ebert stinkt!« Sie öffnet den Sarg noch einmal, holt die Puppe aus der Schachtel und hält sie mit ihren dreckverschmierten Händen hoch, damit der Herr sich davon überzeugen kann.

Erklärungen erübrigen sich. Quindt unterläßt sie denn auch. In jedem anderen Hause würde man einem Kind untersagt haben, seine Puppen nach bedeutenden Staatsmännern zu nennen, ebenso wie man es ihm verbieten würde, sie mit Salbe und Wasser zu behandeln. Das Kind hatte recht: Ebert stank tatsächlich, man roch es. Mit Humor war nicht zu rechnen. Die Herren greifen nach ihren Panamahüten und verabschieden sich kühl. Auf Imbiß und Kutschfahrt wird verzichtet, ebenso auf den pommerschen Junker als Mitglied der Sozialdemokratischen Partei.

Diese Geschichte vom Ende seiner politischen Laufbahn gehörte für einige Jahre zu Quindts Lieblingsgeschichten. Er

pflegte sie zu vorgerückter Stunde auf Wunsch bei jedem Jagdessen zum besten zu geben.

»Lieber Quindt, erzählen Sie, wie Sie kein Politiker wurden!«

11

›Knie zusammen!‹   Adele Eberle, Erzieherin

Keine der Erzieherinnen blieb länger als ein Jahr auf Poenichen. Als Dreijährige wurde das Kind von einem Fräulein
Arndt aus Stolp betreut. Quindt, der sie brieflich engagierte,
hatte versäumt, sich rechtzeitig zu erkundigen, wie sie es mit
der Religion halte. Sie hielt es, wie sich herausstellte, überhaupt nicht mit der Religion. Sie fühlte sich lediglich für das
leibliche Wohlergehen des Kindes zuständig, und was das an
ging, ließ sie es an nichts fehlen. Nie wieder wurde das Kind
so gründlich gewaschen, nie wieder wurden ihm morgens und
abends sämtliche Nägel gesäubert und beschnitten, wobei
Fräulein Arndt häufig jene Familie in Köslin erwähnte, bei
der sie drei Jahre lang angestellt gewesen war: Vier Kinder,
das bedeutet, jeden Morgen und jeden Abend achtzig Fuß-
und Fingernägel! »Und die eigenen Nägel, mein Fräulein?«
erkundigte sich Quindt.

Fräulein Arndt folgte seinem Blick und sagte: »Ich bin nur
für das Kind zuständig!« Da der Umsatz an Erzieherinnen
schon aus anderen Gründen groß genug war, lenkte Quindt
ein: »Ich mache einen Vorschlag: An geraden Tagen die Nägel des Kindes, an ungeraden die eigenen.« In der Folge griff
er kaum noch ein. Keiner griff ein. Auf Poenichen tat jeder,
was er für richtig hielt, auch wenn es oft das Falsche war.

Bis zum dritten Lebensjahr trug das Kind ständig ein Stück
Seidenstoff mit sich herum, ein Knäuel, an dem es vorm Einschlafen lutschte, vielleicht ein Taschentuch der Mutter,
kenntlich war es nicht mehr. Fräulein Arndt hatte dem Kind
diesen Fetisch sofort mit allen Anzeichen des Ekels wegge-
nommen. Als sie Poenichen bereits verlassen hatte, stellte sich

heraus, daß das Kind seine Fingernägel abbiß, ja sogar, was nur selten vorkommt, die Fußnägel. Handelte es sich um eine Folgeerscheinung? Äußerte sich darin seine Abneigung gegen die Erzieherin? Wollte es vermeiden, daß ihm die Nägel geschnitten wurden? Inzwischen haben die Kinderpsychologen das Nägelkauen als eine Form abgeleiteter Aggression erkannt. Aus dieser oralen Entwicklungsphase blieben einige Schäden zurück, die aber eher ästhetischer Art waren. Maximiliane wird eine Frau werden, die zeitlebens ihre Nägel abbeißt.

Da auf Poenichen immer nur von ›dem Kind‹ gesprochen wurde, nannte es sich selber ungewöhnlich lange ›Kind‹, sprach noch mit fünf Jahren in der dritten Person Einzahl von sich, entdeckte also sein Ich sehr spät.

Dem Fräulein Arndt ist es aber zu verdanken, daß dem Kind eine Angewohnheit, ja Ungezogenheit, rasch wieder abgewöhnt wurde, nämlich, sich grundlos zu entkleiden. Meist geschah das in der Vorhalle: Unvermutet entledigte sich das Kind seines Kleidchens, seiner Schuhe und Strümpfe, legte die Kleidungsstücke sorgsam zusammen und machte sich nackt auf den Weg, wurde zurückgeholt und wieder angekleidet. Vielleicht war der Einfluß des Krabbel-Fräuleins mit den nudistischen Neigungen größer gewesen, als man vermutet hatte. Im Gegensatz zu ihrer Vorgängerin brachte Fräulein Arndt dem Kind Schamgefühl bei, zumindest vorübergehend.

In jenem Jahr mußten sich die Großeltern persönlich um die geistliche Weiterentwicklung des Kindes kümmern. Abends um sieben erschien Fräulein Arndt und sagte: »Das Kind ist versorgt!«

Quindt blickte dann auf die Standuhr. »Ist es mal wieder soweit?«, erhob sich und begab sich ins Separate und sagte: »Sophie Charlotte, wir müssen das Kind abbeten.« Zwanzig Jahre zuvor hatten sie in der gleichen Haltung neben derselben Wiege gestanden, ebenso befangen wie jetzt; damals der einzige Sohn, jetzt die einzige Enkeltochter.

»Nun mal zu!« befiehlt der Großvater.

Das Kind faltet die Hände, schließt die Augen, wofür ihm die Großeltern dankbar sind, und betet: »Lieber Gott, Himmel komm, Amen!«

»Im wesentlichen scheint es zu stimmen«, entschied Quindt. Ein Gebet konnte man das kaum nennen, allenfalls ein Gebetchen. Das Samenkorn Frömmigkeit, das in dieses Kind gelegt wurde, war nur klein. Bevor die Großeltern noch das Zimmer verlassen hatten, schlief es bereits, zusammengerollt wie ein Hund. Sobald es dem Kind langweilig wurde, rollte es sich im Bett, auf einem Sessel oder in der Kutschenecke zusammen und schlief ein. Die Fähigkeit, überall und zu jeder Zeit schlafen zu können, blieb ihm erhalten und erwies sich als wohltätige Gabe. Was andere mühsam, etwa durch autogenes Training, erlernen müssen, wurde ihm in die Wiege gelegt.

Als Quindt die nächste Erzieherin suchte, ließ er die Stellenvermittlerin in Stettin wissen, daß nicht nur die leibliche, sondern auch die geistliche Betreuung der Vierjährigen übernommen werden müsse. Diese Bedingung wurde mehr als erfüllt. Der Vater von Fräulein Hollatz war Ernster Bibelforscher. Während des Krieges und vor allem in den ersten Nachkriegsjahren fand die Sekte der Bibelforscher viele Anhänger, zumal sie nicht nur die Kirche, sondern auch den Staat heftig angriff. Fräulein Hollatz wurde, während sie auf Poenichen weilte, regelmäßig durch ihren Vater mit dem ›Wachtturm‹ beliefert; sie trug das Blatt ins Dorf, wo man es von Haus zu Haus weiterreichte. Sie verkündete dem Kind, daß die letzte Weltzeit angebrochen sei, und fütterte es mit biblischen Geschichten. Ungehorsam wurde von ihr nicht mit Schelte oder gar Schlägen bestraft, sondern mit dem Hinweis auf das Wort: ›Die Gehorsamen werden auf Erden im goldenen Zeitalter ein vollkommenes Leben haben.‹

Quindt bereitete seine Kandidatur für den Landtag vor und hatte die Verwaltung des Gutes weitgehend seinem Oberinspektor überlassen, der ihm jeden Morgen von 9 bis 10 Uhr ausführlich Bericht erstattete. Von den Versammlungen, die Fräulein Hollatz einmal wöchentlich im Haus des Schreiners Jäckel abhielt, hatte Herr Palcke nichts wahrgenommen, und bis Quindt davon erfuhr, war bereits viel Schaden angerichtet. Unvermutet tauchte er bei einer solchen Versammlung auf. Fräulein Hollatz las gerade vom goldenen Zeitalter vor. Quindt ließ sie den Satz nicht zu Ende bringen, sondern erklärte, daß von goldenen Zeiten auf Poenichen nicht die Rede sein könnte und daß man sich auf Prophezeiungen lieber nicht verlassen sollte; die Notzeiten seien noch lange nicht zu Ende. An goldene Zeiten glaubte er grundsätzlich nicht, dann schon eher an eisernen Fleiß. Wie es die Anwesenden mit der himmlischen Herrlichkeit hielten, das ginge ihn nichts an, aber hier, auf Poenichen, sollten sie das Bibelforschen lieber dem Pastor überlassen, der habe das studiert und würde dafür bezahlt.

Er nahm Fräulein Hollatz gleich mit. »Ihr Zug geht morgen um zehn, Herr Riepe wird Sie zum Bahnhof bringen. Ich zahle ein Vierteljahr, das ist mir die Chose wert.« Fräulein Hollatz verkündigte ihm das baldige Weltende, doch Quindt sagte, daß er den Weltkrieg überlebt und die Inflation überstanden hätte, vermutlich würde er also auch das Weltende überstehen.

Später hieß Fräulein Hollatz ›das Fräulein mit der Bibel‹; alle Erzieherinnen trugen statt eines Namens ein Kennzeichen.

Da die Erzieherinnen von einem Tag zum anderen Poenichen verließen, entstanden immer wieder Unterbrechungen in der Erziehung des Kindes; Zeiten, in denen es sich selbst und Frau Riepe überlassen blieb, der ›Amma‹, die dem Kind Leckerbissen zusteckte, selbstgekochte Karamelbonbons, Zärtlichkeitsersatz. In den fräuleinlosen Monaten nahm das Kind regelmäßig an Gewicht zu. Was sollte man ihm sonst Gutes tun, dem armen Kind; über Jahre hieß es bei den Gutsleuten ›das arme Kind‹ oder ›dat arme Minsch‹. Anna Riepe gab ihm Kochtöpfe und Holzlöffel zum Spielen. Sie durfte in den großen Töpfen, die auf dem großen Herd standen, rühren. Sie warf mutwillig Tassen auf den Steinboden, weil es so lustig schepperte, bekam dafür von Frau Riepe Schläge und wurde gleich darauf von ihr getröstet. Sie durfte Johannisbeeren zupfen, Erbsen auspalen und wurde dafür gelobt. Sie bekam ein Messer, durfte Rhabarberstangen in Stücke schneiden und schnitt sich dabei in den Finger. Sie lernte frühzeitig die Küchenmaße: eine Handvoll Zucker, eine Prise Salz, ein Schuß Essig.

Wenn die Küchenarbeit getan ist, zieht Frau Riepe einen

Stuhl vor den Herd, legt noch ein paar Scheite nach, stemmt die Füße auf die Herdklappe und nimmt das Kind auf den Schoß.

»Erzähl vom Pißputt, Amma!«

Das Kind bekommt, was es sich wünscht. Frau Riepe ist nicht auf die Erweiterung des kindlichen Gesichtskreises bedacht. Also erzählt sie immer wieder ›Von dem Fischer un syner Fru‹. Bevor sie noch sagen kann: »Na, wat will se denn, säd de Butt«, ruft das Kind schon: »Manntje, Manntje, Timpe te, Buttje, Buttje in de See, myne Fru, de Ilsebill, will nich so, as ick wol will!«

Märchenerzählen mit verteilten Rollen. Draußen wird es dunkel, Herr Riepe kommt, reibt sich die Hände über der warmen Herdplatte, wärmt sich den Rücken und setzt sich dazu. Frau Riepe nimmt einen Herdring ab, dann ist es wieder hell genug, das Kind kuschelt sich in ihren weichen Schoß und wartet auf das nächste Stichwort. Eine Fischerhütte, ein Haus, ein Schloß, ein Himmelreich für Ilsebill! Und am Ende: ›Se sitt al weder in 'n Pißputt!‹ Das Kind jubelt vor Entzükken. Milch wird heiß gemacht, Weißbrot eingebrockt, Zucker darüber gestreut: für Herrn Riepe eine große Schüssel Eingebrocktes, für Maximiliane das braune Kümpchen.

Der Park, das Haus, die Räume, die Flure, die Treppen, selbst das Bett, in dem Maximiliane mittlerweile schläft, alles erweist sich als zu groß für so ein kleines Mädchen. Sie baut sich Nester und Höhlen, sie legt Verstecke an, nimmt die Puppen mit. Sie kriecht zwischen Schränke, die im Halbdunkel der langen Gänge stehen, hockt da und rührt sich nicht. Sie spielt Verstecken im Park. Aber niemand findet das Kind, weil niemand mit ihm Verstecken spielt. Erst nach Einbruch der Dunkelheit heißt es: ›Wo ist denn das Kind?‹ – ›Sicher hat es sich wieder irgendwo versteckt.‹ An der Suche beteiligen sich dann außer der gerade zuständigen Erzieherin die Hausmädchen und Frau Riepe, oft auch der Großvater. Sie gehen mit Lampen durch den Park und rufen laut den Namen des Kindes. Wenn man es endlich entdeckt hat, schweigt es, antwortet nicht auf die Fragen: ›Hast du uns nicht gehört?‹ – ›Warum meldest du dich nicht?‹

Fräulein Eberle hat angeordnet, daß der Opa mit ›Großvater‹ anzureden ist und Onkel Riepe mit ›Herr Riepe‹. Das Kind fügt sich, indem es die Anreden vermeidet, aber bei ›Amma‹ bleibt es. Auch das Kind wird von nun an beim rechten Namen genannt, Maximiliane. »Maximiliane ist bockig!« eröffnet Fräulein Eberle dem Großvater. Dieser sagt, was er immer sagt, wenn ihm Erziehungsschwierigkeiten vorgetragen werden: »Das verwächst sich auch wieder.« Womit er in der Regel recht behält. Fräulein Eberle setzt ihm auseinander, daß in diesem Alter die außerhäusliche Erziehung eines Kindes beginnen müsse, Maximiliane lebe in einer Erwachsenenwelt, das Haus habe völlig unkindliche Maße. Damit hat sie recht, aber Quindt hat mit seinen Einwänden ebenso recht: »Sollen wir uns wegen dieses Kindes alle auf Kinderstühle setzen und Brei löffeln?« fragt er. Fräulein Eberle beharrt auf ihren Grundsätzen: »Stellen Sie sich einmal vor, Herr von Quindt, Sie müßten in Ihren Sessel klettern! Oder, was noch schwieriger ist, auf das Klosett!«

»Das wünsche ich mir nicht vorzustellen, und ich wünsche auch nicht, daß Sie sich das vorstellen, mein Fräulein! Das Kind wächst ja auch noch!« Er sieht Maximiliane an, die neben ihm steht, breitbeinig, die Hände auf dem Rücken gefaltet, und fügt hinzu: »Allerdings langsam!«

»Das Kind gehört in einen Kindergarten!« sagt Fräulein Eberle und erklärt Herrn von Quindt eingehend die Vorzüge einer Erziehung im Kindergarten, worunter sich Maximiliane einen Garten vorstellt, in dem Kinder an Stöcke gebunden werden wie Stangenbohnen.

»Ich sehe mich außerstande, auf Poenichen einen Kindergarten einzurichten, mein Fräulein!« sagt Quindt. »Schicken Sie das Kind für ein paar Stunden ins Dorf, da wird sich ja jemand finden lassen, mit dem es spielen kann.«

Maximiliane wird ins Dorf geschickt, kehrt aber bald zurück. »Willst du nicht mit den netten Kindern im Dorf spielen? Sind sie dir nicht fein genug?« fragt Fräulein Eberle.

»Die wollen ja überhaupt nicht spielen!«

Also nimmt Fräulein Eberle Maximiliane bei der Hand, sagt: »Das werden wir ja sehen!« und begleitet sie ins Dorf. Vor den Häusern sitzen ein paar alte Frauen auf den Bänken, zwei Jungen hüten auf dem Dorfanger die Gänse, sonst ist niemand zu sehen.

»Kommt einmal her, ihr Jungen!« ruft Fräulein Eberle. »Ihr dürft mit der kleinen Maximiliane spielen!«

Keiner antwortet.

»Wollt ihr denn nicht lieber spielen als Gänse hüten, Kinder?«

»Nein!«

Fräulein Eberle spricht mit den alten Frauen.

»Dat is nich Bruuk!«

»Aber die kleine Maximiliane hätte gern ein paar Spielgefährten!«

»De Arbeet geiht vöör!«

»Herr von Quindt ist damit einverstanden!«

»Bi us im Dörp –«

Schließlich übernimmt Herr Riepe die Vermittlung. Walter Beske, der Sohn des Kolonialwarenhändlers, Klaus, der älteste Sohn des Landarbeiters Klukas, und Lenchen Priebe werden abkommandiert, Klaus und Walter etwas älter, Lenchen fast zwei Jahre jünger als Maximiliane, ihre weitläufige Cousine übrigens, aber von ihrer Abstammung ist nie die Rede.

»Wi spill för Geld!«

Fräulein Eberle hält sich in der Nähe. »Was wollt ihr spielen, Kinder?«

Klaus Klukas bestimmt: »Wi spill Voader un Mudder. Wo is dien Mudder?« fragt er Maximiliane.

»In Berlin!« sagt sie.

»Un dien Voader?«

»Der ist tot!«

»Dann spill wi: dien Voader is daut. De Walter is dien Voader, und ick schött him daut.«

»Kinder!« sagt Fräulein Eberle. »Wollt ihr nicht lieber etwas anderes spielen? Es gibt so viele schöne Reigenspiele. Kennt ihr ›Dornröschen war ein schönes Kind‹?«

»Nein!«

Fräulein Eberle verteilt die Rollen. Sie selber übernimmt die Rolle der bösen Fee mit der vergifteten Spindel. Sie löst ihre Brosche: »Dies ist die Spindel! Lenchen, du spielst das Dornröschen!«

»Dat dau ick nich«, sagt Lenchen und heult.

»Maximiliane, dann spielst du es und stellst dich in die Mitte. Walter spielt den Küchenjungen und Klaus den Königssohn.«

Die Kinder stehen mit erhobenen und verschränkten Armen auf dem Rasen und bilden eine Dornenhecke; Dornröschen hockt in der Mitte und schläft, alle singen, so laut sie nur können, ›Dornröschen, schlafe hundert Jahr, hundert Jahr...‹

Prinz Klaus bricht sich einen Weg durch die Dornenhecke. Bevor die böse Fee noch eingreifen kann, schlingt ihm Dornröschen bereits die Arme um den Hals und küßt ihn mitten auf den Mund. Die Ohrfeige, die der Küchenjunge bekommen sollte, bezieht Dornröschen von ihrem Prinzen, nachdem er den ersten Schrecken überwunden hat.

Fräulein Eberle ist empört. »Was fällt euch ein?«

Zur Hochzeit kommt es nicht. Die Kinder ziehen ab. Fräulein Eberle ruft ihnen nach: »Kommt aber morgen wieder!«

Klaus Klukas dreht sich um: »Küssen laß ick mich nich, ock nich för Geld!«

Wieder wird Herr Riepe eingeschaltet.

Beim nächsten Versuch bleiben die Kinder aus erzieherischen Gründen sich selbst überlassen, barfuß, aber mit frischgekämmten Scheiteln stehen sie unten an der Treppe. Maximiliane zieht ebenfalls Schuhe und Strümpfe aus. Walter Beske und Klaus Klukas holen einen kleinen Leiterwagen aus der Remise. Sie spielen ›Pferd und Wagen‹. Lenchen Priebe wird als Bremse hinter den Wagen gestellt, Maximiliane klettert hinein und nimmt Platz. Walter Beske reißt einen Lindenschößling aus und macht daraus für sie eine Peitsche. Die Jungen nehmen die Deichsel zwischen sich. »Wi siet de Peer! Un nu geit dat laus!«

Maximiliane schwingt die Peitsche, die Jungen laufen im Trab die Allee hinunter. Maximiliane ruft: »Hüüh!« und »Brr!«

Quindt liest gerade seine Zeitung in der Vorhalle, Fräulein Eberle beobachtet die spielenden Kinder. »Nun sehen Sie sich das bitte einmal an, Herr von Quindt!« sagt sie. »Immer spielt sie die Prinzessin, wenn man nicht jedesmal eingreift.«

»Die anderen Kinder werden sie wohl dazu machen«, antwortet Quindt. »Das sitzt fest drin. Wir spielen alle unsere Rollen, mein Fräulein. Die einen ziehen den Wagen, und die anderen versuchen zu bremsen. Einer sitzt drin und läßt sich ziehen. Hauptsache, der Wagen läuft!«

»Sie sehen es wohl doch zu philosophisch, Herr von Quindt, und zu wenig pädagogisch. Das wird sich eines Tages ändern. Sie werden sich wundern!«

»Ach, mein Fräulein! Wundern? So leicht wundere ich mich nicht. Dann werden andere im Wagen sitzen und andere werden ziehen, und dann werden Sie sich wundern.«

Inzwischen ist Lenchen hingefallen, liegt im Staub und brüllt. Maximiliane schreit noch immer ›hü‹ und ›hott‹, die Pferde wechseln die Gangart und gehen in Galopp über. Maximiliane fällt aus dem Wagen und liegt ebenfalls im Dreck, nicht weit von Lenchen entfernt.

»Kieck moal dei Maxe!« ruft Klaus Klukas.

Von nun an steht Maximiliane jeden Mittag auf der Treppe und wartet, daß die Kinder kommen. Wenn sie ausbleiben, verläßt sie den Park in Richtung Dorf, und unmittelbar darauf verläßt auch Fräulein Eberle den Park, allerdings in Richtung Poenicher See, Inspektorhaus. Von ihrem bei Arras gefallenen Verlobten ist nicht mehr die Rede.

Maximiliane zieht Schuhe und Strümpfe aus, bindet die weiße Haarschleife auf, streift Gummizwillen über die Zöpfe, die an den Ohren abstehen. Sie versteckt das Herrenkind unterm letzten Rhododendronbusch, dann läuft sie die staubige Dorfstraße hinunter, schaut bei Klukas, Jäckels, Griesemanns, beim Schmied, bei Lehrer Finke und der Witwe Schmaltz hinters Haus und in die Küche, bis sie andere Kinder findet. Sie suchen Brennesseln für die jungen Gänse, fangen Enten ein, die sich verlaufen haben, sammeln Kamillenblüten zum Trocknen oder Hagebutten. Sie treiben die Gänse auf die Stoppelfelder und schlagen mit Stöcken in die Haselnußsträucher.

Es dauert keine vier Wochen, da spricht sie Platt und pfeift auf zwei Fingern. Am Ende des Sommers ist ihr Haar zwar noch immer nicht flachsblond wie bei den anderen Kindern, aber ihre Arme und Beine sind ebenso braungebrannt und zerkratzt. Mit ihren Schuhen und Strümpfen legt sie am Parktor das Hochdeutsch wieder an und kehrt ins Herrenhaus zurück. Wenn der Großvater in der Kutsche durchs Dorf fährt, läuft sie durch Morast und Gänseherden auf ihn zu und springt aufs Trittbrett: »Ick will vel Kinner, Grautvoader!« »Später!« sagt er.

Zu weiteren Liebesbeweisen gegenüber Klaus Klukas kommt es nicht, aber sie hält sich in seiner Nähe. Wenn die Sonne hoch steht und die alten Frauen den Platz vorm Haus verlassen haben und in der kühlen Küche sitzen, ziehen sich die Kinder in ihr Haselnest zurück. Niemand kann hineinsehen, nicht einmal die Sonne. Dann spielen sie Doktor. Der Vorschlag stammt von Maximiliane. Klaus Klukas spielt den Doktor, Maximiliane die Krankenschwester und Walter Beske den Pförtner, der aufpassen muß, daß niemand den Operationssaal betritt. Lenchen Priebe spielt die Patientin, die gründlich untersucht werden muß, immer an denselben Stellen. Sie wird auf den Rücken gelegt, dann auf den Bauch, das Röckchen hochgeschlagen. Eine Hose trägt sie nicht. Als Instrument dient die langstielige Rispe eines Spitzwegerichs. Lenchen liegt still, kneift die Augen zu und kichert. Maximiliane schlägt einen Rollenwechsel vor, aber Klaus Klukas lehnt ab. »Dat dau ick nich!« Walter Beske wäre bereit, den männlichen Patienten zu spielen, aber daran liegt Maximiliane nichts. Zur Abwechslung spielen sie manchmal ›Kinder kriegen‹, wobei man Lenchen einen Ball unters Kleid schiebt. Doch Kinderkriegen geht zu schnell und wird rasch langweilig. Auch das Doktorspielen wird wieder eingestellt. Es hinterläßt bei Maximiliane keine Schäden. Sie vergißt es völlig.

Den Winter über machte Fräulein Eberle mit Maximiliane Beschäftigungsspiele. Spielgerät, wie es Froebel für dieses Alter empfahl, gab es nicht und wurde nicht angeschafft. Das vorhandene Spielzeug, darunter drei fünfzigjährige Steckenpferde und einige Bleisoldaten, kamen nicht in Frage, also ging Fräulein Eberle in die Stellmacherei und holte dort Klötze und Rundhölzer zum Häuserbauen. Außerdem ließ sie das Kind malen. Maximiliane malte als erstes und immer wieder in die Mitte des Blattes eine große Sonne. »Nun mal deine

Großeltern!« ordnete Fräulein Eberle an, und Maximiliane malte eine Sonne und rechts daneben auf zwei Riesenbeinen einen Kopf, von dem die Arme herabhingen, und dann, so weit wie nur möglich entfernt, auf die linke Seite eine gleichgroße Figur, allerdings mit drei Beinen, offensichtlich der Großvater mit dem Stock.

»Du solltest keine Sonne malen, Maximiliane!« tadelt Fräulein Eberle.

»Ohne Sonne kann man den Großvater und die Großmutter doch gar nicht sehen!«

Die Logik des Kindes wurde von Fräulein Eberle nicht begriffen. »Nun mal das Haus!«

Doch wieder malt Maximiliane zuerst eine Sonne und dann ein Haus, das eher einem Pißputt als einem Herrenhaus glich, mit einer Tür und fünf Fenstern und einem Weg, der unmittelbar auf die Tür zulief.

»Das Haus hat ja nur Löcher!« bemängelt Fräulein Eberle. »Du mußt Fenster und Türen einsetzen!«

»Aber die Fenster und die Tür stehen doch alle auf!«

Im Herbst hatte Fräulein Eberle Binsen vom Poenicher See mitgebracht und auch Eicheln und Kastanien. Sie schnürte mit Maximiliane Eicheln zu Ketten, schnitzte kleine Körbe aus Kastanien und flocht Stühle und Tische aus Binsen. Alle diese Erzeugnisse machte Maximiliane dem Großvater zum Geschenk, und er stellte sie in den Bücherschrank. Je ein Heidekränzchen und ein Kastanienkörbchen packte die Großmutter in die Weihnachtspakete, die alljährlich nach Berlin gingen, für Vera und für die Charlottenburger Großmutter.

Als nächste Erzieherin stellte Herr von Quindt ein Fräulein Eschholtz ein, die ihre westpreußische Heimat verloren hatte und für das Stadtleben, wie sie schrieb, nicht geschaffen war. Sie habe Schweres durchmachen müssen und würde sich glücklich schätzen, wenn sie und ihr kleines Kind eine Heimat auf Poenichen finden würden. Nach kurzer Beratung kamen die Großeltern zu dem Entschluß, daß es für Maximilianes Entwicklung gut sein könnte, wenn sie nicht länger als Einzelkind aufwachsen müßte. Außerdem würde das uneheliche Kind Fräulein Eschholtz vor weiteren Torheiten schützen. Das kleine Kind war gleichaltrig mit Maximiliane, hieß Peter und wurde Peterchen genannt. Für den Rest ihres Lebens behielt Maximiliane eine Abneigung gegen diesen Namen. Sobald sie mit dem Jungen spielen sollte, rannte sie davon und versteckte sich. Zu ihrer Überraschung suchte Peterchen nicht nach ihr, sondern ging seiner Wege, jagte die Hunde, warf mit Steinen nach Schweinen, Hühnern und Enten. Die Abneigung war gegenseitig.

Fräulein Eschholtz badete die Kinder zusammen in einer Wanne; ein Vorgang, der den Großeltern unbekannt blieb, den sie vermutlich auch nicht gebilligt hätten, der aber zum Erziehungsplan gehörte: Aufklärung am lebenden Modell. Fräulein Eschholtz erwartete die ihr geläufigen Kinderfragen, aber sie erfolgten nicht. Maximiliane betrachtete den Jungen nur eingehend und eher unwillig. Dafür fragte dieser um so mehr. Fräulein Eschholtz sprach von einer Gebär-Mutter, was völlig falsche Vorstellungen in Maximiliane hervorrief, und zeigte auf ihren Bauch: »Darin wachsen die Kinder«, sagte sie. »Und wie kommen sie da wieder raus?« fragte der Junge.

»Weißt du es, Maximiliane?«

»Aus dem Nabel«, sagte diese unfreundlich und stieg aus der Wanne.

Das uneheliche Kind schützte Fräulein Eschholtz dann doch nicht vor weiteren Torheiten; auch sie verließ Poenichen vorzeitig.

Gelegentlich kam es noch zu Ausbrüchen von Liebesüberschwang, wobei Maximiliane ein Bein des Großvaters umklammerte und ihren Kopf mit aller Kraft gegen seinen Bauch drückte. Einmal erschien sie sogar während eines Gewitters an seinem Bett. Sie hatte sich im Dunkeln durch ihr Zimmer getastet, dann drei lange Gänge entlang, an Schrankungetümen vorbei und an Riesenkommoden, die der Blitz vor ihr auftürmte, an dem großen Spiegel vorbei, irrte sich zweimal in der Tür, bis sie endlich den Großvater gefunden hatte.

»Kann ich zu dir ins Bett, Großvater?«

Seit Jahrzehnten hatte er sein Bett mit niemandem geteilt und davor auch nur selten, und nun stand dieses vor Angst zitternde Kind vor ihm. Was soll er tun? Er hebt die Bettdecke und rückt beiseite, obwohl dieses Kind doch gerade seine Nähe sucht. Maximiliane macht es sich bequem, schiebt ihre kalten Füße an die wärmste Stelle des Großvaters und schläft ein. Sobald sich das Gewitter verzogen hat, weckt Quindt das Kind und schickt es in sein Zimmer zurück. Immerhin zieht er sich den Morgenrock über und begleitet Maximiliane durch die nächtlichen Flure bis zu ihrem Bett und deckt sie sogar zu. Aber dann sagt er: »Das wollen wir uns aber nicht angewöhnen! Hast du mich verstanden?« Bei späteren Gewittern holt sie sich beim ersten Donnergrollen ihre Puppen ins Bett, nimmt sie fest in den Arm und tröstet sie: »Ihr braucht überhaupt keine Angst zu haben, ich halte euch ganz fest! Wir ziehen uns einfach die Decke über den Kopf!«

Fräulein Eberle erklärte beim Frühstück, daß sie keine Nachtschwester sei. Sie schloß ihre Zimmertür ab; allerdings nicht immer von innen.

Nachdem sie die Wiege verwachsen hatte, schlief Maximiliane im sogenannten Kinderschlafzimmer, in dem bereits ihr Großvater als Kind, zusammen mit seinen beiden Schwestern, geschlafen hatte. Noch immer mit drei Betten, zwei Meter Abstand von Bett zu Bett, eine Jugendherberge. Im Laufe der Nacht wechselte sie mehrfach das Bett. Wenn es ihr zu warm wurde, ging sie schlaftrunken in das nächste, kühle Bett. Sie liebte kalte Betten. Das wird später von vielen ausgenutzt werden. Ihre Körpertemperatur lag von klein auf hoch.

Nun hätte Quindt aus den Erfahrungen mit den jungen, zumeist auch recht hübschen Erzieherinnen lernen und eine ältere einstellen können. Er tat das auch, aber: Was für ein Mißerfolg! Fräulein Gering entpuppte sich als Vegetarierin und Anhängerin der Kneippschen Wassergüsse. Als man sich am ersten Abend nach ihrer Ankunft, wie immer gegen acht Uhr, zu Tisch setzte, sagte sie: »Spätes Essen füllt die Särge!« Sie dehnte ihren Erziehungsauftrag auf das ganze Haus aus.

Die jungen Erzieherinnen waren um so liebevoller mit dem Kind umgegangen, je verliebter sie selbst waren. Wenn sie von ihren heimlichen Ausflügen zurückkehrten, machten sie alles Versäumte an dem Kind wieder gut, schlossen es in die Arme, spielten mit ihm: Dieses Kind war die Ursache ihres Glücks, niemals wären sie sonst nach Pommern gekommen, nie hätten sie einen solchen Sommer erlebt! Und nun dieses

Fräulein Gering mit seiner Rohkost. Sie kaute ihren Salat und wies die Quindts nachdrücklich auf die Schäden hin, die sie davontragen würden, wenn sie weiterhin Fleisch, Fett und Süßspeisen äßen.

»Gerade in den Wechseljahren, Frau von Quindt, hilft Rohkost! Der Körper muß entschlackt werden!« Anschließend sprach sie dann von Fettleibigkeit, was weder auf Herrn noch auf Frau von Quindt zutraf, allenfalls im Vergleich zu ihrer, Fräulein Gerings, Magerkeit.

»Fleischlose Kost ist für Ihren Rheumatismus die einzige Rettung, Herr von Quindt! Man sieht doch, daß Sie unter Verstopfung, der sogenannten Obstipation, leiden!«

»Wir sind nicht gewohnt, bei Tisch über Krankheiten zu sprechen, mein Fräulein!« sagte Quindt.

»Das sollten Sie aber!« beharrte Fräulein Gering. »Die moderne Ernährungswissenschaft . . .«

Quindt unterbrach sie: »Würden Sie die Wahl der Tischgespräche bitte uns überlassen, Fräulein Gering?« In seiner Verärgerung betonte er die zweite Silbe des Wortes. »Ihnen obliegt die Erziehung des Kindes, nicht die der Großeltern.« Von da an sprach er von ihr als dem ›obstipaten Fräulein‹.

Fräulein Gering stellte eigenmächtig in den Badezimmern Kübel auf und füllte sie mit kaltem Wasser. Morgens lief sie mit Maximiliane barfuß durchs Gras, immer rund um das Rondell, begleitet von den bellenden Hunden. Sie war die einzige Erzieherin, die nicht darauf bestand, daß Maximiliane Schuhe trug, da das Barfußlaufen den Fuß kräftige.

Abends setzte sie sich unaufgefordert mit ins Herrenzimmer und las den Quindts Abschnitte aus ›So sollt ihr leben‹ von Pfarrer Kneipp vor; Anna Riepe verabreichte sie Kneippsche Abführpillen und veranlaßte sie, morgens für alle, auch die Herrschaft, Malzkaffee statt Bohnenkaffee zu kochen. Anna Riepe geriet völlig unter ihren Einfluß – übrigens auch Fräulein Mitzeka, die in der Folge Vegetarierin aus Überzeugung wurde. Die Fleischportionen, die auf den Tisch kamen, wurden von Tag zu Tag kleiner, das Gemüse wurde kaum noch gedünstet, damit die Nährstoffe nicht totgekocht würden.

Eines Tages erschien Quindt persönlich in der Küche, was seit Jahren nicht vorgekommen war, und erklärte, daß er vor nunmehr 30 Jahren, wenn er sich recht erinnere, Frau Riepe als Köchin angestellt habe, und das Wort Köchin käme von Kochen und sei eine Berufsbezeichnung. Wenn er rohes Zeug essen wolle, könnte er gleich in den Stall gehen.

Er nutzte seinen Zorn aus, ging wieder nach oben und kündigte der Erzieherin. Fräulein Gering bewies, daß sie wirklich um das Wohl der Quindts besorgt war: Sie hinterließ das Buch ›Kinderpflege in gesunden und kranken Tagen‹. Auf die erste Seite hatte sie geschrieben: ›Nur in einem gesunden Körper wohnt ein gesunder Geist‹, auf gut Lateinisch: ›Mens sana in corpore sano‹. Von ihr hat Maximiliane die ersten und einzigen lateinischen Lektionen empfangen.

Durch den ständigen Wechsel der Bezugspersonen hat Maximiliane malen, singen, flöten, lesen, handarbeiten und gutes Benehmen gelernt, je nachdem, worauf die jeweilige Erzieherin den Schwerpunkt legte. Die Bildung geriet dabei weniger gründlich als vielseitig. Der Wechsel hat sich jedoch eher vorteilhaft auf die Entwicklung des Kindes ausgewirkt. Er vollzog sich in der Regel am Ende eines Sommers.

Wenn Quindt später von ›der Zeit der Fräuleins‹ sprach, was er gern tat – sehr viel Gesprächsstoff gab es auf Poenichen nicht –, gerieten ihm die Erzieherinnen sämtlich zu Karikaturen. Das Fräulein mit der Bibel! Dieses obstipate Fräulein! Und dann das Krabbel-Fräulein, das sich im Blaupfuhl ertränken wollte!

Im Herbst 1929 traf eine Vermählungsanzeige auf Poenichen ein. Vera hatte einen Dr. Daniel Grün geheiratet. Zwei Tage später konnte man das Ereignis auch im Bild sehen: ein Empfang im Ullsteinhaus für die Bildreporterin Vera Jadow. Quindt äußerte zu seiner Frau: »Es sollte mich wundern, wenn es sich bei diesem Doktor Grün nicht um einen Juden handelt.«

Wie sollte man das Kind von dem Vorgefallenen unterrichten? Am besten, sie las die Anzeige selbst. Maximiliane, elfjährig damals, zog sich damit in die grünen Zimmer der Mutter zurück, las heraus, was herauszulesen war, und erkundigte sich, als sie dem Großvater gute Nacht sagte: »Ist das jetzt mein Vater, dieser Grün? Heiße ich jetzt auch Grün?«

»Nein, du bleibst eine Quindt.«

Maximiliane war beruhigt und legte die Anzeige in das ›Kästchen‹ mit den Reliquien ihres Vaters, das noch immer auf dem Kaminsims im Saal stand.

Die Quindts entschlossen sich, Vera eine der beiden Silberstiftzeichnungen Caspar David Friedrichs als Hochzeitsgeschenk zu schicken. Was sollte man ihr sonst schenken? Sie interessierte sich, wenn man sich recht erinnerte, für Kunst. Aber eigentlich erinnerte sich keiner so recht. ›Landschaft in Pommern‹, ein wenig langweilig, aber so sah es nun einmal aus für den, der keinen Blick für Pommern hatte. Ein Abschiedsgeschenk, man würde nun wohl nichts mehr voneinander hören.

Die grünen Zimmer blieben unverändert, aber auch unverschlossen. Maximiliane hielt sich häufig darin auf, öffnete die Schränke und nahm die altmodischen Kleider der Mutter heraus, Hüte und Schuhe, die sie zurückgelassen hatte. Sie zog sie an und betrachtete sich im Spiegel. Mit elf Jahren war ihre Taille bereits dicker als die der Mutter mit fünfundzwanzig, nur das Umstandskleid paßte ihr.

Maximiliane stopfte sich ein Kissen vor den Bauch und stand lange vorm Spiegel.

12

›Wer eine Schlacht verloren hat, sollte schweigsam werden, und wir alle haben mehr verloren als eine Schlacht.‹
Ernst Wiechert

Vor der Inflation des Geldes hatte sich bereits eine andere Entwertung vollzogen: eine Inflation des Heldentums. Die heimgekehrten, geschlagenen Kriegsteilnehmer erwiesen sich als sehr viel weniger heldisch und bewunderungswürdig als die nicht heimgekehrten, statt dessen siegreich auf den Schlachtfeldern der Ehre gebliebenen. Vera hatte sie einmal ›die verlorenen Kriegsteilnehmer‹ genannt.

Einen dieser entwerteten Offiziere hatte Quindt bald nach

Kriegsende kennengelernt, als er sich nach einem Inspektor für das Vorwerk umsah.

»Der zweite Inspektorposten ist seit langem nicht mehr besetzt«, sagte Quindt zu dem Mann. »Das Haus steht seit Jahren leer, es liegt an einem See. Zum Vorwerk gehören die Schäferei und die Fischmeisterei. Probieren Sie's! Der Umgang mit Schafen und Fischen ist was für Sonderlinge. Hauptsache, Sie werden mit der Einsamkeit fertig. Alles andere läßt sich lernen. Haben Sie Familie, eine Frau oder so was? Wie war eigentlich Ihr Name?«

»Nennen Sie mich einfach ›Fischer‹«, antwortete der Mann, »oder ›Schäfer‹, aber ›Fischer‹ wäre mir lieber.«

Er schien ein wenig verrückt zu sein, aber das waren damals viele, verrückt im Sinne des Wortes, nicht mehr an ihrem Platze.

Dieser Mann, der da vor ihm saß, blauäugig und hochstirnig, setzte Quindt auseinander, daß man noch einmal neu anfangen müsse. »Das Jahr Null. Der Bäcker heißt wieder Bäkker, weil er das Brot backt. Einen Herrn Kaiser gibt es sowenig wie einen Kaiser, das Ende aller Kaiserreiche ist gekommen. Und was die Frau angeht, die bezieht meine Pension. Sie weiß nichts! Sie hat keine Ahnung!« Mehr war darüber nicht zu sagen. Er war offensichtlich kriegsmüde, menschenmüde, brauchte Stille und: Fruchtbarkeit nach all dem Sterben, Vermehrung statt Verminderung. Fische, die laichten; Mutterschafe, die Lämmer warfen.

Es gab viele solcher Existenzen zu dieser Zeit, nicht allen bot sich die Möglichkeit zur Flucht nach innen. Nicht alle konnten ihre Angst und Ohnmacht zu einer Tugend des einfachen Lebens machen, sich bescheiden, zu den wahren Kräften der Natur zurückkehren, sich besinnen. Nicht alle begegneten einem Quindt.

Später wurde kein solches Grundsatzgespräch mehr zwischen den beiden Männern geführt. Sie sprachen dann nur noch über die Wetter- und manchmal auch über die Weltlage, aber über nichts Persönliches. Es erwies sich, daß der Mann Blaskorken hieß, Christian Blaskorken. Wenn er mit Quindt redete, ließ er das ›von‹ weg, sagte einfach ›Herr Quindt‹, aber mit der gebotenen Achtung.

Zwei Wochen nach jener ersten Unterredung, die im Wartesaal des Stettiner Hauptbahnhofs stattgefunden hatte, holte Herr Riepe den neuen Inspektor an der Bahnstation ab. Drei Offizierskisten, auf denen ›Leutnant Blaskorken‹ stand, mehr brachte er nicht mit, nur noch ein Jagdhorn, eine alte französische Trompe de Chasse im Lederfutteral. Der Inspektor richtete sich in dem Haus am Poenicher See ein Zimmer ein, das übrige Haus blieb weiterhin unbewohnt. Das Nötigste an Einrichtungsgegenständen holte man vom Dachboden des Herrenhauses. Quindt händigte ihm ein Buch über die Fischhaltung in Süßwasserseen aus und ein weiteres über die Bedeutung des Schafes für die Fleischerzeugung, dazu den jährlich erscheinenden Schäfertaschenkalender.

Seit das Vorwerk nicht mehr besetzt war, hatte jeder, dem der Weg nicht zu weit war, im Poenicher See gefischt. »Sehen Sie zu, daß es ohne Streit abgeht«, sagte Quindt. »Hier herrscht zur Zeit so etwas wie Gewohnheitsunrecht. Aber auf Poenichen nimmt keiner dem anderen etwas weg, sobald einer da ist, der sich nichts wegnehmen läßt.«

Neben dem Wohnhaus befand sich ein Schuppen für Fischereigerät, Fischkörbe, Kescher, Ruten, Angeln, Netze, alles in schlechtem Zustand. Nachdem der Schafstall repariert war, wurden die Schafe, die bisher auf dem Hauptgut eingestallt waren, in die neue alte Schäferei getrieben, zwanzig Schafe zunächst und ein Bock zur Zucht, Hampshire, kurzwollig, bedürfnislos, aber gut im Fleisch. Der neue Inspektor lernte, in der rechten Hand den Schafskopf, in der linken das Lehrbuch, das Alter eines Schafes an den Zähnen abzulesen, verschaffte sich Kenntnisse über Schafwäsche und Schafschur, über das Aufschlagen eines Sommerpferchs, das freie Abweiden des Ödlands, die Vorzüge der Sommerlammung und die Gefahren der Lämmerlähme. Blieben einzig das Lämmertöten und das Fischetöten. Es hieß bald darauf im Dorf und auf dem Gutshof, der neue Inspektor schösse die Lämmer, statt sie zu schlachten, schösse sogar nach den Fischen und steche sie nicht ab. Aber das kann auch ein Gerücht gewesen sein. Es bildeten sich Legenden um ›den Mann am See‹, erst recht, als er anfing, auf seinem Jagdhorn zu blasen, was abends über die Felder herüberklang.

Inspektor Blaskorken verfügte über Pferd und Wagen, damit er Fische und Lammfleisch zum Verkauf in die Stadt bringen konnte. Zweimal wöchentlich erschien er im Herrenhaus und belieferte die Küche mit Fisch: Barsch, Schleie, Zander und Hecht. »Hei hätt ne rauhge Hand«, hieß es im Dorf. Er war ein guter Fischer, auch ein guter Hirte. Im Laufe weniger Jahre vergrößerte sich die Schafherde wieder; Blaskorken belieferte sogar die Nachbargüter mit Muttertieren. Ohne Frage, ein brauchbarer Mann für das Vorwerk. Zu beanstanden wäre lediglich die Sache mit den Erzieherinnen gewesen. Aber wer wollte entscheiden, ob die jungen Damen aus der Stadt es ohne den helläugigen Inspektor länger als vier Wochen in Hinterpommern ausgehalten hätten? Der zugesicherte Familienanschluß der Erzieherinnen beschränkte sich auf gemeinsame Mahlzeiten, Benutzung der Bibliothek und gelegentliche Teilnahme an einem Jagdessen.

Quindt hätte natürlich mit seinem Inspektor reden können, aber Gespräche von Mann zu Mann lagen ihm nicht, das Thema ›Frauen‹ noch weniger. Erzieherinnen waren außerdem leichter zu beschaffen als ein brauchbarer Inspektor; Schäden im Schafstall ließen sich schwerer beheben als die in der Kinderstube, wo vieles sich auch wieder verwächst. Es gab Kriegswitwen und hinterbliebene Bräute mehr als genug. Nach Ansicht Quindts, die der allgemeinen Ansicht entsprach, hatte eine Frau selber auf sich aufzupassen; Sache des Mannes war es, sie daran zu hindern. »Hei geiht auck wedder«, sagte man im Dorf. Solange der Inspektor die Mädchen in Ruhe ließ, mischte sich keiner ein.

Nur Pfarrer Merzin fühlte sich aufgerufen. Er machte sich eines Tages auf den Weg zum Poenicher See. Im Haus fand er den Inspektor nicht, wohl aber am Ufer, wo er an einer verschilften Bucht seit Stunden auf einen Hecht saß. Blaskorken gab dem Pfarrer zu verstehen, daß äußerste Stille geboten sei, winkte ihm aber zu, neben ihm Platz zu nehmen. Er ließ den Blinker spielen, aber der Hecht schien satt und faul zu sein, nichts rührte sich.

Nun ließ sich über die fragliche Angelegenheit an sich schon schwer reden, Flüstern vertrug sie überhaupt nicht. Andererseits wollte Pfarrer Merzin sein Anliegen weder aufgeben noch verschieben, also sagte er hinter vorgehaltener Hand, daß er vollstes Verständnis habe, als Mann, wenn er einmal so sagen dürfe, schließlich stände er, Blaskorken, in voller Manneskraft, müsse ohne den Schutz vor Anfechtungen leben, die ein geregeltes Eheleben biete, und die jungen Damen seien ebenfalls allein und ebenfalls jung, und es sei nicht gut, daß der Mensch allein sei, schon in der Bibel sei dem Mann ein Weib beigegeben, als Pfarrer der Gemeinde fühle er sich jedoch für das Seelenheil aller und auch für Fragen der Sitte und Moral zuständig.

Christian Blaskorken wandte ihm für einen Augenblick die Aufmerksamkeit seiner blauen Augen zu, hob dabei fragend die Brauen: »Seelenheil? Habe ich da richtig verstanden?«

»Jawohl«, flüsterte Pfarrer Merzin. »Auch den Seelen geschieht ein Leid. Wir verstehen uns doch?«

Erneutes Hochziehen der Augenbrauen. »Leid?« Von Leid könne nicht die Rede sein, der Herr Pastor möge sich bei Fräulein Warnett – um diese handelte es sich zur Zeit – gern erkundigen.

Pfarrer Merzin räumte ein, daß Herr Blaskorken gewiß leichtes Spiel bei den Frauen habe, aber es müsse doch nicht gleich zum Äußersten kommen. Er wiederholte flüsternd: »Zum Äußersten!«

In diesem Augenblick verschwindet der Blinker mit einem Ruck in der Tiefe. Blaskorken dreht behutsam und mit leichter Hand die Spindel auf. Pfarrer Merzin, der selbst schon manchen Hecht gefangen hat, greift erregt zum Kescher und verliert sein Thema aus den Augen. Zu zweit haben sie in den nächsten Minuten alle Hände voll zu tun, bis sie den Hecht im Kescher und den Kescher am Ufer haben. Das Töten übernimmt Pfarrer Merzin.

Als es geschafft ist, unterhalten sich die Männer noch eine Weile über die Schwierigkeiten beim Fangen eines Hechtes und teilen sich ihre Erfahrungen und Abenteuer mit. Dann verabschiedet sich der Pfarrer und wendet sich, mit dem zwei Kilo schweren Hecht, zum Gehen, ohne noch einmal auf die Angelegenheit zu sprechen zu kommen, sagt lediglich noch: »Aber das Jagdhorn, lieber Herr Blaskorken! Wenn Sie doch wenigstens nicht das Jagdhorn blasen möchten!« Natürlich sei nichts dagegen einzuwenden, wenn er bei den Quindtschen Jagden die Signale blase. Er wisse es von anderen Gutsbesitzern im Umkreis, daß man Baron Quindt um seinen Jagdhornbläser beneide. »Keiner weit und breit bläst so sauber das Ta-ti-ta-ti wie Sie! Ein Quintensprung, wenn ich mich nicht täusche. Aber doch alles zu seiner Zeit! Auch die Signale! Selbst meine Frau, übrigens eine Dresdnerin und musikalisch wie alle Sächsinnen, scheint davon unruhig zu werden und tritt jedesmal ans Fenster!«

Inspektor Blaskorken erwiderte, daß ihm die Jagdsignale zur Verständigung dienten und daß er im Inspektorhaus keinen Telefonanschluß besitze.

Der Zweikilohecht blieb das einzige Ergebnis dieser Unterredung, ein weiterer Versuch von seiten des Pfarrers fand nicht statt.

Man mußte keine zwanzigjährige Erzieherin sein, die es von Stettin oder gar von Berlin nach Hinterpommern verschlagen hatte: Wenn in der Dämmerung der Ton des Jagdhorns, das ›Vogesen-Echo‹ oder das ›Große Halali‹ vom See her über die Felder strich, ging das auch ruhigeren Naturen ins Blut, auch der kleinen Maximiliane, die schließlich noch ein Kind war, ein halbes Kind zumindest. Noch Jahrzehnte später, in Frankreich, wenn sie von irgendwoher jenes Vogesen-Echo hört, erfaßt sie eine unbestimmte, heftige Sehnsucht: Aufbruch zur Jagd!

Natürlich wurden dabei auch die Hunde unruhig, Dinah vor allem. Im Dorf hieß es dann: ›Hei hütt all weddei sine Amuren.‹ Im Herrenhaus saß man zu dieser Stunde meist um den ovalen Abendbrottisch. Quindt warf einen prüfenden Blick auf die Erzieherin, die denn auch jedesmal errötete. An der Art des Signals und der Heftigkeit des Errötens konnte Quindt den Stand der Dinge ungefähr erkennen.

Zwischen dem Park und dem großen Poenicher See lag auf halber Strecke der Blaupfuhl, von Schilf und Binsen fast verborgen. Er spiegelte die Bläue des Himmels und das Weiß der Sommerwolken wider, auf den nahen Erhebungen wuchsen Wacholder und niedrige Birken in kleinen Gruppen, landschaftlich zwar sehr schön, aber landwirtschaftlich kaum zu nutzen. Blaskorken pflegte während des Sommers seinen

Schäferkarren in der Nähe des Blaupfuhls aufzuschlagen, er wusch und scherte dort die Schafe. Am Ende des Sommers schlug er den Schafpferch ab und fuhr den Karren zur Schäferei. Das Ödland am Blaupfuhl war abgeweidet, Zeit für das große Halali, das Ende der Jagd.

Fräulein Balzer, das Krabbel-Fräulein genannt, von deren Freikörperkultur man nichts ahnte, pflegte am Blaupfuhl ihre Sonnen- und Luftbäder zu nehmen. Eines Abends im September war ihr Platz am Abendbrottisch leer geblieben. Die Lampen brannten bereits. »Das Fräulein wird sich wohl wieder mit deinem Inspektor getroffen haben«, sagte Frau von Quindt.

»Wenn er die Schafe erst wieder im Stall hat, hat das ein Ende«, antwortete Quindt. Es hatte dann sogar ein schnelles Ende. Das große Halali war bereits vor zwei Tagen erklungen, aber erst an diesem Abend ging Fräulein Balzer ins Wasser. Sie wird es ihrem Liebhaber angedroht, und er wird nicht einmal versucht haben, sie daran zu hindern. Er wußte, was sie allenfalls unbewußt hoffte: daß die Eiszeit an jener Stelle, an der sich der Blaupfuhl befand, eine Vertiefung von höchstens einem halben Meter hinterlassen hatte.

Fräulein Balzer schlich sich, durchnäßt, im Schutz der Dunkelheit ins Haus. Aber ihre Rückkehr blieb nicht unbemerkt, da die Hunde anschlugen. Herr von Quindt erschien, bevor sie noch, die Schuhe in der Hand, die Treppe hätte erreichen können. Er betrachtete sie von oben bis unten und sagte abschließend: »Herr Riepe wird Sie morgen zum Zehn-Uhr-Zug bringen, mein Fräulein.«

Dieser Zehn-Uhr-Zug beendete fahrplanmäßig viele der Schwierigkeiten, die sich im Laufe der Jahre auf Poenichen ergaben. Einen Kündigungsschutz für werdende Mütter gab es noch nicht, und Quindt fühlte sich höchstens für die Mädchen, die aus dem Dorf stammten, zuständig, nicht aber für die Erzieherinnen. In jener Zeit verließ sich kein Mann in Sachen Empfängnisverhütung auf die vorsorglichen Maßnahmen der Frau. Der Inspektor wird wohl auch immer, damit keine falschen Erwartungen aufkommen konnten, von einer ›gewissen Frau Blaskorken‹ gesprochen haben, die schließlich noch existierte und seine Pension verzehrte. Trotzdem wird natürlich jede Erzieherin geglaubt haben, sie sei die Ausnahme. Das liegt in der Natur der Liebe beziehungsweise der Frau.

Bei den folgenden Erzieherinnen wurde nicht mehr solange gewartet, bis das große Halali erklang und das Fräulein tropfend vom Blaupfuhl zurückkehrte. Herr von Quindt erwähnte rechtzeitig bei Tisch, daß man sich durch die Bläue des Sees nicht über seine Untiefe täuschen lassen dürfe.

Der Inspektor hatte sich nicht nur durch seine Tüchtigkeit als Schäfer und Fischer unentbehrlich gemacht; es gab noch einen weiteren Grund, weswegen Quindt sich nicht von ihm trennen mochte. Blaskorken war ein Schachspieler.

Die Zuneigung war übrigens beiderseitig, vielleicht sogar im Sinne eines verkappten Vater-Sohn-Verhältnisses. Einmal wöchentlich spielten die beiden Männer miteinander Schach, über Jahre. Im Sommer ritt Quindt gegen Abend zum See, manchmal ließ er auch anspannen, kutschierte dann aber selbst. Blaskorken hatte auf der Landzunge, die sich ein Stück in den See hinausschob, Bohlen und Planken auf den Sand gelegt und einen Sitzplatz hergerichtet; bei Dunkelheit stellte er Laternen auf. Beide Männer waren bedächtige Spieler. Ein Spiel zog sich über Stunden hin, wurde aber am selben Abend zu Ende gespielt, meist schweigend. Nur bei den ersten Spielen hatte man sich noch über die Art der Eröffnung oder des Endspiels verständigt, später fiel auch diese Unterhaltung fort. Blaskorken war bei der Eröffnung der Bessere, Quindt beim Endspiel, auch daran änderte sich im Laufe der Jahre nichts.

Man spielte mit Schachfiguren aus geschnitztem und bemaltem Elfenbein. Der König zeigte deutliche Ähnlichkeit mit Friedrich dem Großen, auch Springer und Läufer trugen individuelle Züge, offensichtlich die von Hofbeamten aus Potsdam, die Bauern im Dreispitz, eher höfisch als bäurisch. Quindt fand die Figuren das eine Mal ›erstaunlich‹, das andere Mal ›skandalös‹, fragte aber nie, wie er, Blaskorken, in den Besitz gekommen sei, auch nicht, woher er das englische Teeservice hatte oder die alte, vermutlich wertvolle ›Trompe de Chasse‹. Im Winter spielte man im Büro des Herrenhauses, auf einem Spieltisch in ›pommerscher Antike‹; Intarsien und sechs leidlich dorische Säulen aus Birnbaumholz.

Maximiliane stand, sechsjährig, siebenjährig, acht- und neunjährig, die Hände auf dem Rücken, wortlos in der Nähe und beobachtete die Spieler. Sie stellte keine Fragen, und keiner der beiden Männer erklärte ihr die Bedeutung der einzelnen Figuren. Wenn Quindt sie, als sie ein paar Jahre älter geworden war, an Sommerabenden mit zum See nahm, badete sie, während die Männer spielten, schwamm so leise, daß es nicht störte, ein Glucksen nur und Plätschern, nicht lauter als das Springen der Fische. Anschließend stellte sie sich im Bademantel ihres Vaters neben den Tisch und sah dem Spiel zu. Sie wußte längst über ein Dame-Bauern-Spiel Bescheid, ebenso über ein König-Läufer-Gambit, kannte sogar die sizilianische Partie. Als ihr Großvater mit einem Hexenschuß zu Bett lag, Maximiliane war inzwischen elf Jahre alt, trug sie den Spieltisch in sein Schlafzimmer, um mit ihm zu spielen. Der Großvater sah sie überrascht an. »Kannst du das denn?«

»Ich kann es ja mal versuchen!« Nie sagte sie: ›Ich kann es‹, noch weniger: ›Ich kann es besser.‹ Ihr Leben lang wird sie sagen: ›Ich kann es ja mal versuchen‹, das verschaffte ihr Sympathien.

Es konnte nicht ausbleiben, daß auch Maximiliane sich in Inspektor Blaskorken verliebte, er war weit und breit der einzige, der für ihr Liebesverlangen in Frage kam. Sie fuhr eines Mittags mit dem Rad zum See, versteckte sich im Schilf und wartete, bis Blaskorken sein Boot losmachte, um Netze auszulegen. Dann schwamm sie hinter seinem Boot her, aber er beachtete das Kind nicht weiter.

Natürlich hatte sie bemerkt, daß ihre Hauslehrerinnen nachts ausblieben, und sie ahnte, wo sie sich aufhielten. In jenem Sommer handelte es sich um ein Fräulein Warnett aus Königsberg, die Löns-Lieder mit Maximiliane sang. ›Es stehen drei Birken auf der Heide . . .‹ und ›Jeder Brambusch leuchtet wie Gold. Alle Heidlerchen dudeln vor Fröhlichkeit . . .‹ Nie hat Maximiliane später einen blühenden Ginsterbusch gesehen, ohne dieses Lied zu summen, das für sie nicht nur Hermann Löns, sondern auch Fräulein Warnett aus Königsberg unvergeßlich gemacht hat.

›Im Schummern, im Schummern, da steh' ich vor der

Tür.‹ Eines Abends folgte das Kind seiner Lehrerin unbemerkt bis an das Haus des Inspektors, dessen Fenster erleuchtet war; keine Vorhänge, aber auch kein Mensch weit und breit. Maximiliane holte einen der Stühle, die auf der Landzunge standen, stellte ihn unter das Fenster und stieg hinauf. Was sie auch gesehen haben mag, einen Schaden fürs Leben trug sie nicht davon. Aber natürlich hat sie sich geschämt, und geweint hat sie auch. Nur geheilt war sie nicht. Sie verlor jedoch auch nicht den Kopf, sondern brachte den Stuhl an seinen Platz zurück, setzte sich aufs Fahrrad und fuhr nach Hause.

Wenige Tage nach diesem Vorfall setzt sie sich wieder am hellen Mittag aufs Rad und fährt zum See, barfuß wie meist und in einem Kleid mit großem Ausschnitt, sie hat in diesem Sommer zum ersten Mal etwas zu zeigen. Sie legt sich bäuchlings auf den Bootssteg, unmittelbar ins Blickfeld des Inspektors, der vorm Haus sitzt und eine Aalreuse ausbessert. Wenige Minuten später steht er auf, räumt das Gerät beiseite und verschwindet im Haus. Maximilianes Gruß hat er nur flüchtig erwidert. Es ist Juni, das Korn blüht, man riecht es bis zum See. Im Schilf blühen die ersten Wasserlilien, ganz in der Nähe ruft eine Rohrdommel. Aus dem Schornstein steigt Rauch auf: Der Inspektor kocht sein Essen. Maximiliane erhebt sich und begibt sich ins Schilf, dorthin, wo es am dünnsten ist und man vom Inspektorhaus aus Einblick hat. Sie veranstaltet eine Entkleidungsszene, dreht sich, bückt sich, blickt sich bei jedem Kleidungsstück, das sie ablegt, scheu um und läßt sich dann nackt ins Wasser gleiten, stößt kleine ängstliche Gluckser aus und läßt sich, als das nichts nutzt, untergehen, fuchtelt mit den Armen, taucht unter, kommt nochmals hoch, schluckt Wasser und ruft schließlich laut um Hilfe.

Blaskorken eilt aus dem Haus, er kann das Mädchen schließlich nicht vor seinen Augen ertrinken lassen, springt vom Bootssteg aus ins Wasser, packt sie und trägt sie an Land. Fast ohnmächtig vor Aufregung, Angst, Schüchternheit und verschlucktem Wasser hängt sie in seinen Armen. Blaskorken stellt sie vor sich auf den Bootssteg und versetzt ihr zwei kräftige Ohrfeigen. »Tu das nicht wieder!« Als Antwort schlingt sie ihm die Arme um den Hals. Sie kann sich kaum auf den Beinen halten und sieht ihn aus ihren wasser- und tränenfeuchten Kirschaugen flehend an. Was sollte er mit diesem Kind machen? Er gibt ihr noch einen kräftigen Schlag auf das Hinterteil, dann befreit er sich von ihr und läßt sie nackt und naß im Sonnenlicht stehen. Er zieht sich ins Haus zurück und legt vorsorglich den Riegel vor, stellt sich aber dann ans Fenster und sieht ihr in aller Ruhe zu. Maximiliane rafft ihre Kleider zusammen, verschwindet hinter dem nächsten Erlenbusch und zieht sich eilig an. Dann nimmt sie ihr Rad und fährt, laut klingelnd, davon.

Als sie das nächste Mal mit dem Großvater, der sie jetzt öfter kutschieren läßt, zum See fährt, lacht sie dem Inspektor vom Kutschbock aus zu, und der lacht zurück. Dabei blitzt in seinen Augen etwas auf, das Quindt dann doch noch zu einem Gespräch von Mann zu Mann veranlaßt, was er in Sachen Fräuleins bisher vermieden hat. Es wäre aber auch in diesem Falle nicht nötig gewesen. Blaskorken kennt das Strafgesetzbuch, ›hinreichend‹, wie er sagt. Quindt fragt nicht weiter. Längst befürchtet er, daß sein Inspektor einen Grund hatte, in Hinterpommern unterzutauchen.

13

›Unter der veränderlichen Hülle seiner Jahre, seiner Verhältnisse, selbst seiner Kenntnisse und Ansichten, steckt, wie ein Krebs in seiner Schale, der identische und eigentliche Mensch, ganz unveränderlich und immer derselbe.‹   Schopenhauer

Maximiliane wünschte, reiten zu lernen. Der Wunsch war begreiflich, es fehlte auch nicht an Pferden, aber es erwies sich, daß ihre Beine zu kurz geraten waren. Für andere Kinder wäre ein Pony angeschafft worden, aber auf Poenichen wäre es eine Anschaffung gewesen, die sich für ein Einzelkind nicht lohnte; nie hieß es, daß ein Trakehner oder ein Quindtscher Traber zu hoch gebaut sein könnte, immer nur: ›Deine Beine sind zu kurz!‹ Für ein Einzelkind lohnte sich weder die Anschaffung eines Sandkastens noch einer Schaukel, eines Rollers oder von Bilderbüchern.

Als in ihrem Beisein – Pfarrer Merzin war gerade zu Gast – die Rede einmal auf ihre Zukunft kam, äußerte Quindt: »Man wird sich beizeiten nach einem geeigneten Mann für sie umsehen müssen, der einmal Poenichen übernehmen kann.« Ungefragt sagte Maximiliane: »Meinst du denn wirklich, daß sich die Anschaffung eines Mannes für ein Einzelkind lohnt?« Quindt nahm diese Bemerkung in seine Anekdotensammlung auf und gab sie anläßlich der Konfirmationsfeier, später bei der Verlobung sowie bei der Hochzeitsfeier zum besten. Ein Witz, für den sein Schwiegerenkel keinerlei Verständnis aufbringen wird.

Kein Pony also und natürlich auch kein neues Fahrrad, das Wort des Großvaters war unumstößlich. Eine Beschneidung des kindlichen Willens. Eine Beschränkung der Persönlichkeitsentfaltung.

Es gab zwar keine Eltern, die Erziehungsfehler machen konnten, aber einen Großvater. Und statt eines Vaterkomplexes entwickelte sich ein Großvaterkomplex. Ein doppeltes Über-Ich! Kaum drei Jahre alt, hatte Maximiliane ihn bereits nachgeahmt, sich breitbeinig hingestellt, die Hände auf dem Rücken zusammengelegt. Bei Tisch benutzte sie die Serviette wie er, der sich umständlich die Speisereste aus dem Bart wischte. ›Diese Ähnlichkeit!‹ und ›ganz der Großvater‹, sagte jeder, der zu Besuch kam.

Die Weichen waren vom Tage der Geburt an gestellt. Maximiliane war und ist und wird sein: die Erbin von Poenichen. Das entsprach völlig ihren Wünschen. Sie wollte nie etwas anderes sein. Lag diese Übereinstimmung an den Einflüssen der Umwelt? An der Projektion der Wünsche Quindts auf die Enkelin? An der Erbmasse? Aber diese bleibt ein unbekannter Faktor. Von den Jadows wußte man ohnedies wenig, von dem polnischen Leutnant noch weniger.

Maximilianes Urvertrauen heißt Poenichen und Quindt, ist namentlich zu fassen.

Sie fuhr also nach wie vor mit dem alten klapprigen Fahrrad, mit dem schon der ›junge Herr Baron‹ gefahren war. Der Sattel war auch hier zu hoch für ihre zu kurz geratenen Beine, also trat sie die Pedale im Stehen, radelte die Dorfstraße hinunter, die inzwischen gepflastert worden war, aber immer noch gejätet werden mußte, fuhr über die Bohlendämme oder durch die Rinnen der Sandwege.

Am liebsten folgte sie in einigem Abstand dem Großvater, wenn er über die Felder ritt oder zu den Schonungen fuhr. Sie bewies dabei Ausdauer. Das gefiel dem Großvater: Das Kind wußte, was es wollte; und nach seinen Erfahrungen wußten die meisten Menschen nur, was sie nicht wollten.

Eines Tages sagt er: »Komm mit!«, läßt sie in die Kutsche einsteigen und fährt mit ihr in die Felder, steigt irgendwo aus und geht zu Fuß mit ihr weiter. Er lernt alle Freuden des Lehrers kennen, zeigt ihr die Fährte der Hasen, die Krähenfüße im Schnee, die Losung der Füchse. Er erklärt ihr den Unterschied zwischen Winter- und Sommerroggen, sagt, daß der Haubentaucher Haubentaucher heißt, gibt Vögeln und Bäumen ihre Namen. Jeder Gang über die Felder ein Schöpfungstag. Naturkundeunterricht und Geschichtsunterricht, beides auf die Erdzeitalter ausgedehnt, aber alles auf Hinterpommern bezogen.

»Alles meins!« sagt Maximiliane, als sie auf dem 40 Meter hohen Innicher Berg stehen und sich umblicken. »Gehört Riepe mir auch?« fragt sie. Der Großvater zögert nur einen Augenblick. Er hält es für richtiger, mit einem klaren ›Ja‹ oder ›Nein‹ zu antworten, als Einschränkungen zu machen. Also sagt er: »Ja.«

»Warum?«

Quindt berichtet von Goten und Slawen und Schwedeneinfällen, von Kolonisation und Christianisierung, Rittern und Leibeigenen.

»Ich hätte also auch in so 'nem Pißputt geboren werden können?« erkundigt sich Maximiliane.

»Wo?« fragt Quindt.

»So wie Lenchen Priebe, in einem Leutehaus.«

Wieder ein eindeutiges ›Ja‹ als Antwort.

»Du bist für alle verantwortlich, Großvater?«

»Ja.«

»Das ist aber schwer für dich.«

»Ja.«

Anschließend nimmt er sie mit zu einem Krankenbesuch bei seinem Landarbeiter Klukas. »Nun mal zu!« sagt er. »Das

104

wird auch wieder. Ein ordentliches Stück Fleisch in die Suppe, ich sage Anna Riepe Bescheid. Jeden Tag einen Klaren und dann raus aus dem Bett! Nicht gleich aufs Feld, erst mal auf die Bank vorm Haus und dann so sachte anfangen!« Seine Ratschläge glichen zwar alle einander, aber sie taten ihre Wirkung, fast so gut wie die Rezepte von Dr. Wittkow.

Sechs Jahre nach Beendigung des ›größten und letzten aller Kriege‹ – Quindt hatte diese Bezeichnung aus der Friedensbotschaft Wilsons übernommen – konnte Quindt den lang gehegten Plan aufgreifen und 1000 Morgen Wald aufforsten lassen, einen ›Wald des Friedens‹, wie er ihn nannte, Schwarzkiefern, unterpflanzt mit Buchen, einen Wald, dessen Lebensdauer er auf das Jahr ›2050 nach Christus‹ ansetzte. »Dann wird er geschlagen werden müssen. Wer etwas schaffen will, das Bestand hat, über die eigene Lebenszeit hinaus, der muß Bäume pflanzen, nicht Kinder zeugen.« Er bringt Maximiliane bei, das Alter der Bäume an den Astquirlen abzulesen. »Jedes Jahr ein Quirl. Alle zehn Jahre wird man die Bäume ästen müssen.« Noch muß er sich zu seinen Bäumen hinunterbeugen, noch ist selbst Maximiliane größer als sie.

Der ›Wald des Friedens‹ befindet sich noch im Zustand der Schonung und ist in seiner gesamten Ausdehnung mit Maschendraht eingezäunt, um ihn vor Wildschaden zu schützen.

Als Maximiliane zehn Jahre alt ist, haben die Bäume sie eingeholt. Wenn sie Poenichen verlassen muß, wird der Wald des Friedens gerade 20 Jahre alt sein, und die Bäume werden eine Höhe von zehn Metern erreicht haben. Man wird dann zwar von einem Wald sprechen können, aber von Frieden nicht.

Wenn man zu diesem neuaufgeforsteten Waldstück gelangen will, kommt man an der Pferdekoppel vorbei. Dort weiden die Quindtschen Traber, für die leichten pommerschen Sandböden ein wenig zu schwer, aber der Versuch von Quindts Vater, sie mit Trakehnern zu kreuzen, hatte keine besseren Ergebnisse erzielt, die ›Quindtschen Traber‹ wurden nur noch für den Eigenbedarf aufgezogen.

Großvater und Enkelin werden Zeuge, wie ein Hengst eine rossige Stute bespringt. Quindt bleibt stehen, zeigt mit dem Stock auf die Szene und fragt: »Weißt du darüber hinreichend

Bescheid?« Maximiliane antwortet nicht, macht ihr andächtiges Gesicht, sagt nach geraumer Weile: »Das ist aber schön!« und atmet schwer. Natürlich ist der Großvater überrascht, er hatte mit Verlegenheit gerechnet. »So kann man es auch ansehen«, sagt er und fügt hinzu: »Darauf beruht die ganze Schöpfungsgeschichte.« Die Stute galoppiert laut wiehernd davon, der Hengst in entgegengesetzter Richtung. Quindt will weitergehen und sagt: »Das wär's.« Aber Maximiliane hält ihn fest. »Warte!« Die Pferde kehren zurück, reiben die Köpfe aneinander und lecken sich gegenseitig die Nüstern.

Mehr wurde dem Kind an unmittelbarer Aufklärung nicht zuteil, falls man die Vererbungslehre, die sie als Schulfach später bekam, nicht als Aufklärungsunterricht dazurechnen will.

Elf Monate später nahm Quindt Maximiliane mit in die Pferdeställe. »Komm«, sagte er, »ich habe dir was zu zeigen.« Er machte vor einer der Pferdeboxen halt.

»Gleich isses soweit, Herr Baron!« sagte Griesemann, der erste Gespannführer.

»Ist das die Stute, die der Hengst voriges Jahr eingedeckt hat?« fragt Maximiliane.

»Gedeckt«, verbessert Quindt, »nicht eingedeckt.«

»Darf ich helfen?« fragt Maximiliane, und wieder geht ihr Atem schneller. Der Fohlenkopf kommt zum Vorschein, und Maximiliane springt in die Box, hockt sich ins Stroh und nimmt das nasse Fohlen in Empfang, reibt es ab, wobei Griesemann sie unterweist. Später spricht sie immer nur von ›meinem Fohlen‹, ›meinem Pferd‹ und benimmt sich nicht anders als die Hebamme Schmaltz. Sie bestimmte, daß ihr Pferd ›Falada‹ heißen sollte. Der Großvater belehrte sie, daß nur eine Stute so heißen könne.

»Woher weißt du das?« fragt Maximiliane.

»Daß es sich um keine Stute handelt?«

»Das sehe ich doch selber! Den Namen meine ich!«

»Falada hat eine weibliche Endung.«

»Das macht doch nichts«, erklärte sie. »Frau Friedrich führt ·ebenfalls einen Männernamen.« Also erhielt ihr Pferd, obwohl männlichen Geschlechts, den Namen Falada. Als es nach einem Jahr kastriert werden sollte, brach Maximiliane in

Tränen aus. Falada sollte springen dürfen! Ihr Pferd sollte Fohlen bekommen!

Gelegentlich nahm Quindt Maximiliane abends mit auf die Pirsch. Sie lernte, lautlos zu gehen und in der Dunkelheit zu sehen. ›Ein Naturkind‹, wie es später von ihr heißt. ›Sie ist und bleibt ein Naturkind.‹ Das kommt dort, wo man es sagen wird, einem Wunderkind gleich.

Eines Abends sitzen Großvater und Enkelin zusammen auf dem Hochsitz nahe beim Großen Poenicher See; Riepe wartet in einiger Entfernung mit Pferd und Wagen. Quindt raucht Pfeife, um die Mücken abzuwehren. Der abnehmende Mond steigt über die Kiefern und erhellt die Lichtung. Im Schilf läuten die Unken. Bei jedem neuen Geräusch zeigt Quindt in die jeweilige Richtung, gesprochen wird nicht. Man wartet auf einen kapitalen Hirsch, den Quindt bereits seit Wochen beobachtet. Zum ersten Mal soll Maximiliane, falls es dazu kommt, bei einem Abschuß zugegen sein. Der Hirsch tritt auf, Quindt tauscht die Pfeife gegen das Gewehr, alles geschieht lautlos, nur die Schnaken surren. Das Licht ist gut. Der Hirsch wendet den Kopf mit dem prachtvollen Geweih. Quindt hat den Finger bereits am Abzug, aber als er den Hahn abzieht, schiebt Maximiliane mit einer unerwarteten und unbeabsichtigten Bewegung das Gewehr beiseite. Der Schuß löst sich, schlägt seitab in einen Baumstamm ein und löst mehrfaches Echo aus. Der Großvater erhebt sich, stellt das Gewehr beiseite, holt aus, um seiner Enkelin die erste und einzige, aber kapitale Ohrfeige zu versetzen. Der Raum ist knapp, er tritt zurück und ins Leere. Kein kapitaler Hirsch und keine kapitale Ohrfeige, statt dessen ein Oberschenkelhalsbruch.

Es hat nicht viel gefehlt, dann wäre auch dieser Quindt einem Jagdunfall zum Opfer gefallen. Auf seinem Krankenlager sagt er zu jedem Besucher – und natürlich kamen sämtliche Nachbarn angefahren, Dr. Wittkow kam täglich und Pfarrer Merzin einmal wöchentlich –: »Ich gedenke der erste Quindt zu sein, der eines natürlichen Todes stirbt. Nicht bei der Jagd und nicht im Krieg, sondern ganz friedlich. Aber noch nicht jetzt, Herr Pfarrer, mit den himmlischen Jagdgründen hat es noch eine Weile Zeit.«

Er hatte sich dagegen gewehrt, daß man ihn ins Krankenhaus brachte, folglich wurde der Bruch nicht fachgerecht behandelt. Das rechte Bein blieb verkürzt. Quindt sagte auch diesmal: »Das wird auch wieder.« Aber es wurde nicht wieder. Da niemand ihn darauf aufmerksam machte, wußte er aber nicht, daß er das Bein nachzog. Er beschuldigte seine Enkelin nie, und diese fühlte sich auch nicht schuldig. Sie erkannte vermutlich nicht einmal einen Zusammenhang zwischen ihrem Schlag gegen den Gewehrlauf und dem Sturz des Großvaters. Künftig begleitete er die Treibjagden im Wagen, schoß wohl auch einmal einen Rehbock vom Wagen aus.

Im Anschluß an den Unfall brachte er Maximiliane das Schießen bei, erteilte ihr regelrechten Schießunterricht, Kleinkaliber, Schrotflinte, Pistole. Sie lernte, auf die Scheibe zu schießen und auf Wildtauben. Sie schoß rasch und sicher. Zwei Jahre später zwang er sie, die Hündin Dinah zu erschießen, die alt und fast erblindet war. »Man muß lernen, das zu töten, was man liebt. Ziele richtig! Quäle das Tier nicht!« Maximiliane benötigte trotzdem drei Schüsse. »Derjenige muß ein Tier töten, der es am meisten liebt«, sagte Quindt noch einmal. »Der hat auch am meisten Mitleid. Der Hirsch damals, der wurde sowieso abgeschossen, er stand auf der Liste; wenn nicht von mir, dann von Herrn Palcke. Der Schaden, den die Hirsche im Wald anrichten, ist zu groß. Man muß immer das Ganze im Auge behalten.«

Nacheinander hatte sich Maximiliane Haus, Park, Dorf und die 10 000 Morgen Land, die den Quindts gehörten, erobert: Jahresringe. So weit ihre Füße reichten, nichts als Poenichen und niemals jemand, der sie nicht kannte. »Du bist doch die kleine Quindt?« Und im nächsten Atemzug: »Das arme Kind – hat keinen Vater und keine Mutter mehr.« Aber sie hatte eine Heimat, sie wuchs furchtlos auf, hatte diesen Großvater. Die Baronin allerdings blieb weiterhin mehr an ihren Hunden als an dem Kind interessiert. Inzwischen züchtete sie außer Jagdhunden auch Rauhhaarteckel, telefonierte und korrespondierte mit Züchtern und Käufern und unternahm weite Fahrten zum Decken der Hündinnen, Herrn Riepe am Steuer. »Otto! Otto!« rief sie, sobald er zum Überholen eines der wenigen Autos auf den pommerschen Chausseen ansetzte.

Das Leben auf Poenichen ging seinen Gang, endlos die Winter, endlos die Sommer. Immer wieder blühte der Flachs, stiegen die Lerchen auf, schwangen sich rechts und links der Chausseen weiße und rosafarbene Girlanden über die ergrünten Kornfelder, wenn Ende Mai die Apfelbäume blühten. Immer wieder brach der Frühling über Pommern herein, heftig wie der Herbst, der den Sommer überrumpelt und im Sturm davonfegt. Freud und Leid wechselten auf Poenichen wie in alten Bauernsprüchen. Bei freudigen Anlässen briet Anna Riepe einen Fisch, dann brauchte man etwas Leichtes, bei traurigen Anlässen ein Stück Wild, am besten vom Wildschwein, das schwer im Magen lag und schläfrig machte. Im Oktober zog tagelang der Duft der ›guten Luise von Vranches‹ durchs Haus: Anna Riepe legte Birnen ein, süß-sauer, gewürzt mit Nelken, Ingwer und Zimt.

Der Fortschritt war übrigens immer noch nicht im Schnellzugtempo in Hinterpommern eingezogen, wie Herr von Jadow seinerzeit geweissagt hatte; viele Prophezeiungen, die nach dem Weltkrieg ausgesprochen wurden, erfüllten sich nicht. Trotzdem gab es mittlerweile Elektrizität, nicht nur im Herrenhaus, sondern auch im Dorf. Es gab Straßenbeleuchtung, aber sie wurde ausgeschaltet, sobald Bürgermeister Merck schlafen ging. In den Küchen der Leute wurden 40-Watt-Birnen und im Herrenhaus 100-Watt-Birnen gebrannt. Im Dorf verlöschte das letzte Licht spätestens um neun, im Zimmer Quindts oft erst nach zwei Uhr nachts. Er schlief schlecht und las viel. Gewitterstürme und Schneestürme knickten zuweilen die Masten, und so standen die Petroleumlampen weiterhin griffbereit. Eine Wasserleitung war gebaut worden, aber die Frauen gingen nach wie vor zum alten Brunnen, weil dort das Wasser nicht nach Kubikmetern berechnet wurde. Die Blechschüssel mit dem Waschwasser wurde immer noch in die Kandel neben der Dorfstraße ausgeschüttet, von Kanalisation war nicht einmal die Rede; immer noch befanden sich die Aborte im Stall bei Ziege und Schwein, und immer noch bestand das, was Quindt ›die Unterschiede‹ nannte. Im Herrenhaus war eine Warmluftheizung eingebaut worden, aber der große Ofen im Keller wurde mit Holzscheiten geheizt, Tag und Nacht, was der alte Priska besorgte, inzwischen noch älter geworden und außerdem verwitwet. Er verließ den Heizraum kaum noch, Anna Riepe brachte ihm in einer Schüssel sein Essen. ›Zustände wie in Polen!‹ hätte ein Mann wie Herr von Jadow wohl gesagt. Priska trug die Garderobe seines Herrn auf, die grüne Tuchjacke schlotterte ihm am Leib. Er war der einzige, der nach der Hand des Herrn Barons faßte, um sie zu küssen. Aber eine Begegnung fand allenfalls zweimal im Jahr statt.

Mit Herrn Palcke hatte Quindt einen guten Griff getan. Er hatte in der Nähe von Wronke an der Warthe selbst einen Hof von fast 500 Morgen besessen, den er hatte verlassen müssen, als Westpreußen polnisch wurde. Er war zum Polenhasser geworden; die polnischen Landarbeiter verschwanden auf sein Betreiben hin bald vom Hof. Wenn er auf Hitler zu sprechen kam, hörte Quindt nicht hin.

»Der deutsche Ostraum!« sagte Herr Palcke. »Da hilft nur einer: Adolf Hitler! Der wird dem deutschen Volke Raum verschaffen!«

Allenfalls sagte dann Quindt einmal: »Am Raum liegt's bei uns ja eigentlich nicht, Herr Palcke, wir haben eher zuviel davon.«

Die Mechanisierung der Landwirtschaft ging nur langsam voran. Die Gespannführer wurden nicht von heute auf morgen gute Treckerfahrer, Quindt mahnte zu Geduld: »Bis aus einem Wildpferd ein gutes Arbeitspferd geworden ist, das hat Jahrhunderte gedauert, ein Trecker muß angelernt werden wie ein Trakehner.«

Herr Palcke wollte den Achtstundentag einführen, scheiterte aber am Widerstand seines Herrn. »Im Juli, während der Ernte acht Stunden Arbeit? Während des Kartoffelausmachens? Dann schneit es uns noch früher rein! Und warum sollen die Leute acht Stunden lang im Januar arbeiten, wenn dikker Schnee liegt? Man muß arbeiten, wenn die Arbeit anfällt!«

»Die Leute murren, wenn sie sonntags arbeiten müssen!« sagte Herr Palcke.

»Wann auf Poenichen Sonntag ist, bestimme ich, Herr Palcke! Haben wir uns verstanden?«

Herr Palcke verstand den Baron weniger gut, als dieser annahm, was sich erst später herausstellen wird.

Natürlich wurde dieser letzte Satz des Barons dem Pfarrer hinterbracht, der dann auch unangemeldet erschien, um mit Quindt über den Tag des Herrn zu sprechen.

»Herr Pastor!« sagte Quindt. »Wenn Gott unbedingte Ruhe am siebenten Tage gewollt hätte, hätte er dafür gesorgt, daß an diesem Tage das Gras aufhört zu wachsen und daß die Kühe sonntags keine Milch geben und daß es sonntags keine Gewitter gibt.«

»Am Sonntag muß sich der Mensch auf das Leben nach dem Tode vorbereiten, Herr von Quindt!«

»Mir geht es nicht um das Leben nach dem Tode, sondern um das Leben vor dem Tode, und da braucht der Mensch mehr als einen Sarg, da braucht er ein Dach überm Kopf und eine Ziege im Stall und ein Stück Land, damit er weiß, wo er zu Hause ist!«

»Es gibt noch ein anderes Zuhause, Herr Baron!«

»Wir wollen es hoffen, Herr Pastor!«

»Wir müssen es glauben, Herr Baron!«

»Hoffen ist schon schwer genug!«

Maximiliane hatte während des Gesprächs dabeigestanden. Als der Pfarrer gegangen war, sagte Quindt zu ihr: »Mein ganzes Leben lang habe ich darüber nachdenken müssen, wie ich neues Saatgut beschaffen soll, wie die neuen Maschinen finanziert werden sollen, wie ich die Zinsen für die Kredite aufbringen soll. Neue Stallungen. Leutehäuser. Kartoffelpreise. Wie alt bist du jetzt eigentlich?«

»Zwölf Jahre«, sagte Maximiliane.

»Kinderarbeit ist angeblich verboten, da wird wohl auch Kinderheirat verboten sein. Dabei siehst du schon heiratsfähig aus. Sechzehn Jahre ist wohl das mindeste. Du mußt in die Schule!«

»Nein!«

»Das war keine Frage! Das war eine Feststellung.«

»Läßt du nicht mit dir reden, Großvater?« Schon füllen sich ihre Augen mit Tränen. »Du kannst mich doch nicht einfach wegschicken!«

»Natürlich kann ich das. Ich muß es sogar. Die Schulbehörden machen Schwierigkeiten. Arnswalde ist nicht aus der Welt.«

»Aus meiner schon!« Eine Feststellung, die sich mit Quindts eigener Überzeugung deckte. Arnswalde lag auch außerhalb seiner Welt.

»Mit Beginn des Schuljahrs gehst du nach Arnswalde!«

Von vornherein klang das wie eine Drohung, die allerdings durch ›das blaue Wunder‹ gemildert wurde, das ihr bereits von Fräulein Hollatz versprochen worden war, sobald sie zu einer regulären Schule gehen würde. Fräulein Eberle hatte gesagt: ›Du wirst dich noch umgucken, Maximiliane!‹ Fräulein Gering pflegte zu sagen: ›Komm du erst mal in die Schule, da wirst du was erleben.‹

Maximilianes Erwartungen, die sie an die Schule stellte, setzten sich aus solchen Sätzen zusammen.

14

›Ich bin ein Kaufmann aus Paris, hab lauter schöne Sachen,
verbiete dir das Ja und Nein, das Weinen und das Lachen . . .‹
Kindervers

Die Schwierigkeiten fingen bereits vor Beginn des Schuljahres an. Frau Görke, die sonst erst im Herbst für eine Woche nach Poenichen kam, erschien diesmal, außer der Reihe, in der ersten Aprilwoche, um für Maximiliane drei Schulkleider zu nähen. Die Vorstellungen von dem, was ein Schulkleid sei, gingen weit auseinander. Maximiliane wünschte Abnäher, wünschte den Ausschnitt größer, die Ärmel kürzer, den Rock länger. Aber Frau Görke erklärte: »Mit zwölf Jahren braucht ein Mädchen noch keine Abnäher.«

Frau Görke nähte auf allen Gütern im näheren Umkreis, auf Perchen bei den Mitzekas, bei den Pichts und Rassows, und früher hatte sie bei den Kreschins genäht, die jetzt in Berlin lebten, sogar Abendroben.

Es gibt Tränen. Nicht nur bei Maximiliane, auch bei Frau Görke, die nur mit Mühe zum Bleiben zu bewegen ist, das

Nadelkissen hat sie bereits wieder eingepackt. »Un dat allens wegen dem elendigen Liev!« Sie ist eine Pietistin. Wenn sie erregt ist, vergißt sie die feine Sprechweise. Mit dem ›elendigen Liev‹ meint sie nichts anderes als der Prediger Salomo: ›Alles ist eitel.‹

Quindt muß kommen und ihr gut zureden. »Wenn der Schneider das Kleid nicht passend machen kann, muß eben der Chirurg den Körper passend machen!«

Damit packt er Frau Görke bei ihrer Ehre. Ein Chirurg! Sie kann jedes Kleid passend machen, erst recht für ein zwölfjähriges Mädchen. Sie bringt Abnäher am Busen an, erklärt dazu aber mehrfach, daß es unpassend sei, wenn ein Mädchen von zwölf Jahren bereits voll entwickelt ist.

Das Ergebnis von Mühe und Tränen blieb unbefriedigend. Maximiliane sah in ihren Schulkleidern plump aus. So wie sie jetzt bei der Anprobe vor dem großen Spiegel stand, so wird sie auch in Jahrzehnten noch dastehen, wenn man sie veranlaßt, ein Kleid zu kaufen: steif in den Schultern, die vorstehenden Knie nach hinten durchgedrückt, die Arme abgespreizt. In jedem Kleidungsstück mußte sie sich erst einwohnen, was oft Jahre dauerte. Ihr Leben lang blieb sie schwer anzuziehen. Ihre Tante Maximiliane war es, die erkannte, daß das Mädchen Dirndlkleider tragen mußte. Über Jahrzehnte wird sie diesen festen runden Körper behalten, entkleidet immer erfreulicher anzusehen als bekleidet, eine Zierde für jeden Nacktbadestrand, ein Gegenstand des Neides in jeder Sauna. Aber als sie jung war, trug man keine Haut, und als dies modern wurde, war es für Maximiliane fast schon zu spät.

Bevor sie nach Arnswalde auf die höhere Töchterschule kam, hatte sie bereits ein Jahr auf dem Gut des Barons Picht am Englischunterricht teilgenommen, den eine Miß Gledhill aus Liverpool hielt. Mit dem Schulunterricht in Arnswalde begann für sie dann im wahrsten Sinne des Wortes der ›Ernst des Lebens‹.

Arnswalde, man erinnert sich, Luftlinie 30 Kilometer, aber mit der Eisenbahn nur schwer zu erreichen, und auch mit dem Auto müssen Umwege gefahren werden, etwa fünfzig Kilometer Landstraße. Mit dem Fahrrad und bei Gegenwind benötigt man einen halben Tag. Maximiliane erhält aus Anlaß der Einschulung ein Damenfahrrad, allerdings nur, um vom Haus der verwitweten Frau Schimanowski, die seit dem Tod ihres Mannes einige auswärtige Schülerinnen in Pension nimmt, zur Töchterschule zu fahren. Es wird vereinbart, daß Herr Riepe sie einmal im Monat über Sonntag nach Hause holt.

Bisher hatte Maximiliane nie ernstliche Erziehungsschwierigkeiten gemacht, hatte sich vielmehr als gehorsam und anpassungsfähig erwiesen, aber sie war natürlich wie eine Dorfprinzessin herangewachsen und immer etwas Besonderes gewesen. In Arnswalde ist das nicht mehr der Fall, dort sieht sie in lauter fremde Gesichter, die Mitschülerinnen, die Lehrerinnen, der Rektor, der Hausmeister und diese Frau Schimanowski, zu der Maximiliane gleich am ersten Abend ›Frau Schimpanski‹ sagt, nicht böswillig, sondern unwissend, was aber ein endloses Gekicher bei den fünf Pensionärinnen hervorruft. Die Witwe schickt alle hungrig zu Bett, sagt aber vorher noch zu Maximiliane: »Rück mal heraus, was eure Mamsell dir eingepackt hat! Du bist sowieso zu dick!« Bis zu den Sahnebonbons, die Anna Riepe vor der Abreise eigens gekocht hat, läßt sie sich alles aushändigen, die Gänsebrust, den Schinken und die Rosinenbrötchen. Nur die runzligen Boskopäpfel darf die neue Pensionärin behalten.

Maximiliane kennt niemanden in Arnswalde, und, was schlimmer ist, niemand kennt sie. Bisher hatte jeder gewußt, wer sie war, für die einen die Maxe, für die anderen die Maximiliane, zumindest aber immer ›die kleine Quindt‹. Nie war sie gefragt worden: ›Wem gehörst du denn?‹ Und jetzt fragt man sie ständig nach dem Namen, Vornamen, Adresse, Beruf des Vaters. »Poenichen«, gibt sie an, ohne Straßennamen und Hausnummer. »Schloß«, fügt sie schließlich hinzu, um die Angaben zu vervollständigen.

»Wieder so ein Schloßkind!« sagt Rektor Kreßmann, beinamputiert, ein Sozialdemokrat, und fragt nach dem Beruf des Vaters. Auf derartige Fragen war Maximiliane nicht vorbereitet. Sie sagt daher: »Leutnant.«

»Im Zivilberuf!«

»Abiturient.«

Sie wird zum dritten Male gefragt: »Jetziger Beruf!«

»Tot«, sagt Maximiliane.

In den ersten Tagen sieht es so aus, als ob sie nicht nur Poenichen, sondern auch ihren Namen eingebüßt hätte. »Ah, die Neue!« – »Wer setzt sich freiwillig neben die Neue?« – »Wollen wir doch mal hören, was die Neue dazu zu sagen weiß!« – »Die Neue spricht heute morgen das Gebet!« Die Neue muß sich zum Beten vor der Klasse aufs Podium stellen; Röte steigt ihr ins Gesicht, aber ein Gebet steigt nicht auf.

»Wir wollen doch nicht hoffen, daß du unkirchlich erzogen worden bist?«

Sie schweigt weiter.

»Kennst du kein einziges Gebet?«

»Kein öffentliches«, sagt Maximiliane.

»Du hast noch viel zu lernen! Geh auf deinen Platz!«

Sie muß in einer Kolonne antreten, um bei Beginn der Pause auf den Schulhof zu gehen, muß antreten, um vom Schulhof ins Schulgebäude zurückzukehren; sie muß aufstehen, um eine Antwort zu geben, und selbst wenn sie keine Antwort weiß, muß sie aufstehen. »Die Neue! Steh auf, wenn du gefragt wirst!« Immer wieder, in allen Unterrichtsstunden: ›die Neue‹. Im Handarbeitsunterricht sagt sie zu Fräulein Blum: »Sie sind genauso neu für mich, Fräulein!« Nicht einmal ›Fräulein Blum‹, sondern nur ›Fräulein‹. Was für eine ungezogene Antwort! Fräulein Blum, sowieso zu Minderwertigkeitsgefühlen neigend, weil sie kein Gewerbelehrerinnenexamen abgelegt hat, beschwert sich als erste über das aufsässige neue Mädchen beim Rektor.

Im Musikunterricht wird sie aufgefordert, nach vorn zu kommen und ein Lied zu singen. Sie singt ihr Lieblingslied: »›Im Schummern, im Schummern, da kam ich einst zu dir . . .‹« Sie schließt die Lider vor den zwanzig Augenpaaren, die sich auf sie richten, hat statt dessen das Inspektorhaus vor Augen, das erleuchtete Fenster, Blaskorken und Fräulein Warnett auf dem Bett. Sie singt weiter, ›im Schummern, im Schummern‹, öffnet die Kirschaugen wieder, Tränen hängen in den Wimpern, immer noch Blaskorken im Blick, silberne Fischschuppen auf seinen behaarten Armen. Sie versucht mit den Wimpern das Bild wegzuwischen, erkennt verschwommen den Klassenraum vor sich: Ein paar einzelne, dafür um so größere Tränen laufen über ihre Backen.

Den Musikunterricht erteilt eine männliche Lehrkraft. Die Kirschaugen tun denn auch ihre Wirkung. Herr Hute geht nach vorn, legt den Arm um die Schulter des Kindes. »Du brauchst doch nicht zu weinen! Deine Stimme ist recht gut. Am besten singst du bei der zweiten Stimme mit, große Höhe erreichst du nicht.« Maximiliane sieht mit feuchtglänzenden Augen auf. Er läßt sie los und rührt sie nie wieder an.

Natürlich stellte Maximiliane Vergleiche zwischen sich und den anderen Mädchen an, war bisher ja nie mit Gleichaltrigen und Gleichgestellten umgegangen: derselbe pommersche Schlag, düsterblond und kräftig, aber sie selbst war die Zweitkleinste, obwohl sie die Zweitälteste war. In der Turnstunde erwies sie sich als ungeschickt beim Geräteturnen. Wie ein störrischer Esel blieb sie nach dem Anlauf auf dem Sprungbrett stehen. Dabei war sie zu Hause über jeden Graben gesprungen, hatte sich mit Hilfe einer Bohnenstange über den Bach geschwungen, wo er am breitesten war; jede Wegsperrung hatte sie mit einer Flanke übersprungen, und hier scheute sie vor einem Turnpferd, einem Gerät, das sogar gepolstert war. Sie war schneller gewesen als Dinah und fast so schnell wie die dreijährige Lucky, und hier war sie die letzte beim Laufen. Kein Baum war ihr zu hoch gewesen, und hier war sie nicht imstande, die Sprossenwand zu erklimmen. Der Sinn des Turnunterrichtes ging ihr nicht auf: laufen, um zu laufen, springen, um zu springen, klettern, um zu klettern.

Im Mathematikunterricht, den Rektor Kreßmann persönlich erteilt, benimmt sie sich wie die Siebenjährige, der Fräulein Eschholtz das einfache Zusammenzählen zweier Zahlen hatte beibringen wollen. Eine bestimmte Zahl von Äpfeln konnte sie zusammenzählen, aber keine reinen Zahlen. Sie konnte eine Zahl nicht von ihrem Gegenstand lösen. Noch wußte sie nicht, daß sie später mit Buchstaben würde rechnen müssen, unter denen sie sich noch weniger vorstellen konnte.

War es möglich, daß sie den ›Getreuen Eckhart‹ nicht aufsagen konnte? Nicht einmal ›Das Mädchen und die Glocke‹? Kein einziges Gedicht der großen deutschen Klassiker?

Maximiliane steht auf dem Podium und erklärt sich bereit, Goethes ›Willkommen und Abschied‹ aufzusagen, steht dort wie zur Anprobe, schließt vorsichtshalber die Augen, denkt an Friederike von Sesenheim, den jungen Goethe, an Straßburg und setzt an: »›Es schlug mein Herz: geschwind zu Pferde! Es war getan, fast eh gedacht . . .‹«, läßt sich vom Rhythmus der Zeilen und dem des Pferdes mitreißen, fällt in Galopp, vergißt den Klassenraum, erreicht, ohne abzustürzen, die letzte Strophe. ›»Und doch, welch Glück, geliebt zu werden! Und lieben, Götter, . . .‹« Sie verpaßt das Reimwort und sagt ›Lust‹ statt ›Glück‹. Für eine reine Mädchenschule in Arnswalde fast ein Unglück.

Im Anschluß an die Unterrichtsstunde spricht Fräulein Tetzlaff mit Rektor Kreßmann über die frühreife neue Schülerin.

In ihrem Unterricht bei Miß Gledhill hatte Maximiliane eine einwandfreie Aussprache des englischen ›th‹ und ›r‹ gelernt, aber beides entsprach nicht dem Englisch, das Fräulein Wanke sprach. »Wer hat dir beigebracht, so zu sprechen!« Sie läßt Maximiliane nach vorn kommen und vor der Klasse das ›th‹ in ihrem Sinne üben, die Zunge gegen den Gaumen gepreßt. »She thinks that someone . . .«

In den Pausen machen die Mädchen aus ihrer Klasse heimlich Schreibspiele, Abzählverse für Backfische; sie zeichnen vierfach gekreuzte Linien auf ein Blatt, schreiben an jedes Ende die Anfangsbuchstaben eines Namens und zählen und streichen dann ab: ›Dieser hat mich wahrhaft lieb, dieser ist ein Herzensdieb, dieser liebt mich treu wie Gold, dieser ist 'ner anderen hold.‹ Der Name, der übrigbleibt, ist der des Zukünftigen. Maximiliane schreibt C. B. und denkt an Christian Blaskorken, schreibt K. K., denkt dabei an Klaus Klukas, der sagen würde: ›Ick sei doch nich duun‹, W. B., Walter Beske. Und ist schon am Ende. Sie wird ausgelacht. Kennst du nur drei Jungen? Auf den Gedanken, Namen zu erfinden, wie die anderen es tun, kommt sie nicht.

Immer wieder muß sie zur Strafe eine Stunde länger bleiben, zur Strafe Balladen auswendig lernen, sämtliche Strophen ›Urahne, Großmutter, Mutter und Kind‹. Nachmittags geht sie im Garten der Witwe Schimanowski den buchsbaumgesäumten Kiesweg auf und ab, 20 Schritte hin, 20 Schritte zurück, rechts Spalierobst, links Spalierobst, Schneereste auf den Gemüsebeeten, das Buch in den klammen Händen. ›Ich kann nicht singen und scherzen mehr, ich kann nicht sorgen und schaffen schwer, was tu ich noch auf der Welt? Seht ihr, wie der Blitz dort fällt?‹ Bei null Grad Kälte ein einstündiges Gewitter im Garten, dann kann sie alle sechs Strophen auswendig und hat derweil sechs runzlige Boskopäpfel gekaut.

Sie schreibt zur Strafe Gedichte ab, selbst Choräle, ›Befiehl du deine Wege‹, fünfmal mit sämtlichen Strophen. Die Schule als Strafanstalt. Ihr Vorrat an Äpfeln schwindet.

Nach drei Wochen hat sie bereits von alldem genug. Als sie gerade nach der großen Pause in Zweierreihen die Treppe hinaufgehen, sagt sie zu einer Mitschülerin, daß sie austreten müsse. Die Aborte liegen auf dem Schulhof, der Fahrradschuppen steht gleich daneben. Sie holt ihr Fahrrad und fährt davon, nimmt nicht einmal die Schulmappe mit. Am späten Nachmittag trifft sie auf Poenichen ein, wirft das Fahrrad aufs Rondell und läuft in die Küche zu Anna Riepe, die ihr Milch warm macht und Rosinenbrot hineinbrockt und sagt: »Nun iß erst mal!« Maximiliane sitzt am großen Küchentisch und löffelt das eingeweichte Brot, schluchzt und erzählt von Rektor Kreßmann, von den Lehrerinnen, von Frau Schimanowski.

Anna Riepe hört zu, die Hände auf den Leib gelegt, und sagt: »Das sind auch alles nur Menschen.« Mit diesem Satz erteilt sie eine ganze Stunde Lebenskunde. »Das kommt, weil sie nichts von dir wissen und du nichts von ihnen. Die haben alle ihre Schicksäler.«

»Meinst du, Amma? Alle? Du auch?«

»Ich auch!«

»Wegen eurem Willem?«

Anna Riepe schüttelt den Kopf. »Der arbeitet nun bei Siemens. Aber wegen dem!« Sie zeigt auf ihren dicken Leib.

»Kriegst du ein Kind?«

»Was da wächst, is nichts Lebendiges, das is tödlich. Aber red nich drüber. Es braucht es nich jeder zu wissen. Die anderen sollen ruhig denken, die Anna wird immer dicker.«

»Weiß es der Großvater?«

Anna Riepe schüttelt den Kopf. »Sonst schicken sie mich ins Krankenhaus. Ich habe es auch nur wegen der Schicksäler gesagt.«

»Was willst du nun tun, Amma?«

»Tun, als ob nix wär. Geh jetzt nach oben! Ich koch dir Sahnebonbons zum Mitnehmen.«

»Die darf ich ja nicht behalten. Alles nimmt man mir weg!«

»Dann versteck sie!«

Am nächsten Tag weckt Quindt seine Enkelin um vier Uhr früh. »Fahr zu, dann kannst du es bis acht Uhr schaffen.«

Es ist Anfang Mai, aber noch kalt und windig, und in den Schlaglöchern steht das Regenwasser. Quindt hat ihr eine Entschuldigung geschrieben. Seine Enkeltochter hätte wegen dringlicher Familienangelegenheiten kurzfristig ... Er bittet, nicht weiter in das Kind zu dringen. Ein Pferd, das zum ersten Mal im Geschirr geht, bockt zuweilen oder geht durch.

In Arnswalde ist alles wie vorher: Strafarbeiten und Nachsitzen. In ihrer Klasse tauchen die Poesiealben auf. Ein höflicher Knicks vor der Lehrerin nach dem Läuten: »Würden Sie mir bitte etwas in mein Album schreiben?« Die Poesiealben wandern von einer Schultasche in die andere, Lackbildchen werden getauscht und eingeklebt, die Seiten füllen sich. Maximiliane ist die einzige, die sich nicht beteiligt.

»Hast du etwa kein Album, Maximiliane?« fragt man sie.

»Doch«, sagt sie, »natürlich. Ich habe es nur nicht mitgebracht, es liegt zu Hause.«

Heimlich geht sie in den Schreibwarenladen Kruse und kauft sich ein Album. Ihr Taschengeld reicht nur für eines mit Leineneinband, von dem Rest erwirbt sie einen Bogen Engelsköpfchen und einen Bogen Vergißmeinnicht. Beim nächsten Besuch in Poenichen legt sie dem Großvater das Buch hin: »Schreib mir bitte was da rein!«

»Später«, sagt er, legt das Buch beiseite und nimmt sich die Wirtschaftsbücher vor.

»Bitte gleich, Großvater!«

»Es brennt doch nicht etwa?«

»Doch!«

»Was soll es denn werden, wenn es fertig ist?«

»Ein Poesiealbum!«

»Muß es sich reimen?«

»Das wäre gut.«

Quindt setzt an und schreibt den Quindtschen Kaminspruch ›Dein Gut vermehr . . .‹, die rechte Behandlung von Feinden, Freunden und Gott betreffend. Er setzt seinen Freiherrntitel darunter, den er nach Belieben gebraucht und wegläßt. Dann geht Maximiliane mit dem Album zur Großmutter. »Schreib mir bitte etwas auf die nächste Seite!« Die Großmutter sitzt im Separaten und legt Patiencen. Maximiliane holt ihr das Schreibgerät und setzt es mitten auf die Napoleon-Patience.

»Macht ihr das immer noch, Kind? Ein Poesiealbum!« Etwas wie Rührung liegt in ihrer Stimme. Sie besinnt sich einen Augenblick und schreibt dann: »›Denn wir können die Kinder nach unserem Sinne nicht formen; so wie Gott sie uns gab, so muß man sie haben und lieben, so erziehen aufs beste und jeglichen lassen gewähren.‹« Darunter setzt sie: »Dieses Wort aus ›Hermann und Dorothea‹ schrieb Dir, liebe Maximiliane, Deine Großmutter Sophie Charlotte von Quindt.«

Maximiliane bedankt sich mit einem Kuß und läuft zu Anna Riepe ins Souterrain. »Schreib mir was in mein Buch, Amma!«

Anna Riepe ist dabei, die Suppe mit einem Ei abzuziehen, ein Augenblick also, der keine Störung verträgt. »Was denn, Kind?«

»Einen Spruch, Amma!«

»Sprüche, Kind, Sprüche!« Dann schreibt sie auf die dritte Seite, was sich in ihrem Leben bewährt hat: »›Sich regen bringt Segen.‹«

Oberinspektor Palcke schreibt ihr ebenfalls einen Spruch, eher eine Wetter- denn Lebensregel, in das Album. Dann eilt sie ins Dorf, zuerst zur Witwe Schmaltz. Da dauert es länger, bis Tinte und Federhalter gefunden sind. Sie einigen sich nach langem Hin und Her auf den Spruch, der blaugestickt auf dem Handtuchhalter steht: »›Eigener Herd ist Goldes wert‹, Emma Schmaltz, Hebamme auf Poenichen.«

Walter Beske trifft sie nicht an, er ist mit dem Rad zum Fußballspielen ins Nachbardorf gefahren, und Klaus Klukas erklärt: »Ick sei doch nich duun!« Die Verhandlungen kosten unnötig Zeit. »Holl di der Deuker!« sagt er schließlich.

Lenchen Priebe besitzt selber ein Poesiealbum, sie muß nur abschreiben, was auf der letzten Seite steht. »›Ich han mich hinden angewurzeld, das niemant aus dem Album purzelt. Helene Priebe.‹« Vier Rechtschreibfehler, aber wählerisch kann Maximiliane nicht sein, wenn es darum geht, möglichst schnell ein Poesiealbum zu füllen. Lenchen bekommt zum Dank eine ganze Reihe Engelsköpfchen geschenkt.

Maximiliane läuft nach Hause und kommt zu spät zum Mittagessen. Die Großmutter hebt die Augenbrauen. Als Erklärung legt Maximiliane ihr das Buch hin. »Ich habe erst sieben Seiten voll! Was soll ich bloß machen?«

Quindt zeigt auf ihren Stuhl: »Deine Suppe essen! First things first!«

»Warum hast du mir das nicht in mein Buch geschrieben, Großvater?«

»Das kann ich ja immer noch tun!«

»Du stehst doch schon drin!«

»Dann werde ich eben einen anderen Namen daruntersetzen.«

»Darf man denn das?«

»In diesem Falle muß man's sogar!«

»Aber Quindt!« mahnt seine Frau.

»Du wirst es ebenfalls tun müssen!« Er blättert in dem Album, liest die zweite Seite. »›Und jeglichen lassen gewähren.‹ Das ist so recht Sophie Charlotte von Malo aus Königsberg! So ein Buch ist aufschlußreicher, als ich dachte!«

Am Nachmittag sitzen sie zu dritt um den runden Tisch in der Bibliothek. Quindt hat die ›Geflügelten Worte‹ vor sich liegen und die Großmutter ihr eigenes Königsberger Poesiealbum. Nicht nur Verse werden ihm entnommen, sondern auch gepreßte und verblaßte Vergißmeinnichtsträußchen. Quindt läßt sich das Königsberger Album reichen, liest darin und blickt seine Frau an. »›Das wünscht Dir, liebe Pia, in ewiger Freundschaft.‹ Wieso denn Pia?« fragt er.

Die Baronin setzt ihr sparsames Lächeln auf. »So wurde ich als Mädchen genannt.«

»Davon weiß ich ja gar nichts!«

»Du weißt vieles nicht, Quindt!«

»Das unbekannte Mädchen Pia aus Königsberg!«

Er hatte ihr zwar immer die nötige Achtung erwiesen, aber doch wenig Beachtung. Jetzt betrachtet er seine Frau aufmerksam, bemerkt zum ersten Mal, daß sie mittlerweile weißhaarig geworden ist und eine Brille trägt. Ihre Augen waren nicht mehr preußisch-blau, wie Quindt sie vor Jahrzehnten einmal bezeichnet hatte, sondern ostpreußisch-blau.

»Pia! Daran werde ich mich nicht mehr gewöhnen können.«

»Warum auch, Quindt!«

»Ganz recht, warum auch.«

Quindt holt drei verschiedene Tintensorten sowie mehrere Stahlfedern, dünne und breite; die blaue Tinte wird verdünnt. Maximiliane schreibt mit verstellter Schrift: »›Lebe, wie du, wenn du stirbst, wünschen wirst, gelebt zu haben.‹ Das schreibt Dir Deine Freundin Amalie von Seekt« und klebt Lackbildchen an alle vier Ecken. »Schreib du etwas Englisches, Großvater«, sagt sie. »Was Englisches hat nicht jeder.«

Quindt schreibt: »›Early to bed and early to rise, makes a man healthy, wealthy and wise!‹ Das schreibt Dir zur steten Beherzigung Dein Benjamin Franklin.«

Die Baronin läßt Anna Riepe bitten, eine Tasse Kaffee zu kochen und den Hagebuttenlikör heraufzuschicken.

Es wird dämmrig, die drei sitzen noch immer um den Tisch. Quindt nimmt Bücher aus dem Bücherschrank und blättert darin, die Großmutter erzählt Geschichten von ihren Schulfreundinnen und löst derweil mit einem feuchten Schwamm die Lackbilder aus ihrem Album.

»Heute ist es bei uns wie bei einer richtigen Familie!« sagt Maximiliane.

»Eine Gangster-Familie!« verbessert Quindt und schreibt: »›Not kennt kein Gebot!‹«

Dann erscheint Riepe und sagt: »Nun wird es aber Zeit. Das kleine Fräulein kommt sonst zu spät, und dann gibt es wieder Ärger mit Frau Schimanowski.«

Anna setzt den offiziellen Schließkorb, der bei Frau Schimanowski abgegeben werden muß, ins Auto und steckt Sahnebonbons und Rosinenbrötchen in die Schultasche. Dank

Lenchen Priebe, die einen Fettfleck auf den Leinenband gemacht hat, sieht das Album nicht mehr ladenneu aus.

Am nächsten Tag läßt Maximiliane das Album auf ihrem Bett liegen, und dort wird es sofort von Marianne und Gisela gefunden. »Amalie von Seekt? Josephine? Was für altmodische Namen! Benjamin Franklin, wer ist denn das?«

»Das ist einer meiner Onkels«, sagt Maximiliane.

»Und was heißt das hier?«

»Das ist schwedisch. ›Lyckan kommer, Lyckan går. Lycklig den, som Lyckan får.‹ Lars Larsson aus Göteborg, das ist ein anderer Onkel von mir. ›Das Glück kommt, das Glück geht, glücklich der, der das Glück bekommt!‹«

Die Lehrerinnen schreiben ihr Sprüche der Weisheit in das Buch, die Mitschülerinnen Sprüche der Torheit, später schrieb man ihr dann noch Führerworte hinein, Worte von Hermann Göring und Baldur von Schirach.

Die Vereinbarung, daß Riepe sie alle vier Wochen samstags am Schulhof mit dem Auto abholen sollte, wurde nicht eingehalten. Nach weiteren drei Wochen erschien Maximiliane wieder mit dem Fahrrad zu Hause.

Quindt sah keine andere Möglichkeit, Maximiliane und sich das Vergnügen dieser Besuche zu rauben, als ihr den Fluchthelfer zu nehmen: ihr Fahrrad. Sie mußte lernen, was eine Folgerung war; fortan mußte sie den Schulweg in Arnswalde zu Fuß machen. Riepe brachte sie ohne ihr Fahrrad nach Arnswalde zurück. Auf Poenichen war man erleichtert: Das Kind würde sich gewöhnen.

Bis dann ein Anruf der höheren Töchterschule aus Arnswalde kam. »Kreßmann am Apparat, Rektor Kreßmann. Ich möchte mich nach dem Befinden des Herrn Quindt erkundigen.« Quindt ist selbst am Apparat, er dankt für die Nachfrage, für die er keinen Anlaß sieht.

Es stellt sich heraus, daß Maximiliane seit zehn Tagen bereits dem Unterricht ferngeblieben ist. »Eine ernste, tödliche Erkrankung des Großvaters! Mir ins Gesicht, Herr Quindt, unter Tränen! Das Mädchen schien völlig verzweifelt. Kein Grund zum Mißtrauen! Aber ich muß schon sagen, bei allem Verständnis!«

Die Witwe Schimanowski besitzt keinen Telefonanschluß. Quindt läßt sich also von Herrn Riepe mit dem Auto nach Arnswalde bringen und erfährt dort von der Pensionsinhaberin, daß seine Enkeltochter ein paar Sachen in ihren Koffer gepackt habe und zum Bahnhof gegangen sei. »Vor zehn Tagen! Ich habe keinerlei Argwohn gehegt. Bei Großeltern kann schließlich immer mal was passieren.«

Quindt läßt sich zum Schulgebäude fahren und wartet die große Pause ab. Er beobachtet, wie die Schulmädchen antreten und schweigend im Schulgebäude verschwinden, denkt sich seinen Teil und spricht im Flur mit Fräulein Wanke über Maximiliane. Ein verschlossenes Kind, das zu unbeherrschten Gefühlsausbrüchen neigt, hört er. Sie könne sich noch kein rechtes Bild von ihr machen, aber die Mädchen, die von Hauslehrerinnen erzogen worden seien, fügten sich immer schwer ein; es wäre richtiger, sie rechtzeitig zu einer regulären Schule zu schicken. Quindt erwidert, daß er nicht in die Schule gekommen sei, um hier Belehrungen entgegenzunehmen. Er läßt sich das Rektorzimmer zeigen. Aber Rektor Kreßmann hält sich gerade zum zweiten Frühstück in seiner Dienstwohnung auf. Quindt schickt Riepe mit seiner Visitenkarte ins Haus. Es handelt sich noch um eine aus seiner Abgeordnetenzeit, mit Freiherrntitel und dem Vermerk ›Mitglied des Reichstags‹, handschriftlich hat er dazugesetzt: ›bittet um Unterredung‹.

Rektor Kreßmann läßt bitten und eröffnet das Gespräch. »Bei allem Verständnis, Herr Quindt! Auch dieses Kind muß sich gewöhnen! Aber bitte, man hat viel Verständnis und viel Geduld bewiesen, man wird es auch weiter tun. Bringen Sie es uns wieder!«

»Erst müssen wir das Kind einmal haben, bevor ich es wiederbringen kann, Herr Kreßmann! Ein Kind, das sich wohl fühlt, läuft nicht mir nichts, dir nichts weg!«

Rektor Kreßmann, ebenfalls cholerisch, geht hinter seinem Schreibtisch auf und ab, die Hände auf dem Rücken, den Kopf gesenkt, wegen der Prothese das Bein nachziehend. »Meine Schülerinnen sollen sich nicht wohl fühlen, sondern wohl verhalten!«

Quindt an der anderen Schreibtischseite setzt sich ebenfalls in Bewegung, zieht ebenfalls das verkürzte Bein nach, die Hände auf dem Rücken, den Kopf gesenkt. Bei den zwangsläufig häufigen Begegnungen während der nun folgenden Auseinandersetzung werfen sie sich mißtrauische Blicke zu, beide wähnend, der andere ahme ihn nach.

»Wohlverhalten statt Wohlbefinden! Ist das das pädagogische Prinzip Ihrer Anstalt?«

»Bitte! Es steht Ihnen jederzeit frei, Ihre Enkelin abzumelden, Herr Quindt.«

»Wir hätten sie denn, Herr Eßmann!«

»Kreßmann, wenn ich bitten darf!«

»Von Quindt, wenn ich bitten darf!«

»Das Mädchen wird noch sein blaues Wunder erleben. Erst recht, wenn Sie es in ein Internat stecken!«

»Ich gedenke Maximiliane nicht in ein Internat zu stecken, Herr Kreßmann, und das blaue Wunder von Arnswalde hat sie ja bereits hinter sich.«

»Es gibt in unserem Staat so etwas wie eine gesetzliche Schulpflicht, Herr von Quindt.«

»Es gibt eine Menge Pflichten in unserem Staat, aber ein zwölfjähriges Kind hat doch wohl auch ein Recht auf etwas Glück!«

»Schulische Pflicht und häusliches Glück! Ich biete Ihnen noch einmal an, daß ich bereit bin, es ein letztes Mal mit Ihrer Enkelin zu versuchen, falls Sie dafür garantieren können . . .«

Quindt unterbricht ihn.

»Ich kann für nichts garantieren, Herr Kreßmann!«

»Sie scheinen sich auf die Seite des Kindes zu stellen? In Gegnerschaft zur Schule!«

»In dubio pro reo, Herr Kreßmann, im Zweifelsfalle für den Schwächeren.«

Als Rektor dieser renommierten, das dürfe er sagen, dieser renommierten Töchterschule, fährt Herr Kreßmann dann fort, habe er eine Reihe von Klagen zu hören bekommen, leider. Er sei froh über diese Gelegenheit zu einem schulischen Gespräch mit dem Erziehungsberechtigten. »Immer gleich Tränen! Bei allem Verständnis, aber das Kind ist zwölf Jahre alt, da muß man ihm das Weinen doch wohl abgewöhnt haben.«

»Muß man? Vielleicht auch das Lachen? Wollen Sie ihr beides austreiben? Dieses Kind reagiert mit Tränen und Flucht auf Ihre renommierte Anstalt!«

»Ich sage nochmals, Herr von Quindt, ein Pädagoge besitzt viel Geduld. Er wirft nicht gleich die Flinte ins Korn.«

»Das wollte ich Ihnen auch nicht geraten haben, Herr Kreßmann!«

»Wie habe ich das zu verstehen?«

Die Herren machen voreinander halt.

»Flinten haben im Korn nichts zu suchen; ich bin Landwirt!«

»Soll das ein Scherz sein?«

»Mein letzter!«

Rektor Kreßmann sagt nochmals: »Bei allem Verständnis«, aber da zieht Quindt bereits die Tür hinter sich zu.

Auf dem jetzt leeren Schulhof begegnet er dem Musiklehrer, der zunächst zögert, dann den Hut zieht und stehenbleibt, obwohl er sich nicht einmischen möchte und Musik ja nur ein Nebenfach sei, aber er als einer der wenigen männlichen Lehrkräfte, und er könne sich natürlich täuschen, aber Maximiliane blicke ihn, wie solle er sich da ausdrücken, ihn, als Mann, ein wenig unkindlich an, er sei geneigt, von frühreif zu sprechen. »Sie hat so etwas in den Augen, Herr Baron, aber eine hübsche Stimme. Ob vielleicht bereits ein Mann . . .?« Herr Hute wird noch unsicherer. Vor Tagen sei ein gekentertes Boot in der Nähe des Strandbads an Land getrieben, man habe dem zunächst keine Bedeutung beigemessen, weil man Maximiliane bei dem erkrankten Großvater . . . Ein Fingerzeig, eine Vermutung . . .

»Die Vermutungen über den Verbleib meiner Enkelin überlassen Sie bitte mir. Es handelt sich immerhin um eine Quindt!«

Er geht zurück zum Auto und sagt Riepe, daß er noch mal zu dieser Witwe fahren möge. Unterwegs fragt er: »Sag mal, Riepe, meinst du, das Kind wäre ins Wasser gegangen?«

»Nee, Herr Baron, das nun nich! Weit weg is die nich!«

Sie lassen sich von Frau Schimanowski das Gepäck aushändigen.

»Aber die Miete, Herr Baron! In diesem Halbjahr werde

ich das Zimmer bestimmt nicht anderweitig vermieten können!«

»Es handelt sich um den dritten Teil eines Zimmers, Frau Schimanowski! Ich überweise den Betrag, den ich für angemessen halte.«

Eine der Pensionärinnen kommt gerade nach Hause, Quindt sieht sich das Mädchen gründlich an und sagt dann: »Was seid ihr für Mädchen, daß man vor euch wegläuft?«

»Man hat ein gekentertes Boot gefunden, Herr von Quindt, schon vor sieben Tagen!«

»Dann muß man es endlich umdrehen, mein Fräulein!«

»Sie hat Schulden hinterlassen! Im Schreibwarenladen Kruse und in der Konditorei Walz!«

Quindt läßt Riepe zur Konditorei Walz und zum Schreibwarenladen Kruse fahren, dann zum Bahnhof. Dort erfährt er, daß vor zehn Tagen ein abgestelltes Fahrrad gestohlen worden sei, Marke Miele, ein Herrenfahrrad. »Vermutlich von einem dicken Mädchen. Schätzungsweise elf Jahre alt.«

Auf der Rückfahrt erkundigt sich Quindt bei Riepe: »Hast du eine Ahnung?«

»Ja, Herr Baron.«

»Dann fahr hin!«

Rauch steigt aus dem Schornstein des Inspektorhauses, der Wind treibt ihn ostwärts, vom See her ertönt der Regenruf der Wachtel. Quindt steigt aus und geht aufs Haus zu. Er muß weder klopfen noch rufen. Die Haustür wird aufgerissen, Maximiliane springt die Treppe hinunter und fällt ihm um den Hals.

Damit hatte Quindt nicht gerechnet. Er schiebt sie ein Stück von sich weg, blickt sie an, kann nichts Auffälliges an ihr entdecken, weiß aber auch nicht, nach welchen Veränderungen er suchen soll.

»Ist er im Haus?«

»Nein! Er steckt doch immer bei seinen Schafen!«

»Komm mit!«

»Ich muß erst die Herdklappe zumachen und den Topf beiseite stellen. Ich koche Wrucken mit Hammelfleisch!«

»Dann tu das. Ich warte im Auto.«

Als sie neben ihm sitzt, zählt er auf. »Fünfzig Mohrenköpfe! Eine entsprechende Menge Engelsköpfe! Ein umgestürzter Kahn im Schilf! Und ein gestohlenes Herrenrad! Das kommt mir reichlich viel vor. Sieh mich mal an! Was ist mit deinen Augen los?«

Maximiliane hält den Blick gesenkt. Als sie Kopf und Augenlider hebt, glänzen die Augäpfel von Tränen, fleht der Blick.

»Du lieber Himmel!« sagt Quindt. »Siehst du die Leute immer so an? Das ist vermutlich das, was man die Waffen einer Frau nennt. Nutz sie nicht ab. Wer weiß, wozu du sie noch brauchst.«

Als Erziehungsmaxime reichte das nicht aus, das wußte er selbst. Er hatte sich nie für einen geeigneten Erzieher gehalten. Was er zu den Ereignissen in Arnswalde zu sagen hatte, hatte er bereits an Ort und Stelle gesagt; er wiederholte sich nicht gern. Hinzu kam, daß er sich freute, das Kind wieder bei sich zu haben.

Sie fuhren jetzt über den Bohlendamm und kamen an der Pferdekoppel vorbei, wo sich die Pferde unter den Kiefern zusammendrängten. Es regnete. Quindt ließ anhalten. »Hast du schon mal etwas von Selektionstheorie gehört?« – »Nein.«

»Von Darwinismus?« – »Nein.«

»Es handelt sich dabei um das Ausleseverfahren der Natur.« Er erklärte ihr die Entstehung und Veränderung der Arten durch das Bestehen und Nichtbestehen der günstigen oder ungünstigen neu entstandenen Formen unter den Bedingungen der Umwelt. »Das Pferd hat seine Art durch die Jahrtausende allein durch seine Schnelligkeit, nicht durch seine Stärke bewahrt. Es ist ein Flüchter.«

Maximiliane hatte ihm aufmerksam zugehört. »Hältst du mich für einen Flüchter?« – »Ja.«

»Zur Erhaltung der Quindtschen Art?« – »Gewissermaßen.«

Maximiliane schob ihre Hand unter seine. Riepe fuhr weiter, und Quindt entschloß sich, das Kind selbst zu unterrichten, wenigstens während des kommenden Winters.

Am selben Abend erschien Inspektor Blaskorken dann unaufgefordert im Herrenhaus. Die Baronin setzte sich dazu und legte eine Stickerei auf den Schoß.

»Nun?« Quindt eröffnete das Gespräch, ließ den Inspektor aber an der Tür stehen. »Keine Details in Gegenwart der Damen!«

Auch Maximiliane war zugegen. Sie erkundigte sich, ob sie nicht lieber das Zimmer verlassen sollte. Quindt entschied: »Du bleibst. Über das, was man getan hat, kann man auch reden. Worte sind nicht schlimmer als Taten!«

Die Baronin blickte von ihrer Stickerei auf und hob die Augenbrauen. Inspektor Blaskorken sagte, daß das Kind gekocht und das Haus in Ordnung gehalten habe, daß es beim Auslegen der Netze geholfen und sich ja überhaupt im ganzen als sehr anstellig erwiesen habe. Mehr sei dazu nicht zu sagen. Der Schäferkarren stände noch am Blaupfuhl, im Sommer pflege er, Blaskorken, immer draußen zu schlafen, ›und hüteten des Nachts ihre Herden‹. Er hoffe, daß er sich als ein guter Hirte erwiesen habe, aber seine Zeit sei nun auch um. Im Vorwerk sei alles in guter Ordnung, mit den Schafen und mit den Fischen. Eine neue Zeit schiene ihm anzubrechen, die Jahre der Schmach seien vorüber. »Der Horizont wird wieder licht über unserem deutschen Vaterland.«

Quindt betrachtete ihn aufmerksam, so, wie er ihm auch aufmerksam zugehört hatte, und sagte abschließend: »Dann bringt Riepe Sie am besten morgen früh an den Zehn-Uhr-Zug.«

Diesmal war es also der Inspektor, der im Herbst Poenichen verließ. Der Einschnitt war tiefer als beim Abschied der Erzieherinnen. Viele Jahre hatte er das Haus am See bewohnt, Freundschaft war entstanden. Aber für einen Mann, der eine neue Zeit anbrechen sah, war kein Platz auf Poenichen. Die drei Offizierskisten und das Jagdhorn wurden aufgeladen. Der Inspektor zog ab, wie er gekommen war, ein paar graue Strähnen mehr im Haar, die Stirn zwei Zentimeter höher, immer noch trug er Manchester.

Quindt erkundigte sich abends bei seiner Frau, ob sie es für nötig halte, daß man das Kind ins Gebet nähme. Sie hielt es nicht für nötig. »In diesem Alter lernt ein Mädchen auch aus den Erfahrungen, die es nicht macht.«

Diesmal kam die Quindt-Essenz aus dem Mund der Baronin.

15

›Üb immer Treu und Redlichkeit bis an dein kühles Grab
und weiche keinen Fingerbreit von Gottes Wegen ab...‹
Glockenspiel der Potsdamer Garnisonkirche

Die Bemerkung Rektor Kreßmanns: ›Wenn Sie das Mädchen
in ein Internat stecken‹, war auf fruchtbaren Boden gefallen.
Bisher hatte Quindt den Gedanken an ein Internat nie erwo-
gen, aber am Ende des Winters stand fest: Maximiliane mußte
unter gleichaltrigen Mädchen erzogen werden, er selbst konnte ihr keine Erziehung, sondern lediglich Wissen vermitteln,
und auch das nur eingeschränkt. Eine nahe gelegene Schule
kam nach den Arnswalder Erfahrungen nicht in Betracht,
weil weiterhin Fluchtgefahr bestehen würde. Quindt hatte sich
einiges an Prospekten schicken lassen und hatte mit Guts-
nachbarn Rücksprache gehalten, die ebenfalls Töchter auf In-
ternate geschickt hatten. Friederike Mitzeka hatte seinerzeit
eine Anstalt der Mathilde-Zimmer-Stiftung besucht, die älteste Tochter von Klein-Malchow war drei Jahre lang in Hermannswerder gewesen; beide Anstalten kamen in die nähere
Wahl.

Zu dritt saßen die Quindts im Separaten zur Beratung.
Quindt nahm sich als erstes den Prospekt der Mathilde-Zimmer-Stiftung vor, da eine Cousine zweiten Grades seiner Frau
schon vor dem Kriege eine dieser Anstalten in Weimar besucht hatte. Inzwischen war sie Mutter von sieben Kindern
geworden, Frau von Quindt erinnerte sich lebhaft an sie, allerdings auch daran, daß einer ihrer Söhne sich, minderjährig,
wegen Spielschulden erschossen hatte. Quindt erklärte, daß
man dafür weder Mathilde noch Friedrich von Zimmer verantwortlich machen könnte, und las aus einer Schrift des An-
staltsgründers vor, wie es seine Art war, verkürzt und mit Anmerkungen.

»›Alle wahre Erziehung ist Lebenserziehung, das heißt Erziehung des Menschen für das Leben und durch das Leben.
Unter diesem Gesichtspunkt ist die gesamte volkserzieherische
Tätigkeit zu beachten.‹ Da hat sich dieser Zimmer wohl doch
ein bißchen viel vorgenommen: das ganze Volk! ›Wenn Er-

ziehung Lebenserziehung sein soll, dann muß sie dem Leben die Gesetze ablauschen, mit denen dieses erzieht und formt. Erziehung ist Förderung des Wachstums dessen, was im Keim bereits vorgebildet ist. Darum los von der Uniformierung, vom Drill, und bewußte Pflege des Individuellen, des Persönlichen. Nicht jeder kann alles sein, was er aber sein kann, das soll er in möglichster Vollendung sein. Der Mensch ist nicht nur ein Einzelwesen, sondern zugleich Glied einer Gemeinschaft.‹ Da wird mir ein bißchen viel abgelauscht und gekeimt, aber diese Mischung aus Einzelwesen und Gemeinschaft, was meinst du dazu, Sophie Charlotte, genannt Pia aus Königsberg? Oder hältst du dich da raus? Und du, Maximiliane?«

Maximiliane saß auf der Stuhlkante, die Knie, die Hände, die Lippen zusammengepreßt, und sah wie eine Dreizehnjährige aus, die in ein Internat gesteckt werden sollte.

Quindt nahm sich den bebilderten Prospekt der evangelischen Schulgemeinde Potsdam-Hermannswerder vor. »›Langgestreckt und rings von Wasser umgeben, eingesäumt von im Winde rauschendem Schilf, liegt Hermannswerder im Flußbett der Havel. Vordem eingeengt, hat sie gerade Potsdam verlassen, um sich nun um die Insel herum zu köstlichen Seen und Buchten ausbreiten zu können.‹ Da wird der Havel doch wohl eine Absicht unterschoben! ›Wie ein einzigartiges Juwel ist das Eiland dem Kleinod des Reiches, der Stadt Potsdam, vorgelagert, und das Glockenspiel der Garnisonkirche mit seinen mahnenden Weisen tönt halbstündlich herüber....‹ Und so weiter, und so weiter. ›Das Bildungsziel ist die Ausbildung zur verantwortungsbewußten deutschen Hausfrau und Mutter... Geflügelhöfe, anerkannter Gartenlehrbetrieb, Lehrküche, Säuglings- und Kinderstation, praktische und wissenschaftliche Durchbildung... kommt dem Bedürfnis der Gegenwart nach verstärkter Bindung an die Scholle entgegen.‹ Scholle habe ich, für meine Person, ja lieber auf dem Teller als unter den Füßen. Aber hier, das klingt nun wieder ganz potsdam'sch! ›Doch nicht geistige und praktische Arbeit allein formen den jungen Menschen unserer Zeit, mit ihr zusammen bewirken Sport und Leibesübungen, zu denen die reichsten Möglichkeiten und geschulte Lehrkräfte vorhanden sind, die wirklich vollkommene Bildung eines gesunden und starken Geschlechts. Wahre Bildung setzt stetiges Streben nach Ganzheit und Durchdringung des Körpers durch den Geist voraus.‹ Wie sagte das Kneipp-Fräulein immer: ›Mens sana in corpore sano‹, ohne Sprüche geht es bei der Erziehung wohl nicht ab. ›Die Arbeit beginnt täglich in der Aula mit einer evangelischen Morgenfeier.‹ Das kann dem Kind zumindest nicht schaden. ›Wer einmal im Zauberreich dieser Insel gelebt hat, wird sie nie wieder vergessen, wenn auch das Leben ganz andere Wege vorschreibt. Köstliche Keime, die in der Jugend in die Seele gelegt werden, bringen die reichsten Früchte im späteren Leben!‹«

Trotz Scholle und köstlichen Keimen fiel die Entscheidung zugunsten Hermannswerders aus, die Großmutter Jadow in Charlottenburg als Rückhalt, Berlin ja überhaupt nicht aus der Welt. Außerdem lebte Vera in Berlin, ein Thema freilich, über das auch bei dieser Gelegenheit ausgiebig geschwiegen wurde, wie immer, seit sie die Ehe mit diesem Dr. Grün eingegangen war.

Vier Jahre Hermannswerder!

Die Insel erweist sich als ein ›Zauberreich‹ und als ein ›einzigartiges Juwel‹, und die mahnenden Weisen des Potsdamer Glockenspiels dringen in Maximilianes aufnahmebereite Seele: Ein Prospekt geht in Erfüllung. Wenn nichts Unvorhergesehenes dazwischenkommt, wird sie dort 1938 ihr Abitur machen, allerdings nur ein sogenanntes Pudding-Abitur, das zum Hochschulstudium nicht ausreicht, was aber auch nicht geplant ist. Englisch als einzige Fremdsprache, doch das hält man auf Poenichen zum Weltverständnis für ausreichend.

Wenn Maximiliane später Magdalene oder auch Bella, die Freundinnen, mit denen sie jahrelang das Zimmer geteilt hat, treffen wird, erwärmt sich ihr Herz. Da genügen dann Stichworte, zweistimmige kurze Ausrufe, die langes Gelächter hervorrufen. ›Unsere Hausmutter, der Alte Fritz!‹ – ›Unser Sonnwendfeuer!‹ – ›Unsere warmen Berliner beim Eislaufen!‹ – ›Unser Gemüse aus Mangoldspitzen!‹ – ›Die Eiscremetorte in unserm Café!‹ – ›Vater Lehmann, unser Fährmann!‹ – ›Unsere Lena von Ribbeck auf Ribbeck im Havelland!‹ – ›Unsere Bootsfahrten im Mondenschein!‹ – ›Unser

Laden, wo wir Negerküsse gekauft haben!‹ – ›Der Jutegraben, den wir »Judengraben« genannt haben!‹ – ein flüchtiger Schatten, noch nach Jahren. ›Wir von Borke kennen keine Forcht! – auf ostpreußisch über den hohen Busen hinweg!‹ – ›Unsere Fähnriche, die zum Fasching mit Holzpferden anritten!‹ – ›Julias Vater, der uns bei der »Grünen Woche« immer ins Kempinski einlud!‹ – ›Unser‹ als einziges besitzanzeigendes Fürwort. Welche Verführung für das Einzelkind! Ein Leben lang benutzt sie ›Hermannswerder‹ als ein Gütezeichen.

»Unsere Hausmutter, eine Diakonisse, ist zwar von adliger Herkunft, aber sie läßt sich mit einem bürgerlichen Namen anreden, dabei ist sie zutiefst von Adel!« schrieb Maximiliane in einem ihrer wöchentlichen Briefe nach Poenichen. Sie lernte, den Knicks tiefer anzusetzen, mit dem morgens die Hausmutter begrüßt werden mußte, und bekam ›guten Morgen, liebes Kind‹ zur Antwort, an jedem Morgen: Gleichmaß, Zuverlässigkeit, Freundlichkeit. Sie wohnte in einem Haus, das, wie alle Häuser, den Namen eines Baumes trug, ›Haus Birke‹. Buche, Kastanie, Eiche: ein ganzer Mischwald von Häusern, alle von Efeu umrankt, was den neugotischen Backsteingebäuden guttat. Säuglingsstation, Kindergarten, Lehrerinnenseminar, Frauenoberschule, eine Fraueninsel, wenn man von den Säuglingen männlichen Geschlechts absah.

In den Klassenräumen und in den Internatsräumen hingen Christus- und Apostelbilder an den Wänden, in Maximilianes Zimmer ›der Gang zum Abendmahl‹, Bilder, die schon bald Führerbildern und Führerworten weichen mußten. Aber man lebte auf einer Insel. Der Zeitgeist machte an der weißen Brücke halt, zumindest in den ersten Jahren nach der Machtübernahme durch die Nationalsozialisten.

Maximiliane wurde einer Ruderriege zugeteilt, sie nahm Blockflötenunterricht, wurde im Schulfach Deutsch mit den Ansichten Ludendorffs vertraut gemacht. Sie wurde gefragt: »Worüber willst du sprechen?« Und sagte wahrheitsgemäß: »Eigentlich wollte ich gar nicht sprechen.«

Solche Antworten wurden geduldet und sogar belacht. Der Anstaltsleiter, der sie konfirmierte, gab ihr einen Vers aus dem 50. Psalm mit auf den Lebensweg: ›Gott, der Herr, der Mächtige, redet und ruft der Welt vom Aufgang der Sonne bis zu ihrem Niedergang.‹ Dieser Spruch trug mit dazu bei, daß sie die Sonne als den ihr zugehörigen Stern ansah.

Zur Gartenarbeit trug sie eine grüne Leinenschürze und zum Sport eine blaue Turnhose mit weißem Trikot, und an einem Nachmittag in der Woche trug sie die Uniform des ›Bundes Deutscher Mädchen‹, schwarzer Rock und weiße Bluse. Nachts rollte sie ihre störrischen Haare auf Lockenwickler, kämmte sie morgens zu einer Außenrolle, die kurz darauf ›Olympiarolle‹ genannt wurde; sie entwickelte sich zu einem Mädchen ihrer Zeit.

Den zahlreichen Fotos nach stand ihr die Uniform gut, vor allem die kurze braune Kletterweste, die Vera ihr geschenkt hatte. Hin und wieder kam Vera vor der weißen Brücke vorgefahren, um Maximiliane abzuholen. Ihre äußere Aufmachung weckte die Aufmerksamkeit der Hausmutter. Maximiliane wurde zu ihr beordert. »Wer ist das, mein liebes Kind? Wir sehen den Umgang nicht gern. Denke an den Geist unseres Hauses! Halte dich rein.« Maximiliane verschwieg, daß es sich um ihre Mutter handelte. Bald darauf hatte der Umgang ohnehin ein Ende.

Im Winter fanden Heimabende statt, im Sommer traf man sich an der Inselspitze; Lagerfeuer und Geländespiele, Sprechchöre und Lieder, ›Siehst du im Osten das Morgenrot‹.

Maximiliane hörte Goebbelsreden über den Rundfunk und hörte Hitlerreden, sang das Deutschlandlied und das Horst-Wessel-Lied; die Muskeln ihres rechten Armes entwickelten sich durch das angestrengte Hochhalten des rechten Armes zum liederlangen deutschen Gruß kräftiger als die des linken. Sie lernte die 25 Punkte des nationalsozialistischen Parteiprogramms auswendig und den Werdegang Hitlers vom unbekannten Meldegänger des Weltkriegs zum Führer des Deutschen Reiches. Sie erwarb das Reichssportabzeichen, wobei sie, was sich im Wasser erledigen ließ, im Wasser erledigte. Auf der Aschenbahn oder beim Springen war sie, ihrer kurzen Beine wegen, weniger leistungsfähig. Sie trug das Reichssportabzeichen wie einen Orden, der von ihrem Großvater als ›Brummer‹ bezeichnet wurde. In den ersten beiden Hermannswerder Jahren hatte er monatlich einmal in Berlin zu tun und lud dann jedesmal seine Enkelin mit jeweils zwei ihrer Freundinnen in eine Konditorei ein. Wieder in Poenichen, behauptete er, daß diese berühmte Berliner Luft, die man dort zu atmen bekäme, gewiß vorher schon dreimal ein- und ausgeatmet worden sei, fuhr aber dann doch immer wieder hin. Riepe gegenüber äußerte er gelegentlich, daß das Kind ihm fehle.

Neben den wissenschaftlichen Fächern, die vormittags gelehrt wurden, lernte Maximiliane nachmittags das Praktische: die verschiedenen Arten von Nähten beim Nähen; Gemüse nur halbgar zu kochen der Vitamine wegen. Grünkernklöße und Mangoldgemüse. Auf Poenichen wird sie weder für ›Kappnähte‹ noch für Mangoldgemüse Verwendung haben, aber sie wird die Qualität der Kappnähte, die Frau Görke herstellt, zu würdigen wissen. Sie wird das alles nie wieder vergessen, wenn auch das Leben ganz andere Wege vorschreibt. Nichts anderes hat der Prospekt versprochen. Man versucht ihr beizubringen, wie eine einfache Mehlschwitze nach einem komplizierten Rezept herzustellen sei, nicht mit ›zwei Eßlöffeln‹ Mehl, sondern mit ›50 Gramm Mehl‹, nicht ›ein Stich Butter‹, sondern 20 Gramm Pflanzenmargarine; Anna Riepe hatte sie bereits für Rezepte verdorben. Sie blieb im Kochunterricht und auch in anderen Fächern eine mittelmäßige, jedoch willige, oft begeisterte und im ganzen beliebte Schülerin.

Man bringt ihr bei, daß Gedichte und Choräle für den Menschen ebenso wichtig sind wie das tägliche Brot. Sie nährt sich in diesen Jahren vornehmlich von Gedichten und Äpfeln, letztere treffen von August bis April alle zwei Wochen im Schließkorb aus Poenichen ein, vom Klarapfel bis zum Boskop, von Anna Riepe sorgfältig in Heu verpackt. Das Apfelessen verschafft ihr kräftige weiße Zähne und rosiges Zahnfleisch. Wenn sie später Äpfel ißt, überfällt sie ein Verlangen nach Gedichten, die dann mühelos aus ihrem Gedächtnis aufsteigen: ›Der du gebietend schreitest durch Sichelklang und Saat. Sich mühen heißt dir beten, und Andacht ist die Tat!‹

Wenn es nur irgendwie anging, zog sie sich mit einem Buch zurück, entweder auf eine der Bodentreppen oder hinter die Rhododendronbüsche im Park, wo es duftete wie auf Poenichen. Sie las, was ihr unter die Hände kam, wahllos, auch die

Blut-und-Boden-Literatur. Sie war ein Kind ihrer Zeit und stillte ihren Lesehunger mit den Erzeugnissen ihrer Zeit. Auf ihr späteres Denken wird es wenig Einfluß haben, aber: Wenn sie irgendwo auf ein Gedicht stößt, streckt sie, unbewußt, die Hand nach einem Apfel aus.

Sie wird schlanker, streckt sich ein wenig, reift heran: ein junges Mädchen. Sie gewöhnt sich an Untergrundbahnen, Aufzüge, Paternoster, wird großstadtfähig, lernt, was ein junges Mädchen lernen muß. Ihre Mitschülerinnen stammen zumeist aus begüterten, nicht aus wohlhabenden Familien, nur wenige aus alten adligen Familien. Bescheidenheit als Tugend: Das entsprach der preußischen und erst recht der pommerschen Art. Sie seien genügsam, geduldig, ein wenig eigensinnig, heißt es von den Pommern. Außerdem gelten sie als nüchtern. War Maximiliane nüchtern? Bei ihrer Vorliebe für Zeltlager, Sonnwendfeuer und Fackelzüge, für Gedichte?

Der Mensch ist nicht nur ein Einzelwesen, sondern zugleich Glied einer Kette, sagte der Prospekt. Sie ging gern in Reih und Glied, liebte den Marschtritt, die Fanfaren. Voran der Trommelbube! Sie stand mit der Sammelbüchse der Volkswohlfahrt oder Winterhilfe vor den Kinoausgängen oder ging damit durch die Potsdamer Konditoreien, verteilte Abzeichen an die Spender, Kornblumen und Margeriten, vom guten Zweck überzeugt.

»Das verwächst sich auch wieder«, sagte der alte Quindt zu Riepe, als sie wieder einmal von Berlin nach Hause fuhren.

Einmal im Monat macht Maximiliane einen Besuch bei der Großmutter Jadow in Charlottenburg, sitzt eine Stunde mit ihr zwischen alten Möbeln und alten Stichen, ein älteres Mädchen aus dem Spreewald trägt den Tee auf. »Ein Mädchen darf nie untätig sein«, erklärt die Großmutter und bringt Maximiliane bei, Filetdeckchen zu stricken.

Selbst in der Tanzschule wehte ein neuer, frischer Geist. Die Zeit des Charleston war vorüber. Neue Tänze, neue Lieder. Man singt nicht mehr ›Mein Papagei frißt keine harten Eier‹. Deutscher Marsch, Deutscher Walzer und Rheinländer, aber auch noch der Tango, für den Maximilianes Beine sich wieder einmal als zu kurz erwiesen. Der langsame Foxtrott entsprach eher ihrem pommerschen Temperament. Sie war eine begehrte Tänzerin, himmelte ihrerseits die jungen Fähnriche an, trug zum Abschlußball im Potsdamer Palasthotel die erste Dauerwelle und ein weißes Kleid aus steifem Organza, mit Blütenkränzchen bestickt, beides ein Geschenk der Großmutter Jadow, die klein, weißhaarig, adlig und immer ein wenig gekränkt zwischen den Eltern der Tanzschülerinnen saß.

›Ich tanze mit dir in den Himmel hinein, in den siebenten Himmel der Liebe!‹ Natürlich verliebte sie sich auch wieder: Siegfried Schmidt, Fähnrich der Kavallerie. Unter größten Schwierigkeiten gelang es ihr ein paarmal, mit ihm im Caputher Wäldchen spazierenzugehen. Sie schrieb ihm seitenlange Gedichte ab, etwa Börries von Münchhausens ›Ballade vom Brennesselbusch‹.

›Liebe fragte Liebe: »Was ist noch nicht mein?« Sprach zur Liebe Liebe: »Alles, alles dein.«‹

Ausgerechnet dieses Blatt wurde, bevor es den Empfänger erreichte, von der Hausmutter gefunden und zurückbehalten. »Mein liebes Kind! Weißt du, was du da schreibst?«

»Ja«, sagte das liebe Kind und schlug die Augenlider auf. Der Blick der feuchten Kirschaugen war dazu angetan, die Besorgnis der Hausmutter zu verstärken.

»Du bist erst sechzehn Jahre alt, Maximiliane!«

Wo setzte eine Diakonisse die Grenze? Sie hätte auch sagen können: schon sechzehn.

Auch jetzt gibt Maximiliane noch manchmal im Unterricht Antworten, die überraschen und die anderen zum Lachen bringen, sie nimmt Worte allzu wörtlich. Das einzige Mädchen, das aus Hinterpommern kam, ›östlich der Oder‹, das genügte schon, um Heiterkeit hervorzurufen.

›Er dient dem preußischen König‹, heißt es einmal im Geschichtsunterricht, und sie fragt: »Wozu?«

Das erweckt natürlich Verwunderung und Gelächter. Wo man doch jemandem diente und nicht zu etwas diente! Die Frage wurde grammatikalisch und nicht weltanschaulich beantwortet. Der Deutsche dient mit dem Schwert, mit der Waffe in der Hand, seinem König, seinem Kaiser, seinem Führer: mit Gott für Führer und Vaterland! Die allgemeine Wehrpflicht war bereits wieder eingeführt, aber Maximiliane wußte nicht, was auf dem Koppel ihres Fähnrichs stand, trotz ›Liebe sprach zur Liebe: »Alles, alles dein.«‹

Gelegentlich, wenn sie zum Fenster hinaus träumte, mußte sie zur Aufmerksamkeit ermahnt werden. Aber was kümmerte sie das Innere Asiens? Katmandu, Nepal, die Kirgisische Steppe! Sie träumte derweil vom großen Poenicher See, aber auch von den Heckenwegen, die sie mit ihrem Siegfried ging oder zu gehen wünschte. Sie ahnte nicht, wie wichtig gerade Indien noch einmal in ihrem Leben werden wird oder auch die Heimat der Kirgisen.

Im Deutschunterricht wird Ernst Jüngers ›Wäldchen 125, eine Chronik aus den Grabenkämpfen des Weltkriegs‹, gelesen und besprochen. Pflichtlektüre. Anschließend muß ein Klassenaufsatz geschrieben und Stellung genommen werden zu den folgenden Behauptungen des Buches: ›Hier gibt der Krieg, der sonst so vieles nimmt: Er erzieht zu männlicher Gemeinschaft und stellt Werte, die halb vergessen waren, weil ihnen jede Gelegenheit zur Äußerung fehlte, wieder an den rechten Platz. Man spürt wieder Blut in den Adern, Schicksal und Zukunft, die sich zusammenballt – das wird man später merken im Land. Solche Jahre gehen nicht spurlos vorüber.‹

Sätze wie Steinwürfe, einer davon trifft Maximiliane. Sie starrt aus dem Fenster in die Eichbäume, tauscht sie aus gegen die Eichen über den Gräbern der Quindts, auf denen Findlinge liegen, einer davon für ihren Vater. Sie schreibt und streicht durch, starrt aus dem Fenster, fängt neu an und legt nach vier Stunden wie die anderen Schülerinnen ihr Aufsatzheft ans Ende der Bank, wo es eingesammelt wird. »Unser Nachbar hat im Krieg seinen rechten Arm verloren. Unser Inspektor hat im Krieg seine Heimat verloren. Ich habe im Krieg meinen Vater verloren. Poenichen hat seinen Erben verloren. Wir haben den ganzen Krieg verloren. Man merkt das in unserm Land. Die Jahre sind nicht spurlos vorbeigegangen. Ich sehe nicht, was ein Krieg einem Volk geben könnte.«

Da stand das nun, schwarz auf weiß, bei wiedererwachtem deutschem Nationalgefühl und deutschem Kampfgeist! Zu zensieren war der Aufsatz nicht, für eine Aussprache vor der Klasse war er ebenfalls nicht geeignet, schaden wollte der

Lehrer dem Mädchen auch nicht, also hielt er seinem Hund das Heft hin: »Hasso, faß!« Der Hund schnappte das Heft, entriß es den Händen, biß und zerrte, bis es restlos zerrissen war. Eine Woche später wurden die Aufsatzhefte dann zurückgegeben. Dr. Stöckel hielt das Heft hoch, ihm sei ein Mißgeschick unterlaufen, sein Hund habe sich eingehend mit dem Heft beschäftigt, noch bevor er den Aufsatz korrigiert und zensiert habe. »Die Arbeit muß als nicht geschrieben betrachtet werden. Sie legen am besten ein neues Heft an, Maximiliane!« Gelächter in der Klasse. Kein Gespräch unter vier Augen. Auch Maximiliane mußte glauben, daß es sich so verhielt, wie der Lehrer es dargestellt hatte.

Wenn man später Maximiliane von Hermannswerder erzählen hört, könnte man denken, sie hätten nur gelacht dort, alles löste sich in Heiterkeit auf. Fast alles.

Das Potsdamer Glockenspiel erklingt noch heute stündlich, allerdings vom Turm der kleinen Waldkirche St. Peter und Paul auf Nikolskoe in West Berlin.

16

›Wer Jude ist, bestimme ich!‹   Hermann Göring

Vera, die sich seit ihrer Rückkehr nach Berlin wieder Jadow nannte, hatte Dr. Daniel Grün auf unübliche Weise kennengelernt. Sie arbeitete zu jener Zeit an einer Foto-Serie, die später unter dem Titel ›Die Bank im Park‹ in der ›Berliner Illustrirten‹ erschien. Sie fotografierte im Tiergarten, im Tegeler Park, im Lustgarten: Frauen zwischen ihren Einkaufstaschen, Rentner, Arbeitslose, Liebespaare, solche, die am äußersten Rand der Bank Platz genommen hatten, und solche, die sich in der Mitte breitmachten. Im Lustgarten wurde sie von einem Herrn beobachtet, dessen Interesse ebenfalls zwei Männern galt, die auf einer Bank saßen. Ohne weitere Einleitung sagte er zu Vera: »Haben Sie einmal darauf geachtet, wie der eine Mann immer weiter zur Mitte rückt und der andere sich immer weiter absetzt? Gleich wird er aufstehen. Ein Duell!«

Sie waren einige Schritte nebeneinander hergegangen und hatten sich über Gestik unterhalten, Gestik des Kindes, Gestik des Erwachsenen.

»Haben Sie einmal darauf geachtet, wie jemand eine Straße überquert? Im rechten Winkel oder schräg? Oder wie ein scheuer Mensch so lange wartet, bis ein Auto sich nähert, und dann losrennt? Oder darauf, wie Frauen sich hinsetzen? Mit dem Fuß nach dem Stuhlbein angeln? Den Rock glattstreichen oder hochziehen? Oder: wie jemand zu Bett geht? Solche – meist sind es übrigens Frauen –, die sich im Bett aufrecht hinstellen, die Decke hochziehen und sich dann fallen lassen?«

Vera sah und hörte dem Herrn aufmerksam und erheitert zu, es geschah nicht oft, daß Äußerungen eines Mannes sie erheiterten.

»Ein Mensch gibt Signale! Die verschiedenen Dialekte der Körpersprache! Nehmen Sie zum Beispiel den Radius, den ein Mensch für sich beansprucht! Wie nah läßt er andere an sich herankommen? Haben Sie einmal darauf geachtet, daß es Anfasser gibt? Leute, die den anderen am Ärmel, an der Schulter, am Jackenknopf fassen? Diese fortgesetzte Verletzung der Distanzzone, an der die Massengesellschaft Schuld trägt, etwa in öffentlichen Verkehrsmitteln, bei Aufmärschen, Kundgebungen! Sucht der Mensch etwas wie Herdenwärme, weil er die Nestwärme entbehrt hat? Warum trägt er mitten im Frieden plötzlich Uniform? Warum verkleidet er sich? Sucht er Deckung?« Er umriß ihr sein Forschungsgebiet bereits bei diesem ersten Zusammentreffen.

Wenig später begegnete sie Dr. Grün wieder in Gestalt eines Rabbiners, den Gebetsriemen über der Stirn, den Gebetsschal um die Schultern gelegt. Ein Kostümfest der Berliner Akademie der Bildenden Künste. Alle Gäste waren als berühmte, zumeist expressionistische Bilder erschienen. Dr. Grün als ›Der grüne Rabbi‹ von Chagall, ein Bild, das zu jener Zeit noch im Kronprinzenpalais hing. Sein Kostüm stieß wegen seiner Echtheit auf Befremden. Er kannte unter den Anwesenden kaum jemanden, erkannte aber Vera sogleich wieder. Er tanzte mit ihr ›auf Distanz‹. Das Gesprächsthema war gegeben: Wie tanzen Menschen miteinander? Beide befanden sich ständig auf der Suche nach Motiven, wobei es dem einen um die Hintergründe, dem anderen um die Oberfläche ging. Das Motiv und: die Motive. Sie unterlagen einem Irrtum, als sie während ihres Gesprächs äußerten, sie hätten die gleiche Blickrichtung. Die Richtung stimmte zwar überein, aber Dr. Grün sah eine tiefere Schicht.

Vera war gekleidet und geschminkt wie eine der Jawlensky-Frauen, heftig, fast brutal. Mit Herrn Grün zusammen ein auffallendes Paar. Sie erfuhr im Laufe der Nacht, daß er erst vor kurzem aus Wien nach Berlin gekommen war, ein gelernter Wiener, aber ein noch ungelernter Berliner, wie er sich ausdrückte; ein Freud-Schüler. Er habe sich in Berlin eine Praxis als Psychotherapeut eingerichtet. Tiefenpsychologie. Analyse. Er zeigte ihr unter den Kostümierten eine Reihe potentieller Patienten, die vermutlich nichts von ihrer Krankheit ahnten. »Sehen Sie, wie der Mann die Füße nach innen setzt? Ein Angstsymptom. Er fürchtet ständig, es könne ihm jemand auf den Fuß treten, bildlich!«

Sie verbrachten das Fest weitgehend miteinander. Man tanzte Rumba, Pasodoble, Charleston. Vera trank viel, war in bester Stimmung, sang irgendwann, als die betreffende Melodie gespielt wurde: »Was kann der Sigismund dafür, daß er so Freud ist.« Sie wußte, daß ihr Partner Jude war, er hatte sich als solcher vorgestellt. Aber semitisch, antisemitisch, das galt ihr nichts, sie besuchte keine Kirche, Dr. Grün keine Synagoge, beide hielten sich für vorurteilsfreie, modern denkende Menschen.

In den darauffolgenden Wochen sahen sie sich häufiger. Dr. Grün war der Meinung, daß Vera, eine waschechte Berlinerin – ›indanthren‹, wie sie es nannte –, aus ihm einen Berliner machen könnte. Er versprach sich durch sie zudem eine Belebung seiner Praxis. Auch Vera wird ihre Berechnungen angestellt haben. Sie war inzwischen Mitte Dreißig. Das Alter wird bei ihrer zweiten Eheschließung ebenso eine Rolle gespielt haben wie bei der ersten. Dr. Grün war ein gutaussehender Mann – und Vera war ja ein Augen-Mensch, schaute aufs Äußere –, sah eigentlich nicht jüdisch aus, ähnelte eher einem Araber.

Die beiderseitigen Rechnungen gingen dann nicht auf. In

den ersten Monaten ihrer Ehe arbeiteten sie gelegentlich zusammen. Vera fotografierte auf seinen Wunsch hin Menschen beim Essen, wie sie schaufelten, stocherten, schlangen. Er betrachtete die Aufnahmen eingehend und machte Aufzeichnungen. Sie fotografierte Beinhaltungen, aber, wie schon beim vorigen Mal, konnte sie auch hieraus keine Serie machen, vertat dabei viel Zeit. Sie war zwar angesehen im Hause Ullstein, aber nicht unentbehrlich. Eine Unterbrechung konnte sie sich nicht leisten. Immer neue Einfälle, immer geistreich, immer gut; keiner durfte besser sein als Vera Jadow. Sie mußte im Mittelpunkt bleiben.

Und Dr. Grün mußte, als Beobachter, am Rande bleiben. Er betrieb weiter Verhaltensforschung bei Menschen und machte sich für eine geplante Veröffentlichung Aufzeichnungen. Stundenlang stand er, vom Vorhang verdeckt, am Fenster seiner Wohnung und beobachtete. Seine Spaziergänge glichen Pirschgängen. Vera fühlte sich ständig von ihm beobachtet, was ihr lästig wurde. Bei seinen Patienten interessierten ihn weniger ihre Mitteilungen als ihr Verhalten: wie sie auf der Couch lagen, ihre Handhaltung, ihre Beinhaltung, ihre Kopfhaltung. Wie hängte der Patient seinen Mantel auf, die Rückseite oder die Vorderseite zur Wand? Das alles nutzte dem Kranken wenig, war jedoch für die Forschungen von Wichtigkeit. In fast jedem von der Norm abweichenden Verhalten sah Dr. Grün als Freudianer eine Form verdrängter Sexualität.

Vorübergehend schien es, als sei Vera in der Lage, die Sexualität ihres Mannes aus der Verdrängung zu befreien, bis sie durch seine Beobachtungen und Notizen, die er selbst im Bett anzustellen nicht unterließ, ebenfalls unsicher gemacht wurde. Beide wollten keine Kinder; die Frage war bereits vor der Eheschließung besprochen worden.

Die ständige Beschäftigung mit Menschen hatte beide zu Menschenverächtern gemacht. Keine kirchliche Trauung, kein Hochzeitsessen. »Das hatte ich schon«, sagte Vera. »Auch ein Kind hatte ich schon.« Als Dr. Grün sich erkundigte, ob sie Wert darauf lege, seinen Vater in Lodz kennenzulernen, sagte sie: »Einen Schwiegervater hatte ich ebenfalls schon.«

Sie kauften ein schöngelegenes Haus in Steglitz, nahe beim

Teltowkanal, Vera behielt aber ihr Atelier und Labor in Tempelhof bei. Sie behielt auch ihre Freunde bei. Ihr Mann lebte weiterhin in jener Distanzzone, die ihm sein Beruf verschaffte; ein Psychoanalytiker, gleichzeitig anziehend und abstoßend.

Einmal im Monat gab Vera einen ›jour fixe‹. Am Anfang kamen fünfzig und mehr Gäste, einige, um sich satt zu essen, einige, weil es als ›chic‹ galt, von ihr eingeladen zu werden, einige wegen des echten ›Bourbon‹, den Vera bevorzugte, einige wegen ihrer Jazzplatten. Aber noch vor der Machtübernahme Hitlers blieb eine Reihe der ständigen Gäste aus. Jetzt war er es, Dr. Grün, der beobachtet wurde. Sah er nicht doch sehr jüdisch aus? Mußten sich seine Patientinnen wirklich auf eine Couch legen? Einige sollten länger als zwei Stunden bei ihm geblieben sein. Seine Praxis wurde nicht größer, sondern kleiner. Vier Patienten blieben ihm am Ende noch; zwei davon behandelte er unentgeltlich. Er verbrachte die Nachmittage häufig im Kino, stellte dort seine Beobachtungen an, sowohl beim Publikum wie bei den Personen auf der Leinwand, bei wiederholtem Ansehen desselben Filmes. Auch das erregte Mißtrauen. Als dann später an den Kinokassen das Schild ›Juden unerwünscht‹ hing, blieb ihm auch dieses Beobachtungsfeld verschlossen.

Als Maximiliane nach Hermannswerder kam, äußerte Dr. Grün den Wunsch, ›dieses Produkt einer Berlinerin und eines pommerschen Landjunkers‹ kennenzulernen. Maximiliane wurde eingeladen. Sie kam, und Dr. Grün stellte der Reihe nach seine Tests an, ließ sie eine Faust machen, was sie arglos tat: den Daumen steil nach oben gerichtet – sie befand sich noch in der phallischen Phase; verfolgte, wie sie den Kuchen mit der Gabel abstach, ein wenig drehte und zum Mund führte. Er ließ sich die Hände zeigen. Diese Hände mit den abgekauten Nägeln. Dr. Grün war sehr befriedigt von ihrem Besuch. »Komm bald einmal wieder!«

Aber Maximiliane fand in der Folge immer Gründe, weitere Besuche abzusagen.

Vera holte, wenn es ihre Zeit erlaubte, Maximiliane mit dem Auto an der weißen Brücke ab und fuhr mit ihr an den Wannsee, lud sie zum Eis ein oder kaufte ihr Kleider.

Wenn sie unterwegs Bekannte traf, sagte sie: »Das ist Maximiliane, ein kleines Freifräulein aus Hinterpommern«, nie: Das ist meine Tochter. Als Maximiliane ihr berichtete, daß sie in den Bund Deutscher Mädchen aufgenommen sei, kaufte Vera ihr eine Uniform. »Behalt sie doch gleich an! Sie steht dir sehr gut!« schlug sie vor.

»Aber ich bin doch nicht im Dienst, Vera!«

»Das macht nichts!«

Einige Male konnte Vera es einrichten, Maximiliane vom BDM-Dienst abzuholen, mit ihr im offenen Wagen zum Druckhaus Tempelhof zu fahren und sie anschließend mit nach Hause zu nehmen. »Mein Mann ist in seinem Zimmer. Wir setzen uns auf den Balkon. Ich mache uns Eisschokolade.« Zusammenhänge, die Maximiliane nicht durchschaute. Sie wurde längere Zeit von ihrer Mutter wie ein Parteiabzeichen benutzt. Daß Dr. Grün Jude war, wußte sie zunächst nicht; als sie es dann wußte, versuchte sie es zu verdrängen.

Eines Mittags wurde Maximiliane zur Hausmutter gerufen. »Mein liebes Kind! Setz dich!« Sie entfaltete eine Zeitung, legte sie vor Maximiliane auf den Tisch, ging ans Fenster und ließ dem Mädchen Zeit, das Bild zu betrachten. Dann fragte sie: »Kennst du diese Frau?«

»Nein«, sagte Maximiliane. Und kein Hahn schrie.

»Es handelt sich nicht um jene Frau, die dich hin und wieder mit dem Auto abgeholt hat?«

»Nein!«

Maximiliane saß regungslos, Knie zusammen, Ellenbogen angepreßt, und starrte das halbseitige Bild an. Acht uniformierte Männer und in der Mitte eine Frau, die ein Schild um den Hals trug, auf dem stand: ›Ich bin am Ort das größte Schwein. Ich lasse mich mit Juden ein.‹ Neben der Frau stand ein dicklicher Mann, nicht mehr jung, den Hut in der Hand, die Krawatte verrutscht, ebenfalls mit einem Schild um den Hals: ›Ich nehm als Judenjunge immer nur deutsche Mädchen auf mein Zimmer.‹

»Du bleibst bei deinem Nein, Maximiliane? Wir wollen dir doch helfen.«

Maximiliane verneint wieder, ohne zu überlegen, aber mit hochrotem Gesicht und zitternder Stimme.

»Gut, dann geh auf dein Zimmer!«

Nachmittags, in der Freistunde, entfernt sich Maximiliane unerlaubt, geht, um keinen Verdacht zu erregen, schlendernd zur Brücke, am Torwächterhaus vorbei, sieht den Torwächter, der die Zeitung liest, fängt an zu laufen, erreicht den Omnibus, fährt mit dem Vorortzug nach Berlin, dann mit der Straßenbahn und zum Teltowkanal. Alle Leute lesen die Zeitung, alle Leute starren sie an. Nach eineinhalb Stunden steht sie atemlos vor der Gartentür und klingelt.

Als keiner öffnet, geht sie wieder weg. Der Rückweg dauert drei Stunden. Es ist längst dunkel und die Abendbrotzeit vorbei. Wieder ruft man sie zur Hausmutter.

»Wo warst du?«

Schweigen.

»Sie hatten keine Erlaubnis, Maximiliane von Quindt!« Die Hausmutter sagt zum ersten Mal ›Sie‹. Maximiliane gibt keine Antwort.

»Dann gehen Sie auf Ihr Zimmer!«

An der Tür dreht Maximiliane sich um und fragt, ob sie die Zeitung haben dürfe.

Die Hausmutter händigt sie ihr aus.

»Aber versteck sie gut!« Ein tiefer Atemzug und dann: »Mein liebes Kind.« Am liebsten hätte sie wohl das Mädchen in die Arme geschlossen, aber das war auf Hermannswerder nicht üblich.

Maximiliane marschiert weiterhin durch Potsdams Straßen und singt ›Siehst du im Osten das Morgenrot‹, tanzt mit dem Fähnrich und singt: ›Ich tanze mit dir in den Himmel hinein‹, und bei den Abendandachten singt sie, was man in jenen Jahren in den Gemeinden der ›Bekennenden Kirche‹ sang: ›Hinunter ist der Sonnen Schein, die finstre Nacht bricht stark herein‹, alles mit derselben Inbrunst. Sie ist siebzehn Jahre alt.

Einen Tag nachdem jenes Bild durch die Zeitung gegangen war, traf Quindt vor dem Haus am Teltowkanal ein. Er betrachtete es und schätzte Kosten und Erbauungsjahr, betrachtete die Kiefern, errechnete ein Alter von vierzig bis fünfzig Jahren. Hohe Fenster, blankes Messing, Wohlstand. Aber das Schild neben der Klingel am Gartentor mit Dreck verschmiert und kaum zu entziffern: ›Dr. med. Daniel Grün, Sprechstunden nach Vereinbarung‹. Quindt klingelte mehrfach, meinte zu sehen, daß sich im ersten Stock ein Vorhang bewegte. Er nahm eine seiner Visitenkarten aus der Brieftasche, immer noch mit dem ›M. d. R.‹ hinter dem Namen, schrieb darauf, daß er im Café an der Ecke auf sie warten werde, und begab sich dorthin.

Eine halbe Stunde verging, dann traf Vera ein; verändert, aber wie immer elegant, auffällig, hochmütig.

Quindt erhob sich, schob ihr einen Stuhl hin. Keine Begrüßung. Das Unnötige ließen sie weg.

»Und nun?«

Vera hob die Schultern, schob dann eine Zigarette in die lange Ebenholzspitze, dieselbe, die sie bereits auf Poenichen benutzt hatte. Bevor Quindt nach seinen Streichhölzern suchen konnte, hatte sie bereits ihr Feuerzeug benutzt. Sie winkte ab.

»Er ist bereits fort?« – »Ja.«

»Seit wann?«

Vera antwortete nicht.

»Wohin?«

Sie antwortete wieder nicht.

»Du hast recht. Was man nicht weiß, braucht man nicht zu verschweigen. Liebst du ihn?«

»Was hat das noch mit Liebe zu tun? Ich bin eine Jadow, falls du weißt, was ich damit meine. Vermutlich hätten wir uns irgendwann getrennt. Aber unter diesen Umständen ist das unmöglich. Sieh mich an! Passe ich noch in dieses Land? Eine deutsche Frau raucht nicht. Eine deutsche Frau schenkt dem Führer Kinder. Wer nicht blond ist, macht sich bereits verdächtig. Es genügt, einer Frau ähnlich zu sehen, die ein Verhältnis mit einem Juden hat.«

»Soll das heißen . . .?«

»Ich bin es nicht. Diese Frau auf dem Zeitungsfoto muß jemand sein, der mir ähnlich sieht. Aber ich könnte es sein, verstehst du?«

»Das ist nicht schwer zu verstehen. Hast du Ersparnisse?«

»Sehe ich aus wie jemand, der spart? Ich lebe nicht auf Vorrat. Ich hatte ein paar gute Jahre.«

»Und er?«

»Zuletzt kam kaum noch jemand in seine Praxis. Ein deutscher Volksgenosse ist seelisch nicht krank.«

»Du willst also auch fort?«

»Ja. Ich weiß nur noch nicht, ob ich in den Kanal . . .«, sie zeigte auf den Teltowkanal, »oder über den Kanal soll. Mit der Kamera und einem Handkoffer.«

»Hast du mal an Poenichen gedacht? Du könntest dort eine Weile untertauchen. Dieser Zustand kann ja nicht dauern.«

»Poenichen? Das hatte ich schon! Niemand schwimmt zweimal –. Wie heißt das?«

»Im selben Fluß. Meinst du das?«

»Ja.«

Die Serviererin stellte die Teegläser auf den Tisch. Die beiden unterbrachen ihr Gespräch.

»Es wird einige Tage dauern, bis ich Geld flüssigmachen kann. Du weißt wohl noch: Die Quindts sind zwar begütert, aber nicht reich.«

»Warum willst du das tun? Du bist zu nichts verpflichtet. Du läßt es dich etwas kosten. Erst hast du mich aus Poenichen entfernt, das war auch nicht gerade billig. Jetzt willst du mich sogar aus Deutschland entfernen.«

»So sieht es aus, Vera.«

»So sieht es aus, Freiherr von Quindt auf Poenichen.«

»Und das Kind? Hat es sich sehen lassen?«

»Ja, als es fast dunkel war.«

»Und?«

»Ich habe es nicht ins Haus gelassen. Zufrieden?«

»Wir halten sie am besten raus . . .«, er unterbrach sich, ». . . wie meine Frau zu sagen pflegt. Was ist mit deiner Mutter?«

»Ich habe einen Bürgerlichen geheiratet. Die erste Jadow, die unter ihrem Stand geheiratet hat. Erst einen Freiherrn und dann einen Juden! Wir haben uns seit Jahren nicht mehr gesehen. Ich taugte nicht zur Mutter, und ich tauge auch nicht zur Ehe. Es dauert zu lange, bis man über sich selbst Bescheid weiß. Ich sehe alles nur noch durch die Linse meiner Kamera, durchs Objektiv. Das verändert die Optik. Ich lebe wie eine Einäugige.«

»Auf meine unbeholfene Art habe ich dich immer geschätzt.«

»Ich dich auch.«

Der Anflug eines Lächelns. Dann drückt Vera die Zigarette aus, die sie eben erst angezündet hat.

»Du hast alles geordnet?«

»Mein Auto steht bereits vor dem Verlag, der Zündschlüssel steckt. Irgendwem wird es wohl gefallen. Die Wohnungsschlüssel bekommt die Aufwartefrau, wie sonst auch, wenn ich auf Reisen gegangen bin. Ich habe einen Auftrag für eine Serie über die Holländerin. Ich werde von dieser Reise nicht zurückkehren. So einfach ist das. Man wundert sich, daß nicht mehr Leute auf Reisen gehen, wo es so einfach ist.«

»Hier hast du eine Adresse. Lern sie auswendig. Am besten, man redet nicht mehr und man schreibt nicht mehr. Ein Land, in dem man nicht mehr redet, nur noch schreit. Gib Nachricht, wenn du irgendwo angekommen bist!«

»Sprich leise!« Vera steht auf, Quindt erhebt sich ebenfalls. »Unter welchem Namen wirst du reisen?«

»Grün. Ganz einfach, Vera Grün. Auf den Namen Quindt wird kein Schatten fallen und keiner auf den Namen Jadow. Meinen Presseausweis schicke ich an die Redaktion zurück.«

»Du bist bitter, Vera. Könntest du es nicht als Möglichkeit zu einem Neubeginn ansehen? In Freiheit!«

»Ich bin eine Frau von Vierzig!«

»Wenn man auf die Siebzig zugeht, erscheint einem das jung. Die Pommern sind keine Auswanderer. Nichts als Sand. Und trotzdem klebt man dran fest.«

»Maximiliane wird bald heiraten, dann hast du es –« Sie unterbrach sich. »Ich kann mich nicht für die Zukunft Poenichens interessieren!« Sie zieht den Schleier über die Kappe, zeigt auf den Tee, den sie nicht getrunken hat. »Erledigst du das?«

»Acht Tage, schätze ich, daß es dauern kann. Frag in Amsterdam bei der Mejer en Van Hoogstraten-Bank nach. Und: Danke für das Kind, Vera!«

»Dann wären wir also quitt.«

Sie reicht ihm nicht die Hand. Kein Blick zurück. Quindt setzt sich noch einmal hin und raucht seine Zigarre zu Ende, winkt dann der Serviererin. Diese kommt und zeigt in Richtung Tür: »Wissen Sie überhaupt, wer das war?«

»Ja, mein Fräulein, ich weiß, wer das war.«

»Vor so einer kann man doch nur ausspucken!«

Quindt sieht sie an und sagt: »Vor so einer kann man doch nur ausspucken!« und beschließt, so rasch wie möglich nach Poenichen zurückzukehren und so selten wie möglich nach Berlin zu fahren.

Als Vera nach Hause zurückgekehrt war, klingelte es wenige Minuten später: ein Herr in Zivil, der sich ihr nicht vorstellte und der offenbar ihr Fortgehen ebenso wie ihre Rückkehr beobachtet hatte. Man bedaure im Reichsministerium für Volksaufklärung und Propaganda den Vorfall. Eine Denunziation. Übereifer eines Voreiligen. Ein Racheakt vermutlich. Jemand wie sie habe vermutlich Feinde. Die Veröffentlichung des Fotos habe sich allerdings nicht rückgängig machen lassen. Höheren Orts wisse man sehr wohl, daß sie Arierin sei. Die Nachforschungen, die man habe anstellen lassen, hätten ergeben, daß sie die Witwe eines verdienten Frontoffiziers gewesen sei. Den Namen des Juden Grün habe sie zudem nie geführt. Die Scheidung sei nach den neuen Gesetzen zum Schutz des deutschen Blutes und der deutschen Ehre eine reine Formsache. Der Jude Grün habe, soweit man höheren Orts unterrichtet sei, bereits das Weite gesucht. Vermutlich Wien. Oder Galizien.

Vera hörte schweigend zu.

Sie standen noch immer in der Diele, in der es dämmrig war.

Man wisse höheren Orts selbstverständlich, daß sie eine der besten deutschen Fotoreporter sei. Man würde bei der ›Berliner Illustrirten‹ in Zukunft auch nicht auf sie verzichten müssen, vorausgesetzt, daß sie nun auch ihrerseits Entgegenkommen zeige. Eine Serie über die neue deutsche Frau zum Beispiel. Allerdings würden ihre Aufnahmen in Zukunft einer Kontrolle unterzogen werden müssen.

Als der Mann schwieg, hob Vera den rechten Arm zum deutschen Gruß, und mit der linken Hand öffnete sie gleichzeitig die Haustür. Sie sagte nicht, daß es sich um eine Verwechslung gehandelt habe.

Einen Tag später saß sie bereits im Zug, Richtung holländische Grenze, mit Kamera und Handkoffer. Unmittelbar nach dem Grenzübergang legte sie das Zeitungsbild in ihren Reisepaß, als Legitimation eines politischen Flüchtlings gedacht, aber weniger wert, als sie vermutete. Fortan war sie die Frau eines Juden, und mittellose Juden waren nirgendwo gefragt.

Quindt benutzte seinen Aufenthalt in Berlin auch noch dazu, Nachforschungen nach dem Verbleib des Willem Riepe anzustellen. Anschließend begab er sich zu seiner Bank. Zwei Stunden dauerte die Unterredung. Er mußte Poenichen bis an die Grenze des Tragbaren beleihen. Vermutlich würde es nicht ohne Landverkauf abgehen. Da er das Geld kurzfristig benötigte, war der Zinssatz übermäßig hoch. Eine Überweisung von Bank zu Bank war wegen der Devisensperre nicht möglich, er mußte einen Mittelsmann suchen, der das Geld nach Holland schmuggelte, auch das war kostspielig.

Eine Zusammenkunft mit Maximiliane versagte er sich.

Auf dem Weg zum Stettiner Bahnhof kommt ihm ein Zug braununiformierter Männer entgegen, singend und mit Fahne. Die Fußgänger bleiben auf dem Bürgersteig stehen, grüßen die Fahne mit erhobenem Arm, einige weichen eilig in Seitenstraßen aus. Quindt sieht keine andere Möglichkeit, als in der nächstbesten Ladentür zu verschwinden. Es handelte sich um ein Geschäft für Trikotagen und Mieder. Man erkennt in ihm einen wohlhabenden Mann vom Lande, legt ihm Korseletts vor, fleischfarbene und extravagant schwarze. Er entscheidet sich für ein fleischfarbenes.

Als Riepe ihn am Bahnhof abholt, ist er müde und erschöpft.

»Was für Zeiten, Riepe!«

Riepe stimmt ihm zu: »Ja, Herr Baron, was für Zeiten!« Dann fragt er:

»Und was is mit dem Willem?«

»Ja, Riepe, was soll sein«, sagt Quindt. »Oranienburg, heißt es. Und für wie lange, weiß keiner. Er hat das Zettelverteilen nicht lassen können. Seine Frau darf ihm jede Woche was bringen, wenn sie was hat.«

»Wenn er bloß in Poenichen geblieben wäre!«

»Alle können wir uns ja nicht im Sand vergraben, Riepe. Ich sehe heute manches anders. Ich habe bisher gedacht, das verwächst sich auch wieder. Wir haben auf Poenichen ja nur Priebe, und mit dem werden wir schließlich fertig.«

»Und Inspektor Palcke, Herr Baron! Und den Meier! Und auch noch andere.«

»Ja, Riepe. Sie haben ›Deutschland erwache!‹ gesungen, und nun sind die Falschen aufgewacht, und die Richtigen schlafen.«

Keine Woche vergeht, und Oberinspektor Palcke erscheint, ungebeten, im Büro.

»Nur mal eine Frage, Herr von Quindt!«

Aus der Frage wird eine Auseinandersetzung und aus der Auseinandersetzung die Kündigung.

Bisher hatte Quindt seinen Oberinspektor nicht ernst genug genommen. Gegenüber seiner Frau und leider auch gegenüber einigen Nachbarn hatte er gelegentlich von seinem ›Überinspektor‹ gesprochen, weil Herr Palcke sich in Dinge einmischte, die ihn nichts angingen. Wiederholt hatte er ›Einsicht in die Bücher‹ verlangt, die von Herrn Meier, dem Brenner, geführt wurden.

»Wofür die neue Hypothek?« fragt Herr Palcke. »Wie gedenken Sie volkswirtschaftlich das aufgenommene Geld anzulegen?«

Quindt lehnt jede Auskunft ab. Herr Palcke droht nachzuforschen und droht – da er mit Priebe nicht wirkungsvoll drohen kann – mit dem Kreisleiter.

»Und dann gibt es ja auch noch eine Gauleitung in Stettin!«

Quindt schlägt vor, die Angelegenheit unmittelbar dem Führer vorzutragen.

Beide werden schärfer als nötig.

»Die Zeit des Großgrundbesitzes ist vorüber!« sagt Herr Palcke.

Quindt entgegnet, daß er das von den Kommunisten auch schon zu hören bekommen habe, allerdings liege das ein paar Jahre zurück. Zunächst mal sei die Zeit seines Oberinspektors vorüber. Er brauche auf Poenichen einen Landwirt, und er habe ihn, Palcke, eingestellt, weil er ein guter Landwirt sei, wovon er immer noch überzeugt wäre. Aber er brauche keinen Politiker, weder einen guten noch einen schlechten!

Die Kündigungsfrist mußte eingehalten werden. Man konnte Herrn Palcke nicht durch Riepe an den Zehn-Uhr-Zug bringen lassen, wie es Quindts Bedürfnis entsprochen hätte.

Herr Palcke nutzte die Zeit, die ihm verblieb, um gegen den Baron von Quindt zu schüren; er machte böses Blut bei den Hofleuten und hetzte außerdem die Leute im Dorf auf. ›Deutsches Land!‹ – ›Gesundes deutsches Bauerntum.‹ – ›Blut und Boden.‹ Die Schlagworte wurden ihm mit den Zeitungen ins Haus geliefert.

Quindt ließ zunächst seine Briefe durch Riepe nach Stargard bringen und dort in den Zugbriefkasten einwerfen, aber auch das schien ihm bald nicht mehr sicher genug; er hörte auf, Briefe zu schreiben.

Bisher hatte Quindt regelmäßig zum 1. Mai einen Rheumaanfall bekommen, der ihn daran hinderte, in der Leutestube ›Brüder aus Zechen und Gruben‹ zu singen; diesmal bekam er einen seiner schweren rheumatischen Anfälle bereits im März, rechtzeitig zur Reichstagswahl. Er liegt zu Bett und sieht sich außerstande, zur Wahlurne ins Gasthaus Reumecke zu gehen. Am Wahlsonntag erscheinen um elf Uhr vier Männer im Herrenhaus, mit Braunhemden und Hakenkreuzarmbinden, freiwillige Wahlhelfer, darunter zwei Leute vom Hof. Sie poltern in ihren Stiefeln die Treppe hinauf, die bisher keiner von ihnen betreten hat; sie waren nie weiter gekommen als bis in die Vorhalle. Die Hunde, weder an Stiefel noch an Uniformen gewöhnt, schlugen an und wurden von niemandem beruhigt.

»Wir werden Ihnen helfen!« sagt Herr Griesemann, und es klingt nach Drohung.

»Ich bin ein alter kranker Mann«, erwidert Quindt.

»Der Ortsgruppenleiter wünscht eine hundertprozentige Wahlbeteiligung!«

»Dann bleibt mir demnach gar keine Wahl? Wie ich sehe, tragen die Herren Uniform! Ich bitte Sie, auf dem Korridor zu warten und mir Riepe zu schicken.«

Quindt läßt sich von Riepe den Uniformrock bringen, räumt eigenhändig die Mottenkugeln aus den Taschen, sagt

grimmig: »Jetzt wollen wir denen mal das vorführen, Riepe!«
und läßt sich den ›Kasten‹ bringen. »Meine Frau weiß schon,
was ich meine!«

Er stellt den ›Kasten‹ auf die Bettdecke, nimmt alle Orden
der Quindts heraus und legt sie der Reihe nach an: den Ver-
dienstorden der preußischen Krone, das Militärverdienstkreuz
1. Klasse, den roten Adlerorden 2. Klasse aus dem Besitz seines Großvaters, posthum nach der Schlacht von Vionville verliehen, das allgemeine preußische Ehrenzeichen, das Eiserne
Kreuz 1. Klasse, das ihm Hindenburg nach der Schlacht von
Tannenberg persönlich angeheftet hatte, und den Hohenzol-
lernschen Hausorden, den sein Vater eingebracht hatte – bis
auf den Pour le mérite und den Kronenorden: die
preußischen Orden nahezu vollständig an der Brust. Die Ein-
kleidung dauert eine halbe Stunde. Seine Frau erscheint.

»Treib es nicht auf die Spitze, Quindt!«

Quindt ist ein schwerer Mann. Der Starrsinn verdoppelt
sein Gewicht, zu viert müssen sie ihn in einen Korbsessel heben, ihn die Treppe hinuntertragen, durch die Vorhalle, die
Treppenstufen hinunter, und ihn dann in den ›Karierten‹ setzen. Er bittet die Parteigenossen, neben ihm im Wagen Platz
zu nehmen. »Du gehst zu Fuß, Sophie Charlotte!« Er läßt
sich zweispännig zum Wahllokal fahren.

»Bei so viel Entgegenkommen von seiten der Partei kann
man ja wohl nur zustimmen!« sagt er zu Ortsgruppenleiter
Priebe, der neben der Wahlurne steht. Dieser nimmt vor der
Rittmeisteruniform des Barons Haltung an, hebt den Arm
zum deutschen Gruß: »Heil Hitler, Herr von Quindt!«

Quindt versucht ebenfalls, den rheumatischen Arm hochzu-
heben, was ihm nicht gelingt. Er bittet einen der Wahlhelfer,
ihm dabei behilflich zu sein. »Heil«, sagt er, »Heil Hitler!«

Als Quindt seiner Wahlpflicht genügt hat, schiebt er die
uniformierten Männer beiseite, verläßt grimmig das Wahllokal, schickt Riepe mit der Kutsche voraus und geht zu Fuß
die Dorfstraße entlang, durch den Park und verschwindet im
Herrenhaus.

Das Wahlergebnis zeigte dann auch, daß von den 92 wahl-
berechtigten Poenichern 92 ihre Stimme den Nationalsozialisten gegeben hatten.

Mit den freien Wahlen hatte es in Pommern ohnedies immer seine Haken gehabt. Als Quindt noch selbst kandidierte, hatte sein Inspektor neben der Wahlurne gestanden, und er, Quindt, hatte eigenhändig einen Klaren an die Wähler ausgeschenkt, wo er seiner Sache nicht ganz sicher war, hatte er sogar mit einem zweiten Klaren nachgeholfen.

Herr Palcke mußte gehen, aber auch Anna Riepe mußte fort. Sie hatte sich im letzten Winter immer häufiger einen Stuhl an den Herd gezogen, aber geklagt hatte sie eigentlich nie. Sie war abgemagert, nur der Leib schien aufgetrieben. Frau von Quindt hatte mehrfach gefragt, ob Dr. Wittkow nach dem Rechten sehen sollte, aber Anna Riepe hatte dann jedesmal erklärt: »An mich kommt keiner ran. Das ist nichts. Das sind die Jahre.« Schließlich nahm sie kaum noch etwas zu sich außer Quark und Kamillentee.

»Davon kann man doch nich arbeiten, Anna! Davon kann man doch nich leben!« sagte Riepe.

»Man muß ja auch nicht, Otto«, entgegnete sie.

Acht Tage hatte sie dann noch gelegen. Dr. Wittkow wurde gerufen, er verschrieb Opiumtropfen gegen die Schmerzen.

Als Maximiliane in den nächsten Ferien nach Hause kam, war Anna Riepe schon begraben. Am Platz ihrer Amma stand bereits eine neue Mamsell.

Und auf dem Hof landwirtschaftete der ehemalige Verwalter von Gut Perchen, ein Herr Kalinski. Auch die Mitzekas hatten ihre Sorgen. Der alte Mitzeka kümmerte sich nicht mehr um den Betrieb, sein Sohn mußte ohne Verwalter auskommen, sie hatten Land verkaufen müssen. »Den seh ich auch noch am weißen Stock abziehen!« sagte Quindt. In den vergangenen Jahren hatten mehrere seiner Nachbarn ihre Güter aufgeben müssen. Er selbst machte mit Herrn Kalinski einen guten Tausch: Er verstand etwas von pommerschen Böden, er kannte den Menschenschlag, hatte sich vom Melker zum Schweizer und schließlich zum Inspektor hochgearbeitet, und was die Politik anging, sagte er gewöhnlich: ›Da vertraue ich ganz auf unseren Führer.‹

Damit erübrigte sich für die Zukunft jedes weitere politische Gespräch.

Maximiliane kam in Uniform angereist.

»Fällt dir etwas auf, Großvater?«

Ihm fiel nichts auf.

»Siehst du denn nicht? Ich bin Scharführerin geworden! Und in einem Jahr bin ich bestimmt schon Gruppenführerin!«

Quindt äußerte sich nicht; es konnte nicht schaden, wenn sie ab und zu in ihrer Uniform nach Poenichen kam.

Beiläufig sagte er, als sie nach langer Zeit wieder zu dritt beim Abendbrot saßen: »Ich habe übrigens Nachricht von Vera. Sie befindet sich in Sicherheit. Ihr Haus am Teltowkanal wurde amtlich versiegelt.«

Maximiliane senkte den Blick. Wo diese Sicherheit lag, ob in Holland, England, in den Vereinigten Staaten, sagte er nicht, und sie fragte nicht danach.

17

›Welches Ziel der Mensch auch erreicht hat, er verdankt es seiner Schöpferkraft und seiner Brutalität.‹   Hitler

Im Anschluß an die Olympischen Spiele, die im Sommer 1936 in Berlin stattfanden, sollte auf ›dem Eyckel‹, der Stammburg der Quindts, in der Fränkischen Schweiz gelegen, ein Sippentag stattfinden. Der Gedanke ging von Quindts ältester Schwester aus, jener Maximiliane Hedwig von Quindt, die seinerzeit die Patenschaft über Maximiliane in Abwesenheit übernommen hatte und die, unverheiratet, Burg Eyckel bewohnte und bewirtschaftete. Die Burg, zu der nur noch wenig Ländereien gehörten, vererbte sich seit mehreren Generationen auf unnatürliche Weise. Sie wurde von einem unverheirateten Quindt-Fräulein an das nächste unverheiratete Quindt-Fräulein weitergegeben. Der zumindest in einigen Zweigen der Sippe unterentwickelte Geschlechtssinn, der sich bei ein paar weiblichen Vertreterinnen bis zur Fortpflanzungsfeindlichkeit steigerte, kam darin ebenso zum Ausdruck wie die Emanzipationsbestrebungen der Frauen. Als seinerzeit im August 1918 auf Poenichen eine Tochter geboren wurde und man mit weiteren Nachkommen rechnen konnte, erhoffte sich auch das alte Freifräulein auf dem Eyckel ihre künftige Erbin.

Die Organisation des Sippentages hatte ein junger Quint aus Breslau übernommen, der sich für Ahnenforschung im allgemeinen, für die Quindtsche im besonderen interessierte. Die Unterbringung sollte in den noch bewohnbaren Teilen der Burg erfolgen, zum Teil auf Matratzenlagern; die Jugend in Zelten. Man rechnete mit mehr als hundert Teilnehmern. Die vornehmsten Vertreter der Quindt-Sippe, wie etwa Ferdinand von Quindt, ehemaliger Senatspräsident beim Reichsverwaltungsgericht, wiesen es von sich, an dem Treffen teilzunehmen, nachdem sie erfahren hatten, daß vornehmlich bürgerliche Vertreter, wörtlich: ›die heruntergekommenen Quindts‹, erscheinen würden. Sie vermuteten, daß das Ganze zu einer Art Volksfest ausarten könnte.

Über Berlin wehten noch die Fahnen der Nationen, vornehmlich aber die zweierlei Fahnen der siegreichen deutschen Nation. Die Schilder ›Juden unerwünscht‹ waren vorübergehend mit Rücksicht auf die ausländischen Gäste von Geschäften und Kinos verschwunden. Die Welt zeigte sich beeindruckt von dem neuen Deutschland.

Ein Widerschein olympischen Glanzes legte sich auch auf den Sippentag der Quindts. Sowohl die schwedischen als auch die elsässischen Verwandten hatten bei der Schlußkundgebung in Berlin den Führer gesehen. ›Mit eigenen Augen!‹

Maximiliane, das Einzelkind, befand sich plötzlich inmitten einer Großfamilie. Schon auf dem Bahnsteig wurde sie von unbekannten Quints abgeholt und umarmt. Onkel, Vettern und Neffen küßten sie einzig mit der Begründung, Onkel Max oder Vetter Ingo zu sein. Sie war abwechselnd verwirrt, glücklich und befangen, war noch nie so weit gereist, hatte noch keine Berge gesehen, kannte keine Marktplätze mit Fachwerkhäusern und plätschernden Brunnen, keine Felsen, Grotten und Flußtäler, nicht Frauenschuh und Silberdistel! Und immer dieser Ingo Brandes neben ihr, der ihr alles erklären wollte, der über alles seine Witze machte, ein Oberprimaner aus Bamberg, der behauptete, sein Vater sei nur ein angeheirateter Quint. Auch an romantische Burgen war sie nicht gewöhnt, an Ziehbrunnen und Ziehbrücken. Vom hölzernen

Umlauf des Bergfrieds konnte man drei weitere Burgen sehen. Im Burghof hatte man Tische und Bänke aufgeschlagen, in der Gulaschkanone brodelte Erbswurst- oder Gulaschsuppe, und im alten Verlies lagen mehrere Fässer Bier, eine Stiftung der Brauerei Brandes aus Bamberg.

Tante Maximiliane hatte, wie ihr pommerscher Bruder, eine Vorliebe für Treppen. Immer stand sie erhöht, meist unterm Portal, von wo sie das Ganze überblicken und regieren konnte, eine Gestalt, wie von Leibl gemalt, altdeutsch und handgewebt, die ergrauten Zöpfe um den Kopf gelegt. Maximiliane stand sprachlos vor ihr, knickste zu spät und zu tief und starrte ehrfurchtsvoll auf den Kopf der Ahnfrau, noch immer das ›Hut ab!‹ des Großvaters im Sinn.

»Du willst eine Quindt sein?« fragte die Tante.

»Ja!« antwortete Maximiliane errötend, genau das wollte sie sein.

»Wo hast du die Augen her?« Eine Frage, die Maximiliane nur mit Niederschlagen der Lider beantworten konnte.

»Die Quindtsche Nase hast du jedenfalls nicht!« Auch das stimmte, schien ihr aber eher ein Vorteil für ein junges Mädchen zu sein.

»Du solltest Dirndl tragen, einen Mittelscheitel und einen Haarknoten!«

Das klang nach Geboten, wurde später auch von Maximiliane befolgt und bestimmte über mehrere Jahre ihr Aussehen.

Andere Gäste mußten begrüßt werden, Maximiliane trat beiseite. Sie hatte sich darauf gefreut, in einem der Zelte schlafen zu dürfen, die im kleinen Burggarten aufgeschlagen wurden, aber die Tante hatte bereits bestimmt, daß Maximiliane in der Kammer neben der ihrigen schlafen sollte, eine Entscheidung, die mit Maximilianes Augen, der Erbfolge und diesem Ingo Brandes zu tun hatte. Im übrigen wurde sie für den Küchendienst eingeteilt, strich Marmeladen- und Schmalzbrote, die auf Zinntellern herumgereicht wurden.

Alle Arten von Quindts trafen ein, solche mit ›dt‹ am Ende des Namens oder solche mit ›t‹ und solche mit ›ten‹. Quindts aus Ostpreußen, Quints aus der Lausitz, aus Hessen, dem Elsaß. Gutsbesitzer, Oberlehrer, Landwirte. Ein 80jähriger August von Quinten aus Lübeck: Sinnbild der Lebenserwartung aller Quindts, und ein Vierjähriger aus Straßburg, Namensträger, hübsch, blond, gesund, weltgewandt: Inbegriff für den Fortbestand eines alten Geschlechts. Arme und reiche Verwandte, wohlhabende oder begüterte, blonde und dunkelhaarige, sogar zwei rothaarige darunter; evangelische und katholische. Ein großes Kennenlernen und Wiedererkennen, Austausch von Todes- und Geburtsnachrichten. Wer nicht mitkommen konnte, wurde als Fotografie aus der Tasche gezogen. Man war eines Namens und für drei Tage auch eines Sinnes. Man wusch sich unter Gelächter in Zubern und am Brunnen. ›Szenen wie aus den Meistersingern‹ las man in einer Nürnberger Zeitung. Die adligen Quindts, darunter viele verarmte, wurden in Schlafkammern untergebracht, die bürgerlichen, darunter eine Reihe von höheren Beamten, wohlhabenden Kaufleuten mit ihren Gattinnen, auf Matratzenlagern; einige reisten daraufhin am nächsten Morgen ab. Die anderen erklärten sich mit allem einverstanden, nachdem Max von Quindt, Großonkel Maximilianes aus Ostpreußen, nachdrücklich gesagt hatte: »Teilnehmen heißt zustimmen!« Er war auf dem Seeweg gekommen; niemals wäre er mit der Eisenbahn durch den polnischen Korridor gefahren, durch deutsche Lande in einem verschlossenen Zugabteil!

Der Begrüßungsabend fand bei Fackelschein im Burghof statt. Als zusätzliche Beleuchtung stieg später der Mond überm Burgfried auf. Adolf von Quindt, Militärschriftsteller aus Friedberg in Hessen, hielt die Begrüßungsansprache. »Eine Familie, die ihre Geschichte über 600 Jahre zurückverfolgen kann, hat allen Grund, mit Vertrauen in die Zukunft zu schauen! Nicht Ansprüche und Rechte, sondern Hingabe und Bereitschaft sichern die Freiheit und Zukunft des Menschen! Als Ordensritter haben einst Quindts den Osten erobert, besiedelt und verteidigt. Quindts in Ostpreußen, Quindts in Pommern! Aus dem Baltikum wurden sie 1917 vertrieben, aber nicht für alle Zeiten!«

Er sprach aus aller Herzen, bekam Beifall nach jedem Satz. Nacheinander begrüßte er namentlich die Anwesenden, die sich daraufhin erhoben. »Die Quindts aus Poenichen in Hinterpommern!« Maximiliane erhob sich und stand allein da, ein Grund mehr, sie besonders herzlich zu begrüßen. Sie wurde aufgefordert, auf die Bank zu steigen, damit man sie von allen Plätzen aus sehen konnte, wodurch bei denen, die weiter entfernt saßen, der Eindruck entstand, sie sei ein auffällig großes Mädchen. Der Vierjährige wurde auf den Tisch gehoben. »Je suis Maurice de Strassbourg, le plus petit Quinte!« sagte er und warf Kußhändchen nach allen Seiten. Dann kam jener Viktor Quint aus Breslau an die Reihe, der den Sippentag so vortrefflich vorbereitet hatte. Im Schein der Fackel, die er hochhielt, stand ein junger Mann in der Uniform eines Arbeitsdienstführers und wehrte Dank und Beifall in aller Bescheidenheit ab.

»Lars Larsson aus Uppsala mit seiner Frau Louisa, eine Schwester unseres verehrten Burgfräuleins, wenn ich Sie in dieser hochgestimmten Stunde einmal so nennen darf.« Die Larssons erhoben sich mitsamt ihren vier Enkeln und riefen »hej« und »hejsan«.

»Man sage nicht, die Frauen seien nur eine ›geborene Quindt‹ oder nur eine ›angeheiratete Quint‹, wie ich das hier schon mehrfach gehört habe«, sagte der Redner. »Quindt-Töchter verschwinden, Quint-Frauen tauchen auf. Frauen heiraten ein und heiraten aus: das Adernetz der Familie! Durch sie erfolgt eine ständige Auffrischung des Quindtschen, ja, ich darf hier sagen, des Blutes schlechthin. Die Männer geben den Namen, die Frauen füllen ihn mit Blut!«

Man hob den Becher mit Bier oder Apfelsaft zu Ehren der Frauen, und der Redner fuhr fort: »In seinem großen Appell an die deutsche Jugend im Berliner Lustgarten am 1. Mai nach der Machtübernahme sagte der Führer: ›Weil wir es wollen, deshalb muß es uns gelingen!‹ Das ist Geist vom Geist eines Immanuel Kant! ›Wir leben in einer Zeit größter geschichtlicher Umwälzungen, wie sie vielleicht nur jedes halbe Jahrtausend über ein Volk hereinbrechen. Glücklich die Jugend, die nicht nur Zeuge, sondern Mitgestalter und Mitträger dieses gewaltigen geschichtlichen Geschehens sein kann.‹ Mit diesen Worten Adolf Hitlers heiße ich alle jungen Quindts willkommen als die Blüten des weitverzweigten Stammes der Quindt!«

Nach dieser Begrüßungsrede saß man noch eine Weile zusammen, trank und erzählte einander. Der Mond stieg höher, in den Wiesen zirpten die Grillen, schließlich stimmten die Lausitzer Quints ein Volkslied ihrer Heimat an, andere fielen ein, sangen ihrerseits Lieder ihrer Heimat, und die Bewohner der Küstenländer, die Lübecker, die Holsteiner und Mecklenburger, und auch Maximiliane endeten dann mit jenem Lied, dessen Text von Fritz Reuter stammt: »Ick weit einen Eikbom, de steht an de See, de Nurdström de brust in sin Knäst, stolz reckt hei de mächtige Kron' in de Höh, so is das all dusend Jahr west. Kein Minschenhand de hett em plant't, hei reckt sich von Pommern bet Niederland.«

Müdigkeit breitete sich aus. Die Bretterbänke drückten. Die meisten Quindts hatten eine lange Reise hinter sich. Ein Abendlied sollte zum Abschluß gemeinsam gesungen werden. Die Schweden aus Uppsala baten sich ›Der Mond ist aufgegangen‹ aus. Der abnehmende Mond stand überm Burgfried und war nur halb zu sehen, und aus dem Tal der Pegnitz stieg der weiße Nebel wunderbar auf – aber an den vorderen Tischen hatte man zur gleichen Zeit anders entschieden. Der große Augenblick verlangte ein größeres Lied. Matthias Claudius wurde von Hoffmann von Fallersleben überstimmt. »Deutschland, Deutschland über alles!« Und da man es so gewohnt war, sang man auch noch das Horst-Wessel-Lied: ›Die Reihen fest geschlossen.‹ Einige dachten dabei wohl an die Reihen der Quindts, deren Fahne neben der schwarzweißroten und der Hakenkreuzfahne vom Burgfried herunterhing.

Am nächsten Morgen fand in der Burgkapelle ein Festgottesdienst statt. Auch er konnte von einem Quint bestritten werden, einem Diakon Johannes Quint aus der Niederlausitz. Sein dreizehnjähriger Sohn blies auf der mitgebrachten Posaune ›Jesu, geh voran auf der Lebensbahn‹.

Posaunenklänge übten auf Maximiliane dieselbe Wirkung aus wie Hornsignale; obwohl man ihr die Unterschiede zwischen den Blechinstrumenten oft genug erklärt hatte, vermochte sie sie nicht zu unterscheiden. Ein Schauer lief über ihren Körper. Ingo Brandes hatte sich neben sie gestellt, näher als nötig, Schuh an Schuh und Ellenbogen an Ellenbogen. Diakon Quint stellte seine Ansprache unter ein Wort aus dem Johannes-Evangelium: ›Das ist mein Gebot, daß ihr euch untereinander liebet, gleich wie ich euch liebe.‹ Ingo Brandes nahm es als Aufforderung, noch näher zu rücken. In seinem Gebet sprach der Diakon zum Schluß die Bitte aus, daß Gott den Führer des deutschen Volkes erleuchten möge, und dann sang man gemeinsam ›Herz und Herz vereint zusammen, sucht in Gottes Herzen Ruh‹, ebenfalls von jenem Graf Zinzendorf gedichtet, der mit den Quindts verschwägert gewesen sein sollte. Ingo Brandes sang: »Quint und Quint vereint zusammen«, Maximiliane war ergriffen und erheitert und bereits verliebt.

Anschließend wurde im ›Steinernen Saal‹ die Ausstellung ›600 Jahre Quindt‹ eröffnet, ebenfalls ein Werk jenes Viktor Quint aus Breslau. Den wichtigsten Teil der Ausstellung beanspruchten die Ahnen- und Enkeltafeln. Dann gab es die verschiedenen Ausführungen des Quindtschen Wappens zu sehen; Fotografien und Exlibris, Holzschnitte, Hinterglasbilder. So verschiedenartig die Wappen im einzelnen auch waren, alle zeigten im unteren Feld fünf Blätter beziehungsweise fünf aufgeblühte Rosen, ›fünf‹ gleich ›quintus‹. Im oberen Feld dann ein Vogel, in einem Falle sogar fünf Vögel, als Stieglitz oder als Wiedehopf gedeutet, bei den pommerschen Quindts eher Gänse, im Gänsemarsch von rechts nach links, drei an der Zahl. Auch das Taufkleid der pommerschen Quindts gehörte zu bewunderten Ausstellungsstücken. Onkel Max aus Königsberg zeigte auf das Wappen in Brusthöhe. »Was für ein reizender Platz für ein Wappen!«

Viktor Quint hält nun eine kleine erläuternde Rede.

Auf diesen jungen Arbeitsdienstführer aus Breslau muß näher eingegangen werden, da er eine große Rolle in Maximilianes Leben spielen wird. Sein Vater, Gymnasiallehrer für Geschichte und Erdkunde, war verwundet und verbittert aus dem Krieg heimgekehrt und bald darauf an seiner Kriegsverletzung gestorben. Er hatte seine Frau mit fünf Kindern und einer kleinen Beamtenpension zurückgelassen. Viktor, als Zweitältester, hatte eine schwere Kindheit erlebt. Hinzu kam, daß der schlesischen Linie der Quints seit Jahrzehnten ein Makel anhaftete, nicht wegen des fehlenden Adelstitels, sondern weil im Jahre 1910 Gerhart Hauptmanns Roman ›Der Narr in Christo Emanuel Quint‹ erschienen war, die Geschichte eines religiösen Schwärmers, der auf den Märkten in Schlesien Buße predigte, Wunder tat, verspottet wurde, vagabundierte, immer nahe am Wahnsinn, unehelicher Sohn eines Pfarrers, der später in der Kirche seines Vaters ›Ich bin Christus!‹ schrie, Bilder und Altargerät zertrümmerte, des Mordes an einer Gärtnerstochter verdächtigt wurde und schließlich in einem Schneesturm am Gotthard umkam. Viktors Großvater, Leopold Quint, ein Getreidehändler, hatte einen Prozeß gegen Gerhart Hauptmann wegen Diffamierung des Namens einer alten deutschen Familie geführt, ihn jedoch in allen Instanzen verloren. Auf Viktor Quint hatte sich der Haß des Großvaters vererbt, der sich auf Frömmigkeit, Vagabundieren, Unehelichkeit, aber auch auf Schneestürme erstreckte. Seine Lebensjahre waren bisher Notjahre gewesen: Weltkrieg, Inflation, die Jahre der Notverordnungen, der Arbeitslosigkeit. Da an Studium nicht zu denken war, meldete er sich zum freiwilligen Arbeitsdienst, wo er es bereits im Gau Mittelschlesien bis zum Obertruppführer gebracht hatte. Er war ehrgeizig und entschlossen, Großes zu erreichen.

In seiner Ansprache sagt er einiges über die Germanisierung des Ostraumes, kommt auf den Ahnen- und Ariernachweis zu sprechen und sagt, daß über seine arische Abstammung kein Quindt sich Sorgen zu machen brauche, da genüge ein Blick auf die Geschlechtertafeln, aber auch auf die hier Anwesenden.

Ingo Brandes fragt, ob er einmal kurz unterbrechen dürfe, bei ihm sei der Eindruck entstanden, als ob es in den Familien der Quindts mehr Vorfahren gäbe als in anderen, gewöhnlicheren Familien. Als habe der einzelne mehr Großväter und mehr Urgroßväter.

Alle außer dem Redner lachen.

Dieser fährt fort, hält zur Erläuterung einen Stammbaum hoch, der besonders kunstvoll in Gestalt einer Eiche angelegt ist. Der Urahne als Stamm, Kinder, Enkel und Urenkel in der Verästelung und Verzweigung bis hin zu Blättern und Eicheln. Viktor Quint liest die letzte Eintragung in einer Eichel vor: »Achim von Quindt, geboren 1898 in Poenichen, Hinterpommern. 1917 Eheschließung mit Vera geborene von Jadow. Vielleicht weilt einer aus dieser Familie unter uns?«

Maximiliane rührt sich nicht.

»Gefallen im Weltkrieg«, sagt das Burgfräulein.

»Demnach ist diese Linie ausgestorben«, sagt Viktor Quint, »bedauerlich, daß der Stammbaum nicht auf den jüngsten Stand gebracht wurde.«

Ingo Brandes schiebt Maximiliane vor, flüstert: »Los! Pommersche Eichel!«

Maximiliane tritt vor. »Maximiliane Irene von Quindt, geboren am 8. August 1918 auf Poenichen.«

Viktor Quint sieht sie an und sieht alles. Ihm gehen die Augen auf.

Wunderbar sind die Wege der Liebe, und nun erst die Umwege! Viktor Quint verliebt sich auf den ersten Blick in den herrlichen Stammbaum der pommerschen Quindts, durch Jahrhunderte ansässig im deutschen Osten, eine aussterbende Linie, eine einzige Tochter im heiratsfähigen Alter! Er war gewiß nicht zu diesem Sippentag aufgebrochen, um sich eine begüterte Quindt-Erbin zu suchen. Aber in Maximiliane verkörperten sich ihm plötzlich alle Zukunftspläne: eine erbgesunde Familie, blonder, kräftiger Frauentyp, nordisch, vielleicht ein wenig zu klein, aber dafür war er selbst um so größer. Über die Farbe der Augen war er sich nicht im klaren. Waren sie blau oder braun? Maximiliane hielt unter seinem prüfenden Blick natürlich die Lider gesenkt. Sein Wunsch, sie möge blauäugig sein, war so stark, daß er sich selbst und schließlich auch andere von Maximilianes Blauäugigkeit überzeugte. Er glaubte außerdem, das Landleben zu lieben, spürte das Großräumige des Ostens in sich. Blutsverwandtschaft bestand nicht, aber Namensverwandtschaft. Er sah auch das vor sich: Viktor Quint – Poenichen. Alles in diesem ersten Augenblick.

Maximiliane ahnt nicht, was in dem Arbeitsdienstführer vorgeht, der an ihrem Stammbaum so interessiert ist, und erklärt ihm auf seine Fragen bereitwillig die Verwandtschaft zu dem Burgfräulein und zu den Larssons aus Uppsala.

»Und Ihre Mutter?« erkundigt er sich. »Sie wird doch nicht ebenfalls verstorben sein?«

»Nein«, antwortet Maximiliane und errötet schon wieder. »Sie hat sich ein zweites Mal verheiratet. Sie lebt im Ausland.«

Viktor Quint wird stutzig, sagt dann aber nur »aha« und ist klug genug, nicht weiter nach dieser Mutter zu fragen. Sie war arischer Abstammung, das mußte genügen. »Haben Sie kein Foto von Ihrem Gut? Es muß dort herrlich sein!«

Maximiliane zeigt ihm die mitgebrachte Radierung des Herrenhauses.

Viktor Quint zeigt sich von den fünf weißen Säulen beeindruckt.

»Dort sollte man das nächste Treffen veranstalten!«

Am Nachmittag unternimmt man einen Ausflug in die nähere Umgebung. Unterwegs wird gesungen, es wird überhaupt viel gesungen, zu sagen hat man sich weniger, als man in den ersten Stunden vermutet hatte.

»Wohlauf, die Luft geht frisch und rein . . . ins Land der Franken fahren.«

Die Luft war allerdings eher schwül, und es zogen bereits Wolken auf. Maximiliane empfand die Landschaft als zu eng und zu klein, die Felder wie Handtücher, nirgendwo konnte ihr Blick schweifen, immer stieß er auf Felsen und Bergkuppen. Aber: Das Korn stand hoch in Ähren, und goldner war es nie! Auf den flachen, abgeweideten Bergkuppen wuchsen niedrige Wacholderbüsche, verkrüppelte Birken, und am Weg weidete eine Schafherde, nicht einmal der Schäferkarren fehlte! Ingo Brandes hält sich in ihrer Nähe, fängt Heuhupfer für sie, pflückt eine Kornblume und eine Mohnblüte – beides blüht reichlich im Haferfeld, an dem sie vorbeiziehen –, hält sie prüfend an ihr Haar, entscheidet, daß eine Kornblume besser passe, steckt die Blume hinein und sagt: »Willst, feines Mädchen, du mit mir gehn?«

Was hätte hier für eine Liebesgeschichte beginnen können! Was für Briefe hätte Ingo ihr geschrieben, verziert mit getrockneten Blüten, und über Jahre. Wenn Maximiliane nur hätte warten können. Wenn nicht Poenichen gewesen wäre! Und jener Viktor Quint aus Breslau.

Das Ziel, eine Tropfsteinhöhle, ist erreicht, keine der großen, nennenswerten, aber einer der Teilnehmer, ein Realschullehrer aus Mergentheim, hat doch allerlei erdgeschichtlich Bedeutungsvolles darüber mitzuteilen. Man fröstelt im kühlen Erdinnern. Ingo will gerade Maximiliane in einen Seitengang ziehen, um ihr einen Stalaktiten zu zeigen, der noch älter ist als die Quints, aber da fängt der kleine Maurice aus Straßburg, der sich vor der Dunkelheit fürchtet, an zu weinen, und Maximiliane wendet sich ihm zu, hebt ihn hoch und trägt ihn ins Freie. Ein Bild, das sich Viktor Quint unauslöschlich einprägt: der blonde Knabe auf dem Arm der jungen Frau am Eingang der Höhle. Mutterschaft und Geborgenheit. Eigene Entbehrung und künftige Geborgenheit: Dieses Mädchen würde eine großartige Mutter werden.

Auf dem Rückweg ist dann aber doch Ingo Brandes wieder an ihrer Seite. Er entwickelt ihr einen Plan. Um Mitternacht, wenn der Mond aufgeht und wenn es in der Burg still geworden ist, wird er unter ihrem Fenster rufen. ›Schuhuhuhu‹, wie der Rauhfußkauz, der um diese Jahreszeit hier ruft. »Schuhuhuhu!« Der Boden unter dem Fenster sei weich, das Fenster zwar klein, aber groß genug, um hindurchzusteigen, er hat sich das alles bereits am Vormittag angesehen. Zwei Meter würde sie springen müssen. »Und dann baden wir bei Mondschein in der Pegnitz!«

Ihr Einwand, daß sie keinen Badeanzug mitgebracht habe, stößt bei ihm auf Gelächter.

Zunächst mußte noch zu Abend gegessen werden, was hieß, daß dreihundert Brote gestrichen werden mußten. Dann folgte noch ein bunter Abend, den Max von Quindt aus Königsberg zum größten Teil bestritt. Die rednerische Begabung und vor allem das rednerische Bedürfnis müsse bei den Quindts erblich sein, sagte er unter dem Lachen der Zuhörer. Das Thema seiner Rede lautete: ›Von Quintus zum Quintillion.‹ »Quintus, der Fünfte unter den Lehnsherren, die latinisierte Form des Namens, Quintillion, die eins mit dreißig Nullen, in der Inflation als Zahlungseinheit nach der Billion vorgesehen, eine Zeit, an die sich die Älteren unter uns mit Schrecken erinnern.«

Dann sprach er von der Quinte in der Musik. In den achtziger Jahren habe es unter den Königsberger Quindts ein ›Quintett‹ gegeben. Zehn Jahre habe man sich redlich geplagt, die Saiten zu streichen, dann sei das Quintett an der sprichwörtlichen Unmusikalität der Familie eingegangen. Anders die Zeitschrift, die sein Großvater ins Leben gerufen habe, ›Von Quinte zu Quinte‹. Leider sei aber auch sie im Weltkrieg eingegangen wie so vieles. An den jungen Quinten liege es jetzt, sie wieder ins Leben zu rufen. Derselbe Quindt habe 1880 den ›Quintenzirkel‹ gegründet, der heute noch bestehe, die Königsberger träfen an jedem Fünften des Monats zusammen, den Vorsitz führe zur Zeit sein ältester Sohn, Erwin mit Namen und Major im Range.

Schließlich kam er auf ›die Quintessenz‹ zu sprechen, nach Aristoteles ›das eigentliche Wesen einer Sache‹, der Äther als fünftes Element. »Leider ist der berühmte Hersteller von Quindt-Essenzen nicht anwesend. Mein lieber Vetter Joachim von Quindt aus Poenichen, seinerzeit Mitglied des Deutschen Reichstags, der im Krieg den Mut gehabt hat, von ›Feldern des Friedens‹ zu sprechen. Aber er hat uns seine reizende und einzige Erbin geschickt!« Wieder wenden sich Maximiliane alle Blicke zu.

»Die Quindts haben sich in den Jahrhunderten«, fuhr der Redner fort, »nicht nur fortgepflanzt, sondern auch hinaufgepflanzt, ein Ausdruck, der von keinem Geringeren als Nietzsche stammt. Die Zahl der Quindts blieb begrenzt, mehr Qualität als Quantität. Ganze Landesteile ohne Quindts!« Die Rede wurde wiederholt von Lachen unterbrochen. Zum Schluß wurde der Redner nachdenklich. »Was für ein seltsamer Umschlagplatz ist doch eine Familie! Im Augenblick der Zeugung trifft Vergangenes und Zukünftiges auf reale und zugleich irreale Weise zusammen. Treffpunkt von Tradition und Fortschritt, Biologie und Geschichte, Natur und Geist! Das Leben des einzelnen hat seine natürliche Begrenzung: den Tod. Aber die Familie kennt das natürliche Gesetz des Sterbens nicht. Als Familienmitglied ist der einzelne ein Verbindungsstück und daher unsterblich! Faust, zweiter Teil: ›Ein jeder ist an seinem Platz unsterblich. Man ist zufrieden und gesund!‹ Genauso fühlen wir uns hier auf dem Eyckel: zufrieden und gesund!« Er wartet den Beifall ab, der dem Burgfräulein gilt.

»Ich darf in dieser hochgestimmten Stunde eine Vision heraufbeschwören: Ein Quindt-Mann zeugt mit einer Quint-Frau einen Quindt-Sohn, der wiederum mit einer Quint-Frau einen Quindt-Sohn zeugt. Eine Quindt-Welt, Frauen, Männer, Kinder, Pfarrer, Ärzte, Bauern und Bierbrauer.« Er zeigt dabei jeweils auf den betreffenden Quindt. »Wir sind auf dem besten Wege! Wenn die Zeugung . . .«

Das Burgfräulein stößt mit ihrem Stock auf den Boden. »Genug gezeugt, Quindt aus Königsberg!«

Womit sie diktatorisch seine Rede endgültig beendet.

Inzwischen ist es dunkel geworden. Im Westen wetterleuchtet es. Man wirft besorgte Blicke zum Himmel, aber an Aufbruch und Schlafengehen ist noch nicht zu denken. Der Sohn des Diakons muß noch auf der Posaune blasen, die holsteinschen Quinten müssen noch ein plattdeutsches Lied singen und die Larsson-Enkel einen schwedischen Volkstanz vorführen. Maximiliane hilft noch beim Aufräumen. Die Fackeln werden gelöscht, Pechgeruch zieht durch den Burghof. Sie stößt im Dunkeln mit Ingo zusammen, der leise ›Schuhuhuhu‹ ruft. Immer noch Stimmen, Gelächter und Türklappen, immer noch Wetterleuchten.

Maximiliane geht in ihre Kammer, öffnet das Fenster und blickt hinunter. Sie stellt die Schuhe griffbereit und legt sich in ihrem Kleid aufs Bett. Es wird allmählich stiller. Nur noch der Nachtgesang der Grillen, das Klopfen ihres Herzens. Ein Fenster schlägt, Schritte auf den Dielen über ihrer Kammer. Sie fiebert vor Aufregung. Was sie aber nicht daran hindert einzuschlafen.

Sie verschläft den Käuzchenruf, verschläft das Bad bei Mondschein in der Pegnitz, selbst das zweistündige Gewitter gegen Morgen. Ihre schwedischen Kusinen müssen sie zum Frühstück wachrütteln und verwundern sich, daß die pommersche Kusine im Kleid schläft.

Beim Frühstück, das man stehend im ›Steinernen Saal‹ einnehmen mußte, da Bänke und Tische noch regennaß waren, sprachen dann alle von dem Gewitter und den Blitzen, die ganz in der Nähe eingeschlagen hatten. Auch von dem Käuzchen sprach man, das nahe der Burg gerufen habe. ›Ein böses Vorzeichen?‹ Ingo Brandes fängt den Blick Maximilianes auf, die tief errötet.

Viktor Quint hat im Verlauf dieses Sippentages das Burgfräulein davon überzeugen können, daß der Eyckel hochgeeignet für eine Jugendherberge sei; der ganze jetzt unbewohnbare Teil der Burg könne und müsse ausgebaut werden, um deutscher Jugend eine Vorstellung von deutscher ritterlicher Vergangenheit zu übermitteln.

Zu Maximiliane sagt er beim Abschied: »Ich werde kommen und mir dieses Poenichen ansehen!«

Das klang fast wie eine Drohung.

18

›Ich habe schon einmal an einem Ort gesagt, daß sich die Menschen so verbessern ließen wie die Pferde in England. Die Produkte unseres Geistes haben wir offenbar durch Einführung griechischer und englischer Hengste verbessert, und jetzt will man wieder deutsche Pferde.‹   Lichtenberg

Bereits im Oktober traf auf Poenichen der Brief eines gewissen Viktor Quint ohne ›d‹ ein. Er fragte an, ob er sich erlauben dürfe, zwecks sippengeschichtlicher Nachforschungen zu einem kurzen Besuch nach Poenichen zu kommen; höflich, bestimmt und mit Angabe des Zuges. Maximiliane weilte gerade in Poenichen, sie hatte Herbstferien.

»Wer ist das?« erkundigte sich Quindt. »Obertruppführer im Reichsarbeitsdienst. Kannst du dich an ihn erinnern?«

Natürlich erinnerte sie sich, aber mehr als zwei Sätze wußte sie trotzdem nicht über ihn zu sagen. Doch zwei weitere Sätze hatte Quindts Schwester Maximiliane bereits geschrieben, als sie ihn vom Ausbau des Eyckels zur Jugendherberge in Kenntnis setzte. Ein junger Quint aus Breslau besorge die Verhandlungen für sie. Wörtlich schrieb sie: »Da scheint ein verdorrter Zweig der schlesischen Quints kräftig auszuschlagen. Es sollte mich wundern, wenn nicht Großes aus ihm wird.«

»Dann soll dieser vielversprechende Quint ohne d mal kommen!« entschied Quindt.

Riepe holte ihn mit dem Auto am Bahnhof ab, und Quindt empfing ihn auf der Treppe der Vorhalle.

Viktor Quint ist einer jener Männer, denen Breecheshosen gut stehen, ebenso die Stiefel. Im übrigen trägt er Zivil:

Trenchcoat und Reisemütze. Er springt aus dem Wagen, springt die drei Stufen hoch, nimmt Haltung an und wünscht: »Heil Hitler!« Der Freiherr von Quindt hebt mit der linken Hand den rechten Arm ein wenig hoch, was dem Gruß etwas Mühsames und Beschämendes gibt. »Ja! Heil Hitler!«

Viktor Quint sagt dann auch: »Bemühen Sie sich nicht! Eine Kriegsverletzung? Wie ich gehört habe, Tannenberg?«

»Tannenberg ja, Verletzung nein. Pommersches Rheuma.« Er reicht dem jungen Mann die linke Hand, heißt ihn willkommen und wird in diesem Augenblick zum Linkshänder, was ihm bald lästig wird und was er auch nicht durchhält.

In der Bibliothek brennt ein Kaminfeuer. Die Damen erwarten die Herren bereits zum Tee. Maximiliane trägt eines der beiden Dirndlkleider, die Frau Görke inzwischen genäht hat, vergißmeinnichtblauer Rock, veilchenblaues Mieder, weiße Stickereischürze. Grübchen in der Halskuhle, Grübchen an den Ellenbogen, eines am Kinn. Für einen Nackenknoten ist das Haar noch zu kurz, aber zu einer Art Mozartzopf reicht es, mit Mittelscheitel, wie es Tante Maximiliane angeraten hatte.

Maximiliane hat den Teetisch eigenhändig gedeckt und dabei gezeigt, · was ein junges Mädchen in Hermannswerder lernt: vor jedem Gedeck ein Sträußchen blauer Herbstastern sorgfältig angeordnet, die Servietten schön gefaltet und das Teeservice aus der Königsberger Manufaktur. Die neue Mamsell hat einen Königskuchen gebacken. Quindt bricht sich ein Stück davon ab, linkshändig, und sagt: »Relikte aus alten Zeiten, so ein Königskuchen. Bis die überholten Staatsformen aus den Kochbüchern verschwinden, das dauert! Die vorige Mamsell, Anna Riepe, die Frau meines Kutschers, der Sie abgeholt hat, die backte uns eine Prinz-Friedrich-Torte, eher noch besser als dieser Königskuchen. Wo bleibt da die Rangfolge? Oder nehmen Sie einen Mann wie Bismarck! Da nennt man nun einen bescheidenen Salzhering nach ihm! Eines Tages wird man einen Kuchen, einen Fisch, wer weiß was, nach unserem derzeitigen . . .«

»Entschuldige, wenn ich dich unterbreche«, sagt die Baronin, »aber unser Gast hat keinen Tee mehr. Maximiliane, würdest du bitte eingießen!«

»Was ich sagen wollte, war . . .«, fährt Quindt fort.

»Warst du nicht fertig mit diesem Thema, Quindt?«

Es entsteht eine Pause, in der Quindt nicht sagt, daß man später vielleicht ›Eingebrocktes‹ nach diesem Adolf Hitler nennen wird.

Der Gast ergreift das Wort – für Plaudereien am Teetisch ist er weniger begabt –, kommt auf Wesentlicheres zu sprechen, auf den deutschen Bauern, der endlich wieder zu Ehren käme und wieder auf den Platz aufrücke, der ihm gebühre. »›Denn wäre nicht der Bauer, dann hätten wir kein Brot!‹ So ein Satz wird endlich wieder ins Bewußtsein unserer Volksgenossen gebracht!«

»Gilt das nun auch für den Großgrundbesitz?« erkundigt sich Quindt. »In Pommern hat man ja mehr mit Kartoffeln zu tun als mit Brot.«

Es stellt sich heraus, daß der Gast ›Brot‹ sinnbildlich versteht. Tägliches Brot! Er kommt auf die politische Realität zu sprechen. Quindt läßt ihn ausreden und sagt dann: »Junger Freund! Lassen Sie sich das von einem alten Parlamentarier gesagt sein. Politische Realität gibt es nicht! Politik ist zu 50 Prozent Rhetorik, reine Rhetorik! Zu 30 Prozent Spekulation und zu 20 Prozent Utopie.« Über die prozentuale Aufteilung ist Quindt bereit, mit sich reden zu lassen.

Der junge Quint erklärt diese Denkweise für reaktionär. »Sie mag vielleicht«, sagt er, »für die Weimarer Republik und ihren zersetzenden Geist gestimmt haben. Man lebt in Hinterpommern wohl doch ein wenig – wenn nun auch nicht gerade hinter dem Mond, aber die nationalsozialistische Bewegung . . .«

»Versandet hier! Wenn es einfach so eine Bewegung wäre, lieber Quint ohne d! Aber, um im Bild zu bleiben, aus dieser Bewegung ist in den paar Jahren ein recht kräftiger Wind geworden. Unser Ortsgruppenführer Priebe zum Beispiel, mein Melker, oder der Kreisleiter Kaiser, so was haben wir hier auch, die blasen ganz schön mit. An nationalsozialistischer Bewegung fehlt es uns eigentlich nicht, eher . . .«

Die Baronin bittet Maximiliane noch einmal, Tee einzugießen.

Quindt genießt das Gespräch einschließlich der taktvollen

Unterbrechungen seiner Frau. Es fehlt ihm auf Poenichen oft an Gesprächsgegnern. Er braucht niemanden, der seine Meinung teilt, die kennt er hinreichend selber, aber er braucht auch keinen wie den Melker Priebe, der sich duckt, wenn der Herr Baron durch die Ställe geht, und der auftrumpft, wenn er seine Armbinde mit dem Hakenkreuz trägt.

Am Ende der Teestunde weiß der alte Quindt ganz gut über den jungen Quint Bescheid, der inzwischen auch auf den Zweck seines Besuchs zu sprechen gekommen war, besser: auf das Mittel zum Zweck.

Man erhebt sich, die Baronin klingelt dem Hausmädchen und läßt den Tisch abräumen. Man begibt sich zu den Ahnenbildern im großen Saal. Im Schein der Glühbirnen – die Kerzen des Kronleuchters sind vor Jahren ausgetauscht worden – kommen die Ahnen besser zur Geltung als im Tageslicht. Aber zuerst ein respektvoller Blick auf die Herrscher. Der Gast erkennt sie, nennt sie beim Namen: »Friedrich der Große! Kaiser Wilhelm der Erste! Bismarck! Der ehemalige Reichspräsident Hindenburg!«

Quindt verbessert ihn: »Er hängt dort als Sieger von Tannenberg und nicht als Reichspräsident!«

»Und dort –?« Ein fragender Blick.

»Sie meinen den letzten freien Platz? Ja, das muß man nun sorgfältig überlegen.«

»Da gibt es doch wohl nichts zu überlegen!«

Frau Quindt stößt ihren Mann an.

»Doch, doch!« sagt Quindt. »Ich frage mich, ob Hitler besser in Kupfer, in Stahl oder in Öl herauskommt. Oder würden Sie zu einer Fotografie raten, fürs erste? Für den Übergang? Man sieht da jetzt manchmal so ein Bild, wo Kinder dem Führer Margeritensträuße zureichen, halten Sie das für typisch?«

Die Baronin drückt ihre Hand gegen die schmerzende Galle.

»Quindt, würdest du mich in mein Zimmer bringen? Ich muß mich ein wenig hinlegen. Entschuldigen Sie, Herr Quint! Die Vorfahren wird meine Enkelin Ihnen vorstellen können!«

Quindt verläßt mit seiner Frau den Raum. Die beiden jungen Leute bleiben allein.

»Müssen Sie ständig mit diesen alten Leuten zusammenleben?« fragt Viktor Quint. Maximiliane hat die Großeltern nie als ›alte Leute‹ angesehen. »Ich bin nur in den Ferien hier, und dann halte ich mich meist draußen auf. Da weiß ich besser Bescheid. Soll ich Ihnen morgen das Gut zeigen? Unseren See? Unser Moor? Unsere Heide?«

Viktor Quint läßt sich so rasch nicht ablenken. Die Forschung nach den Ahnen bleibt vordringlich. Er macht sich ein paar Notizen, sitzt dann bis zum Abendessen in seinem Gästezimmer und sieht die Urkunden durch, die Herr von Quindt hat bringen lassen. Er vervollständigt seine Aufzeichnungen, notiert sich Fragen, die er stellen will, wobei ihm klar wird, daß er mit den pommerschen Quindts nicht in eineinhalb Tagen fertig werden kann. Das bringt er beim Abendessen bereits zur Sprache.

»Kommen Sie doch über Weihnachten noch mal! Dann bin ich auch wieder da!« sagt Maximiliane und errötet.

»Wenn Sie das für möglich halten, gnädiges Fräulein? Gnädige Frau? Herr von Quindt?« Jeweils eine knappe Verbeugung in entsprechender Blickrichtung.

»Und Ihre Familie?« fragt die Baronin. »Werden Sie nicht erwartet? In Breslau? Es war doch Breslau?«

»Ja, Breslau! Aber ich bin meiner Familie entwachsen. Mich drängt es hinaus!« Er trage sich mit dem Gedanken, eine eigene Familie zu gründen, sagt er, dann noch ein paar Sätze über seine Herkunft, die Kindheit und Jugend, das Schicksal der Mutter, die harten Jahre der Weimarer Republik.

Seine Schilderungen bleiben nicht ohne Wirkung. Vor allem nicht auf Maximiliane. »Fünf Kinder?« fragt sie. »Auch Schwestern?«

»Ja, drei Schwestern.«

Ihre Galle hat sich zwar beruhigt, aber vorsichtshalber trinkt die Baronin Kamillentee. Quindt hantiert ungeschickt mit der linken Hand und bemerkt dazu, sein Nachbar Mitzeka auf Gut Perchen habe im letzten aller Kriege einen Arm verloren. »In der Schlacht von Nowo-Georgiewsk. In den ersten Jahren hat er noch gesagt: ›Was wiegt ein Arm gegen 85 000 Russen.‹ Seine Frau ist quasi seine linke Hand gewesen, inzwischen hat er auch die verloren. Der Sohn wird das Gut nicht halten können. Er wird wohl den weißen Stock nehmen müssen wie mehrere unserer Nachbarn.«

»Weißer Stock?« fragt Viktor Quint. »Was bedeutet das?«

»Die weißen Stöcke stehen hier neben jeder Haustür parat«, erläutert Quindt. »Darauf stützen sich die Junker, wenn sie wegen Verschuldung ihr Gut verlassen müssen.«

»Das ist eine Lieblingsvorstellung der pommerschen Rittergutsbesitzer«, sagt die Baronin. »Aber dieses Thema wird den jungen Ahnenforscher nicht interessieren, sein Interesse gilt der Vergangenheit, nicht der Zukunft!«

Der junge Ahnenforscher widerspricht. »Im Gegenteil!« sagt er. »Der deutsche Osten! Der Korridor, eine Schmach und Schande! Ostpreußen vom Reich getrennt. Altes Ordensland!«

Die Baronin hebt die Tafel auf, man setzt sich noch ein Stündchen zusammen in die Bibliothek. Maximiliane hockt vorm Kamin, legt Kiefernscheite nach und bringt das Feuer wieder in Gang. Quindt bietet einen ›Zweietagigen‹ an. »Pommerscher Landwein! Eigenbau!« Aber der Gast trinkt keinen Alkohol. Er braucht einen klaren Kopf. Zu klar dürfe ein Kopf auch nicht immer sein, widerspricht Quindt.

»Wie meinen Sie das?« fragt der Gast, doch die Baronin unterbricht schon wieder das Gespräch. Quindt muß es immer neu anfachen, was ihn ermüdet.

»Spielen Sie vielleicht Schach?« erkundigt er sich.

»Nein! Dazu fehlt es mir an Zeit.«

»Natürlich«, sagt Quindt, »Sie haben Großes vor. Ich habe bereits davon gehört. Ich selbst verfüge über mehr Zeit. Aus dem öffentlichen Leben habe ich mich frühzeitig zurückgezogen. Das Landwirtschaften überlasse ich weitgehend meinem Inspektor Kalinski, ein guter, besonnener Mann. Morgens über die Felder, meist im Wagen, nachmittags durch die Ställe. Nur die Austeilung des Deputats und die Lohnzahlungen nehme ich persönlich vor, überhaupt die Geldgeschäfte, die besorge ich selbst. Kennen Sie den ›Stechlin‹? Fontane! Der Roman spielt zwar im Brandenburgischen, aber der Stechlin, so heißt der See, erinnert mich immer an unseren Poenicher See, und auch der Held selber, darin erkenne ich mich wieder, er war auch ›von schwachen Mitteln‹. Nur daß er seinen Hirschfeld gehabt hat, zum Beleihen! Die Hirschfelds gehen ja nun, aber die Schulden bleiben. Nun, umgekehrt wäre es vielleicht auch nicht besser.«

Wieder entsteht eine Pause. Quindt zündet sich mit Hilfe eines Fidibus, die Maximiliane in großen Vorräten herstellt, seine Zigarre an. Viktor Quindt bedauert, daß sein Dienst ihm keine Zeit zur Lektüre lasse. Als Arbeitsdienstführer sei er mit der Heranbildung einer neuen Jugend beschäftigt. »Mit einem Achtstundentag läßt sich das nicht erreichen, Ordnung, Zucht, Ideale!«

»Läßt sich das überhaupt durch Vorbild und Drill erreichen? Ist das nicht eine Frage der Biologie?«

Quindt liefert eine neues Stichwort.

Viktor Quint beginnt, vom Blut, dem nordischen und dem minderwertigen, zu reden, von der neuen Herrenrasse, dem erbgesunden Menschen. »Das Minderwertige muß ausgemerzt werden! Unbarmherzig!« Jeder seiner Sätze ist so kurz und bedeutungsvoll, daß man ihn mit einem Ausrufungszeichen abschließen muß.

Da sich die biologischen Ziele des jungen Quint und die Adolf Hitlers in den zur Verfügung stehenden zwölf Jahren nicht haben verwirklichen lassen, braucht man nicht näher darauf einzugehen. Viktor konnte sich bei seinen Darlegungen auf jenen Vortrag stützen, den er bereits beim Sippentag auf dem Eyckel gehalten hatte.

Maximiliane, die bisher nur mit halbem Ohr zugehört hatte und mit der Herstellung weiterer Fidibusse beschäftigt war, wurde erst wieder aufmerksam, als der Gast auf seine persönliche Zukunft zu sprechen kam. Der Reichsarbeitsdienst, so wichtig er für die Menschenformung sei, könne ihm als Berufsziel nicht genügen. Er habe einen Ruf an das Reichssippenamt in Berlin erhalten. »Schiffbauerdamm! Eine neue Dienststelle! Ein neuer Aufgabenbereich! Unmittelbar dem Reichsführer SS unterstellt! Neuland!« Am 1. Januar werde er dort seine Tätigkeit aufnehmen, dienstlich sei es also zu ermöglichen, daß er die eben erst begonnenen Studien über die pommerschen Quindts fortsetzen könne. »Wenn also die Aufforderung des gnädigen Fräuleins –?«

174

Quindt blickt seine Frau an, die unmißverständlich die Hand auf die schmerzende Galle drückt. »Was meinst du, Sophie Charlotte? Oder hältst du dich da raus?«

»Müssen wir das heute abend schon entscheiden? Unser Gast wird müde von der Reise sein.«

»Das kann ich mir nicht denken, Sophie Charlotte! Wie sagte Napoleon: ›Fünf Stunden Schlaf für einen älteren Mann, sechs Stunden für einen jungen Mann, sieben für eine Frau und acht Stunden für Dummköpfe!‹ Was den Schlaf angeht, muß ich entweder ein sehr alter oder ein sehr kluger Mann sein.«

Viktor Quint, der hinter den Worten des Barons bereits an diesem Abend immer Anzüglichkeiten witterte, erhob sich, obwohl er, wie er versicherte, für seine Person Müdigkeit nicht kenne, aber er wolle sich gern noch einige Stunden in seine Arbeit vertiefen. Er verbeugte sich, bedankte sich und wünschte eine angenehme Nachtruhe.

Der nächste Tag ist ein Sonntag. Ein Eintopfsonntag.

Es gibt Hammelfleisch mit Wruken, untergekocht, auf pommersche Art. Quindt kann sich eine Anspielung nicht verkneifen. »Wie hieß doch dieser französische König, irgend so ein Henri?« fragt er Maximiliane.

»Quatre!«

»Richtig, quatre! Der versprach seinem Volk jeden Sonntag ein Huhn im Topf. Das waren leere Versprechungen! Und leere Töpfe! Anordnungen braucht ein Volk, keine Versprechungen! Der Führer befiehlt, und ein ganzes Volk löffelt Eintopf. Bei Hammelfleisch und Wruken teile ich den Geschmack Hitlers.«

Ihm sei das Gericht fremd, aber es schmecke ihm vorzüglich, äußert der Gast und macht eine kurze Verbeugung in Richtung Hausfrau.

Quindt kommt übergangslos vom Eintopf auf die Landwirtschaft zu sprechen. »Ich soll da ein Gebiet von mehr als 1000 Morgen Land an den Staat abtreten, Übungsgelände für die Artillerie.« Der fragliche Boden sei minderwertig, die Wegeverhältnisse zudem schlecht, und ein Ausbau wäre viel zu kostspielig. »Die Kartoffeln werden von den Wildschweinen geerntet. Ich selbst esse zwar lieber Wildschweinkeule als Kartoffeln; schade, Herr Quint, daß Sie nicht an einem anderen Sonntag gekommen sind, zu einem Stück aus der Keule, aber die Umsetzung von Kartoffeln in Wildschwein ist wohl volkswirtschaftlich nicht zu rechtfertigen. Es handelt sich weitgehend um Heideland, gleich neben dem Wald, den ich nach dem Weltkrieg habe aufforsten lassen.« Er sei selbst Offizier gewesen, Kürassier, und er wisse, daß die Wehrmacht Manövergelände brauche. »Ein Land muß für den Krieg gerüstet sein.«

Viktor Quint versichert, daß der Führer den Frieden wolle, und Quindt versichert, daß er das nicht bezweifle. »Auf den Krieg gerüstet sein heißt, ihn verhindern.«

Viktor Quint kann dem nur zustimmen.

Maximiliane beteiligt sich nicht am Gespräch, blickt aber aufmerksam von einem zum anderen.

Gleich nach Tisch wird der Dogcart vorgefahren, zweisitzig und zweispännig. Maximiliane kutschiert mit leichter Hand. Die Wege sind auch mittags noch feucht vom Tau, die Räder mahlen im Sand, die Pferde gehen im Schritt. Sie fahren über den Bohlendamm durchs Moor. Die Oktobersonne vergoldet die Birkenblätter ein weiteres Mal. Maximiliane hält an, springt übers Wagenrad und schlingt die Zügel lose um einen Birkenstamm.

»Kommen Sie!« ruft sie Viktor zu und läuft vor ihm her auf einen langgestreckten Hügel zu, bleibt, oben angelangt, stehen und zeigt über das Land. »Von hier aus sehen Sie nichts als Poenichen! Im Norden, im Osten, im Westen, im Süden: Überall ist Poenichen!«

Mit einer Hand hält sie sich an einem Birkenstamm fest, mit der freien Hand zeigt sie in die Runde, umkreist den Horizont mit der einen, den Stamm mit der anderen Hand wie einen Mast. Und dann schüttelt sie ihn.

»Ein Dukatenbaum!« sagt sie. »Es regnet Dukaten! Wir sind reich, wir Quindts auf Poenichen! Sie brauchen nur zuzufassen.«

Sie fängt ihm ein Blatt ein und reicht es ihm.

Ein Ingo Brandes wäre entzückt gewesen. Viktor Quint weiß nicht recht, was er mit dem Blatt anfangen soll. Und auch nicht, was er mit dem Mädchen anfangen soll. Immerhin ruht sein Blick, der sonst nur das Große und Ganze meint, eine Weile auf ihr. Das Oktoberlicht, durch goldenes Birkenlaub gefiltert, vergoldet auch das Mädchen. Bevor er jedoch zugreifen könnte, läuft sie zu den Pferden zurück.

»Und jetzt fahren wir an den Poenicher See!« verkündet sie.

Sie kommen zur Bootsanlegestelle. Ein Storch stochert im Sumpf nach Fröschen, Wildenten steigen aus dem Schilf auf, formieren sich in der Luft.

»Sehen Sie? Sie bilden ein großes V! Ihnen zu Ehren!« Wieder steht sie da mit offenen Händen und offenen Armen – diesmal am Seeufer –, auch das Gesicht ganz offen.

Sie zeigt ihm die Stelle, wo die besten Hechte stehen. »Können Sie angeln?« fragt sie.

»Nein, das nicht.«

»Solche Hechte!« Sie deutet mit den Armen die Länge an, übertreibt dabei um mindestens einen halben Meter, obwohl doch alles groß genug sein müßte für jemanden, der in einer Etage aufgewachsen ist. »Und solche Aale!«

»Was steht dort für ein Haus?« will Viktor Quint wissen.

»Dort hat unser Inspektor gewohnt. Er konnte im Stehen rudern! Abends blies er immer auf einer alten Trompe de Chasse!«

»Und wo ist er jetzt?«

»Er ist fort.«

»Und das Haus?«

»Steht leer.«

Im Schummern, im Schummern! Im Überschwang der Erinnerungen möchte sie ihm alles über sich erzählen, aber dann wirft sie einen Blick auf sein Gesicht und schweigt, läßt die Arme sinken.

Nach einer Weile fragt sie: »Wollen wir die toten Quindts besuchen? Sie finden die Ahnen doch viel interessanter als Ihre Zeitgenossen! Wenn ich mal tot bin, können Sie mich dort besuchen!« Sie flirtet, nach Art eines Naturkindes, wenn auch mit ›südpommerschem Temperament‹, wie der alte Quindt es nennt.

»Frieren Sie nicht?« erkundigt sich Viktor Quint.

177

»Nein! Ich friere nie! Fühlen Sie!« Sie legt ihre warme Hand an seinen kühlen Hals, er spürt ein leises Prickeln auf der Haut, und sie spürt es ebenfalls.

Die Quindtsche Nekropole liegt am Hang des Innicher Bergs. Einen Fahrweg gibt es nicht, man muß zu Fuß hinaufgehen. Die Pferde weiden derweil mit schleifenden Zügeln.

Zehn Eichbäume wachsen über der Grabstätte, die einzigen weit und breit, auch sie herbstlich gefärbt, etwa 150 Jahre alt, im besten Eichenalter. Keine Gräber darunter und keine Grabreihen, statt dessen Feldsteine, Findlinge aus der Eiszeit, inzwischen vermoost. Keine Blumen, nur dünnes, hohes Waldgras.

Maximiliane zeigt dem Gast jenen Stein, den man zum Gedenken an ihren Vater gesetzt hat. »Er ist in Frankreich gefallen.«

»Wo?«

»Ich weiß es nicht.« Sie zeigt auf einen kleineren Stein ohne Inschrift. »Das ist meiner! Hier werde ich einmal liegen!«

Der Wind greift ins Laub, schüttelt die Äste, wirft Eicheln ins Gras. Maximiliane hebt eine davon auf, reibt sie blank und hält sie ihm hin. »Ich bin die letzte Eichel am Stamm der Quindts!«

Viktor, der sonst unter Männern und in Kasernen lebt, ist für einen Augenblick nun doch überwältigt, von der Weite des Landes, von dieser alten Kultstätte, von diesem vergoldeten Naturkind. Er faßt Maximiliane bei den Armen, schüttelt sie, hebt sie hoch, bis sie in sein unbeherrschtes Gesicht sehen kann. Doch dann stellt er sie wieder auf die Beine, beherrscht sich, wendet sich ab. Er hat einen Plan, und an diesen Plan wird er sich halten. Sauberkeit! Nichts hochkommen lassen! Es muß einer der Augenblicke gewesen sein, in denen er den Emanuel Quint in sich gespürt hat.

Maximiliane steht da, läßt die leeren Arme hängen, läuft dann zum nächsten Eichbaum und umarmt ihn, drückt ihr von Wind und Erregung gerötetes Gesicht an die Rinde.

Sie besteigen wieder den Wagen, die Beine verschwinden unter der Decke.

»Können Sie kutschieren?« fragt Maximiliane.

»Nein! Aber ich würde es gern versuchen. Die Pferde gehen ja wie Lämmer.«

Er greift nach den Zügeln, die Maximiliane nicht gleich losläßt; ihre kleinen runden Hände verschwinden unter seinen großen kantigen Händen.

Sie gibt ihm ein paar Anweisungen. »Sie müssen leicht, aber fest zufassen! Man muß die Pferde beim Namen rufen: Passat! Mistral!«

Die Pferde halten an und wenden die Köpfe.

»Und jetzt die Zügel anheben, kurz anrucken und leicht auf den Pferderücken schlagen. Die Pferde brauchen nur einen Anstoß. Sie müssen spüren, daß Sie klüger sind!«

Viktor lacht auf. Maximiliane lacht ebenfalls und zeigt dabei ihre breiten, kräftigen Zähne. Viktor vermutet, sie lache ihn aus, und faßt kräftiger zu.

»Können Sie reiten?« erkundigt sich Maximiliane.

»Dazu fehlte es mir bisher an Gelegenheit.«

»Wie gut!« sagt sie. »Ich auch nicht. Meine Beine sind zu kurz, und für ein Einzelkind lohnte sich die Anschaffung eines kleineren Pferdes nicht. Wir haben auch einen Tennisplatz, aber niemand spielt bei uns Tennis. Spielen Sie?«

»Nein. Ich habe den Eindruck, daß man hier vor allem Schach spielen, reiten, kutschieren, Tennis spielen und angeln können muß!«

Sie lachen und fahren schweigend in leichtem Trab dahin. Zu beiden Seiten pommersche Sandbüchse, mit Hagebutten, Mehlbeeren und Schlehen herbstlich geschmückt. Im Wacholder haben Spinnen ihre Netze ausgespannt, Tautropfen glitzern, es riecht nach faulem Kartoffelkraut. Poenicher Heide, Brachland, leicht wellig, schön anzusehen im Oktoberlicht, aber natürlich keine dampfende Scholle, wie Viktor sich den deutschen Ostraum denkt und wünscht, eher als Manövergelände geeignet.

Die Pferde erreichen die Holzbrücke, die über die Drage führt. Maximiliane wirft die Decke ab, überläßt Viktor Quint die Zügel und springt übers Rad. Sie bricht ein paar Stengel Riedgras, dessen lange rotbraune Fruchtkolben sie langsam durch die Hände gleiten läßt. Dann steigt sie wieder ein, und sie fahren weiter.

»Nicht so fest anziehen!« befiehlt sie. Er strafft daraufhin erst recht die Zügel und benutzt sogar die Peitsche. Die Pferde steigen und gehen in gestreckten Galopp über. Der Wagen gerät ins Schleudern und droht umzustürzen. Mit Mühe bringt Maximiliane die Pferde zum Stehen. Viktor wischt sich den Schweiß von der Stirn und überläßt ihr die Zügel. »Man muß den Pferden zeigen, wer der Herr ist!« sagt er. Maximiliane verbessert ihn. »Nicht, wer stärker, sondern wer klüger ist.«

Sie erreichen das Dorf, fahren die gepflasterte Dorfstraße entlang, von der einige Lehmwege abzweigen und in den Feldern enden. Vor den niedrigen Häusern sitzen die alten Frauen, die Schultern in schwarze Tücher gehüllt. Die Kinder pflocken auf dem Dorfanger die Ziegen ab, mit Ruten treiben sie die Gänse zusammen. Entengeschnatter und Hundegebell. Maximiliane nickt nach rechts und nach links, ruft »guten Abend« und »geht's denn wieder?«, erklärt zwischendurch: »Das war meine Hebamme, die hat mich zur Welt gebracht!« – »Das war Slewenka, der Sohn vom alten Schmied, das dort ist Lenchen Priebe, mit der ich immer gespielt habe, dort, unterm Holunder!«

Viktor Quint ist überrascht: »Mit Dorfkindern?«

»Warum nicht? Jetzt bin ich allerdings nur in den Ferien hier.«

»Wie lange bleiben Sie noch im Internat?«

»Noch zwei Jahre. Wenn mich vorher niemand wegholt.« Dann ruft sie, als sie an Priebe, dem Ortsgruppenleiter, vorüberkommen: »Heil Hitler!« Den Kopf im Nacken, die Zügel im Schoß, noch immer eine Dorfprinzessin. Viktor Quint grüßt ebenfalls. Die Witwe Schmaltz sagt zu Klara Slewenka: »Der wird ihr die Zügel bald aus der Hand nehmen!«

In leichtem Trab geht es durchs Parktor. Am Ende der Allee leuchtet hell das Herrenhaus, der Abend fällt rasch übers Land.

»Sie leben gern in Poenichen?« fragt Viktor Quint.

Maximiliane nickt und blickt ihn aus feuchten Augen an. »In drei Tagen muß ich schon wieder fort! Vor Weihnachten darf ich nicht wieder nach Hause kommen.« Heimweh steigt in ihr auf. Wie andere Menschen von Vorfreude, so wird sie von Vortrauer überfallen. Bevor sie von Hermannswerder in

180

die Ferien nach Hause fährt, leidet sie drei Tage lang ebenfalls daran. Alle Übergänge fallen ihr schwer. Sie liebt Hermannswerder, die Schule, die Insel, die Havelseen, Potsdam, die Heimabende, die Freundinnen, die Lehrer, aber: Poenichen liebt sie noch mehr.

Am nächsten Vormittag soll Riepe den Gast an den Zehn-Uhr-Zug bringen. Viktor Quint steht bereits, während Riepe den Koffer verstaut, mit Maximiliane neben dem Auto.

Die alten Quindts haben ihn bis zur Vorhalle begleitet und dort verabschiedet. Sie warten noch auf der Treppe und blikken nach den jungen Leuten. »Dieser junge Quint ohne d ist ein Mann mit Idealen und Grundsätzen«, sagt Quindt. »Es ist nur die Frage, ob es die richtigen sind. Aber jemand, der von einer falschen Sache überzeugt ist, ist mir lieber als einer, der von gar nichts überzeugt ist.«

Sie sehen, wie Viktor Quint seine Hand auf Maximilianes Schulter legt. Eine Hand wie ein Brett. »Hast du das gesehen?« sagt Frau von Quindt. »Er legt die Hand auf das Kind! Aber meinen tut er doch Poenichen!«

»Ja, Sophie Charlotte, tut er! Und das tue ich auch. Und das tut das Kind auch. Wir meinen alle dasselbe. Also muß die Rechnung aufgehen. Und jetzt gebe ich denen die 1000 Morgen Manövergelände und trage mit dem Geld die Hypothek ab. Judasgeld! Ein Stück Pommern für die Frau eines flüchtenden Juden!«

»Aber liebt sie ihn denn, Quindt?«

»Meinst du jetzt Vera oder Maximiliane?«

»Ich meine dieses Kind!«

»Mit achtzehn Jahren liebt ein Mädchen jeden, der ihr in die Nähe kommt. Sie ist wie ein frischgepflügter Acker, der nach Saat verlangt.«

»Quindt!« Sie hebt abwehrend die Hände.

»Pia aus Königsberg! Wer hat dich denn gefragt, ob du diesen pommerschen Krautjunker liebst? Siehst du! Und nun geht's doch ganz gut mit uns beiden. Es geht sogar immer besser. Nun mach nicht schon wieder deine ostpreußisch-blauen Augen! Damit hast du mich oft genug erschreckt!«

Inzwischen fährt das Auto durch die Allee davon. Maximiliane winkt noch immer.

»Setzen wir uns da nicht eine Laus in den Pelz, Quindt?«
fragt die Baronin.

»Ja, vermutlich. Aber die Laus wird meist in Berlin sein.
Und wir behalten wenigstens den Pelz.«

19

›In jeder Familie, die nicht die eigene ist, erstickt man. In der
eigenen erstickt man auch, aber man merkt's nicht.‹

Elias Canetti

Am Hochzeitsmorgen hatte es eine kleine, wenn auch wortlo-
se Verstimmung gegeben. Herr Riepe fragte an, ob die Fahne
aufgezogen werden sollte, und Viktor Quint hatte feststellen
müssen, daß es im Jahr 1937 noch keine Hakenkreuzfahne
gab. Daraufhin wurde auf Fahnenschmuck verzichtet.

»Jesu, geh voran auf der Lebensbahn!« Diesmal sang die
ganze Gemeinde den Choral mit. ›Schwerste Tage‹ waren
nicht in Sicht, aber man sang die Zeile trotzdem mit Inbrunst.
Keiner aus dem Dorf ließ es sich nehmen, dabeizusein, wenn
›das Kind‹, ›die kleine Quindt‹, für einige noch immer ›die
Baronesse‹, heiratete, weder Ortsgruppenführer noch NS-
Bauernführer. Das Korn war eingebracht, bis zur Kartoffelernte würden noch einige Wochen vergehen.

Ein schöner Spätsommermorgen! Der Altar war mit Dah-
liensträußen und Braut und Bräutigam mit Myrtenkranz und
Myrtenstrauß geschmückt; die Braut in aller Unschuld: Kranz
und Schleier standen ihr zu. Pfarrer Merzin nahm die Trauung vor. Die alten Quindts saßen im Patronatssitz, der Baron
auf dem Platz, der ihm zustand und der jahrzehntelang unbe-
setzt geblieben war. Der Bräutigam trug einen geliehenen
Frack, da ihm die Uniform für eine kirchliche Trauung unan-
gemessen schien, aber alle wußten: Er ist bei der Partei, sogar
in Berlin! Was er da tat, wußte man nicht genau, aber ›wat
Hauet‹. Vier Dorfkinder streuten Buchsbaumzweige, zwei
trugen den langen Quindtschen Brautschleier.

Pfarrer Merzin hat auch diesmal sein Bibelwort mit Bedacht gewählt. Eine Stelle aus dem Brief des Jakobus. Er richtet seine Ansprache nicht nur an die Brautleute und die Quindts, sondern an seine alte Gemeinde, die er nicht oft so vollzählig unter der Kanzel gesehen hat. »Meine Brüder! Der Mensch sagt: Ich glaube! Was nützt es ihm, wenn seine Taten das nicht bekräftigen? Kann ihn dann der Glaube retten? Angenommen, es gibt Brüder und Schwestern, die Kleider brauchen und nicht genug zu essen haben. Was nützt es, wenn man ihnen sagt: ›Gott segne euch, haltet euch warm und eßt euch satt‹, ohne ihnen zu geben, was sie zum Leben brauchen? So ist es auch mit dem Glauben: Wenn er keine Taten hervorbringt, ist er tot! Aber jemand könnte einwenden: Zeige mir doch einen Glauben ohne Taten. Aber ich will dir den Glauben aus meinen Taten nachweisen. Gedankenloser Mensch! Willst du nicht einsehen, daß ein Glaube ohne Taten nutzlos ist? Der Körper ist ohne den Geist tot. Auch der Glaube kann nicht ohne Taten leben.«

Am Ende seiner Predigt wendet sich Pfarrer Merzin dann unmittelbar an das Brautpaar. »Setzt statt Glaube Liebe ein. Liebe-haben in Worten nutzt nichts. Liebe-fühlen nutzt nichts! Es gilt für euch beide, Liebe zu leben, in jeder Stunde. Was ihr tut, tut ihr hinfort aus der Liebe zum anderen. In dem anderen liebt ihr Gott! Im anderen liebt ihr die Welt. Einer trage des anderen Last!« Dieser letzte war der einzige Satz, den Maximiliane hörte und bewahrte und nicht verstand. Warum sollte nicht jeder seine eigene Last tragen?

»Bis daß der Tod euch scheide!« Was er auch tun wird.

Beide sagen laut und aufrichtig: »Ja!«

Während des Ringwechsels singt die Gemeinde »So nimm denn meine Hände und führe mich«, Maximiliane singt mit, obwohl es auf Poenichen nicht Sitte ist, daß die Braut singt. »Ich mag allein nicht gehen, nicht einen Schritt, wo du wirst gehn und stehen, da nimm mich mit.« Sie meint den Mann an ihrer Seite und nicht den Herrn über sich; sie ist angefüllt mit gutem Willen, hat ihre Gebete ja schon immer meist gesungen. Wenn Viktor später von IHM und SEIN REICH wird kommen spricht und Hitler meint, wird Maximiliane Gott meinen, sie bringt alles durcheinander; sie ist klüger, als man denkt.

Diese kirchliche Hochzeitsfeier entsprach natürlich nicht den Vorstellungen des Bräutigams, dem eher ein Weihe-Akt vorgeschwebt hatte. Aber es war mit Rücksicht auf Poenichen nicht zu umgehen, außerdem wünschte er gleichzeitig, Traditionen zu bewahren. Noch war es nicht so weit, daß er selbst Traditionen schaffen konnte, aber er war dazu entschlossen, über nichts anderes dachte er während des Gottesdienstes nach.

Pfarrer Merzin spricht das ›Vaterunser‹, die Gemeinde singt die letzten Zeilen im Chor mit: »Denn Dein ist das Reich und die Kraft und die Herrlichkeit. Amen.« Und die Sonne scheint durch die Fenster des Kirchenschiffs, und die Glocke schlägt an.

Als der alte Baron rechts und der alte Pfarrer links vom Kirchenportal stehen und sie der Reihe nach den Leuten die Hand schütteln, sagt Quindt: »Sie sollten in Ihr Vaterunser eine weitere Bitte aufnehmen, Herr Pastor. ›Unseren guten Willen gib uns heute!‹«

»Wenn es ›mein Vaterunser‹ wäre, würde ich mir das überlegen, Herr Baron!«

Der Melker und Ortsgruppenleiter Priebe tritt an den Baron heran. Er schiebt seine Enkeltochter Lenchen nach vorn. »Das Mädchen ist jetzt sechzehn, Herr von Quindt! Sie sollten es als Hausmädchen anstellen. Sie kann der jungen Frau zur Hand gehen. Die beiden haben doch schon als Kinder zusammen gespielt. Sie gehört ja eigentlich auch ins Haus!«

»Das nun nicht, Herr Priebe!« antwortet Quindt. »Sie erfahren auch so, was bei uns im Haus passiert, es dauert nur etwas länger. Und die Bezichtigungen bei der Kreisleitung, die können Sie sich in Zukunft sparen!« Er zeigt dabei auf das goldene Parteiabzeichen am Frack des Bräutigams.

Die Witwe Schmaltz, gebeugt, fast achtzigjährig inzwischen, greift nach der Hand der Braut, um sie zu küssen, aber Maximiliane zieht sie erschrocken zurück. Da faßt die alte Hebamme nach dem Brautkleid ihres Kindes und küßt den Saum! Maximiliane nimmt gerührt die Hand vom Arm ihres Mannes, löst sich von ihm und küßt mitten in das runzlige Gesicht der alten Frau.

Das Hochzeitsessen findet im großen Saal statt, mit dem

Curländer Service und mit Immortellen. Das Essen hat diesmal Frau Pech gekocht, die neue Mamsell aus Arnswalde, die sparsamer wirtschaftet, als Anna Riepe es tat: klare Brühe mit Eierstich, Kalbsnierenbraten mit gedünsteten Prinzeßbohnen, als Dessert Himbeereis von den letzten Himbeeren aus dem Garten. Mit der Bemerkung »Das Kind heiratet ja nur einmal!« hatte Frau von Quindt Inspektor Kalinski dazu bewegen müssen, ein Kalb schlachten zu lassen. Alle Fragen und Wünsche der Baronin beantwortete er mit dem Hinweis auf den ›Vierjahresplan‹, den einzuhalten ihm die größten Schwierigkeiten machte.

Keine der Hermannswerder Schulfreundinnen hatte kommen können; schulfrei gab es wegen einer pommerschen Hochzeit nicht. Maximiliane war die erste, die von der Schulbank weg heiratete. Aber die Mädchen aus ihrer Klasse hatten ihr einen gereimten Brief geschickt, den sie immer wieder und unter Tränen las.

Onkel Max aus Königsberg brachte als erster einen Toast auf das junge Paar aus und erinnerte an seine prophetischen Worte beim Sippentag: »Ein Quindt zeugt mit einer Quint einen Quindt«, worüber einige der Gäste laut lachten. Er wäre wohl noch weitergegangen, wenn nicht die alte Baronin ihr Lorgnon auf ihn gerichtet hätte. Später, bei der Suppe, sagte er zu Frau Louisa Larsson, die ihm gegenübersaß und mit der er sich über das Aussehen der Braut unterhielt: »Das ist alles noch Babyspeck, liebe Louisa! Die wird noch. Diese Sorte Mädchen kenne ich, deren Zeit kommt später. Laß die mal dreißig werden! Nach dem ersten Kind wächst sie noch mal fünf Zentimeter, dafür möchte ich mich verbürgen.« Frau Larsson hört schwer, ihr Gesprächspartner muß jeden Satz zweimal wiederholen, bis alle am Tisch ihn ebenfalls verstanden haben.

In seiner Tischrede – es ist die letzte große Tischrede, die der alte Baron hält, und darum soll sie ausführlicher wiedergegeben werden – erinnert Quindt zunächst an die feldgraue Hochzeit des Jahres 1917, vor nunmehr zwanzig Jahren, der die Braut ihre Entstehung verdanke. Er erwähnt Berlin, das ›Adlon‹, die falsche, aber dennoch klare Ochsenschwanzsuppe. Über den damaligen Bräutigam, den Vater der heutigen

Braut, hat er auch diesmal nicht viel zu sagen, über die damalige Braut schweigt er ausgiebig. So bleiben ihm also wieder nur Bismarck und jener Brief aus dem Familienbesitz. »Dessen Inhalt wird den heutigen Bräutigam gewiß interessieren«, sagt er, zu diesem gewandt. »›Es ist hierzulande nicht immer leicht, ein Patriot zu sein ...‹, heißt es in dem Brief. Dieses Bismarck-Wort wird manchem in unserer Runde vielleicht nicht mehr passend erscheinen, in einer Zeit, in der es nichts Großartigeres gibt, als ein Patriot, ein deutscher Patriot, zu sein. Vor 200 Jahren war ein Quindt noch Woiwode in Polen! Leider besteht zu den polnischen Quindts keine Verbindung mehr. Das Nationale hat Bismarck in die Politik gebracht. Dem Grund und Boden ist es ziemlich egal, wer drüber geht, Hauptsache, er wird bestellt. Bei meinem letzten Besuch in Dramburg – Sie, Pfarrer Merzin, oder wenn nicht Sie, dann doch Ihre liebe Frau, werden mir das bestätigen können – sah ich im Schaufenster des Metzgers Schacht in der Hauptstraße eine Zungenblutwurst von beträchtlichem Ausmaß liegen: Die Zunge zeigte die Form des Hakenkreuzes. Scheibenweise wird sie beziehungsweise es dort verkauft! Das Symbolische liegt auf der Hand oder besser auf der Zunge. Heute geht der Patriotismus sogar durch den Magen!«

Das Gelächter kommt zaghaft. Die Blicke gehen zu dem Bräutigam, der dann auch sogleich berichtigt: Derartige Auswüchse seien durch das Gesetz gegen nationalen Kitsch inzwischen erfolgreich bekämpft worden! Bis nach Hinterpommern seien die Anordnungen wohl noch nicht vorgedrungen.

Quindt, immer noch fest ums Kinn, jetzt bartlos, das graue Haar kurzgehalten, wieder in seinem grünen Tuchrock, auf dem der Kneifer baumelt, bleibt dabei: Er für seine Person denke bei Patriotismus vor allem an Poenichen, wie Bismarck – zu Recht übrigens! – bereits bei seinem Vater vermutet habe. »Wenn man jung ist, will man die Welt verändern. Ich meinerseits wollte das ebenfalls und bin zu diesem Zweck in den Deutschen Reichstag gegangen. Nun, ich habe die Welt nicht verändert; verändert hat sie sich ohne mein Zutun. Aus besonderen Gründen, die ich mit Rücksicht auf die Braut nicht näher ausführen will – ich sage hier nur: ›Ebert stinkt‹ –, habe ich nach dem Krieg nicht wieder kandidiert. Damals dachte ich noch, ich müsse mich um Pommern kümmern, und am Ende habe ich nichts weiter getan, als für Poenichen zu sorgen. Als ein Mann von nunmehr siebzig Jahren wünsche ich mir heute nichts anderes als: daß alles so bleibt. Weiterhin wünsche ich, daß Viktor Quint immer auch das Wohl Poenichens im Auge behalten möge, auch wenn er jetzt noch dabei ist, die Welt zu verändern. ›Im Osten da wartet das Morgenrot‹, oder wie das nun heißt. Wir wollen das Glas auf Poenichen erheben. Ob nun Quindt mit d oder ohne d, darauf kommt es nicht an, nur auf Poenichen!«

Man erhebt sich, blickt einander reihum in die Augen, was einige Zeit in Anspruch nimmt, trinkt, sieht einander wiederum in die Augen und setzt sich wieder.

Quindt kommt nun auf den Tag der Geburt zu sprechen, jenen ›Schwarzen Freitag‹ des Jahres 1918, an dem die damalige Braut ihn zum Großvater gemacht habe, zu einem sehr glücklichen Großvater, wie er gestehen müsse. Natürlich erwähnt er den Irrtum der Witwe Schmaltz, über den man herzlich und befreit lacht. »Bis dann unser lieber Dr. Wittkow erklärte: ›Der Junge ist ein Mädchen!‹ Die gute Schmaltz ist dann in die Küche gegangen und hat zur Mamsell — lange Jahre die geliebte ›Amma‹ unserer Braut — gesagt: ›Das Kind ist mit offenen Händen geboren! Ohne Fäuste!‹«

»Wenn man solche Augen hat, braucht man keine Fäuste!« warf Onkel Max ein.

»Es war anders gemeint, lieber Vetter Max!« verbessert Quindt. »›Das Kind bringt es zu nichts!‹ hat die Hebamme behauptet, und da hat unsere Anna Riepe, die viel zu früh sterben mußte, gesagt: ›Das muß es auch nicht, es hat ja schon alles!‹«

Man lacht wieder, trinkt einen weiteren Schluck, und Riepe wird aufgefordert mitzutrinken.

»Der Name Maximiliane hat sich in der Tat als zu groß erwiesen«, fährt Quindt dann fort. »Ein Meter neunundfünfzig. Ich habe mich gestern abend noch einmal überzeugt. Die geringen Wachstumsraten sind an der rechten Säule jederzeit nachzulesen. Damit muß sich der Bräutigam nun zufriedengeben, aber — und das weiß vielleicht nicht jeder bei Tisch — Friedrich der Große ist ebenfalls ein Meter neunundfünfzig groß gewesen, und das hat ihn nicht daran gehindert, der Größte in Preußen zu sein. Was für ihn gereicht hat, muß auch für meine Enkelin reichen!«

Er gedenkt noch kurz und anekdotisch der ›Fräuleins‹, der Schule in Arnswalde, sagt einige Sätze über Hermannswerder – ein Lebensrückblick, wie ihn sonst die Brautväter bei Hochzeiten anstellen. Er berichtet auch von jenem Gespräch, bei dem Maximiliane, damals noch ein Kind, bemerkt habe: ›Lohnt sich die Anschaffung eines Mannes denn für ein Einzelkind?‹ »Das, lieber Viktor Quint ohne d, mußt du nun fortan beweisen!«

Der Baron macht seine Sache launig und gibt Gelegenheit zum Trinken und Lachen. Seine Frau hat sich bereits erleichtert zurückgelehnt, das Lorgnon mußte nicht wieder in Aktion treten. Er wird jetzt zum Schluß kommen, denkt sie, und Riepe kann das Eis servieren. Dieser, ebenfalls siebzigjährig, wartet dienstfertig an der Tür; er hat sich einen Bauch stehenlassen, über den sich der Rock spannt, aber er sieht, wie Louisa Larsson behauptet, ›barönischer als der Baron‹ aus. Er serviert zum letzten Mal bei einem Festessen, trägt zum letzten Mal die weißen Strümpfe und Zwirnhandschuhe, ›nur wegen dem Kind‹.

Die Gäste genießen behaglich die Rede, die meisten zumindest. Dr. Wittkow, inzwischen verwitwet, Walter Quint, Viktors jüngerer Bruder, Onkel Max, Pfarrer Merzin und Frau, die Larssons aus Uppsala mit den kichernden Zwillingen Karin und Britta, die ungetadelt bei Tisch Jojo spielen, Inspektor Kalinski mit Frau: Alle werden namentlich erwähnt. Quindt versäumt auch nicht, dem Pastor für seine schöne Predigt zu danken, trägt allerdings noch einen eigenen Gedanken dazu bei. »Was jemand tut, ist wichtig! Was jemand sagt, ist wichtig! Aber genauso wichtig, lieber Herr Pastor, und das wissen wir beide sehr gut, und einige andere wissen es ebenfalls, ist, was jemand nicht sagt und was er nicht tut. Das zählt auch!«

Sophie Charlotte von Quindt greift nun doch zum Lorgnon. Quindt fängt ihren Blick auf, der ihm sagt, daß er die Witwe Jadow aus Charlottenburg noch nicht erwähnt habe und vor allem nicht die Witwe Quint aus Breslau, was er unverzüglich nachholt.

Wenn er es doch nicht getan hätte! Er kommt in diesem Zusammenhang auf den schlesischen Zweig der Quints zu sprechen, von denen er bisher wenig wisse, aber ein deutscher Dichter habe sich einen schlesischen Quint als Vorbild, als Romanhelden, erwählt. Er selbst kenne das Buch nicht, aber soviel er wisse, sei es ein Buch von Rang. »Emanuel Quint! Ebenfalls ohne d. Ob er in der Quintschen Stammtafel aufgeführt ist, darüber kann gewiß der Bräutigam Auskunft erteilen, ein Fachmann auf diesem Gebiet. Der Beiname ›Narr in Christo‹...«

Viktor erhebt sich, stützt sich mit beiden geballten Fäusten auf die Tischplatte, stößt mehrmals darauf, daß Silber und Kristall klirren. Maximiliane legt, ohne daß er es wahrnimmt, die Hand auf seinen Arm; die gleiche Geste, mit der die alte Baronin ein Leben lang ihren Mann zu besänftigen suchte.

»Laß es nun gut sein, Quindt!« sagt sie auch jetzt leise und legt ihrem Mann die Hand auf den Arm.

Aber da hilft nun nichts mehr. Es kommt vor der Hochzeitsgesellschaft zu einer Auseinandersetzung. Viktor erklärt, zunächst noch beherrscht und leidlich sachlich, daß sein Großvater diesen Gerhart Hauptmann wegen Diffamierung verklagt habe, steigert sich dann aber immer mehr in Erregung, spricht von religiösem Schwärmertum, sagt auch etwas von ›christlichem Brimborium‹, das er an diesem Tag über sich habe ergehen lassen müssen. »In meinem Hause«, und dazu stößt er wieder mit den Fäusten auf den Tisch, »wird ein neuer Geist einziehen. An meinem Tische wird eine andere Sprache gesprochen werden!«

Und der alte Quindt, der es haßt, wenn man in seine Reden einbricht, sagt, ebenfalls zu laut und ebenfalls mit gerötetem Kopf: »Wovor uns Gott bewahren möge! Ein Narr in Christo ist immer noch besser als ein Narr in Hitler!«

Dieser Satz verschlägt allen die Sprache. Das Himbeereis wird nicht mehr serviert. Die Baronin hebt die Tafel auf.

Eine Stunde später trat das junge Paar die Hochzeitsreise an. Es ließ eine verstörte Hochzeitsgesellschaft zurück, die sich in zwei Lager spaltete, in die Quindts mit und die Quints ohne d, wobei es aber auch Überläufer gab. Die Großmutter

Jadow tat sich mit der Schwiegermutter Quint zusammen. Zwei Witwen, wie sie feststellten, sogar derselbe Witwenjahrgang. Die eine allerdings mit dreißig Jahren verwitwet, die andere mit fünfzig, die eine geschont, Alleinverzehrerin einer Beamtenpension in Charlottenburg, die andere, die fünf Kinder hatte großziehen müssen. Die eine, die über den Verbleib ihrer Kinder nichts wußte oder nichts wissen wollte. Was für ein Austausch von Unglücksfällen! Was für ein Wettstreit, welches Schicksal schwerer wog. Der Verlust oder die Aufopferung?

»Ich habe fünf Kinder großgezogen! Ich habe das Lachen verlernt!« sagte die Witwe Quint. »Meine Kinder haben mich im Stich gelassen«, sagte die Witwe Jadow. Zwei verwandte und gekränkte Seelen. Auch auf Poenichen fühlten sie sich vernachlässigt, auch hier: nur eine Witwe. Mit einer Witwe konnte man das alles machen: das kleinste, abgelegenste Zimmer! Die Witwen zogen sich zurück und ›nahmen übel‹, wie der alte Quindt es nannte.

Onkel Max aus Königsberg, einen Kopf größer als sein Vetter, nahm diesen beim Jackenknopf: »Du redest dich noch mal um Kopf und Kragen!«

»Kopf und Kragen? Die sind in diesem Reich unmodern, die trägt man nicht mehr«, antwortete Quindt, aber er war müde und niedergeschlagen. Maximiliane hatte sich nicht von ihm verabschiedet, seine Frau hatte sich zurückgezogen und würde nun wohl wieder ihre Gallenkolik bekommen, das Hausmädchen war bereits mit der Wärmflasche unterwegs. Dr. Wittkow und die Merzins waren abgefahren. Walter Quint ließ sich die Ställe zeigen, ein netter junger Mann, weniger stählern als sein Bruder. Louisa Larsson zeigte ihren Enkelinnen, wo sie als Kind gespielt hatte. Überall waren Leute unterwegs, die da nicht hingehörten! Er wünschte, in seinen Wald zu fahren, mit Riepe und im Karierten. Den hochrädrigen Dogcart konnten die beiden alten Männer nicht mehr besteigen, das Auto wurde für solche Fahrten nicht benutzt.

»Ich habe mir mit den Bäumen mehr zu sagen als mit den Menschen, Riepe. Die Antworten von den einen ärgern mich, aber die Antwort der Bäume beruhigt mich dann auch wieder.«

Als Erika Schmaltz abends ins Dorf kam, wurde sie ausgefragt: »Was hat es im Schloß gegeben?«

Sie zählt auf: »Suppe und dann Kalbsnierenbraten mit . . .«

Aber das will man gar nicht wissen. »Der Streit!«

»Wegen dem Namen«, sagt sie. »Erst haben sie immerfort von Quindt geredet und dann plötzlich vom Führer.«

»Was hat man gesagt? Ist man dagegen?«

»Eher dafür«, meint Erika, »der junge gnädige Herr aus Berlin is dafür!«

Aber das hatte man sowieso schon gewußt.

Auch aus Otto Riepe war nichts herauszubekommen. Früher hatte man auf dem Umweg über Anna Riepe schon eher einmal etwas erfahren. Seit Riepe mit seiner Tochter in der Wohnung über der Brennerei lebte, sickerte kaum noch etwas durch.

Wieder einmal hieß es im Dorf: »Die haben auch ihre Sorgen.«

20

> ›»Die Sderne, Gott, sehen Sie doch bloß die Sderne an!«‹
> Thomas Mann

Kolberg in Pommern, Hafenstadt und Seebad an der Mündung der Persante in die Ostsee. Damals und vermutlich noch heute ein beliebtes Familienbad mit einem Mariendom und anderen historischen Baudenkmälern in Backsteingotik, für die Maximiliane und Viktor sich aber nicht interessieren. Sie wohnen im ›Alten Fritz‹, einer Pension in der Nähe des Damenwäldchens, in der sie die üblichen Schwierigkeiten einer Hochzeitsreise erleben.

Am Tag der Ankunft machten sie vor dem Abendessen noch einen ersten Spaziergang, die Dünenpromenade entlang bis zum Seesteg. Andere Kurgäste taten das ebenfalls. Ein paar Fischerboote waren noch draußen, man machte einander mit kleinen Zurufen darauf aufmerksam. »Sehen Sie mal das Schiff!« – »Guck mal der Leuchtturm!«

Ein Spätsommerabend. Die Luft ist klar, der Landwind kühl. Die Sonne nähert sich bereits dem Horizont. Maximiliane hat noch nie einen Sonnenuntergang an der See erlebt. »Laß uns das abwarten!« bittet sie. Sie stehen fast eine Viertelstunde lang am Ende des Seestegs und blicken nach Westen. Viktor wartet nicht gern, schon gar nicht auf Naturereignisse. Trotzdem schlägt er Maximiliane den Wunsch nicht ab, zündet sich eine Zigarette an, dann eine weitere. »Wir können auch gehen«, sagt Maximiliane. »Wir müssen nicht warten, wir können den Sonnenuntergang auch unterwegs sehen.« Aber einen einmal gefaßten Entschluß macht Viktor nicht rückgängig. Maximiliane blickt ins Wasser und sagt, daß seit der Eiszeit das Wasser der Drage immer in die Ostsee geströmt sei. Aber Viktor ahnt nicht, was sie damit meint.

Schließlich nähert sich die Sonne ihrem Untergang. Maximiliane schiebt ihre Hand in die Hand ihres Mannes, der ihre Erregung nicht begreift und nicht einmal in diesem Augenblick seinen Arm um sie legt.

Kann es sein, daß Maximiliane den Untergang der Sonne mit dem Untergang ihres Mädchentums gleichsetzt? Für Viktor ist es ein Sonnenuntergang wie andere auch, hundertmal gesehen, aber Maximiliane war ein Landkind und gewöhnt, daß Himmel und Land am Horizont deutlich voneinander geschieden sind. Bisher ging ihre Sonne hinter Bäumen oder Feldern, allenfalls hinter einem Hügel unter, und jetzt sackt diese fremde Sonne ins Meer ab, auf Nimmerwiedersehen. Das Uferlose macht ihr Angst. Sie braucht Begrenzungen. ›Hinunter ist der Sonnen Schein, die finstre Nacht bricht stark herein.‹ Der Choral steigt aus der Erinnerung auf, Hermannswerder, die Kapelle, der Pfarrer, die Freundinnen, alle versammeln sich um sie. Nie wieder: ›Mein liebes Kind.‹ Sie ist verheiratet und hat Angst.

Viktor nimmt ihre Tränen nicht wahr, da er sich bereits auf den Rückweg gemacht hat. »Es ist Zeit zum Abendessen. Wir müssen uns noch umkleiden!«

Es dunkelt rasch. Viktor macht zwei Schritte, wo sie drei machen muß. Er kommt vom gepflasterten Weg ab, gerät in den Sand, muß die Schuhe ausziehen und vom Sand entleeren. Auch Maximiliane zieht die Schuhe aus, behält sie aber in der

Hand, um barfuß durch den feuchten Sand zu gehen. »Du bist kein Kind mehr!« sagt Viktor, und sie zieht die Schuhe wieder an. Nie wieder wird sie in seiner Gegenwart barfuß gehen, allerdings in seiner Abwesenheit.

Maximiliane macht ihren Mann auf den Abendstern aufmerksam. Um diese Jahreszeit wird es sich vermutlich um die Venus gehandelt haben, beide konnten die Sterne nicht bei Namen nennen. »Guck mal!« sagt sie, bleibt stehen, hält ihn am Ärmel fest und zeigt zum Himmel. Der Stern ermutigt sie wieder. Sogar an Sternschnuppen fehlt es nicht, obwohl die Zeit der Perseiden bereits vorüber ist. Es fehlt nicht an Wünschen und auch nicht an gutem Willen.

In der Pension hatte es sich herumgesprochen: ein Brautpaar auf der Hochzeitsreise, die Braut eine Adelige! Man gratulierte, trank auf ihr Wohl, was alles Viktor in hohem Maße unangenehm war. Er hatte den Vorfall, der sich beim Hochzeitsessen zugetragen hatte, keineswegs vergessen.

Als Maximiliane seinerzeit zugesehen hatte, wie der Hengst die Stute besprang, hatte sie gesagt: »Das ist aber schön!« In aller Unschuld und Vorfreude. Und auch an diesem Abend ihrer Hochzeitsnacht freut sie sich auf das, was ihr bevorsteht. Mit einer mädchenhaften Beimischung von Angst. Sie hat unklare, aber erregende Vorstellungen von einer Hochzeitsnacht, hat allerdings nie an ›Nacht‹ dabei gedacht, sondern an Waldgras, an Schilf, an ein Kornfeld, an freien Himmel, die Stunde der Kornmuhme. Als Viktor im Juni zu einem kurzen Besuch auf Poenichen weilte, hatte sie diese Vorstellungen bereits verwirklichen wollen. Vergeblich. Daß sie unberührt in die Ehe ging, war einzig Viktors Verdienst. ›In rechter Ehe‹ hatte er damals zu ihr gesagt, und jetzt war es soweit.

Und er macht sich ans Werk, bringt es fertig, ihr die Unschuld zu rauben. Der Akt kommt einer Vergewaltigung gleich, trotz ihres Wunsches nach Hingabe. Ein Eroberer, der Unterwerfung, nicht Hingabe verlangt.

Der Geschlechtssinn der Quindts war, wie wir wissen, seit Generationen vernachlässigt. Maximiliane stellte erotisches Brachland dar. Erotik und Sexualität – oder besser: Sinnlichkeit – ballten sich in ihr zusammen und kamen zum Ausbruch, vielmehr hätten zum Ausbruch kommen können, mit einem anderen Partner. Bei Viktor geriet sie an einen Mann, der das Fortpflanzungsgeschäft mit Ernst betrieb. Gemeinsamer Genuß der Lust war mit ihm nicht zu erreichen. Aber beide hatten, und zumindest darin waren sie sich einig, die Fortdauer des Geschlechts der Quindt beziehungsweise Quint im Sinn; auch Maximiliane hatte sich, unbewußt, diesen Quint aus Breslau zur Zucht ausgesucht, damit es bei ›Quint auf Poenichen‹ bleiben konnte. Einer hatte dem anderen nichts vorzuwerfen, was sie in der Folge auch nie getan haben.

Viktor hielt an seinen Vorstellungen vom Vollzug der Ehe fest. »Hast du die nötigen Vorkehrungen getroffen?« Wenige Minuten später saß er dann bereits auf der Bettkante und rauchte eine Zigarette. Er entledigte sich lediglich der Hose seines Schlafanzuges. Er brauchte seine Frau nicht erst darauf hinzuweisen, daß sie nachts ein Hemd zu tragen habe, sie paßte sich seinen Vorstellungen an, schlief aber, wenn sie in Poenichen weilte, weiterhin nackt, sogar wieder in ihrem alten Kinderzimmer mit den drei Betten. Was den Zeugungsakt anging, so hielt sie für die Dauer dieser Ehe den Anteil, den der Mann daran hatte, für unerheblich. Zeugung und Geburt waren Sache der Frau, ebenso wie Aufzucht und Erziehung der Kinder. Niemand hatte je versucht, ihr den Akt biologisch zu erklären. Die Hermannswerder Diakonissen waren über dieses damals noch heikle Kapitel rasch hinweggegangen.

Viktor hielt sich an die von den beiden Ärzten Knaus und Ogino entwickelte Methode der Empfängnisverhütung. Er wandte sie allerdings anders an, als sie von den Erfindern gemeint war. Er wählte für den ehelichen Vollzug nach Möglichkeit nicht die empfängnisfreien, sondern die empfängnisversprechenden Tage aus. Die Schwächen der Knaus-Oginoschen Methode sind hinreichend bekannt; für Maximiliane stellten sie eher Vorzüge dar. Ihr Mann hätte sich sonst vielleicht auf einen einzigen Beischlaf im Jahr beschränkt, wenn er mit Sicherheit sein Ziel erreicht hätte. Trotzdem war er kein Heiliger, er trachtete lediglich danach, in der Ehe seine Ideale zu verwirklichen. Ein ganzes Volk glaubte schließlich an die Keuschheit seines Führers! Viktor hielt seine Triebhaftigkeit gegenüber seiner Frau zumeist mannhaft in Zucht.

Bereits an diesem ersten Abend in Kolberg sprach er mit ihr über ihre ›mensis‹, ein Wort, das ihr nicht geläufig war, dessen Bedeutung sie aber ahnte. Sie errötete, obwohl kein Licht im Zimmer brannte. In Hermannswerder hatten die Mädchen von den ›petites malades‹ gesprochen. Später führte Viktor über den biologischen Zyklus seiner Frau Buch und richtete seine Besuche auf Poenichen entsprechend ein. Maximiliane nannte sein Notizbuch ›das Zuchtbuch‹.

Viktor gehörte zu jenen Männern, die immer zur selben Stunde aufwachen und sofort mit beiden Beinen zugleich aus dem Bett und in den neuen Tag springen. Er bemühte sich an diesem ersten Morgen in Kolberg, beim Waschen, Rasieren und Ankleiden leise zu sein, was unnötig war, da seine Frau fest schlief. Sie lag auf dem Rücken, die Arme ausgebreitet neben dem Kopf, das Haar aufgelöst und feucht von der Anstrengung des Schlafs, aber Gesicht und Körper entspannt, der Mund leicht geöffnet, ebenso die Hände: eine Haltung, die Dr. Grün sehr interessiert haben würde, die man heute mit ›Demutsgebärde‹ bezeichnet. Sie schläft nicht mehr wie ein Hund, der sich zusammenrollt, sie hat sich gestreckt: entpuppt. Es ist ihre beste Stunde. Nie ist sie schöner anzusehen als kurz vor dem Aufwachen. Viktor hat bisher keine schlafende Frau zu sehen bekommen, was aber nicht heißen soll, daß er ohne Erfahrungen in die Ehe gegangen wäre. Er empfindet die Situation als ungehörig und ruft ihren Namen, erst leise, dann lauter. »Maximiliane!« Als sie immer noch nicht erwacht, zieht er die Vorhänge zurück und läßt das volle Morgenlicht herein. Die Sonnenstrahlen fallen auf Maximilianes Gesicht, die den Arm hebt und über die Augen legt und weiterschläft. Viktor faßt sie bei der Schulter und schüttelt sie. Jetzt erst schlägt sie die Augen auf, erkennt ihn und lächelt. Sie hält seine Hand fest, legt sie auf ihre entblößte Brust, streicht leicht über seinen Handrücken und bewirkt, daß seine Haut sich zusammenzieht und die Härchen sich aufrichten. Eine Körperreaktion, die sich seiner Kontrolle entzieht und ihm daher nicht angenehm ist.

»Du bekommst ja eine Gänsehaut, wenn ich dich anfasse!« sagt Maximiliane erfreut. Aber Viktor schätzt es nicht, wenn man über ihn lacht, und entzieht sich ihr, bringt seinen Anzug wieder in Ordnung und sagt: »Es ist heller Morgen.« Er erreicht, daß sie sich schämen muß, ebenso wie in der Nacht, als er gefragt hatte: »Was tust du eigentlich?«, und sie wahrheitsgemäß antwortete: »Ich bete.« »Du lieber Himmel!« Er hatte laut aufgelacht. Auch das wiederholte sich nie, sie betete nie wieder in seiner Gegenwart. Viktor behandelte seine Frau vom ersten Tag der Ehe an wie ein pommersches Gänschen, und sie hat sich folgerichtig wie ein pommersches Gänschen benommen.

Die vorgesehenen fünf Tage wurden beiden lang.

Viktor ging nie wieder so viel spazieren wie in Kolberg. Er gab sich dabei Mühe, Maximiliane seine politischen Ansichten und Ziele auseinanderzusetzen. Er redete in einem fort, sprach zu einer unaufmerksamen und daher widerspruchslosen Zuhörerin. Er befand sich mit einem Bein in der großen deutschen Vergangenheit, mit dem anderen in der großen Zukunft, während Maximiliane mit beiden Beinen in der Gegenwart stand, nur für die Gegenwart begabt. Ihre kleinen Sätze, die meist mit »Schau mal!« anfingen, erschienen ihm einfältig. Er sprach über die Erde, die ER verändern würde, und meinte damit den Planeten, und was tat dieses pommersche Gänschen? Bückte sich, faßte mit der bloßen Hand in den frischgeeggten Acker, an dem sie gerade entlanggingen, hielt ihm die gefüllte Hand hin und sagte: »Das ist die Erde!«

»Du machst dir bloß die Hände schmutzig!« antwortete er.

Er sieht nicht, daß die Möwen, die hinter den Gespannen nach Larven suchen, wie weiße Blumen aussehen, obwohl sie mit der Hand hinzeigt.

»Du mußt dir abgewöhnen, auf alles mit den Händen zu zeigen!«

Abends gehen sie ins Kasino zum Tanzen. Da Maximiliane sich dabei gern führen läßt, kommt es zu keinen weiteren Schwierigkeiten. Tanzend haben sie sich immer am besten verstanden, nur daß sie ihm gerade bis zur Schulter reichte, was den Anblick störte.

Auf dem Heimweg legt er sogar seinen Arm auf ihre Schulter. Sie lehnt den Kopf zurück, blickt in die Sterne, bleibt stehen, und erfüllt vom Wunsch, ihm zu gefallen, trägt sie einige Zeilen aus einem Gedicht vor: »»...Und seine Seele an die Sterne strich / Und er doch Mensch blieb, so wie du und ich.«< Mit der Betonung auf SEINE und ER.

»Wer hat denn das verbrochen?« fragt Viktor mißtrauisch.

»Baldur von Schirach!« Immerhin der Reichsjugendführer.

Er antwortet nicht, nimmt die Hand von ihrer Schulter und geht verstimmt weiter.

Am letzten Morgen, es ist noch kaum dämmrig, springt Maximiliane aus dem Bett, reißt Vorhänge und Fenster auf und weckt ihren schlafenden Mann.

»Die Wildgänse! Die Wildgänse ziehen!« ruft sie. »Jetzt wird es Herbst!« Ein Rauschen ist zu hören, pfeifender Flügelschlag, vereinzelte unruhige Schreie.

Ein Vogelruf kann sie aufwecken, die Stimme ihres Mannes nicht.

»Zieh dir Pantoffeln an, du wirst dich erkälten!« sagt er vom Bett aus.

21

>Es is allens nur'n Övergang, säd Bräsig zu Havermann.<
Fritz Reuter

Viktor händigte seiner Frau monatlich eine seinem Einkommen gemäße Summe aus, die Maximiliane an Martha Riepe weitergab, die als Gutssekretärin eingestellt worden war. Auf Wunsch des alten Quindt brachte er das Geld in bar. »Geld kann gar nicht bar genug sein«, behauptete dieser.

Gewisse häusliche Änderungen erwiesen sich als nötig. Viktor hatte sich kurz vor der Hochzeit sämtliche Räume des Hauses zeigen lassen. »Wer wohnt hier?« hatte er gefragt, als er mit Maximiliane an der Tür der grünen Zimmer stand.

»Meine Mutter hat hier gewohnt«, sagte sie.

»Aha.«

Wieder erfolgte keine weitere Frage. Die beiden Räume entsprachen seinen Wünschen; das kleinere würde ihm als Arbeitszimmer dienen, das größere erklärte er zum ehelichen Schlafzimmer. Bei Tisch erkundigte er sich: »Es muß in diesem Hause doch so etwas wie ein Familienbett geben, in dem sich die Geburten vollzogen haben, in dem gestorben wurde. In all den Generationen, in denen Quindts hier gelebt haben. Dieses Bett erbitte ich mir für die künftigen Familienereignisse!«

Die alte Baronin senkte den Blick, Maximiliane ebenfalls, tief errötend, und Quindt dachte lange nach. »Ein Sterbebett? Soviel ich weiß, sind die Quindts nie in ihren Betten gestorben.« Er kommt auf seinen Großvater und die Schlacht von Vionville zu sprechen, auf seinen Vater und die Entenjagd. Er selbst habe sich vorgenommen, weder auf dem Felde der Ehre noch bei der Jagd umzukommen, was die Quindts bis dato offensichtlich für einen natürlichen Tod gehalten hätten.

»In Sterbebetten gibt es, soweit ich sehe, keine Tradition, und was das Wochenbett anlangt: Meine Schwestern und ich selbst sind, soweit ich mich da erinnern kann, in jenem Bett geboren, in dem ich seit Jahrzehnten, wenn auch schlecht, schlafe. Als eheliche Vollzugsstätte hat es allerdings . . .« An dieser Stelle unterbrach er sich, sagte zu seiner Frau gewandt: »Hör du da nicht hin, Sophie Charlotte!« und fuhr fort: ». . . in den vergangenen 50 Jahren nie gedient, und Maximilianes Eltern haben lediglich ein Hotelbett, wenn auch im ›Adlon‹, benutzt, allerdings mit schönem Erfolg.«

»Quindt! Nun laß es gut sein!« sagte seine Frau.

»Aber nein, Sophie Charlotte! Solche Dinge müssen ja besprochen werden! Ich gebe zu, es ist nicht viel gezeugt und geboren und gestorben worden auf Poenichen in diesem Jahrhundert. Es erscheint mir selbst als ein Manko, aber wenn mein eigenes Bett ausreichend Tradition aufweist, will ich es gern für den ehelichen Vollzug zur Verfügung stellen. Zum Sterben kann ich es mir ja dann ausleihen.«

Für diesen ironischen Unterton konnte Viktor Quint nicht das geringste Verständnis aufbringen und schwieg.

Es blieb fürs erste bei den grünen Zimmern. Wieder einmal hieß es ›fürs erste‹. Ausgesprochen wurde es nicht, aber diesmal bedeutete es vermutlich, bis die alten Quindts tot sein würden.

Frische Tapeten, frische Gardinen, auf Maximilianes

Wunsch aus weißem Mull mit eingestickten Tupfen, die Tapeten gelb-weiß gestreift. Im ganzen Raum kein Grün, nur im Namen: die grünen Zimmer. Bei Viktors nächstem Besuch waren die Schränke und Kommoden geleert. Er hängte seinen Jagdanzug in den Schrank, legte einige wenige Wäschestücke in die Schubladen. Was hätte er sonst mitbringen sollen? Es war ja alles vorhanden, sogar Gewehre und Schreibzeug. Man erinnert sich an Veras Einzug, die immerhin ein paar Schließkörbe mit in die Ehe gebracht hatte.

Sobald Viktor wieder in Berlin war, und das war er meist, kehrte Maximiliane mit ihrem Bettzeug ins Kinderzimmer zu den drei weißen Betten zurück, fuhr wieder barfuß Rad, lief wieder barfuß durch den Park. Sie führte zwei Leben, ein sonntägliches mit Viktor, ein alltägliches ohne ihn.

Die Baronin zieht sich mehr und mehr ins Separate zurück und überläßt Maximiliane die Pflichten einer Gutsfrau. »Frag mich, wenn du etwas nicht weißt. Aber denk nach, bevor du fragst! Später hast du auch niemanden, den du fragen kannst!« Also führt Maximiliane Unterredungen mit dem Gärtner, mit der Mamsell, mit den Hausmädchen, mit Frau Görke, wird halbverantwortlich für Wäschekammer, Waschküche, Räucherkammer, Eiskeller. Himbeeren müssen gepflückt und zu Gelee gekocht, Kartoffeln müssen eingekellert werden.

Sie erteilt Anordnungen, die bereits getroffen sind, die man seit Jahren kennt. Alles braucht nur weiterzugehen, wie es immer gegangen ist. Im November werden die Gänse geschlachtet. Die Frauen sitzen in der Scheunendiele und rupfen die noch warmen Gänse, daß die Federn fliegen, Daunen und Halbdaunen, die Fittiche zum Kaminkehren. Mittags gibt es Schwarzsauer mit Mandelklößen und Backobst für den Herrn Baron, für den jungen Herrn gespickte Gänsebrust. Auch das muß nicht angeordnet werden, der neue junge Herr sieht nicht aus wie einer, der Schwarzsauer ißt, er kommt aus der Stadt zu Besuch, wird behandelt wie Besuch und wieder zur Bahn gebracht wie Besuch.

Seine Briefe, die regelmäßig in der Mitte der Woche eintreffen, enthalten in gedrängter Form die Geschehnisse aus der Reichshauptstadt, die man bereits aus der Zeitung kennt.

Maximiliane hätte seine Briefe offen liegenlassen können, wenn sie nicht diese Nachsätze enthalten hätten, die sie auch dann zum Erröten bringen, wenn sie sich allein im Raum befindet. Vor seinen Besuchen steht dort: »Unterrichte mich bitte über Deine ›m‹, damit ich nicht zu einem ungeeigneten Zeitpunkt komme.« Nach seinen Besuchen stand in der Regel nichts als ein ›Nun?‹ als Nachwort unter den Briefen.

Bereits nach seinem dritten Besuch konnte Maximiliane ihm mündlich die erwartete Meldung machen. Fruchtbarer Boden, auf dem Samen gedieh.

In den ersten Monaten der Schwangerschaft fühlte sie sich keineswegs guter Hoffnung, sondern eher niedergeschlagen, verschlang mehr Äpfel als üblich und las dabei Rilkes ›Buch vom mönchischen Leben‹. Dr. Wittkow riet zu Abwechslung. Eine Reise nach Berlin würde Wunder tun. In Pommern versprach man sich ja immer Wunder von Berlin.

Maximiliane traf an einem Freitag am Stettiner Bahnhof ein, gegen Abend, so daß Viktor sie abholen konnte. Er stand mit Blumen auf dem Bahnsteig, ließ es an nichts fehlen. Die Pension, in der er wohnte, lag in der Nähe seiner Dienststelle, Dorotheenstraße. Maximiliane mußte zum Schlafen mit der Chaiselongue vorliebnehmen, die für Viktor zu kurz gewesen wäre. Natürlich nahm er im übrigen viel Rücksicht auf den Zustand seiner Frau. Es kam auch nicht zu Zärtlichkeiten, wenn man von dem Kuß am Stettiner Bahnhof absieht. Die Schwangerschaft seiner Frau war ihm etwas Heiliges – wie die ganze Ehe. Am ersten Abend saßen sie in einem Restaurant, Viktor sparte an nichts, aber Alkohol hätte dem Kind schaden können: Apfelsaft für Maximiliane.

Zum ersten Mal hatte er Gelegenheit, seine Frau mit anderen Frauen zu vergleichen, ein Vergleich, der zu ihren Ungunsten ausging. Maximiliane wirkte immer nur für sich, nicht unter anderen Frauen.

»Du solltest morgen zum Friseur gehen!« sagte er beiläufig, und: »Ich hoffe, du hast noch etwas anderes zum Anziehen mitgebracht! Trägst du keinen Hut?«

Er merkt nicht, daß seine Frau blaß wird, daß sie die Süßspeise nicht anrührt, merkt nur, daß sie an ihren Nägeln kaut, und das mitten im Restaurant. Er greift nach ihrer Hand und sieht sich die Fingernägel an. »Laß das in Zukunft sein!« sagt er, kein Wort mehr, aber Maximiliane erschrickt und schämt sich, nicht für das Nägelkauen, sondern für ihren Mann, wie sie sich immer nur für andere und nicht für sich selbst geschämt hat. Sie zieht die Finger ein wie Krallen und nimmt eine Gewohnheit an, die sie ihm gegenüber beibehalten wird.

Sie gehen zu Fuß zurück, an der Spree entlang. Es fängt an zu regnen. Viktor stellt fest, daß Maximiliane keinen Schirm bei sich hat. »Hast du keinen Schirm mitgebracht? Im November?« fragt er. »Nein«, antwortet sie und wischt sich die Regentropfen aus dem Gesicht. »In Poenichen geht keiner mit einem Schirm, da stülpt man sich einen Sack über den Kopf, wenn man bei Regen raus muß.«

»Natürlich«, sagt Viktor, »ihr in Poenichen.«

Am nächsten Morgen geht er wie immer ins Amt. Abends will er sie mit einigen Freunden zusammenbringen. Für den Sonntag plant er einen Kinobesuch im Ufa-Palast am Zoo, ein Film mit Zarah Leander.

Maximiliane fährt, sobald Viktor gegangen ist, nach Potsdam, hört wieder das Glockenspiel der Garnisonkirche, geht über die kleine weiße Brücke auf ›die Insel‹, durch den tropfenden Park, betritt das Schulhaus und wartet im Flur die Pause ab. Man redet sie mit ›Frau Quint‹ an.

Zur ›lieben Oberprima‹ gehört sie nicht mehr. Die Schulbank steht wie eine Barriere zwischen ihr und den ehemaligen Freundinnen, die gerade eine Mathematikarbeit über Parallelen dritten Grades geschrieben haben. Sie fragen Maximiliane nach der Hochzeit und nach ihrem Mann, und dann unterhalten sie sich angeregt miteinander über Bergengruens ›Großtyrann und das Gericht‹, der im anschließenden Deutschunterricht behandelt werden soll. »Nichts ist vielfältiger als die Liebe!« zitiert Magdalene. »Die Versuchungen der Mächtigen und die Leichtverführbarkeit der Unmächtigen!« sagt Nette.

Maximiliane steht daneben und weiß nicht, worum es geht, und sagt unvermittelt in das Gespräch hinein: »Ich bekomme ein Kind!«

Für einen Augenblick herrscht Verwunderung, Schweigen, Verlegenheit, und dann gehen die Mädchen wieder zu ihrem

Thema ›Der Großtyrann und das Gericht‹ über. Das Abitur rückt näher.

Als die Pause zu Ende ist, verabschiedet sich Maximiliane und geht. Sie sucht den kleinen Laden auf der Insel auf, um sich ›Negerküsse‹ zu kaufen wie früher, erblickt ein Glas mit eingelegten Gurken, kauft zwei Salzgurken, ißt sie gierig aus dem Papier und erreicht, als es ihr übel wird, gerade noch ein Gebüsch.

Im Kaufhaus des Westens erwirbt sie sich auf dem Rückweg eine Georgettebluse mit gesmokter Passe, die ihr nicht steht, kauft ein Paar Schuhe mit hohem Absatz, in denen sie nicht gehen kann, und einen flachen Hut mit breitem Rand, der sie noch kleiner macht. Dann kauft sie sich auch noch den ›Großtyrann‹ und kehrt in die Pension zurück. Dort wartet sie lesend auf Viktors Rückkehr.

Hinter einem Paravent befindet sich die Waschgelegenheit. Sie will dort nichts weiter tun, als sich ein wenig frisch machen. Vielleicht gefiele sie ihrem Mann besser, wenn sie sich die Augenbrauen auszupft? Sie sucht nach einer Pinzette. Statt dessen findet sie ein paar Haarklammern. In einer davon hängt noch ein kurzes blondes Haar.

Der Gedanke, einen Zettel zurückzulassen, kommt ihr nicht. Aber sie wechselt wenigstens die Schuhe, zieht den Mantel über und legt die neuen Schuhe zurück in den Karton, den sie neben dem Koffer stehenläßt, mitsamt der gesmokten Georgettebluse, dem Hut und dem ›Großtyrannen‹. Sie steckt Portemonnaie und Rückfahrkarte ein und verläßt ungesehen die Pension, Richtung Stettiner Bahnhof.

Dort wartet sie eine dreiviertel Stunde im Wartesaal dritter Klasse auf die Abfahrt des Zuges nach Stargard, wo sie noch einmal Aufenthalt hat. Zum ersten Mal wird sie an der Bahnstation nicht abgeholt, sie telefoniert auch nicht, sondern macht sich bei Nacht und Nebel zu Fuß auf den Weg, geht anderthalb Stunden, das letzte Stück durch die Allee läuft sie.

Im Herrenzimmer brennt noch Licht. Der Großvater erhebt sich aus seinem Sessel, die Großmutter hebt nur das Lorgnon und die Augenbrauen. Maximiliane schließt die Tür hinter sich, lehnt sich mit dem Rücken dagegen: das Haar aufgelöst, Schuhe und Mantelsaum beschmutzt, außer Atem.

»Frau Pech kann dir einen Kamillentee kochen!« sagt die Großmutter.

Maximiliane schüttelt den Kopf. »Ich bin ein Flüchter, Großvater!«

Und Quindt sagt: »Nehmen wir an, du hattest einen Grund.«

Kurz darauf klingelt das Telefon. Maximiliane weigert sich, an den Apparat zu gehen, obwohl Viktor behauptet, daß sie ihm eine Erklärung schuldig sei.

Dasselbe äußerte er dann nochmals in einem Brief, der zwei Tage später eintraf. »Du benimmst dich wie ein Kind! Erst diese törichten Einkäufe! Ich werde viel Geduld mit Dir haben müssen. Es mag an Deinem Umstand liegen. Du mußt lernen, für zwei zu denken!« Wegen ihres ›Umstandes‹, schrieb er, sei er bereit, ihr zu verzeihen. Er sei nicht nachtragend, komme allerdings in den nächsten Wochen besser nicht nach Poenichen.

Über die drei Haarklammern ist nie geredet worden.

22

›Es kommt nicht darauf an, ob die Sonne in eines Monarchen Staat nicht untergeht, wie sich Spanien ehedem rühmte, sondern was sie während ihres Laufes in diesen Staaten zu sehen bekommt.‹   Lichtenberg

Alljährlich wiederholt sich in Pommern das Ende der Eiszeit. In Kuhlen und Mulden bleibt das Schmelzwasser zurück, weitere Seen entstehen und verschwinden nur langsam.

Frühling 1938, nicht irgendein beliebiger, wiederholbarer Frühling. Das tausendjährige Reich währte zwölf Jahre, auf jedes kommt es an. Wieder fühlen sich Erzähler und Leser überlegen. Sie wissen, wie es ausgehen wird, und die Leute auf Poenichen wissen es nicht, der alte Quindt mag manches ahnen. Deutsche Truppen marschieren in Österreich ein. Zwei Tage darauf ist der Anschluß vollzogen. Fackelzüge im ganzen, nun großdeutschen Reich. In Poenichen kommt kein Fackelzug zustande, obwohl Ortsgruppenleiter Priebe in

Dramburg Fackeln angefordert hat. Die Baronin läßt schließlich in den Dachkammern nachsehen, und es finden sich einige Lampions, es werden Kerzenstümpfe eingesetzt, und in der Dämmerung zieht ein Trupp Kinder mit den Lampions durch die Allee und die Dorfstraße. Natürlich weigern sich die Erwachsenen, Kinderlampions zu tragen, beteiligen sich also nicht, sondern stehen als Zuschauer vor ihren Häusern. Die Kinder tragen nicht einmal Uniformen, mit dem Singen hapert es auch, einige stimmen ›Maikäfer, flieg‹ an. Wer keinen Lampion hat, schwenkt doch wenigstens ein Hakenkreuzfähnchen aus Papier. Der Größe des Tages entspricht das alles nicht.

Maximiliane kümmert sich um nichts. Sie trägt ihr Kind aus, trägt es summend und singend durch diesen großen deutschen Frühling. Ihr Zustand entstellt sie nicht. Sie rundet sich zu einer vollkommenen Frau; vom fünften Monat an fühlt sie sich wohler und empfindet das Kind nicht mehr als einen Fremdkörper, sondern als ein Wesen, mit dem sich reden läßt. Die Freundinnen schicken Fotos, auf denen zu sehen ist, wie sie als Arbeitsmaiden zum Frühappell unterm Fahnenmast stehen.

Im April trifft das Hochzeitsgeschenk von Tante Maximiliane ein: eine elektrische Glucke für 100 Eintagsküken, von unten zu beheizen und von einem schwarzen eisernen Schirm bedeckt. Quindt betrachtet sich das Ungetüm. »Das sieht ihr ähnlich«, sagt er, »eine künstliche Glucke!« Zwei Tage später treffen die Küken in zwei Körben ein, mittelschwere Rhodeländer, vorerst allerdings noch federleicht, alle lebend. Der aufregendste Tag des Frühlings! Der Stellmacher Finke baut Hühnerhaus und Auslauf, versieht sie mit dichtem Maschendraht, der die Küken vor hungrigen Füchsen und Habichten schützen soll.

Von nun an betreibt Maximiliane Kleinviehhaltung. Bisher hatte man auf Poenichen zunächst Pferde, dann Hunde gezüchtet.

»Es geht mit uns bergab«, sagt Quindt und, mit einem Blick auf den Bauch seiner Enkelin: »Falls ihr euch nicht zusätzlich auf Menschenzucht verlegen wollt.«

Maximiliane hat 100 Küken durchzubringen! Um das

großdeutsche Reich kann sie sich da nicht auch noch kümmern. Die grüne Leinenschürze hält ihren runden Bauch zusammen, das Kopftuch ihr Haar, so wie sie es in Hermannswerder gelernt hat. Nachts und bei kalten Aprilregengüssen suchen die Küken Schutz unter der künstlichen Glucke. Schon sind die Hähnchen am größeren Kamm zu erkennen, angriffslustig treten sie zum Zweikampf an. Wenn ein Küken nicht rechtzeitig die Glucke erreicht, fängt Maximiliane das durchnäßte Tier ein, nimmt es zwischen die Hände, haucht es an, bis die kleinen Federn sich aufplustern, setzt sie sich zu fünft und sechst in die Schürze, wärmt sie an ihrem Leib, wie eine Glucke. Unwillkürlich denkt man an ihre Mutter Vera, die während ihrer Schwangerschaft den Anblick der säugenden, schmatzenden Lämmer, Ferkel und Welpen nicht hatte ertragen können.

Eines Nachts wird Maximiliane wach: Die Kraniche kehren zurück, fliegen so niedrig, daß sie die Wipfel der Bäume zu berühren scheinen! Sie hört den schweren Flügelschlag, der ihr das Herz schwermacht. Sie schließt das Fenster wieder und legt sich in ein anderes Bett. Nie kehrt sie in ein schlafwarmes Bett zurück. Sobald sie wach wird, wechselt sie schlaftrunken ihre Schlafstätte. Oft muß das Mädchen morgens drei Betten machen.

Unter der Blutbuche blühen die Veilchen auf, tiefblaue Teiche im grünen Rasen. Anfang Mai reist Hitler nach Rom und stattet Mussolini einen Besuch ab. Paraden und Festakte! Viktor berichtet ausführlich und brieflich über die Stabilität der Achse Berlin–Rom und erkundigt sich, wie immer am Ende des Briefes, nach dem Tag ihrer Niederkunft. Er versichert, daß er ihr in ihrer schweren Stunde beistehen wird.

Er steht ihr dann doch nicht bei, ist auch später nie, wenn es nötig wäre, anwesend. Maximiliane legt sich zu gegebener Stunde in das Ehebett. Dr. Wittkow ist diesmal pünktlich zur Stelle, die alte Frau Schmaltz humpelt ums Haus herum, wird schließlich von Frau Pech in die Küche geholt und bekommt einen Schnaps. Ihr Kind im Kindbett!

Die Geburt zieht sich hin. Maximiliane hat sich auf eine schwere Stunde eingestellt und nicht mit acht Stunden gerechnet. Schließlich steckt Quindt seinen Kopf durch die Tür:

»Nun mal zu!« sagt er. »Bei dir behalten kannst du es nicht!« Das hilft. Zehn Minuten später ist die Geburt vollzogen. Der Sohn entspricht allen Anforderungen, die man an ihn stellt. 52 Zentimeter, schlank, blond, blauäugig. Er schreit und ballt die Fäuste.

Die Wochenstube wird zum Mittelpunkt der Welt, die historischen Ereignisse, ohnehin weit entfernt, treten für längere Zeit noch mehr in den Hintergrund. Endlich der männliche Erbe, dem der alte Quindt – fidei commisum, zu treuen Händen – Poenichen überschreiben konnte. Das tat er noch am selben Tag, die ungeteilte Erbmasse an einen einzigen männlichen Nachkommen, wie es das Gesetz des Fideikommiß befahl, das auf Poenichen noch galt. Viktor Quint, der sich selbstverständlich über die Besitz- und Erbverhältnisse rechtzeitig hatte unterrichten lassen, hatte nie daran gedacht, die Güter selbst zu bewirtschaften, nicht einmal daran, auf Poenichen seinen ständigen Wohnsitz zu nehmen. In Berlin gab es Größeres zu tun. Er sah Poenichen als eine Art von Brutstätte an, Mutterboden, auf dem seine Kinder gedeihen sollten. Dr. Wittkow fuhr wieder weg, der Notar Dr. Philipp aus Dramburg, der die Kanzlei des jüdischen Notars Deutsch übernommen hatte, traf ein, und die Verwaltung des Erbes wurde bis zur Volljährigkeit des Sohnes der Mutter übertragen. Zwei Generationen übersprungen, der Name unwesentlich verändert. »Aufs Blut kommt's an!« sagt Quindt auch diesmal, aber diesmal zum Notar und ohne Hintergedanken.

Was wog dagegen die Mobilmachung in der Tschechoslowakei, Chamberlains Reise nach Berchtesgaden, Daladiers Reise nach England, Chamberlains erneute Reise nach Deutschland? Der alte Quindt sagte gelegentlich, daß ihm zuviel vom Frieden geredet würde, das sei immer ein schlechtes Zeichen. Zu viele Nichtangriffspakte. Zwischen England und Polen, zwischen Polen und der Sowjetunion, zwischen Deutschland und Frankreich. Und Poenichen nur 60 Kilometer von der polnischen Grenze entfernt!

Der Sohn wird, der Familientradition gemäß, auf den Namen Joachim getauft. Taufe und Taufessen finden im großen Saal statt. Dem Wunsch des Vaters wird entsprochen: kein Choral, keine Predigt, nur die Taufzeremonie.

An der einen Längswand des Saales war am Morgen des Tauftages auf Wunsch des Vaters ein Ölgemälde Hitlers aufgehängt worden; die linke Hand des Führers ruhte leicht auf dem Kopf eines deutschen Schäferhundes, die rechte umfaßte kraftvoll das Koppel des Uniformrocks. Das letzte in der Reihe der Herrscherbilder. Viktor hatte beim Aufhängen des Bildes geäußert, daß man sich entschließen müsse, den einen oder anderen abzuhängen, um Platz zu schaffen. »Nach Hitler wird man keinen Platz mehr benötigen«, meinte daraufhin der alte Quindt. Es traf ihn ein mißtrauischer Blick. Quindt lenkte wenn auch nicht ein, so doch ab: »Du solltest allmählich daran denken, wann du dort oben antreten willst. Ein Maler wird sich in Berlin doch leicht finden lassen. Eine Ahnentafel als Emblem, würde ich vorschlagen.« Viktor empfand das Angebot als Auszeichnung, sagte trotzdem, daß er kaum dazu kommen würde und daß es damit ja noch Zeit habe.

»Das mußt du besser wissen«, meinte Quindt.

Die beiden Männer sprachen doch wenigstens wieder miteinander! Der eine zwar mit Vorsicht, der andere mit Mißtrauen, aber sie gingen sich nicht mehr aus dem Wege.

Einen Tag lang prangte Poenichen in vollem Fahnenschmuck. Auch dafür hatte Viktor gesorgt. Er war davon überzeugt, mit der Anschaffung eines Führerbildes und einer Hakenkreuzfahne tief in das Leben auf Poenichen eingegriffen zu haben, und keiner zerstörte ihm diese Überzeugung. Quindt war zugegen, als die Fahnen aufgezogen wurden. »Zwei Fahnen und zwei Nationalhymnen! Das hat nicht einmal das englische Dominion! Soviel ich weiß, kommen sogar die Vereinigten Staaten von Amerika mit einer Fahne und mit einem Lied aus!«

Zwanzig Jahre früher hätte Quindt es sich nicht nehmen lassen, aus solchem Anlaß sich in seiner Taufrede über das deutsche ›zu‹ auszulassen. Zu groß, zu viel, zu hoch. Diesmal verzichtete er auf eine Rede zu Ehren des Täuflings, aber dieser wurde doch wenigstens, dem von Quindt neu eingeführten Brauch zufolge, in der Suppenterrine des Curländer Services aufgetragen; leise weinend nahm er in der Mitte der Tafel an dem Essen teil.

Viktor erklärte, daß er kein Redner sei, sondern ein Mann

der Tat. Zustimmung vom unteren Tischende, an dem der alte Quindt saß. »Bravo! Die Quindts konnten immer reden, trinken und schießen, aber sie konnten es auch lassen! Wir wollen darauf trinken, daß dieses Kind es im rechten Augenblick ebenfalls können wird. Auf das Tun und Lassen kommt es an!«

Viktor hatte sich in seinem Amt freimachen können und blieb im Anschluß an die Taufe eine ganze Woche lang auf Poenichen. Zumeist hielt er sich in seinem Arbeitszimmer auf, wo er, über die Tischplatte gebeugt, auf einem großen weißen Bogen den Stammbaum von Viktor und Maximiliane Quint, geborene von Quindt, anlegte. Ahnentafel und Enkeltafel zugleich, zwei zusammengewachsene Stämme, aufsteigend aus dem reichen Wurzelwerk der Ahnen. Auf Maximilianes Seite reichten die Wurzeln tief ins 16. Jahrhundert, eine Wurzel senkte sich sogar bis ins 13. Jahrhundert, zur Ahnfrau und Äbtissin Hedwig von Quinten. Nach oben hin ließ Viktor Platz für ein großes Geschlecht. Was für ein Augenblick für ihn, als er den ersten Zweig ansetzte und den Namen Joachim Quint eintrug! Pro Jahr ein Trieb, das war sein fester Entschluß. Über die Triebe wird im einzelnen noch zu berichten sein.

Der Entwurf geriet großzügig, Viktor zeichnete mit Geschick. Manchmal setzte sich Maximiliane neben seinen Arbeitstisch in jenen Schaukelstuhl, in dem auch ihre Mutter gern gesessen hatte. Aber sie saß still: Sie stillte ihren Sohn. Ein Bild nach Viktors Herzen! Wenn ihre Blicke sich trafen, schenkte Maximiliane das Lächeln, das dem Kind galt, dem Vater. Und dann wandte Viktor seine ungeteilte Aufmerksamkeit wieder dem schwierigen Quindtschen Wurzelwerk zu.

Nie wieder weilte Viktor so viele Tage auf Poenichen. Die Arbeit an der Geschlechtertafel wurde durch seine Abreise unterbrochen. Die Tafel blieb unvollendet auf dem Tisch liegen und wurde sorgfältig abgestaubt. Seine Besuche wurden aus den bekannten Gründen kürzer und seltener. In den späteren Jahren konnte er sich nicht mehr um die Quintschen und Quindtschen Wurzeln kümmern, wohl aber um die neuen Triebe.

Mittlerweile hatte er gelernt, was ein pommerscher Junker

beherrschen muß: Kutschieren, Reiten, Jagen, Angeln. Inspektor Kalinski war allerdings der Ansicht, daß der junge Herr aus Berlin eine harte Hand habe und die Pferde verdürbe. Er sei auch kein Jäger, sondern nur ein Schütze. Viktor Quint besaß den ruhigen Blick und die feste Hand, die ein Schütze braucht. Streifschüsse kamen bei ihm nie vor. Wenn er gelegentlich ein paar Herren aus Berlin zur Jagd mitbrachte, wurde er von ihnen bewundert. Aber in Pommern ging man nicht auf die Jagd, um Wild abzuknallen.

»Fünf von der Sorte, und unsere Wälder wären bald leer«, äußerte Inspektor Kalinski.

Wenn Viktor eine Partie Schach mit dem alten Quindt spielte, war es dasselbe: Er schlug zu und räumte das Feld ab, ›ohne Rücksicht auf Verluste‹.

Der kleine Joachim lag in der alten Quindtschen Wiege, die morgens in die Vorhalle gestellt wurde. Das erste Geräusch, das er wahrnahm, rührte von den Palmwedeln her, die sich im Wind bewegten; kein Rauschen, eher ein Rascheln. Später wird ihm dieses Geräusch zutiefst vertraut sein und Wohlbehagen in ihm auslösen, ohne daß er die Ursache davon kennen wird.

Rascheln der Palmen, Rascheln des Schilfrohrs am See. Urgeräusche.

23

> ›Er fragt nicht: »Dein Gemahl?«
> Sie fragt nicht: »Dein Name?«
> Sie haben sich ja gefunden, um einander
> ein neues Geschlecht zu sein.‹
>
> Rainer Maria Rilke

Störche stelzen rotbeinig hinter der Egge her, klappern mit den Schnäbeln und vertreiben die Krähen, die ebenfalls auf Larven aus sind. Sonst kein Geräusch, nur manchmal das Schnauben der Gäule, das sich nähert und wieder entfernt. Die Pferde gehen zu dritt im Geschirr, Sandwolken steigen hinter ihnen auf. Das Korn ist eingebracht, auf dem Hof wird gedroschen, auf den Feldern gepflügt und geeggt. Die Kartoffeln hätten dringend Regen nötig, aber es regnet nicht.

Der alte Quindt geht morgens zuerst zum Hygrometer, um die Luftfeuchtigkeit abzulesen, klopft anschließend ans Barometer, das anhaltend auf ›trocken‹ steht, blickt dann zum Himmel auf und hält nach Wolken Ausschau. Gleich darauf stellt Erika Schmaltz ihm einen Napf mit dampfender Milchsuppe auf den Tisch, salzig, mit Klieben darin, eine Armeleutesuppe, aber bekömmlich. Wenig später erscheint Maximiliane mit dem kleinen Sohn auf dem Arm und geht gleichfalls ans Barometer, klopft daran; sie allerdings Regen fürchtend. Den Himmel hat sie bereits in aller Morgenfrühe betrachtet, gleich nach Sonnenaufgang, die Stunde, in der ihr Sohn nach seiner ersten Mahlzeit verlangt und in der sie sich mit ihm, nackt wie sie ist, in der Morgenkühle auf eine der Fensterbänke des Kinderzimmers setzt. Noch nie wurden Detonationen mit solch freudigem Herzklopfen vernommen! Noch nie wurde so sehnlich auf die aufsteigenden Rauchwölkchen der Mündungsfeuer gewartet!

Maximiliane fürchtet den Regen, der alte Quindt wartet auf Regen.

Auf der Poenicher Heide finden zum ersten Mal Schießübungen der leichten Artillerie mit 10,5-Zentimeter-Geschützen statt. Die Offiziere haben dem ehemaligen Besitzer des Geländes ihre Aufwartung gemacht. Quindt hat ihnen, bevor sie requiriert wurden, fünf Reit- und Kutschpferde zur Verfügung gestellt. Man begegnete ihm mit Ehrerbietung: einer der Helden von Tannenberg! In der Vorhalle wurde ein selbstgebrannter Schnaps gereicht, ›pommerscher Landwein‹, man gab sich launig. Die Damen ließen sich entschuldigen, nur der Erbe war anwesend und schlief ungestraft unter Palmen. Keine weiteren Behelligungen, außer den Abschüssen und Einschlägen, die unüberhörbar waren, aber mittags zwei Stunden aussetzten. Schießübungen mußten sein, doch der alte Baron Quindt lehnte es ab, sich auf dem Übungsgelände sehen zu lassen. Abends hörte man den Zapfenstreich, aber weiter entfernt und nicht so sauber geblasen wie einst die Signale Blaskorkens.

Gleich nach dem Mittagessen, wenn die Großeltern sich in

ihre Zimmer zurückgezogen haben, legt Maximiliane ihr Söhnchen in einen der Kükenkörbe, legt Bücher und Windeln dazu, außerdem ein paar Äpfel, bindet den Korb mit Lederriemen an der Lenkstange des Fahrrads fest und fährt zum See. Dort lehnt sie das Rad gegen den Stamm einer Erle, macht den Korb los und stellt ihn nahe am Ufer in den Schatten des hohen Schilfrohrs, zieht dann ihr Kleid aus und legt sich auf die warmen Holzplanken des Bootsstegs, Bücher und Äpfel in Reichweite. Rilke und Binding zu unreifen Ananasrenetten. Ohne von den Buchseiten aufzublicken, klopft sie die Äpfel auf dem Holzsteg weich, bis die Schale platzt und der Saft hervorspritzt. Das Schnauben der Pferde, das Klappern der Storchenschnäbel kommt näher und entfernt sich dann wieder. Wenn sie durchglüht ist von der Sonne, steht sie auf und dehnt sich: Sonne und Mutterliebe und Gedichte! Sie rückt den Korb mit dem schlummernden Kind tiefer ins Schilf, legt die Bücher und die restlichen Äpfel dazu und geht ins Wasser.

Ein kleiner Wind hat sich aufgemacht, kräuselt die Oberfläche des Sees und biegt das Schilf tiefer über den Korb. Die Wellen klatschen gegen den Kahn, der leck und kieloben am Badesteg vertäut ist. Maximiliane schwimmt weit hinaus in den See, dreht sich im Wasser, kopfüber, kopfunter, bis ihr schwindlig wird, und läßt sich dann treiben. Ein Haubentaucher begleitet sie ein Stück, taucht unter und verschwindet wieder. Mitten im See hört sie das Schnauben der Pferde, ein vertrautes Geräusch, das ihr Wohlbehagen verstärkt.

Aber die Ackergäule sind gerade mitsamt Egge, Störchen und Krähen hinter einer Bodenhebung verschwunden und werden frühestens in einer Stunde wieder auftauchen. Das Schnauben, das sie gehört hat, rührt von einem Reitpferd am Ufer her.

Der Reiter führt gerade sein Pferd an eine seichte Stelle des Sees und läßt es trinken. Er vernimmt ein ungewohntes Geräusch. Es könnte von einem Kätzchen stammen, das ersäuft werden soll. Seine Blicke suchen die Bucht ab und entdecken einen Korb, der einige Meter vom Ufer entfernt auf dem Wasser schwimmt, sanft geschaukelt von den Wellen. Er springt vom Pferd, watet durch das Wasser, das ihm nicht einmal bis zum Stiefelrand reicht, hält den Korb fest, hebt ihn aus dem Wasser auf und betrachtet seinen Fund. Dann trägt er den Korb mit dem weinenden Findelkind ans Ufer. Die Kissen sind trocken, aber das Hemdchen fühlt sich feucht-warm an. Der junge Offizier ist ratlos. Er untersucht den weiteren Inhalt des Korbes, findet zwei Windeln, mehrere Äpfel und zwei Bücher. Harte grüne Äpfel für ein zahnloses Kleinkind? Ein Bändchen Rilke-Gedichte und Bindings ›Keuschheitslegende‹ als Lektüre. Das Kind hat inzwischen aufgehört zu weinen. Er stellt den Korb in den Sand, läßt sich daneben nieder, greift nach einem Apfel, klopft ihn, bevor er hineinbeißt, am Stiefel weich und liest ein paar Gedichtzeilen.

Ein Geräusch vom See her läßt ihn aufblicken. Er sieht, wie sich ein Kopf dem Ufer nähert, dann steigt vor seinen Augen eine junge Frau aus dem Wasser, wringt ihr langes Haar aus, streift mit den Händen die Wassertropfen von Beinen, Armen, Brust und Hüften und erblickt erst dann ihren Zuschauer, ohne Überraschung oder Schrecken. Beides überläßt sie dem Mann. Er springt auf und zeigt auf den Korb. »Ich habe diesen weinenden kleinen Moses aus dem Wasser gerettet!« sagt er stammelnd.

Maximiliane bedankt sich nicht einmal, hält es wohl für selbstverständlich, daß jemand zur Stelle ist, der ihr Kind vorm Ertrinken rettet. Statt dessen fragt sie: »Moses? Sagten Sie Moses?«

Sie wartet keine Antwort ab, da das Kind wieder zu weinen beginnt; sachkundig breitet sie eine Windel auf dem Sand aus, faltet sie zum Dreieck, wickelt das Kind aus, packt es an den Füßen, hebt es hoch und bläst die Sandkörner weg, wickelt es dann wieder ein und legt es zurück in den Korb. Als das Kind versorgt ist, nimmt sie den letzten Apfel und bringt ihn dem Pferd, das an der Böschung hartes Gras rupft. Sie klopft ihm den Hals und nennt es beim Namen. »Falada!« Das Pferd wiehert und zermalmt mit bleckenden Zähnen den Apfel, der Saft tropft auf Maximilianes Schultern, wird vom Pferd abgeleckt.

Hätte er fragen sollen: Gehört Ihnen das Kind? Gehören Sie aufs Schloß? Wo er doch die eingestickte Krone in den Windeln gesehen hatte. Hätte Maximiliane fragen sollen: Nehmen Sie an den Schießübungen teil? Wo er doch Falada ritt. Es waren keine Fragen und kein gegenseitiges Vorstellen nötig, statt dessen nur Feststellungen. »Ihre Augen sind schilfgrün.« Aber als er das sagte, war bereits geraume Zeit vergangen.

Sie liegen nebeneinander im Sand, schwimmen nebeneinander im See. Bevor sie ins Wasser gehen, bindet er den Korb des kleinen Moses an einem Pfosten des Bootsstegs fest und das Pferd am Stamm einer Erle. Sie tauchen unter und wieder auf, was nicht ohne Berührung abgeht. Am Horizont erscheinen die beiden Gespanne, bald darauf hört man das Schnauben der Gäule. Falada antwortet wiehernd. Und sonst nur Libellen, Haubentaucher und Reiher. Mittagsstille. Die Stunde der Kornmuhme, die keine Schuld hinterläßt.

Sie beugen sich über die Seiten des Buches, zeigen einander mit dem Zeigefinger einen Satz, ohne ihn laut zu lesen, wie Taubstumme. Der Finger des Mannes zeigt: ›Noch waren sie nicht wissend und glücklich. Wenn er in den unschuldigen goldenen Grund ihrer Augen sah, so tauchte er in eine unauslotbare Seligkeit hinab und wußte, daß nichts auf der Welt dem gleich sei.‹ Und Maximilianes Zeigefinger sagt: ›Ein süßer schwerer Duft ging durch die Nächte, und alles machte die Zeit schwer zu tragen für die, welche liebten.‹ Heller Mittag, aber dennoch wie für die beiden geschrieben: eine Keuschheitslegende.

Er nimmt ihren Fuß in seine Hände, benutzt ihre Zehen als Tasten und spielt darauf das Thema aus Mozarts A-Dur-Sonate, muß die Zehen des rechten Fußes noch dazunehmen, weil die Tastatur des linken nicht ausreicht, summt dazu, aber nur leise, nichts wird wirklich laut. Maximiliane fragt auch nicht: Was ist das für eine Melodie? Von wem stammt sie? Erst viele Jahre später erkennt sie bei einem Kammerkonzert die Töne wieder.

Wie alle Frauen, so wird auch sie stückweise entdeckt. Dieser Mann entdeckte ihre Füße. Auch dafür fand sich ein Vers in einem Rilke-Gedicht: ›. . . Und glaubte nicht und nannte jenes Land, das gutgelegene, das immersüße, und tastete es ab für ihre Füße.‹ Maximiliane nahm seine Offiziersmütze auf, die im Sand lag, und sagte: »Der schwarze Tschako mit dem

Totenkopf.« Falada wiehert und verlangt seinen Apfel. Bevor sie zum See aufbricht, sammelt Maximiliane nun Äpfel für drei auf.

Joachim brüllt nicht im entscheidenden Augenblick. Als Wächter seiner Mutter war er ungeeignet. Berlin war weit entfernt vom Poenicher See, Viktor kaum noch vorhanden. Sie nahm ihm nichts weg! Für Seejungfrauen und Kornmuhmen hatte er weder Verständnis noch Verwendung. Der kleine Moses im Korb auf dem Nil, die Tochter des Pharao: jüdische Geschichten – damit hätte man ihm nicht kommen dürfen. ›Mosche‹, sagte der Reiter.

Das Gewissen und Mosche schliefen fest, und der Reiter gehörte nicht zu jenen Männern, die sagen: Es ist heller Mittag! Oder: Unter freiem Himmel!

Muß man den Namen dieses Mannes kennen? Sein Alter, den Dienstgrad, den Truppenteil? Sein Lebenslauf wird nur kurz sein, wird nur noch ein Jahr dauern, bis zu den Kämpfen bei Lemberg in Polen. Er wird im Leben Maximilianes nie wieder auftauchen, er hat seine Rolle darin schon bald ausgespielt, aber er gehört, wie Blaskorken, zu Maximilianes Erinnerungsbild an den Poenicher See. Wenn Joachim sich später ›Mosche‹ nennen wird, ist es die einzige Bestätigung für diesen Sommertagstraum, der eine Woche währt, eine Woche im September 1938. Wie hätte sie ohne Träume leben sollen?

Als sie zum zweiten Mal zusammentrafen, fragte er: »Warum reitest du nicht? Warum kommst du mit einem Fahrrad?«

»Meine Beine sind zu kurz«, antwortet Maximiliane. Er sieht sie prüfend an, Beine, Knie, Oberschenkel.

»Versuch es!«

Sie setzt den Fuß in seine Hand, schwingt sich aufs Pferd, sitzt fest im Sattel und erreicht mit den Zehen sogar den Steigbügel. Sie beugt sich über den Pferdehals und spricht mit Falada.

Abends stellt sie sich an die Säule der Vorhalle.

»Miß doch mal nach, Großvater!«

Er tut es und mißt fünf Zentimeter mehr! Wieder ist eine Weissagung in Erfüllung gegangen. Jeden Morgen wäscht Maximiliane ihr Haar, spült es mit Kamille und hängt es in die Sonne zum Trocknen.

Am vierten Mittag gehen sie zum Inspektorhaus. »Das würde für uns genügen«, sagt der Mann. »Ich wäre der Fischer und du myne Fru. Ich könnte fischen und jagen für dich und Mosche. Aber: ›Ich muß reiten, reiten, reiten . . .‹«

Sobald er davongeritten ist, zieht Maximiliane mit dem Kamm den Mittelscheitel wieder gerade, der alles in Ordnung bringt. Wieder ist ihr Haar ein wenig heller und ihre Haut ein wenig dunkler geworden. Im Schatten des Schilfrohrs stillt sie ihr Kind, in der Ferne wiehert Falada, und bald darauf ertönen die ersten Detonationen der Geschütze.

Die Wolken stehen ruhig und weiß am Himmel, schön getürmte Haufenwolken, und immer noch steigen Sandwolken hinter den Gespannen auf. Dreißig Morgen pommerscher Gerstenschlag, ein Pensum von sieben Tagen für zwei Gespanne. Am letzten Mittag drängen sich die Wolken zusammen, bekommen schwefelgelbe Ränder. Der Wind verstärkt sich zum Sturm und bläst die Liebenden auseinander.

An diesem Nachmittag wird es nicht wieder hell. Das Gewitter zieht erst am Abend ab. Letztes Wetterleuchten. Maximiliane steht in der Vorhalle, und der Großvater prüft den Regenmesser.

›Und Nacht und fernes Fahren; denn der Train des ganzen Heeres zog am Park vorüber.‹ Ende des Manövers.

Im nächsten Sommer werden auf der Poenicher Heide wieder Schießübungen abgehalten werden. Andere werden daran teilhaben. Im nächsten Sommer. Maximiliane bleibt, angefüllt mit Zärtlichkeit, zurück, die dem kleinen Joachim zugute kommt, ein Brustkind. Nur noch selten umarmt sie einen Baumstamm. Sie blickt auf, wenn ein Pferd wiehert oder aus dem Radiogerät Klaviermusik ertönt.

Auch im September kann Viktor nicht nach Poenichen kommen. Er schreibt statt dessen Briefe. »SEINE Rede aus dem Sportpalast werdet Ihr im Radio gehört haben. Die Abtretung des Sudetenlandes stellt SEINE letzte unerläßliche Revisionsforderung dar!« Wenige Tage später blickt die ganze Welt nach München, wo sich Hitler, Mussolini, Daladier und Chamberlain treffen. »Es ist IHM gelungen, der Welt den Frieden zu erhalten!« schreibt Viktor.

Am 1. Oktober marschieren deutsche Truppen im Sudetenland ein.

Viktor kommt erst Mitte Oktober und hat nur Augen für seinen erstgeborenen Sohn. Er zeigt sich befriedigt über die Fortschritte, obwohl das Kind während der Besichtigung weint und beide Fäuste vor den sabbernden Mund preßt, in dem der erste Zahn gerade durchbricht. Maximiliane muß ihn beschwichtigen und wiegen. »Mosche!« sagt sie. »Mosche!«

»Was sagst du da zu meinem Sohn? Mosche? Das ist doch ein anderer Ausdruck für Moses. Ausgerechnet Moses!«

»Es ist so ein schöner Name«, sagt Maximiliane, »aber wenn du ihn nicht gern hörst, werde ich ihn nicht mehr benutzen!« Viktor wird ihn denn auch nie wieder hören, aber sie wird den Sohn weiterhin so nennen. Sie sagt: »Ich reite jetzt! Ich bin um fünf Zentimeter gewachsen.«

»Bravo!« Viktor betrachtet sie prüfend. Sein Blick bleibt auf ihren Schenkeln liegen. »Du bist hübscher geworden seit deiner Niederkunft!« Er hält es für sein Verdienst. Er wirft einen Blick zum Fenster und stellt fest, daß es dunkel genug ist. »Komm!« sagt er. »Wenn wir uns beeilen! Dieses Mädchen wird doch ausnahmsweise einmal das Kind baden können!«

Nur für einen Augenblick wehrt sie sich gegen ihn. Aber das ist genau das, was er braucht, ihren Widerstand. »Mach die Augen zu!« befiehlt er.

Gehorsam schließt sie die Augen. Und erst jetzt, als die Augen geschlossen sind und ihn nicht sehen, betrügt sie ihn mit einem anderen.

Wie immer raucht er anschließend, auf dem Bettrand sitzend, seine Zigarette, zieht den Rauch heftig ein, stößt ihn heftig aus, drückt die Zigarette nach wenigen Minuten mit dem Mittelfinger aus.

»Habt ihr, während das Manöver stattfand, die Offiziere nicht einmal zum Essen eingeladen?« fragt er plötzlich.

»Nein«, antwortet Maximiliane wahrheitsgemäß.

»Und daß der Führer eine ganze Stunde lang auf dem Manövergelände – auf eurer Poenicher Heide! – war, habt ihr überhaupt nicht wahrgenommen?«

»Nein.«

24

›Die Nation, die nur durch einen einzigen Mann gerettet
werden kann und soll, verdient Peitschenschläge.‹

Johann Gottfried Seume

Noch stillte Maximiliane den Erstgeborenen; nur aus diesem
Grunde war es zu keiner Empfängnis gekommen. Sie beant-
wortete das erwartungsvolle: ›Nun?‹ unter den Briefen ihres
Mannes nicht.

In Paris war ein Mitglied der deutschen Botschaft durch einen Juden ermordet worden! Ein ausführlicher Bericht darüber stand in Viktors Brief; aber keine Zeile über die Rache-
akte der Kristallnacht.

»Kristall?« sagte Quindt. »Scherben! Nichts als Scherben!
Bis alles in Scherben fällt!« Selbst in Dramburg und Arnswalde sollten die paar jüdischen Geschäfte, die es noch gab, ge-
plündert worden sein. In der Wohnung des Notars Deutsch
hatte man das Bettzeug aufgeschnitten und die Federn aus
den Fenstern geschüttelt! Im ganzen Reich sanken die Syn-
agogen in Schutt und Asche. Eine Woche des Grauens. Auf
Poenichen wurde im Zusammenhang damit noch ausgiebiger
über Vera und ihren Mann geschwiegen als bisher. Und Viktor schrieb, daß sich die Lage zuspitze.

Die Adventszeit kam. Maximiliane bügelte im Frühstückszimmer Strohhalme platt, zerschnitt sie und nähte sie zu Sternen zusammen, darunter auch sechszackige Davidsterne, wie
sie es in Hermannswerder gelernt hatte. Sie sang ›Tochter
Zion, freue dich‹, aber auch neue Weihnachtslieder einer
neuen Zeit: ›Hohe Nacht der klaren Sterne‹; sie schmückte
das Haus mit Tannen- und Kieferngrün, in das sie rote hand-
gerollte Papierrosen steckte. Vier Adventswochen reichten natürlich nicht zum Schmücken des ganzen Hauses. Sie versuchte sogar, einen Rauschgoldengel herzustellen, nach Ausmaß und Aussehen eher eine Galionsfigur als ein Christkind.
Mit Hilfe der alten Frau Pech band sie einen Adventskranz.
Es duftete nach Tannengrün und Kerzenwachs. Und durch
den Aufzugschacht drang zusätzlich noch der Geruch von

Spekulatius und Lebkuchen ins Haus und, zum ersten Mal auf Poenichen, auch der Geruch einer Liegnitzer Bombe, wortgetreu nach den handschriftlichen Angaben der schlesischen Schwiegermutter gebacken, ›auf ein Pfund Honig ein halbes Pfund Mandeln‹, zwanzig Zentimeter hoch und als Überraschung für Viktor gedacht.

Der kleine Joachim war inzwischen, gegen seinen Willen, entwöhnt worden, trank warme verdünnte Kuhmilch aus der Flasche, und sein Vater schrieb, daß sich die Lage weiter zuspitze.

Das traf vor allem auf ihn persönlich zu. Seine Freundin, immer noch dieselbe Verkäuferin aus der Krawattenabteilung des Kaufhauses des Westens, drei Jahre älter als er, stellte zum ersten Mal Bedingungen. »Wenn du Weihnachten wieder wegfährst, schreibe ich deiner Frau!« Mit Geschenken gab sie sich nicht länger zufrieden. »Wenn du diesmal zu Weihnachten nicht in Berlin bleibst, dann –!« Woraufhin Viktor einen weiteren Brief über die sich zuspitzende Lage schrieb, von der der alte Quindt diesmal noch nichts in der Zeitung gelesen hatte.

Er teilte außerdem mit, daß er erst am zweiten Weihnachtstag würde eintreffen können, mit dem gewohnten Nachmittagszug. »Es wird sowieso das beste sein, wenn ich vorher nicht zugegen bin. Du weißt, wie unangenehm mir das alles ist.« Er verzichtete aber diesmal auf den Ausdruck ›christliches Brimborium‹. »Wir werden uns gemeinsam in den Tagen meines Dortseins Gedanken darüber machen, wie wir in Zukunft ein zeitgemäßes Fest mit unseren Kindern feiern. Man wird an den germanischen Brauch der Wintersonnenwende anknüpfen können. Das Christliche liegt wie eine unechte Patina auf dem alten Volkstum, die es abzukratzen gilt.«

Maximiliane saß an der Quindtschen Wiege und blies ›Was soll das bedeuten, es taget ja schon‹ auf der Blockflöte, und die alte Baronin setzte sich sogar ans Klavier, und Maximiliane sang das Quempas-Heft leer. Das Kind in der Wiege unterm Christbaum war mit der Herstellung weiterer Milchzähnchen beschäftigt und quengelte. Ein gelungener Heiliger Abend, eine Stille Nacht, mit der alle zufrieden waren.

Am ersten Weihnachtstag wurde, wie in allen Jahren, den

Leuten des Gutshofs beschert; am zweiten sollte dann Viktor kommen.

Maximiliane fuhr selbst mit dem Auto zum Bahnhof. Sie hatte den schweren pelzgefütterten Wildledermantel der Großmutter angezogen, da das Auto nicht zu heizen war. Frau Pech hatte einen Wärmstein und eine Thermosflasche mit heißem Kaffee vorbereitet. Es lag zwar etwas Schnee, aber die Chaussee war gut befahrbar. Windig wurde es erst, als Maximiliane den Bahnhof erreicht hatte.

Der Zug hatte eine Stunde Verspätung. Maximiliane setzte sich in den ungeheizten Warteraum. Außer ihr befand sich niemand darin, keiner sonst war am zweiten Weihnachtstag in so einer entlegenen Gegend unterwegs.

Als der Zug aus Stargard endlich eintrifft, steigt Viktor als einziger Fahrgast aus.

Inzwischen ist es dunkel geworden, es schneit, und der Wind verstärkt sich zu Sturm. Schneesturm also, wie bei Emanuel Quint! Stünden nicht Bäume zu beiden Seiten, wäre die Chaussee nicht zu erkennen. Die Straßengräben sind bereits zugeweht, und die Windschutzscheibe ist von einer dünnen Eis- und Schneeschicht bedeckt.

Nach einer Strecke von zwei Kilometern erklärt Viktor: »Das hat so keinen Zweck!« und setzt sich an Stelle Maximilianes ans Steuer. Doch er hat noch weniger Erfahrungen mit einem Auto als sie und erst recht keine mit pommerschen Straßen und pommerschen Schneestürmen. Er läßt sich trotzdem nichts sagen und gibt, als das Auto in eine Schneewehe gerät, Vollgas, mit dem Erfolg, daß die Räder sich festmahlen. Maximiliane schraubt die Thermosflasche auf und reicht Viktor einen Becher dampfend heißen Kaffees. Doch er weist ihn unwillig zurück und unternimmt einen neuen Versuch, aus der Schneewehe herauszukommen. Er schlägt die Räder mit aller Gewalt nach rechts ein und gibt nochmals Gas. Doch der Wagen bewegt sich um keinen Zentimeter. »Lerge!« sagt er. Maximiliane, die nie schlesischen Dialekt gehört hat, versteht das Wort falsch, hält es für einen Fluch und merkt ihn sich. Aus ihrem Mund klingt er wie das französische ›Merde‹, und vermutlich hat Viktor es in eben jenem Sinne benutzt.

Oh, Lerge!

Maximiliane steigt aus und versucht, den Wagen anzuschieben, stemmt sich mit aller Kraft dagegen, was aber zwecklos ist. Sie schlägt vor, in dem nahen Kieferngehölz Zweige abzubrechen und hinter die Räder zu legen, aber Viktor, in seinem Zorn gegen Schnee und Sturm, Pommern und Weihnachten, befiehlt ihr, wieder einzusteigen. Er wird jetzt so lange die Hupe betätigen, bis jemand kommt und das Auto abschleppt. Aber wer soll in dieser gottverdammten Gegend am Abend des zweiten Feiertags vorbeikommen?

Maximiliane fragt: »Soll ich es noch einmal versuchen?«

Als Antwort anhaltendes Hupen.

»Wir werden zu Fuß gehen!« befiehlt Viktor.

Sie steigen aus und machen sich zu Fuß auf den Weg. Der Wind kommt von vorn. Der Schneestaub dringt in Kragen, Schuhe und Handschuhe, macht sie blind und taub. Einige Male drohen sie von der Straße abzukommen, aber Viktor, geübt in Nachtmärschen, packt seine Frau am Arm, zieht sie hinter sich her und findet jedesmal zurück auf die Straße. Mit seinen Stiefeln und seinen langen Beinen kommt er besser voran als sie im schleifenden Fahrpelz der Großmutter. Einige Male machen sie Rast im Schutz der Bäume, kommen wieder zu Atem, und dann zerrt Viktor sie weiter. Endlich sehen sie Lichter. Viktor triumphiert. »Na also!«

Sie gehen darauf zu und stellen, als sie näher kommen, fest, daß es sich um die Lichter des Bahnhofs handelt.

Maximiliane telefoniert mit dem Großvater, aber bis Griesemann mit Pferden und Schlitten eintrifft, vergehen noch einmal zwei Stunden, die Viktor und Maximiliane in der Wohnstube des Bahnhofsvorstehers Pech, eines Bruders der Poenicher Mamsell, verbringen. Seine Frau bereitet für die unerwarteten Gäste ›Türkenmilch‹. Heiße Milch mit Rum, Ingwer und geschlagenen Eiern. Am Weihnachtsbaum werden die Kerzen eigens für die Gäste angezündet, und die beiden kleinen Töchter werden hereingerufen, damit sie ›Stille Nacht, heilige Nacht‹ singen.

Als schließlich der Schlitten vorm Herrenhaus hielt, hatten die alten Quindts sich bereits zurückgezogen. Die Mamsell stellte den jungen Quints einen Krug mit heißer Türkenmilch auf den Tisch und trug den ›Karpfen auf polnische Art‹ auf, wie er – laut Kochbuch – in Schlesien zu Weihnachten gegessen wird. Sie entschuldigte sich, daß er ausgetrocknet sei, aber sie habe ihn in die Röhre geschoben, als der Zug fahrplanmäßig eintreffen mußte. Die beste Köchin der Welt, zu denen man Frau Pech nicht einmal rechnen durfte, hätte nicht verhindern können, daß der Karpfen nach vierstündiger Backzeit außen hart und innen zu weich wurde. Viktor, dem der Hunger ohnehin vergangen war, schaltete das Deckenlicht ein, drückte die Flammen der Kerzen mit der flachen Hand aus, sagte zornig zu Frau Pech »Polackenkarpfen« und zu seiner Frau: »Komm!«

Frau Pech brach in Tränen aus, und Maximiliane stand auf.

Sobald Viktor im Haus war, wechselte sie den Besitzer.

In jener Nacht wurde das zweite Kind gezeugt. Bereits bei dieser zweiten Empfängnis war Maximiliane so sicher, ›es zu spüren‹, daß sie die Fahnen hätte aufziehen lassen können. Was für ein Kind wurde da im Zorn gezeugt! Bereits im Mutterleib trat es seine eigene Mutter und versuchte schon im fünften Monat, mit dem Kopf durch die Bauchwand ins Freie zu gelangen!

Im März erschien Willem Riepe plötzlich auf dem Gut. Gemunkelt hatte man schon lange davon, aber gewußt hatte es keiner, außer dem alten Riepe und dem alten Quindt. Von Siemens, seiner alten Firma, war Willem Riepe nicht wieder eingestellt worden. Wer nahm schon einen Arbeiter, der aus Oranienburg kam?

Der alte Riepe erschien ungebeten auf Socken im Herrenhaus, die Schuhe ließ er, wie üblich, in der Vorhalle stehen.

»Tach, Riepe!« sagte Quindt. Und »Ach, Herr Baron!« sagte Riepe. Die seit einigen Jahren zwischen ihnen übliche Begrüßung.

Zunächst einmal erklärte der alte Quindt: »Nein!« Aber dann ärgerte er sich über Riepe, weil er die Bitte kein zweites Mal aussprach.

»Was hast du dir denn dabei gedacht, Riepe? Wie soll das denn gehn? Hier, wo ihn jeder kennt!«

»Eben, Herr Baron! Hier kennt ihn jeder.« Er hätte an das

Inspektorhaus gedacht, das seit Jahren leersteht und verfällt. »Schließlich ist der Willem auf dem Lande groß geworden. Alles wird er in der Stadt ja nicht verlernt haben. Er ist doch Schlosser. Er könnte die Maschinen reparieren. Ganz gesund ist er nicht mehr.«

»Und die Frau? Und die Kinder?«

»Zwei gehen schon auf Arbeit, die kommen nicht mit.«

Die Angelegenheit mußte natürlich mit Inspektor Kalinski besprochen werden, und ohne die Einwilligung von Priebe ging es auch nicht. Der alte Quindt mußte wieder einmal mit dem Parteibuch des Schwiegersohns winken, der ebenfalls unterrichtet werden mußte. Maximiliane übernahm es, ihn zu fragen, fing es aber nicht klug an. »Tu es mir zuliebe!« bat sie. »Wenn du mich liebst!« Diese Sätze kannte er zur Genüge. Trotzdem sagte er ja, man sollte sehen, daß die Partei großmütig sein konnte, wenn es darum ging, einem Gestrauchelten wieder auf die Beine zu helfen.

Im Mai zogen die Berliner Riepes in das Haus am See ein, beargwöhnt und bemitleidet. Keine Schafzucht mehr wie zu Blaskorkens Zeiten, auch das Fischereirecht war anderweitig vergeben. Willem Riepe kam morgens mit dem Fahrrad angefahren, schweißte, hämmerte und feilte in der Werkstatt, reparierte Trecker und Dreschmaschinen. Wenn jemand ihn hinter vorgehaltener Hand fragte: »Nun sag mal, Willem! In Oranienburg? Wie isset denn?«, fragte er zurück: »Kannste schweigen?« Und wenn der andere das zusicherte, sagte er: »Ich auch!«

Nur seinem Vater hatte er einiges erzählt; der hatte es dem alten Quindt weitererzählt, und der aß zwei Tage lang nichts, saß in der Bibliothek hinter geschlossenen Fensterläden.

Die beiden Kinder von Willem Riepe machten die Badebucht unbenutzbar, bauten Dämme, warfen mit Steinen nach den Fischen und zerstörten die Nester der Haubentaucher und Reiher.

Wieder fanden auf der Poenicher Heide Schießübungen statt. Die Offiziere machten ihre Aufwartung und bekamen Pferde gestellt; alle paar Wochen wiederholte sich das. Hitler erschien allerdings nicht mehr auf dem Übungsgelände, allenfalls ein Korpskommandeur. Der kleine Joachim lernte, auf eigenen Beinen zu stehen, dann auch zu laufen, aber möglichst noch am Rock der Mutter, die weder radfahren noch reiten konnte: Sie trug ihr ungebärdiges zweites Kind aus.

Wenn in der Mittagsstunde ein Reiter am Horizont auftaucht, wenn die Stuten hell und begehrlich wiehern, erinnert sie sich und wird vom gleichen Verlangen gepackt; davor schützt sie keine Schwangerschaft, im Gegenteil. Wieder muß sie Kiefernstämme umarmen und ihr Gesicht an die Baumrinde legen.

Im Hühnerhof ist die künstliche Glucke für künstliche Eintagsküken kein zweites Mal aufgestellt worden. Ein Huhn nach dem anderen hat sich zum Brüten gesetzt, zwanzig Glukken und nach und nach zwanzig Kükenvölkchen, die den Hühnerhof bevölkern, plustrig und rotbraun.

Zwischen dem Großdeutschen Reich und der Sowjetunion wird ein Nichtangriffspakt geschlossen.

»Bitte!« sagt Viktor, der gerade auf Poenichen weilt. »Eine erneute Bestätigung dafür, daß der Führer den Frieden will!«

»Ja«, sagt der alte Quindt. »Ja, der Hitler!« Er hat sich diese Art zu reden angewöhnt, man kann daraus Lob oder Verachtung hören. »Ja, das Recht!« Lobte er es oder zog er es in Frage? Oder wenn er mit solcher Betonung vom ›Dritten Reich‹ sprach. »Das klingt ja«, sagte Viktor, »als könne es danach ein viertes geben!«

»Darin stimme ich dir nun wieder bei«, antwortete Quindt, »nach dem dritten wird es schwerlich noch ein weiteres deutsches Reich geben.«

»Auch du wirst noch an IHN glauben müssen!« meinte Viktor.

»Wir werden alle dran glauben müssen, da kannst du recht haben«, sagte Quindt.

Aber im ganzen ist er doch vorsichtiger geworden, er geht auch Willem Riepe nach Möglichkeit aus dem Wege. Als es ihm einmal nicht gerät, läßt er anhalten und steigt aus. Willem Riepe setzt sein verschlossenes Gesicht auf. »Nun mal Kopf hoch, Herr Riepe!« sagt Quindt. »Mit Ihnen kann es doch nur bergauf gehen. Sie kommen von unten her, obwohl, so unten, wie Sie immer gemeint haben, ist's ja auch nicht, aber das ist eine andere Chose. Mit den Quindts geht es berg-ab. Wir waren auch lange genug dran, meinen Sie? Im Grun-de meine ich das auch. Aber für seine Geburt kann keiner was. Sie nicht, aber ich auch nicht! Das war's!« Willem Riepe nimmt nicht einmal die Mütze ab, äußert sich mit keinem Wort zu dem, was Quindt sagt, trotzdem steigt dieser erleich-tert wieder ins Auto.

Gegenüber Pfarrer Merzin, mit dem er jetzt öfter einmal zusammensitzt, erklärt er: »Was man nicht sagt, kann auch nicht mißverstanden werden.« Manchmal sprechen sie über ›das Ewige‹ oder schweigen darüber. Pfarrer Merzin hat sich eine fuchsrote Perücke zugelegt, weil er an seinem kahlen Kopf friert. Wenn ihm dann vorm Kaminfeuer warm wird, nimmt er die Perücke ab. Nachdem der kleine Joachim sie sich einmal auf den Kopf gestülpt hatte, legt Merzin sie jetzt regelmäßig auf dem Kinderkopf ab, damit sie warm bleibt, wie er sagt.

»Der Knabe erinnert mich übrigens immer ein wenig an Ih-ren Sohn«, äußerte er zu Quindt. »Das war auch so ein Stiller. Von unserer lieben Maximiliane hat er wenig, aber manchmal meine ich, den kleinen Achim vor mir zu sehen. Ja, der Krieg, lieber Quindt!«

Und beide fielen wieder in Schweigen über den ›letzten und größten aller Kriege‹ und über den nächsten.

In den letzten Augustnächten hörte man auf Poenichen die Truppentransporte, schwere und leichte Artillerie. ›Nacht und fernes Fahren.‹ Maximiliane stand am Fenster des Kin-derzimmers und horchte, und an der anderen Seite des Hauses stand der alte Quindt und horchte. Dann war der Aufmarsch vollzogen, und die Nächte wurden wieder still.

Tante Maximiliane schrieb von »den Wogen einer großen Zeit, die auch an den Eyckel schlügen«, und Quindt antworte-te ihr: »Der Eyckel hat im Laufe der Jahrhunderte schon viel ausgehalten.«

Auch er, der sonst Nachrichten nicht aus dem Radio, son-dern aus der Zeitung bezog, weil seine Ohren noch nicht so abgehärtet waren wie seine Augen, saß am Vormittag des 1. Septembers vor dem Rundfunkgerät und hörte die Übertra-gung der Hitler-Rede aus der Kroll-Oper. »Ich habe mich daher nun entschlossen, mit Polen in der gleichen Sprache zu reden, mit der Polen nun seit Monaten mit uns spricht. Seit 5 Uhr 45 wird jetzt zurückgeschossen. Und von jetzt ab wird Bombe mit Bombe vergolten. Ich werde diesen Kampf, ganz gleich gegen wen, so lange führen, bis die Sicherheit des Reiches und bis seine Rechte gewährleistet sind. Ich will nichts anderes jetzt sein als der erste Soldat des Deutschen Reiches. Ich habe damit wieder jenen Rock angezogen, der mir einst selbst der heiligste und teuerste war. Ich werde ihn nur ausziehen nach dem Sieg, oder ich werde dieses Ende nicht erleben!«

Die Quindts saßen im Büro. Die alte Frau Pech hatte sich einen Stuhl neben die Tür gezogen, die Hausmädchen und Riepe standen in Strümpfen daneben. Noch bevor das dreifache ›Sieg Heil‹ von Berlin nach Pommern dröhnte, schaltete Quindt ab. »Morgen-Grauen!« sagte er. »Ich höre immer nur Grauen!« Er ging in die Hundekammer, holte aus dem Gewehrschrank die Schnapsflasche und goß jedem einen Dreietagigen ein.

Viktor schrieb, daß jetzt alte Rechnungen beglichen würden und daß es um die Erweiterung des Lebensraumes im Osten und um die Sicherstellung der Ernährung des deutschen Volkes gehe, er werde vorerst nicht kommen können, es sei selbstverständlich, daß er sich umgehend und freiwillig zur Verfügung stelle. Maximiliane las seinen Brief vor. »Von nun an gilt für uns alle nur eines: Führer befiehl, wir folgen!«

»Aber wohin?« sagte Quindt. »Schreibt er das auch?«

In Viktors Brief war von ›zu den Fahnen eilen‹ die Rede, nicht mehr vom ›Reichsparteitag des Friedens‹, der in Nürnberg hatte stattfinden sollen und an dem er hatte teilnehmen wollen. Aber auch von der bevorstehenden Niederkunft seiner Frau war nichts zu lesen. Kein Nachsatz stand unter dem Brief.

Großbritannien erklärte dem Deutschen Reich den Krieg, dann Frankreich. Quindt, der abends erst nach den Nachrichten ins Büro kam, erkundigte sich jedesmal: »Wer hat uns heute den Krieg erklärt?« Die Zeit der Wehrmachtberichte und Sondermeldungen hatte begonnen. ›Heil Hitler‹ und ›dreifaches Sieg Heil‹, Lebensmittelkarten, Einberufungen,

Bezugsscheine für Textilien. Und nur sechzig Kilometer Luftlinie bis zur polnischen Grenze, die sich allerdings stündlich weiter entfernte.

Unter diesen Umständen verlor Maximilianes Niederkunft an Bedeutung. Bei den ersten Anzeichen zog sie den kleinen Joachim an sich und sagte: »Mosche, jetzt holen wir dir den kleinen Bruder raus!« Sie drückte seinen Kopf an ihren Bauch. »Hörst du ihn?« Doch der kleine Joachim fürchtete sich, machte auf schwankenden Beinen kehrt und ließ sich bereitwillig der alten Frau Pech anvertrauen. Maximiliane holte sich einen Korb mit Ananasrenetten und einen Band Balladen und zog sich damit ins frischbezogene Ehebett zurück, um das Eintreffen des Arztes abzuwarten.

Dieses ungestüme Kind kam natürlich zu früh und schnell auf die Welt. Trotz Telefon und Auto traf der junge Dramburger Arzt Dr. Christ, Nachfolger von Dr. Wittkow, nicht rechtzeitig ein. Selbst für die alten Beine der Hebamme Schmaltz ging es zu schnell. Sie steckte den Kopf durch die Tür und sagte: »Leiwer Gott!«

Das Kind brach sich bereits bei seiner Geburt das Schlüsselbein.

25

›Siehst du im Osten das Morgenrot?
Ein Zeichen zur Freiheit, zur Sonne.
Wir halten zusammen, ob lebend, ob tot,
Mag kommen, was immer da wolle!‹
          Lied der nationalsozialistischen Bewegung

Die letzten Kampfhandlungen fanden Anfang Oktober statt, dann hatte der Polenfeldzug ein Ende. Mehr als eine halbe Million polnischer Kriegsgefangener standen der deutschen Volkswirtschaft zur Verfügung, darunter zehn Landarbeiter für Poenichen. Wenig später traf Anja ein und wurde als Hausmädchen eingestellt, von Quindt nie anders als ›das Polenkind‹ genannt, dunkelhaarig, dunkeläugig, rasch, freundlich, hilfsbereit. Noch bevor es morgens dämmert, läuft sie auf

handgestrickten Socken durchs Haus und versorgt die Kachelöfen. Wenn die Quindts dann aufstehen, sind die Räume bereits durchwärmt, eine Annehmlichkeit, die sie unmittelbar
mit dem Polenkind in Verbindung bringen. Erika Schmaltz,
die das Heizen der Öfen bisher besorgte – die Warmluftheizung war schon längere Zeit nicht mehr in Betrieb –, hatte
dabei zwar alle Hausbewohner geweckt, aber zumeist nur
Qualm und keine Wärme erzeugt. Jeden Mittag findet die Baronin jetzt eine Wärmflasche in ihrem Bett vor; sobald sie
sich hingelegt hat, klopft es, und sie bekommt eine Tasse Kamillentee und ein scheues Lächeln. Wenn man Anja auf der
Treppe begegnet, tritt sie beiseite und senkt den Blick. Sie
kann mit Kindern umgehen, hat selbst drei kleine Geschwister. »Wo?« fragt Maximiliane. Anja hebt die Schultern.
»Dein Vater?« Sie hebt wieder die Schultern. »Deine Mutter?« Sie schlägt ein Kreuz. Da sie kaum ein paar Worte miteinander reden können, lachen sie miteinander. Zusammen
mit dem kleinen Joachim lernt Anja die ersten Worte
Deutsch. Da sie nur das eine Kleid besitzt, das sie auf dem
Leib trägt, tritt Maximiliane ihr ein Kleid und eine Jacke ab.
Sie haben die gleiche Größe. Sie haben auch das gleiche Alter. Nachdem Quindt sie im Kleid seiner Enkelin gesehen und
zunächst verwechselt hat, sagt er bei Tisch: »Wenn das nur
Viktor nicht passiert!« Seine Frau und seine Enkelin sehen
ihn fragend an.

»Ein Mann irrt sich schon mal! Wenn mich nicht alles
täuscht, ist das ein sehr hübsches Polenkind. Vielleicht bin ich
auch aus dem Alter heraus, in dem man das beurteilen kann.
Viel habe ich nie davon verstanden. Ich weiß, Sophie Charlotte!«

»Ich habe nichts gesagt, Quindt!«

»Nein, du hast nichts gesagt!«

Sie spielen die gewohnten Rollen weiter, aber der Ton hat
sich geändert, etwas wie Einverständnis schwingt mit.

Quindts Befürchtung erwies sich als unnötig und unange-
bracht. Viktor verschwendete keinen Blick an die polnische
Arbeiterin. Sein Rassebewußtsein machte ihn gefeit gegen die
Reize einer Polin. Er bat sich sogar aus, Vertraulichkeiten
und Fraternisierungsversuche ihr gegenüber zu unterlassen.

»Sie ist ein armes Mädchen«, sagte Maximiliane. »Sie weiß nicht einmal, ob ihre Angehörigen noch leben. Sie hat ihre Heimat verloren!« – »Polen hat den Krieg verloren!«

Anja spürte die Gegnerschaft des jungen Herrn Quint und ging ihm aus dem Wege.

Wenn er zu Besuch auf Poenichen weilte, ritt er gleich nach dem Frühstück aus, kehrte aber meist nach kurzer Zeit zurück, ohne sich um das schweißnasse Pferd zu kümmern, warf, ohne Bitte und ohne Dank, irgendeinem Arbeiter auf dem Hof die Zügel zu. Ein Herrenmensch. Der alte Quindt wurde von seinen Leuten geachtet; daß er geliebt wurde, ist unwahrscheinlich, niemand hat sich je danach erkundigt. Der junge Herr Quint wurde zweifellos gefürchtet. Anpassen konnte oder wollte er sich so wenig wie seinerzeit Vera. Trotz seiner ›Liebe zum deutschen Osten‹ blieb er ein Fremdkörper. Er ließ sich zu unregelmäßigen Zeiten in den Ställen sehen, tauchte im Dorfgasthaus auf, so daß man sich von ihm bespitzelt fühlte. Der alte Quindt war nie im Gasthaus Reumecke erschienen und hielt sich auch bei seinen Rundgängen immer an die gewohnten Zeiten. Manchmal ließ Viktor Quint sich sogar im Souterrain sehen, ging prüfend durch Vorratskammer und Eiskeller, stellte Fragen. Wird auch nicht zuviel verbraucht? Gibt man hier als Selbstverbraucher ein Beispiel an Sparsamkeit? Er ließ eine gekränkte Mamsell und eine ängstliche Mutter Pech zurück. Auch im Büro erschien er und warf einen Blick in die Bücher, was Martha Riepe allerdings nur allzu gerne zuließ. Sie schwärmte für den jungen Herrn schon vom ersten Tage an, als er nach Poenichen gekommen war, und sie war inzwischen ein altes Mädchen geworden, Ende Dreißig, ohne Aussicht auf eine Heirat. Als Arbeitskraft war sie unersetzlich und uneigennützig, den Quindts ergeben, aber mehr noch ihrem deutschen Vaterland. Man mußte sich in ihrer Gegenwart mit kritischen Bemerkungen vorsehen.

Ein einziges Mal unternahm Viktor in diesen ersten Kriegsjahren noch den Versuch, mit dem alten Quindt eine Schachpartie zu spielen. Aber mehr noch als früher erwies er sich als ungeduldiger Spieler, machte das Spielfeld zum Schlachtfeld; innerhalb einer Viertelstunde war die Partie beendet. Quindt verzichtete auf Revanche, für immer.

Das Kind wurde auf den Namen Golo getauft. Mehrere der schlesischen Quints hießen so, Viktor zeigte seiner Frau die entsprechenden Eintragungen in seinem Ahnenpaß. Er hatte sich, die Quindtsche Tradition aufgreifend, freiwillig zur Panzertruppe, der Nachfolgerin der Kavallerie, gemeldet. Aber der Zweite Weltkrieg war kein Krieg der Freiwilligen. Außerdem galt er in seinem Amt als unabkömmlich. Er erhielt einen abschlägigen Bescheid und fürchtete von Feldzug zu Feldzug, daß der Krieg ohne ihn zu Ende gehen würde. Als Ersatz für die Soldatenuniform trug er einen Kleppermantel, der, bei hochgestelltem Kragen, ihm ein militärisches Aussehen gab. Joachim schien gegen den Gummigeruch, der ihm ständig anhaftete, einen Widerwillen zu haben, denn er fing jedesmal an zu weinen, wenn sein Vater ihn hochheben wollte.

Im Beisein seiner Frau trug Viktor seinen zweitgeborenen Sohn in den Quintschen Eichbaum ein, wiederum in Form einer Eichel. Ein großer Augenblick, das spürte auch Maximiliane. Viktor war gesprächiger als sonst und unterrichtete seine Frau eingehend über die Notwendigkeit des eben beendeten Polenfeldzugs. Leider nahm auch dieses Gespräch nicht den gewünschten Verlauf. Maximiliane stellte eine ihrer fragwürdigen Fragen.

»Warum heißt es eigentlich Kriegserklärung?« fragt sie. »Der Krieg wird doch niemandem verständlich gemacht?«

Viktor begreift ihre Gedankengänge nicht. »Es heißt nicht: jemandem etwas erklären, sondern –«

»Was ›sondern‹?« frugt Maximiliane.

»Bist du wirklich so töricht, oder stellst du dich nur so?« Er sieht sie mißtrauisch an. »Du fragst falsch!«

»Das hat man in Arnswalde und in Hermannswerder auch schon gesagt!«

»Siehst du! Du brauchst über solche Fragen nicht nachzudenken, es genügt, wenn du einfach deine Pflicht tust!«

»Und was ist meine Pflicht?« – »Spürst du das nicht in jedem Augenblick?« – Maximiliane schüttelt den Kopf.

»Immerhin setzt du Kinder in die Welt!«

»Das tut Cylla auch.«

»Muß man dir wirklich den hohen Begriff der Mutterschaft erklären?«

Maximiliane lacht auf.

»Was ist daran komisch?« fragt Viktor.

»Schon wieder eine Erklärung!« antwortet Maximiliane.

Gegen den Wunsch, daß der Neugeborene Golo heißen sollte, wurde von keinem etwas eingewendet. Nur Maximiliane hegte Befürchtungen, die sie aber nicht laut werden ließ. Fräulein Eberle hatte ihr seinerzeit die Legende der heiligen Genoveva aus erzieherischen Gründen vorgelesen, damit sie beizeiten erführe, wie es reichen Leuten ergehen konnte. Sie erinnerte sich genau an jenen Haushofmeister mit Namen Golo, der die Pfalzgräfin zu Unrecht des Ehebruchs bezichtigte, eine finstere Gestalt. Aber der Pfalzgraf schenkte ihm Glauben und verstieß die Gattin, die in einer Höhle ihr Kindchen zur Welt bringen und aufziehen mußte und es ›Schmerzensreich‹ nannte. Als während einer Jagd eine Hirschkuh den Pfalzgrafen zum Versteck seiner Gattin führte und er sich von ihrer rührenden Unschuld überzeugt hatte, ließ er den Haushofmeister Golo von vier Ochsen in Stücke reißen. Maximiliane fragte sich, ob sie ihrem Mann diese Legende erzählen sollte. Aber von Literatur hielt Viktor nichts, und sicher hatte er nie von Genoveva gehört – eine Geschichte für kleine, romantisch veranlagte Mädchen. Und so unschuldig wie Genoveva fühlte sich Maximiliane ja nicht! Seit jener Romanze am See war kaum mehr als ein Jahr vergangen. Viktor war sich der unbedingten Treue seiner Frau sicher.

Zunächst mußte das Kind getauft werden. Das kleine Festessen fand im Frühstückszimmer statt, da der Saal nicht mehr geheizt wurde. Quindt, der nicht gerne Anordnungen befolgte, die nicht von ihm stammten, hatte sofort bei Ausbruch des Krieges von sich aus Sparmaßnahmen befohlen, die über das Nötige hinausgingen. Entsprechend einfach fiel das Taufessen aus. Kein Zeremoniell und kein ›Brimborium‹.

Im Anschluß an den Taufakt spielte Maximiliane auf der Blockflöte ›Du mein liebes Riesengebirge‹, ohne auf Beifall zu stoßen. Während des Essens war dann von einer gemeinsamen Reise nach Breslau die Rede, noch immer kannte ja Maximiliane die Heimat ihres Mannes nicht, nicht einmal seine jüngere Schwester Ruth, die die Patenschaft für Golo übernommen hatte, aber nicht anwesend sein konnte, weil sie beim Roten Kreuz tätig und unabkömmlich war. Unabkömmlich zu sein verschaffte den Abwesenden großen Glanz, hinter dem der Glanz der Anwesenden verblaßte.

Die Augen des polnischen Leutnants erweisen sich in der vierten Generation als erbdominant. Golo hat sie auf seinen unruhigen Lebensweg mitbekommen. Wieviel besser wäre es, wenn einer Tochter diese Augen zur Verfügung stünden! Ihr würden sie, wie der Mutter, das Leben sehr erleichtern. Diesmal erkundigte sich keiner: Woher hat das Kind diese Augen? Ein Blick genügte. Es waren die Augen der Mutter. Und dazu noch die langen, gebogenen Wimpern seiner Großmutter Vera. Aber niemand erinnerte sich auf Poenichen an deren Wimpern.

Man konnte Golo nicht in der Terrine am Taufessen teilnehmen lassen. Seine Mutter mußte ihn auf den Schoß nehmen und ihn, so gut es ging, bändigen. Sie tauchte den Finger in die Dillsoße des unbewirtschafteten gespickten Hechts und ließ den Täufling daran lutschen, ebenso an der Karamelcreme.

Keine geistliche und keine weltliche Ansprache. So schien es zunächst. Dann aber brachte Viktor doch noch einen Toast auf den Führer und auf den Sieg aus. Der alte Quindt, der nie mehr eine Taufrede zu halten gedachte, fühlte sich daraufhin veranlaßt, etwas zu sagen, was einer, wenn auch kurzen, Taufrede gleichkam und eine Quindt-Essenz enthielt, die Maximiliane, wenn auch nicht wörtlich, im Gedächtnis bewahren wird. Entschuldigt durch Alter, Rheuma und den schlechtverheilten Oberschenkelhalsbruch, erhob er sich nicht, sondern klopfte nur an sein Glas, nahm es zur Hand und sagte: »Es lebe vor allem die Mutter dieses Kindes und sein Vater!« In diesem Augenblick erinnerte er sich an ein Wort Bismarcks aus einer Rede, die dieser vorm Deutschen Reichstag gehalten hatte, genauer: im Februar 1886, er selbst sei damals 17 Jahre alt gewesen. Diese Erinnerung wollte er den Gästen an seiner Tafel nicht vorenthalten, wie er sagte. »›Wir Deutschen fürchten Gott, sonst nichts auf der Welt!‹ Mein Vater pflegte diesen Satz zu zitieren, aber unter folgender Hinzufügung: ›Wir pommerschen Gutsbesitzer fürchten nichts außer schwe-

re Gewitter, durchgehende Pferde, Maul- und Klauenseuche,
den Kiefernspanner und den Zweifrontenkrieg, aber sonst:
nichts auf der Welt!‹«

Das habe er, um der Tradition willen, sagen wollen, schloß
er, trank einen Schluck, setzte das Glas ab und zeigte mit dem
Zwicker auf Viktor. »Du mußt unsere pommersche Art noch
lernen! Nicht den Ärger runterschlucken, sondern den gespickten Hecht!«

26

›Wer die Dauer hat, hat die Last.‹
Pommersches Sprichwort

Maximiliane befand sich in anderen Umständen. Das tat sie
schon zum dritten Mal, also nichts Besonderes mehr. Ihr
Mann hatte auf die diesbezügliche Nachricht auch nur mit
dem Satz »Nimm diesen meinen Fortpflanzungswillen als Beweis meines unbeirrbaren Glaubens an die Zukunft unseres
Reiches« geantwortet.

Sie hat auch diese Empfängnis deutlich gespürt. Eine
Nacht, die sich ihr auch aus anderem Grund eingeprägt hat.
Auf seinen ausdrücklichen Wunsch hin hatte sie Viktor in
Berlin besucht. Am Abend war sie, im Anschluß an eine
Kundgebung im Sportpalast, zusammen mit Viktor dem Füh-
rer vorgestellt worden, der ihr die Hand gereicht und seinen
Blick für einen Augenblick in den ihren gebohrt hatte. Später
erkundigte sich Viktor: »Nun, habe ich zuviel versprochen?«
– »Nein«, hatte sie geantwortet. Sie war auch wirklich beeindruckt gewesen, hatte sich IHN allerdings größer vorgestellt;
durch Körpergröße war sie schon immer zu beeindrucken gewesen. Noch in dreißig und vierzig Jahren wird es nun von ihr
heißen, daß sie Adolf Hitler gesehen und daß sie ihm die
Hand gegeben habe, wobei zu beachten ist, daß später sie es
ist, die ihn gesehen hat und ihm die Hand gegeben hat, und
nicht mehr umgekehrt.

Während der ersten Monate des Jahres 1942 befand Viktor

sich auf der Infanterieschule Döberitz bei Berlin. Anfang Januar hatte er seinen Gestellungsbefehl erhalten. Nachdem die Kämpfe an der Ostfront unerwartet hohe Verluste gefordert hatten und auch die Vereinigten Staaten in den Krieg eingetreten waren, hatte man seinem Gesuch stattgegeben, das – wie er in aller Ausführlichkeit nach Poenichen berichtete – vom Chef des Heerespersonalamtes persönlich unterstützt worden war. »Rechne vorerst nicht mit meinem Kommen. Du wirst in diesen unseren Ehejahren wahrgenommen haben, daß ich kein Schreibtischmensch bin, sondern jemand für die vorderste Linie. Ich werde meinen Mann stehen und mich bewähren. Meine mehrjährige Tätigkeit als Reichsarbeitsdienstführer wird mir ebenso zustatten kommen wie meine Arbeit als Referent im Reichssippenamt.«

Maximiliane nimmt die Kriegsereignisse hin wie Sonne und Regen, rechnet allerdings nicht mit Unwettern. Genauso reagiert sie auf Viktors Kommen oder Ausbleiben, beides ist ihr recht. Der alte Quindt wird die körperlichen Veränderungen seiner Enkelin erst spät gewahr, konstatiert dann aber um so drastischer: »Du brütest also mal wieder.«

Seit Ausbruch des Krieges kommt die Großmutter Jadow aus Charlottenburg öfter und dann gleich für mehrere Wochen nach Poenichen, um sich aufzuwärmen, satt zu essen und auszuschlafen. Daß dies alles in Pommern noch möglich ist, nimmt sie den Quindts übel, nimmt ständig irgend etwas übel, bleibt aus diesem Grund zumeist in ihrem Zimmer, nimmt dann aber die Tatsache, daß sie von niemandem aufgefordert wird, wieder zum Vorschein zu kommen, ebenfalls zum Anlaß, gekränkt zu sein. Die Lübecker Quindts melden sich gleich zu fünft an, ›um die Familienbande zu pflegen‹, die Witwe des ehemaligen Senatspräsidenten von Quindt meint, daß es im Sinne ihres verstorbenen Mannes sei, wenn sie die Beziehungen zu seiner Familie aufrechterhalte. »So verwandt waren wir ja noch nie«, äußert der alte Quindt. Die Witwe Schimanowski aus Arnswalde schreibt, daß sie recht oft an dieses liebe, unverbildete Mädchen zurückdächte und gern einmal sehen würde, wie es sich weiterentwickelt habe. Aber auch die ehemaligen Erzieherinnen und Kinderpflegerinnen erinnern sich an das Gut Poenichen in Hinterpommern und fragen an, ob sie zwecks Auffrischung lieber alter Erinnerungen einen Besuch machen dürften. Fräulein Eschholtz, der Maximiliane einen Teil ihrer sexuellen Aufklärung verdankt und deren Sohn Peter, wie sie schreibt, den Frankreichfeldzug mitgemacht hat und der jetzt Norwegen besetzt hält, traf als erste ein. Bald darauf meldete sich das Froebel-Fräulein an, deren Verlobter im Ersten Weltkrieg bei Arras gefallen war.

Alle genossen das ungestörte Leben auf dem Gut. Keine Luftschutzbunker, keine Verdunkelung und weder Sandsäcke noch Löscheimer vor den Türen, nicht einmal Sirenen! Man wärmt sich an den Kachelöfen, ißt Hühnerfrikassee, Zander oder Wildragout. Es werden nicht einmal die angebotenen Reiselebensmittelmarken abgenommen. Abends hört man gemeinsam den Wehrmachtsbericht, der, von Poenichen aus, an Wichtigkeit und Wahrscheinlichkeit verliert. Martha Riepe geht morgens zuerst in die Leutestube und bringt die Veränderungen im Frontverlauf auf der Europakarte an, die der alte Quindt dort hat aufhängen lassen. Stecknadeln mit farbigen Glasköpfen dienen als vorderste Kampfpunkte, Wollfäden stellen die Verbindung zwischen Brückenköpfen und im Wehrmachtsbericht genannten Städten her. Außerdem hängt sie den ›Völkischen Beobachter‹ dort aus, nachdem der Baron ihn gelesen und darin unterstrichen hat, was er für wichtig hält, Sätze wie ›Die Schmach von 1918 getilgt! Dank dem Führer und obersten Befehlshaber der Wehrmacht! Sein Handeln zwingt uns immer aufs neue zu schweigender und unbegrenzter Gefolgschaft‹. Das Wort ›schweigender‹ hatte er zusätzlich unterstrichen. Wenn Inspektor Kalinski ihn nach seiner Ansicht zur Lage fragte, dann sagte er: »Ja, Herr Kalinski, was soll man sagen! Der Krieg!«

Sobald Gäste im Haus waren, litt Quindt unter Schwerhörigkeit, ließ sich manche Sätze dreimal wiederholen. »Sie haben ja keine Ahnung, wie es in Berlin aussieht, Herr Baron!«

»Wie sieht es denn aus in Berlin, mein Fräulein?« erkundigt er sich höflich. Es stellt sich heraus, daß Fräulein Eschholtz sich jetzt Frau Eschholtz nennt. »Man kann hier doch wohl einen Witz erzählen?« fragt sie und berichtet, daß der Reichsmarschall Göring erklärt habe, daß er Meier heißen wolle, wenn auch nur ein einziges Flugzeug ins Reichsgebiet einfliege. »Und jetzt sagen die Berliner: Jenau wie sein Namensvetter, der Likör-Meyer, an jeder Ecke 'ne Niederlage!« Auch diese Geschichte vertrug eine dreimalige Wiederholung nicht.

Immer häufiger lassen sich die alten Quindts entschuldigen. ›Sie fühlen sich nicht so.‹ Das Polenkind bringt ihnen das Essen ins Separate. War es da ein Wunder, wenn sich Quindts Schwierigkeiten mit der Verdauung verschlimmerten? Diese ständige Verstopfung? Wo er auch seine Meinung für sich behalten mußte?

Das Kneipp-Fräulein tauchte ebenfalls auf. Zusammen mit ihrem Mann hatte sie eine Sauna in Dortmund eingerichtet, der Mann stand im Feld, und sie stand allein, und wer wollte denn schon bei den vielen Luftalarmen in die Sauna gehen, an Heizmaterial fehlte es auch. »Sie machen sich ja keine Vorstellungen, Herr von Quindt, wie es im Ruhrgebiet aussieht!«

»Nein«, sagte er, »so viele Vorstellungen kann ich mir gar nicht machen.«

Der große Kraftwagen war gleich bei Kriegsausbruch beschlagnahmt worden, der größte Teil der Pferde ebenfalls. Zugochsen wurden angeschafft, die, ohne Hufbeschlag, die sandigen Sommerwege benutzten und Pflüge, Eggen und Erntewagen zogen. Das kleine Auto durfte man behalten, allerdings mußten die Räder abgeliefert werden, so daß es aufgebockt in der Remise stand und dort allmählich verrostete. Die Kutschen wurden in Ordnung gebracht, und Riepe kletterte, wenn sein Rheuma es zuließ, auf den Kutschbock. Meist fuhr Maximiliane mit dem Karierten oder auch dem Schlitten zum Bahnhof, um die Gäste abzuholen, unter Peitschengeknall und Glockengeläut. Friedliche, satte Ferientage für die Gäste in Pommern. »Man lebt hier ja wie Gott in Frankreich! Weiß man das überhaupt zu schätzen?« Wieder verbessert der alte Quindt: »Wie Gott in Hinterpommern, mein Fräulein!«

Vieles wiederholte sich, und gerade diese Wiederholungen ermüdeten ihn.

Eines Tages tauchte, unangemeldet, eine junge Frau auf, ein kleines Mädchen an der einen und ein Köfferchen an der anderen Hand. Sie stand unschlüssig vor dem Rondell und betrachtete die 18 Fenster der Hausfront. Sie mußten zu Fuß gekommen sein, abgeholt hatte sie jedenfalls niemand. Als erste wurde Maximiliane den Besuch gewahr, vermutete, es handele sich wieder um eines ihrer ›Fräuleins‹, ging mit ausgestreckten Armen auf die beiden zu, begrüßte zuerst das kleine Mädchen, das artig knickste, dann die Mutter.

»Mein Name ist Hilde Preißing!«

Maximiliane versucht, sich einer Person dieses Namens zu erinnern, vergeblich. Sie blickt das Kind genauer an, dann die Frau, erkennt die Haarklammern und weiß Bescheid.

»Das Kind heißt Edda!«

Edda, wie die Tochter des Reichsmarschalls Göring. Ein Kind für den Führer. Weltanschaulich war gegen das Kind nichts einzuwenden.

Maximiliane entsinnt sich der Worte Viktors. ›Deutschland braucht erbgesunden Nachwuchs, damit aus einem Volk ohne Raum nicht ein Raum ohne Volk wird.‹

Sie setzt sich mit den beiden ins Frühstückszimmer, trägt Anja auf, in der Küche heiße Milch und Butterbrote zu bestellen, und versucht, ein Gespräch in Gang zu bringen.

»Der Weg vom Bahnhof zum Gut ist weit, kann die Kleine . . .«

»Edda!« sagt die Kleine.

»Kann Edda denn schon so weit laufen?«

Es stellt sich heraus, daß der Milchwagen die beiden mitgenommen hat. Das Gespräch gerät ins Stocken, im Aufzug wird der Imbiß hochgezogen. Maximiliane hat Zeit, sich Fräulein Preißing und vor allem das Kind anzusehen, das Viktor so ähnlich sieht, wie ein dreijähriges Mädchen einem dreißigjährigen Mann nur ähnlich sehen kann: das glatte dunkelblonde Haar, der schmallippige Mund, die engstehenden blauen Augen, die flache Stirn, die geraden Schultern. Das Kind wirkt ein wenig verstört und struppig, macht aber den Eindruck, als wisse es, was es wolle. Die Mutter: eine städtische Ausgabe von ihr, Maximiliane, nordisch, allerdings auch blauäugig – zumindest dem Frauentyp war Viktor treu geblieben –, eine Berlinerin mit Schick, auch noch im dritten Kriegsjahr, daneben wirkte sie selber, die gerade auf dem Weg zum Hühnerhof war, wie eine einfache Frau vom Lande, in der abgetragenen Kletterweste, die sich über dem Siebenmonatsbauch nicht mehr zuknöpfen ließ.

Fräulein Preißing wischt der kleinen Edda Hände und Mund ab, schiebt Teller und Tassen beiseite und kommt zur Sache. Sie wünscht zu heiraten!

»Weiß das Viktor?« fragt Maximiliane.

»Heiraten ist meine Sache!« erklärt Fräulein Preißing. »Mein Bräutigam will das Kind nicht! Das Kind ist uns im Wege!«

»Soll man das alles vor dem Kind besprechen?« fragt Maximiliane.

»Das ist es gewöhnt! Es weiß Bescheid«, sagt Fräulein Preißing und kommt zu den Einzelheiten. Die Arbeitszeit sei schon wieder verlängert worden, die meisten Verkäuferinnen arbeiten inzwischen in der Rüstungsindustrie. Vor zwei Monaten sei ihre Mutter auf dem Weg in den Luftschutzbunker die Treppe hinuntergestürzt und dabei ums Leben gekommen. Ihr Vater könne zwar für sich selber, aber nicht auch noch für das Kind sorgen. »Hier ist genug Platz. Hier kommt es doch auf ein Kind mehr oder weniger nicht an.«

Sie spricht wie jemand, der sich alles genau überlegt hat.

»Weiß Viktor davon, daß Sie hier sind?« fragt Maximiliane.

»Nein!«

Maximiliane denkt nach und rechnet nach: Joachim wird im Mai vier und Golo im September drei Jahre alt, und fragt dann: »Wann hat die Kleine ...«

»Edda!« sagt Edda.

». . . die kleine Edda Geburtstag?«

»Am 5. März!« antwortet das Kind.

»Es ist ein Sonntagskind!« ergänzt Fräulein Preißing und holt den kleinen Koffer. »Hier ist alles drin, was es besitzt. Viel anzuziehen hat es nicht. Was es eben so auf Kleiderkarten gibt.«

Eine Puppe mit Schlafaugen und echtem Haar kommt zum Vorschein und ein gestrickter Bär. Dann ein Umschlag mit den Papieren: Geburtsurkunde, Impfschein, polizeiliche Abmeldung, Abmeldung der Bezirksstelle Pankow für Lebensmittelmarken und auch die Verzichtserklärung, vom Jugendamt bestätigt. Dazu die Lebensmittelmarken der laufenden Zuteilungsperiode, umgetauscht in Reisemarken.

Es klopft, Anja erscheint in der Tür und fragt, ob sie dem Herrn Baron den Besuch melden soll.

»Nein«, sagt Maximiliane, »aber man soll in der Küche den Karton fertigmachen!«

Fräulein Preißing blickt auf Maximilianes Leib. »Wann soll es denn bei Ihnen soweit sein?«

»In sechs Wochen«, sagt Maximiliane und steht auf. »Komm, Edda, ich bringe dich jetzt zu Joachim und Golo, mit denen kannst du spielen!«

Edda blickt fragend ihre Mutter an, erhebt sich, als diese nickt, und ergreift Maximilianes Hand. Die Übergabe hat sich damit vollzogen.

Joachim legt zunächst einmal die Hände auf den Rücken und schließt die Augen, um die Hand nicht sehen zu müssen, die Edda hinhält. Golo fragt: »Wer soll denn das sein?«

»Dieses kleine Mädchen heißt Edda und kommt aus Berlin. Sie wird bei uns bleiben. Sie ist beinah eure Schwester!«

»Du hast uns aber eine ganz kleine Schwester versprochen!«

»Die kleine Schwester bekommt ihr außerdem. Kinder kann man gar nicht genug haben. Edda ist ein Sonntagskind!« Sie sagte damit so ziemlich alles, was sie wußte.

Dann wurde Fräulein Preißing mit dem Karierten zum Abendzug gebracht. Maximiliane händigte ihr in der Vorhalle den Karton mit Schmalz, Speck und frischen Eiern aus. Die beiden Frauen trennten sich freundlich, aber die eine sagte nicht ›auf Wiedersehen‹ und die andere nicht ›danke‹.

Während Maximiliane zusammen mit Anja die Kinder zu Bett brachte, saßen die alten Quindts vorm Kamin im Herrenzimmer.

»Die Laus im Pelz, Sophie Charlotte! Erinnerst du dich? Als dieser Quint ohne d zum ersten Mal hier auftauchte, hast du gesagt: ›Setzen wir uns da nicht eine Laus in den Pelz?‹ Jetzt hat er uns wahrhaftig auch noch ein Kuckucksei in den Pelz gelegt.«

»Ausgeschlüpft ist es ja schon, Quindt.«

»Ja. Der Kuckuck ist bereits fertig.«

Der alte Quindt hat dann das Kind nie anders als ›Kukkuck‹ gerufen. Folglich sagten die beiden Jungen ebenfalls ›Kuckuck‹ zu ihr. Der Name Edda geriet für einige Zeit in Vergessenheit. Das Kind sagte ›Opapa‹ mit einer deutlichen Pause hinter dem O und führte den Namen ›Urma‹ für die alte Baronin ein. Der alte Quindt ließ sich die Anrede gefallen. Seine Abneigung gegen kleine Kinder und junge Hunde hatte sich mit zunehmendem Alter gelegt. Er war auch nicht mehr so empfindlich gegen den Milch- und Harngeruch, der aus der Hundekammer und aus dem Kinderzimmer drang.

Bereits am ersten Morgen sagte das kleine Mädchen zu Maximiliane ›Mutter‹, wurde von Golo verbessert: »Das ist nicht deine Mutter, das ist unsere Mutter!«

»Das weiß ich doch! Zu meiner anderen Mutter sage ich ›Mama‹.«

Da es in Pommern kälter ist als in Berlin – ›Sibirien beginnt auf dem Stettiner Bahnhof‹, behauptete die Großmutter Jadow – und da das Kind nur ein dünnes Mäntelchen besaß, aus dem es überdies herausgewachsen war, holte die Baronin eine der selbstgewebten Wolljacken aus der Truhe, krempelte die Ärmel daran hoch, drehte eine Schnur als Gürtel und machte einen Kindermantel daraus.

Der Kuckuck bezog das Büfett, das im Saal stand und die Ausmaße einer kleinen Wohnküche besaß, nicht, um sich darin zu verstecken, sondern, um darin ungestört spielen zu können. Vermutlich waren ihm die Räume auf Poenichen zu groß und zu hoch. Die Terrinen und Saucieren schob es beiseite und schaffte so Platz für sich und seine Puppen. Manchmal ging Quindt durch den Saal und rief: »Wo zum Kuckuck –«, und dann streckte das Kind seinen Kopf mit den dünnen kleinen Zöpfen hervor und rief: »Kuckuck!« Im ganzen fand es sich dankenswert schnell in der neuen Umgebung zurecht, ließ Joachim sogar mit ihrer Puppe spielen, die er abwechselnd an- und auszog. Die Bleisoldaten aus dem Besitz des Urgroßvaters, ›Lützows wilde verwegene Jagd‹, verschwanden endgültig in der Schachtel. Reiter mit blitzenden Säbeln und Helmen, Pferde und Geschütze. »Müssen alle schlafen!« sagte er und packte sie in Watte ein.

Edda hatte, da sie aus Berlin stammte, einen gehörigen Vorsprung vor ihren neuen Geschwistern; fühlte sie sich zurückgesetzt, sang sie einen Spottvers, den ihr der Großvater Preißing beigebracht hatte:

> »›Ein Pommer
> ist im Winter so dumm wie im Sommer.
> Nur im Frühjahr,
> da ist er etwas klüger.‹«

Bei der letzten Zeile rannte sie vorsichtshalber weg. Sie konnte sehr schnell laufen. Im Februar hatte man das Kind mit blasser Berliner Haut übernommen, und schon im April war das Gesicht mit Sommersprossen übersät: gesprenkelt wie ein Kuckuck.

Maximiliane hatte das neue Kind dort, wo sie es für nötig hielt, bekannt gemacht, immer mit dem Zusatz ›ein richtiges Sonntagskind‹. Sie sagte es mit so großer Überzeugungskraft, über lange Zeit, und behandelte es auch wie ein Sonntagskind, so daß es fast ein Sonntagsleben führte, soweit es die Zeitumstände zuließen. Sie wuchs in dem Bewußtsein auf, daß ihr alles geraten würde. Vielleicht hatte sie aber auch die gesunde Tatkraft ihrer Mutter geerbt und das erhöhte Selbstwertgefühl ihres Vaters.

Dieser kündigte sein Eintreffen mit den Worten an: »Diesmal werde ich Dir in Deiner schweren Stunde beistehen können. Ich habe im übrigen eine Überraschung für Dich und die Kinder.«

Da die Wehen stündlich einsetzen konnten, fuhr Maximiliane nicht selbst zum Bahnhof, um ihn abzuholen, sondern der alte Riepe; er nahm Joachim und Golo mit. Als erstes verkündete Golo dem Vater: »Wir haben eine neue Schwester!« Viktor mußte also annehmen, daß er auch zur Geburt seines dritten Kindes zu spät gekommen sei. Da er sein Zimmer in der Dorotheenstraße aufgegeben hatte, führte er zwei Koffer und eine Kiste als Gepäck mit. Der Bahnhofsvorsteher Pech mußte selbst Hand anlegen.

Unterwegs zieht der Vater einen eingewickelten Gegenstand aus der Jackentasche und reicht ihn seinem Ältesten. »Das habe ich dir mitgebracht, Joachim! Es ist der Splitter einer Bombe, die ganz in der Nähe meiner Kaserne detoniert ist!«

Aber der stille, ängstliche Joachim macht sich nichts aus Bombensplittern, dafür Golo um so mehr. Er nimmt dem Bruder den Splitter aus der Hand und ruft begeistert: »Pompe! Eine Pompe!«, was so gar nicht zu den langbewimperten Augen, dem braunen Lockenköpfchen und dem kirschroten Mund paßt. Er bedroht seinen Vater und den alten Riepe, bohrt ihnen den Splitter in Knie und Rücken, so wie er es auch zu Hause mit jedem Feuerhaken tut, den er sich als Gewehr unter den Arm klemmt, damit durch die Flure rennt, Wollen und Können dabei nie auf einen Nenner bringend, Treppen hinunter- und Treppen hinaufstürzt, mit Worten und Beinen stolpert und sein Gewehr in Hosen und Röcke bohrt, ›peng, peng!‹ ruft und alle angreift, Anja, Frau Pech, den Großvater, die Hündin Texa, nur nie seinen Bruder, den er achtet und schont.

Viktor Quint trug bei diesem Besuch zum ersten Mal Uniform, bereits die eines Fahnenjunkerunteroffiziers, dem zum weiteren raschen Aufstieg nur noch ein paar Wochen Fronteinsatz fehlten. Die von ihm brieflich angekündigte Überraschung kam aber nicht zur Wirkung, da Maximiliane ebenfalls eine Überraschung für ihn bereit hatte. Zunächst einmal erwartete sie auf der Treppe das Vorfahren der Kutsche, was Überraschung genug für ihn gewesen wäre, da er sie im Wochenbett wähnte. Aber dann hatte sie auch noch dieses kleine Mädchen an der Hand.

»Wer ist denn das?« fragte er, obwohl er doch der einzige war, der dieses Kind von seinen gelegentlichen Besuchen bei den Preißings in Pankow her kennen mußte. Edda knickste und sagte, ohne die Hand der neuen Mutter loszulassen: »Guten Tag, Onkel!«

Als er das Nähere erfuhr, machte er seiner Frau die heftigsten Vorwürfe. »Ich begreife dich wirklich nicht! Warum hast du mich über den Tatbestand im unklaren gelassen! Du hättest mich doch brieflich darauf vorbereiten müssen! In was für eine Situation bringst du mich!«

Maximiliane schweigt so lange, bis er begreift, daß er sie ebenfalls in eine peinliche Lage gebracht hat.

»Soll das Kind etwa hierbleiben?« fragt er.

»Wo sonst?« antwortet Maximiliane.

Während des Abendessens, das ohne die Kinder eingenommen wird, sitzt man zu viert am langen Tisch des Frühstückszimmers. Der Schein des Einvernehmens zwischen Quint und den Quindts wird, wie üblich, gewahrt. Alle verfänglichen Themen werden nach Möglichkeit vermieden. Aber selbst Bahnverbindungen, die infolge der Luftangriffe durcheinandergeraten, ja sogar das Wetter, das ja ebenfalls Auswirkungen auf den Luftkrieg hat, erweisen sich als verfänglich. Bei der alten Baronin zeigen sich bereits die ersten Anzeichen von Gallenbeschwerden. Sie ist die einzige, die ein Wort über Viktors Uniform verliert. »Wollen Sie es sich während Ihres Urlaubs nicht etwas bequemer machen?« Zwischen den beiden ist es beim ›Sie‹ geblieben. Er setzt ihr gereizt auseinander, daß er kein ziviler Mensch sei; in gewissem Sinne, den sie als Tochter eines hohen Offiziers und Frau eines ehemaligen Rittmeisters eigentlich verstehen müsse, gebe es keinen Urlaub vom Krieg, ein Soldat sei nie außer Dienst!

Maximiliane sitzt, der Umstände halber, quer zum Tisch, was beim Essen, aber auch beim Gespräch hinderlich ist, weil sie dabei ihrem Mann den Rücken zukehren muß. Das Thema ›Edda‹ wird, wie die meisten in der Luft liegenden Themen, nicht angeschnitten. Statt dessen hält Viktor einen ausführlichen Vortrag über die Bevölkerungspolitik im Osten.

»Die Baltendeutschen werden bereits in einer großangelegten Aktion ins Wartheland umgesiedelt! Auch die Deutschen aus den alten Siedlungsgebieten auf dem Balkan werden heimgeholt. Eine gewaltige Heim-ins-Reich-Bewegung hat ihren Anfang genommen! Bewegung kommt in das erstarrte Europa. Deutsche und Volksdeutsche! Wenige Tage noch, dann wird meine Einheit nach Rußland einrücken. Ich werde in vorderster Linie dabeisein, werde das Weiße im Auge des Feindes sehen! Den Vorsprung, den andere mir voraushaben, werde ich in Bälde einholen. Wir werden Rußland erobern! Russische Erde! Pommern hat mir einen Vorgeschmack des Ostens gegeben, des künftigen großdeutschen Lebensraumes.«

Ein paarmal hat der alte Quindt schon zu einer Entgegnung angesetzt, aber der Blick seiner Frau hat ihm Zurückhaltung auferlegt. »Quindt! Schluck es runter!« sagt sie, als kein Blick und kein Handauflegen mehr helfen wollen. Quindt legt das

Besteck hin und lehnt sich zurück, es hat sich da einiges in ihm angestaut, das nun raus muß.

»Da du gerade bei dem Thema bist: Du hast jetzt vier Quints gezeugt«, sagt er, »diesen kleinen Berliner Kuckuck kann man ja wohl dazurechnen, und das nächste ist so gut wie fertig.« Er wirft einen Blick auf die errötende Maximiliane, die mit gefalteten Händen den schweren Leib abstützt.

»Einmal angenommen«, fährt er fort, »es sei jetzt Schluß mit der Fortpflanzung, eine Annahme, die als grundlos anzusehen ist, aber schon diese vier Quints werden sich in der nächsten Generation vervierfachen, und niemand weiß, ob sie sich nicht verachtfachen. Ich habe da kürzlich eine Statistik über die Besiedlungsdichte Hinterpommerns gelesen, die ja bekanntlich dünn ist, acht Einwohner auf den Quadratkilometer, also ist absehbar, wann Hinterpommern ausschließlich von Quints besiedelt sein wird. Aber warum Hinterpommern, wenn demnächst dem Großdeutschen Reich das ganze polnische und russische und tatarische und Dschingiskhanische Reich zur Verfügung steht? Man wird einen der neuen östlichen Grenzgaue Quintland nennen können!« Der Tonfall seiner Worte war zunächst jovial gewesen, dann aber zunehmend heftiger geworden. Maximiliane beobachtete ängstlich ihren Mann und sah, wie er weiß wurde vor Zorn.

»Es erübrigt sich wohl jede Stellungnahme meinerseits«, sagte er laut, die beiden geballten Fäuste auf der Tischplatte. »Aber der Gedanke, daß meine Söhne in einer politisch vergifteten Atmosphäre aufwachsen müssen . . .«

»Sie werden satt und müssen nicht frieren!« warf der alte Quindt ein.

»Bald wird kein Deutscher mehr hungern oder frieren müssen! Die Kornkammern der Ukraine sind erobert!«

»Aber sie wurden nicht bestellt!«

»Es kommt nicht darauf an, ob ein einzelner hungert oder friert, es kommt einzig und allein auf die Idee an! Meine Söhne – deinen Reden ausgesetzt, von einer polnischen Fremdarbeiterin betreut!«

»Anja ist zur Volksdeutschen erklärt worden! Sie kommt aus dem Generalgouvernement!«

Maximilianes Versuche, Viktor zu besänftigen, schlugen

ebenso fehl wie die Versuche der alten Baronin ihrem Mann gegenüber.

»Halt du dich da raus!« fährt Viktor sie an.

Da war er also wieder, jener Satz, der vor 50 Jahren schon einmal am selben Tisch gesagt und nie vergessen worden war. Maximiliane macht die Finger zu Krallen.

Diesmal erlitt die alte Baronin die Gallenkolik schon in der Nacht nach Viktors Ankunft. Dr. Christ aus Dramburg mußte am Vormittag telefonisch herbeigerufen werden. Er war dann auch gleich zur Stelle, als es galt, Maximiliane von einer Tochter zu entbinden. Viktor hatte sich schon vor dem Frühstück ein Pferd satteln lassen, eine alte Stute, da alle anderen Pferde requiriert oder zur Frühjahrsbestellung unterwegs waren, und war in Richtung Poenicher Heide davongeritten. Immer noch war er der Ansicht, daß ein Pferd die harte Hand des Reiters spüren müsse.

Der alte Quindt saß nach einer schlaflos verbrachten Nacht bei geschlossenen Fensterläden im Herrenzimmer, die grüne Schreibtischlampe brannte auch am Mittag noch. Er saß und starrte ins Feuer. Anja lief vom Bett der Gallenkranken zum Bett der Wöchnerin, Wärmflasche und Kamillentee hierhin, die Quindtsche Wiege mit den frischbezogenen Kissen dorthin, Tücher, Kübel mit heißem Wasser und zwischendurch schnell ein paar Kiefernkloben ins Kaminfeuer des Herrenzimmers.

Die alte Frau Pech sollte sich um die drei Kinder kümmern. Golo hatte das Rundfunkgerät eingeschaltet. Eine Sondermeldung ertönte durchs Haus bis in die Kranken- und Wochenstuben. Die deutsche Kriegsmarine hatte 38 000 feindliche Bruttoregistertonnen versenkt. Anschließend wurde ›Denn wir fahren, denn wir fahren gegen Engeland‹ gesungen, von Quindt das ›Bruttoregistertonnenlied‹ genannt. Martha Riepe stellte das Radiogerät leiser und schickte Golo zu den anderen Kindern in den Saal. Dort war Frau Pech gerade dabei, die kleine Edda aus dem Büfett hervorzuholen, wo sie wieder einmal mit ihren Puppen spielte. Sie angelte mit einer Suppenkelle nach dem Fuß des Kindes, während Golo, um seiner neuen Schwester beizustehen, eine große Vorlegegabel in die Röcke der alten Frau bohrte. Diese bekam den Fuß des Mädchens zu fassen und packte gleichzeitig den ungebärdigen Jungen beim Arm. Edda wehrte sich und stieß gellende Schreie aus, Golo riß sich los, stolperte, zog im Fallen die alte Frau und auch Edda mit sich. Edda war sofort wieder auf den Beinen, Frau Pech erhob sich ebenfalls langsam wieder, nur Golo blieb liegen. Der linke Fuß hing lose im Gelenk. Als Joachim das sah, brach er in herzzerreißendes Schluchzen aus, der überraschte Golo stieß ein fürchterliches Gebrüll aus, dazwischen die gellenden Schreie Eddas.

Derweil hatte Maximiliane unter den üblichen Umständen und mit gewohnter Leichtigkeit ein gesundes Kind zur Welt gebracht, nicht das geplante dritte, sondern das vierte und nicht die erwünschte erste Tochter, sondern die zweite Tochter, bereits vor ihrer Geburt durch den ›Kuckuck‹ von ihrem Platz vertrieben.

Dr. Christ stellte bei Golo einen Knöchelbruch fest, unkompliziert wie der vorige, als er sich beim Sprung aus der Blutbuche das rechte Bein gebrochen hatte. Der Fuß muß eingerenkt und eingegipst werden. Der Arzt schlägt vor, sich in Zukunft auf Poenichen für Golo einen Sack Gips in Vorrat zu halten, packt den Jungen unter Anteilnahme seiner Geschwister, der alten Frau Pech, der Polin Anja und Martha Riepe in sein Auto und fährt davon. In der Allee kommt ihnen Viktor Quint entgegen, das hinkende Pferd am Zügel. Dr. Christ hält an, zeigt auf Golo, der mit gebrochenem Knöchel auf dem Rücksitz kauert, gibt dazu einige Erklärungen ab und versäumt darüber, dem Vater von der Geburt der Tochter Mitteilung zu machen. Er erhält sie erst aus dem Mund der strahlenden Anja, als er an die Treppe zur Vorhalle kommt. Mit raschen Schritten geht er ins obere Stockwerk, zögert vor der Tür zu den grünen Zimmern und klopft kurz an.

Seine Frau liegt frisch gekämmt, in einem frischen Nachthemd in den frischen Kissen. Die Aprilsonne fällt durch die getupften Mullgardinen auf die Wiege, Joachim und Edda stehen mit andächtigen Gesichtern zu beiden Seiten: ein Genrebild, in dem der Vater für kurze Zeit seinen Platz einnimmt.

Trotz der Verstimmung des Vorabends – die Nacht hatte er in einem der Gästezimmer verbracht – richtet er ein paar anerkennende Worte an seine Frau, die daran nicht gewöhnt ist, ihn ebenfalls erfreuen möchte und deshalb vorschlägt, daß man das Kind nach seinem Vater Viktoria nennt, zumal es in dem Augenblick einer großen deutschen Siegesmeldung geboren worden sei, 38 000 Bruttoregistertonnen seien versenkt!

Viktor zeigt sich über beides, den Namen und die Sondermeldung, erfreut und steht ihr eine Viertelstunde zur Seite, die beiden recht lang wird. Maximiliane gibt einen ihrer geheimen Gedanken preis, was nur mit ihrer Erschöpfung zu erklären ist: »Weißt du, ich denke es mir so. Irgendwo ist jemand gestorben, seine Seele hat sich befreit und findet einen neuen Platz in unserem Kind. Kannst du dir das vorstellen?«

»Beim besten Willen! Das kann ich nicht!« sagt er. »Du solltest schlafen, die Niederkunft muß dich angestrengt haben.«

Sie hätte ihm nun gern klargemacht, daß eine Geburt keine Niederkunft, sondern einen Höhepunkt bedeute, aber bevor sie damit noch anfangen konnte, erklärte er, daß er das Kind jetzt in den Quintschen Eichbaum eintragen werde. Er beugt sich zu Joachim. »Willst du mitkommen?« Das Kind erschrickt, wie immer, wenn der Vater es anredet, nickt und stottert etwas Unverständliches.

»Trag Edda auch ein, Viktor!«

»Ich bitte dich, Maximiliane!«

»Trag sie ein! Und wenn du Viktoria standesamtlich anmeldest, dann bring das mit Edda in Ordnung! Bevor du nach Rußland gehst.«

»Du brauchst jetzt Schlaf! Aber wenn es dich beruhigt!«

Edda nimmt den Vater bei der Hand und sagt: »Onkel, komm!« Nach wie vor sagt sie ›Onkel‹ zu ihm, während sie zu Maximiliane ›Mutter‹ sagt.

Maximiliane schließt die Augen und bittet Viktor, ihr nun Anja zu schicken.

»Ich begreife nicht, Maximiliane, wie du diese Polin . . .«

»Schick mir Anja!«

Zum ersten Mal kommt ihm der Gedanke, daß er kein pommersches Gänschen geheiratet habe.

Anja trägt in beiden Händen eine Kassette, die sie von der gnädigen Frau Baronin überreichen soll. Sie stellt sie auf die

Bettdecke und öffnet den Deckel. Es liegen Halsband, Armband und Ohrringe darin, wasserhelle Saphire, mit Brillanten besetzt. Anja besteht darauf, daß die gnädige Frau den Schmuck anlegt, und ist ihr dabei behilflich, holt dann den Handspiegel, nimmt das Kind aus der Wiege, legt es dazu und sagt andächtig: »Schöne Mutter!«

Nach einer Weile kehrt Viktor zurück, auch er bringt eine Kassette mit. Er hat seiner Frau zur Geburt des Kindes Bernsteinschmuck erworben, ebenfalls Kette, Armreif und Ohrringe, nicht aus dem hellen, sondern dem braungoldenen Bernstein, ostpreußisches Gold, sowohl in der Farbe als auch in der Form besser zu Maximiliane passend als die Saphire und Brillanten der Großmutter, die sie bereits trägt.

Auch Viktor hat es mit diesen Quindts nicht leicht! Immer ist er der Angeheiratete, der Besitzlose, einer, der Bernstein schenkt. Ein Quint ohne d und ohne Adelsprädikat und nur Parteiabzeichen und Parteibuch als Gegengewicht. Er überreicht sein Geschenk nicht, sondern legt es auf die Kommode, die zum Wickeln des Säuglings hergerichtet war. Dort bleibt es tagelang unbeachtet liegen, bis es Maximiliane dann entdeckt und sich bis zu Tränen darüber freut. Sie legt den Schmuck, der ja schwer und unbequem zu tragen ist, bei Tag und Nacht nicht ab. Aber Viktors erste Enttäuschung ließ sich dadurch nicht wiedergutmachen.

Maximiliane, deren Gefühle sich noch durch Anhänglichkeit äußerten, hatte auch diesmal keine Gelegenheit, sich an ihren Mann zu gewöhnen. Bis sie ein wenig Zutrauen gefaßt hatte, stand er bereits wieder auf dem Bahnsteig.

Gegen Abend hörte sie dann die Schritte des Großvaters auf dem Flur. Er hinkte hörbar. Wieder kommen die Tränen und bleiben in den Wimpern hängen, ihre Augen schwimmen. Damit hat der alte Quindt nicht gerechnet, er deutet die Tränen falsch. »Gestern abend, das wäre nicht nötig gewesen, es tut mir leid, Kind. Wenn man alt wird, sollte man die Sprache so allmählich wieder verlieren, die man als Kind allmählich erlernt hat.« Dann zeigt er mit dem Stock auf die Wiege. »Wie sieht es denn aus?«

»Wie die anderen! Setz dich doch bitte!«

»Ich werde mich an den Ofen stellen. An Betten habe ich

nie gern gesessen.« Sein Blick bleibt auf dem Halsschmuck hängen. »Sieh an! Sophie Charlotte! Er war mein Geschenk zur Geburt ihres Sohnes. Getragen hat sie den Schmuck nie. Sie hatte ja immer so was Langärmeliges, Hochgeschlossenes. Aber bei dir hat er ja nun einen schönen geräumigen Platz gefunden. Will mir scheinen.« Dann setzt er noch hinzu: »Jetzt geht es schnell.«

»Womit, Großvater?«

Er hebt die Schultern, lehnt sie gegen die Ofenwand und erreicht fast seine frühere Größe. »Mit allem.«

Schweigen. Nur das Deckenlicht brennt, der Regen klatscht gegen die Scheiben. Das Kind wimmert leise.

Maximiliane versucht es ein zweites Mal: »Ich denke mir, irgendwo stirbt jemand, seine Seele wird frei und sucht einen neuen Platz. Wessen Seele mag dieses Kind bekommen haben?«

»Dann müssen jetzt viele Seelen unterwegs sein«, sagt Quindt. »Lauter Seelen von Helden. Von Seelen habe ich nie viel verstanden. Eher von den Bäumen.«

»Weißt du, worüber ich nachgedacht habe?« fragt Maximiliane nach einer Weile.

»Du scheinst ja viel nachgedacht zu haben.«

»Wenn man alt ist, alt genug, meine ich, so wie du und Großmutter eines Tages, dann sollte man stehenbleiben und Wurzeln schlagen. Als Baum sollte man noch eine Weile weiterleben und nicht gleich unter die Erde müssen und mit einem Stein beschwert werden. Hörst du mir zu, Großvater?«

»Ja. Ich höre dir gut zu. Der Gedanke ist so übel nicht. Aber wer überbringt ihn? Unser guter Merzin ist da nicht der richtige Mann. Von Bäumen hat er nie was verstanden. Allenfalls von den Hechten. Und der neue Pfarrer Kühn? Der benutzt Gottes Wort, um damit Hasen zu erschlagen, ich werde ihm ein Gewehr schenken. Theologische Erneuerungen sind aus Pommern nicht zu erwarten. ›Aus Erde seid ihr gemacht, zu Erde sollt ihr werden‹ oder wie das heißt. Dabei wird es wohl bleiben müssen. Immerhin, so ein Stück gute pommersche Erde, das ist auch was!«

»Du wirst in deinen Enkeln weiterleben!« sagt Maximiliane nach einigem Schweigen.

»Genaugenommen sind es bereits meine Urenkel, und sie müßten Urgroßvater zu mir sagen, nicht Großvater. Da hat unmerklich ein Generationsschwund stattgefunden, dem dein Vater zum Opfer gefallen ist.«

Das Gespräch versickert wieder. Das Neugeborene wimmert lauter. Der alte Quindt sagt: »Ich schicke dir jetzt das Polenkind. Nochmals, es tut mir leid!« Er hat sich nicht oft in seinem Leben entschuldigt. Er beugt sich nieder und küßt seiner Enkeltochter die Hand. Auf diesen Augenblick haben die Tränen gelauert: Sie stürzen ihr aus den Augen. Wie viele Tränen sind auf dieses neugeborene Kind gefallen! Ein Aprilkind, unbeständig, unausgeglichen, trotz seines glorreichen Namens ein Schattenkind.

Zwei Tage nach der Entbindung wurde für Viktor das Ehebett wieder hergerichtet. Mehrmals im Laufe der Nacht, genauer dreimal, sprang die Zimmertür auf, tappten Kinderfüße durchs Zimmer, tasteten kleine Hände über Bettdecken und Gesichter; ein Kind nach dem anderen suchte Unterschlupf bei der Mutter. Als die Plätze rechts und links von ihr besetzt waren, tastete das dritte Kind sich um das breite Ehebett herum und legte sich neben den Vater. Maximiliane, die daran gewöhnt war, erwachte nicht einmal mehr davon, wohl aber der Vater, der sich unruhig und schlaflos im Bett wälzte, bis es dem betreffenden Kind zuviel wurde und es sich davonmachte, wobei es auch noch gegen Stühle und Türen stieß. Drei Nächte lang ging das so, dann erschien es Viktor besser, wenn Maximiliane wieder im Kinderzimmer schlief, samt dem Säugling, der bereits um sechs Uhr früh gestillt werden mußte. Er brauchte seine Ruhe.

Viktor erwachte auch in Poenichen, wie immer, sehr früh, verließ sein Zimmer, überquerte den Flur und öffnete leise die Tür zum Kinderzimmer. Was für ein Bild bot sich ihm! Seine Frau schlief fest, einen der Arme über die Augen gelegt, um sich vor der hereinbrechenden Morgenhelle zu schützen, an jeder Seite ein Kinderkopf: der braunlockige Golo und Edda mit ihren kleinen Zöpfen, beide tief schlafend. Das Neugeborene schlummerte in der Wiege, vor einer Stunde bereits gestillt. Und sein Ältester saß friedlich im Bett und spielte mit

Eddas Puppe. Er begrüßte den Vater, indem er einen Finger auf den Mund legte und ihm zulächelte. Viktor verweilte einige Minuten, fühlte sich dem Ziel seiner Wünsche ganz nahe, nahm das Bild tief in sich auf und nahm es mit an die Front.

Am letzten Urlaubstag, an dem er mit dem Zehn-Uhr-Zug abreisen sollte, zum ersten Mal nicht nach Berlin, sondern an die Front, erwachte Viktor noch zeitiger als sonst. Auf dem Weg zum Kinderzimmer, bereits in voller Uniform, begegnete er Anja, die gerade barfuß den Gang entlangschlich, auf dem Weg zur Treppe, die zu ihrer Kammer führte. Sie hatte nur einen alten Mantel übergehängt, den sie mit der einen Hand zuhielt, während sie in der anderen die Schuhe trug, das Haar zerzaust, die Backen noch geröteter als sonst, die Augen noch glänzender.

Viktor stellte sie zur Rede und bekam schließlich heraus, daß sie die Nacht bei Claude, dem Gärtner, zugebracht hatte, einem französischen Kriegsgefangenen. »Verzeihung, Härr Officier!« stammelte sie.

Nach dem Frühstück bittet Viktor den Baron um eine kurze Unterredung. Es stellt sich heraus, daß er diesem nichts Neues zu sagen hat. Immerhin erklärt sich der alte Quindt bereit, den beiden unauffälligeres Verhalten anzuraten.

Viktor ist empört. »Du duldest derartiges also unter deinem Dach?«

»Ach, so ein Dach, das breitet sich über vieles aus, ob ich es dulde oder nicht dulde«, antwortet Quindt. »Außerdem vermute ich, daß es die beiden im Treibhaus treiben, dort ist es warm. Aber, ehrlich gesagt, habe ich mich um die Einzelheiten des Liebesvollzugs bisher nicht gekümmert. Im Frühjahr paart sich hier alles. Claude, der Franzose, Anja, das Polenmädchen, das sind jetzt meine besten Leute. Sie sind mir untertan, wenn nicht sogar zugetan. Ich denke, daß sie bleiben werden, wenn alles gut ausgeht, ich meine: gut für uns. Sie werden dann lieber auf Poenichen eine Existenz aufbauen als im besetzten Frankreich oder im besetzten Polen. Dieser Claude kommt aus dem Médoc, ich unterhalte mich gern mit ihm. Sein Vater besitzt dort ein Weingut. Ein Weingut kann dieser Claude aus Poenichen nicht machen, aber der Tabak, den er anbaut, der ist recht beachtlich. An der Südseite des

Treibhauses. Poenicher Sandblatt, doppelt fermentiert. Soviel ich weiß, nimmt er Honig zum Fermentieren.«

Viktor unterbricht ihn: »Es lag nicht in meiner Absicht, mit dir über Tabakanbau zu reden!«

»Nun! Es wäre ein neutrales Thema gewesen«, sagt Quindt.

»Ich sehe diese Unterwanderung der Heimat durch die Kriegsgefangenen und Zwangsarbeiter mit Besorgnis und Empörung!«

Der alte Quindt verliert die Beherrschung: »Vergleichsweise vollzieht sich diese Unterwanderung friedlich. Von deutschen Truppen erobert zu werden, ist . . .«

Viktor fährt dazwischen: »Kein Wort weiter! Ich sähe mich sonst gezwungen –«

»Kein Wort weiter unter meinem Dach!« sagt Quindt schroff und erhebt sich, womit die Aussprache beendet ist.

Am Abend, als sie allein sind, sagt der alte Quindt zu seiner Frau: »Begreifst du das, Sophie Charlotte? Ich war ein Idealist, als ich jung war. Dann wurde ich ein Nationalist. So weit ein Pommer leidenschaftlich sein kann, war ich sogar ein leidenschaftlicher Nationalist. Und jetzt muß ich feststellen, daß ich mehr und mehr zum Pazifisten werde. Ein preußischer Pazifist! Mitten im Krieg, während des siegreichen Vormarsches der deutschen Truppen an allen Fronten. Aber ich sage dir: Wir werden uns noch totsiegen!«

Die Geburt des Kindes war durch Anzeigen bekanntgegeben worden. ›Mit den Eltern freuen sich die Kinder Joachim, Edda und Golo.‹ Auf diese Weise wurde auch Eddas Ankunft mitgeteilt. Von allen Seiten trafen Glückwünsche ein. »Wie glücklich mußt Du sein, Maxi! Eben erst saßen wir noch zusammen im Schilf auf unserer Insel, und Du hast uns Gedichte vorgelesen.« – »Kinder sind der beste Beweis für eine glückliche Ehe!«

Von Ingo Brandes, Leutnant bei den Jagdfliegern, kam ebenfalls ein Glückwunsch. »Nach kurzem Heimaturlaub befinde ich mich wieder im Einsatz«, schrieb er. »Früher, wenn ich im Winter keinen Schal umband oder bei schlechtem Wetter im Main baden wollte, sagte meine Mutter immer zu mir: ›Du wirst dir noch mal den Tod holen, Junge!‹ Sie sagt es

nicht mehr. Läßt mich fahren, ohne mich zur Vorsicht zu er-
mahnen! Das kann doch nur ein schlechtes Zeichen sein.
Neun Abschüsse stehen schon auf meiner Liste. Ich wurde sogar namentlich im Wehrmachtsbericht erwähnt. Ich genieße in
Bamberg hohes Ansehen, das sich auf den Bierumsatz meines
Vaters auswirkt. Auf wessen Abschußliste stehe ich? An wie-
vielter Stelle? Ich sage Dir, Maxi: Das Töten geht fast so
schnell wie die Herstellung eines Menschen und ist ebenso mit
Lust verbunden. Nur die Aufzucht von neuen Menschen, mit
der die Tötungsbegierde gestillt werden kann, die dauert noch
zu lange. Von der Herstellung verstehe ich immer noch wenig
und von der Aufzucht nichts. Du um so mehr, wenn ich mir
Deine Liste ansehe. Schläfst Du noch immer so tief und fest?
Verschläfst Du noch immer alles? Ach, als der Rauhfußkauz
schrie, als der Mond überm Tal der Pegnitz stand . . .«
    Wie hätte Maximiliane über solch einen Feldpostbrief nicht
in Tränen ausbrechen sollen? Einige Wochen später traf ein
Feldpostbrief des Majors Christian Blaskorken ein, allerdings
ohne Bezug auf die Geburt des Kindes. Seit Jahren bestand
keine Verbindung mehr zu ihm. Aus seinem Brief ging hervor,
daß er sich nach Wiedereinführung der Wehrpflicht als Offizier hatte reaktivieren lassen, daß er jetzt als Bataillonskom-
mandeur an der Ostfront stand und, angesichts der weiten östlichen Landschaft, mehr denn je an die Jahre in Poenichen
dachte. »Nach Beendigung des Krieges«, so schloß der Brief,
»wird es mein erstes sein, Poenichen einen Besuch abzustat-
ten.« Auch über diesen Brief weinte Maximiliane. Aus Königsberg traf die Nachricht vom Tode des alten Max von
Quindt ein; unter den Leidtragenden war als erster Erwin
Max von Quindt angeführt, ›Generalmajor, z. Z. im Osten‹.
Klaus von Quindt, der zweite Sohn, hatte es zum Oberst gebracht. Der alte Quindt studierte die Anzeige, sagte abschließend: »Die reine Beförderungsliste.«
    Die Muttermilch versiegte früher als nach den ersten beiden
Geburten. Die kleine Viktoria wurde nicht lange gestillt, ein
Flaschenkind. Die Taufe fand erst nach der Abreise des Vaters im kleinsten Kreise statt. Maximiliane hatte unter den Papieren, die Fräulein Preißing ihr ausgehändigt hatte, vergeblich nach einem Taufschein gesucht. Sie schloß daraus, daß

Edda nicht getauft worden war. Es würde sich also um eine Doppeltaufe handeln, die besser durch den alten Pfarrer Merzin vorgenommen wurde.

Edda als die ältere wurde als erste getauft, dann der Säugling, den Martha Riepe als Patin über das Taufbecken hielt. Während des Taufakts begann Golo, der sich benachteiligt fühlte, so laut zu brüllen, daß Pfarrer Merzin ihn ebenfalls, um ihn zum Schweigen zu bringen, mit Taufwasser besprengte: ein zweifach getauftes Kind! Maximiliane konnte verhindern, daß Joachim in das Gebrüll einstimmte, indem sie seinen Kopf, auf dem die Perücke des Pfarrers saß, an sich zog und leise ›Mosche‹ sagte. Dabei wurde sie jäh von Bildern überschwemmt: Mosche in seinem Korb auf dem See, der Blick des Führers, Fräulein Preißing, das Kind an der Hand, Golo mit dem Gipsverband, Viktor im Abteilfenster. Sie schwankte. Und im selben Augenblick fühlte sie, wie sich der kleine Körper ihres Sohnes unter ihrer Hand straffte und ihr Halt gab. Ein Kind, das Belastungen brauchte.

27

Karl Valentin: ›Guten Tag, Herr Hitler.‹
Adolf Hitler: ›Ich habe schon viel von Ihnen gehört.‹
Karl Valentin: ›Ich von Ihnen auch.‹

Karl Valentin

Warum hat ein Schriftsteller nicht die Macht, den Ausbruch eines Krieges zu verhindern, damit alles so weitergehen könnte wie bisher, mit Sonne und Regen, Erntedank, Jagdgesellschaften und, in regelmäßigen Abständen, einem Taufessen. Er hat sich an den unabänderlichen Ablauf des Weltgeschehens zu halten. Den Zweiten Weltkrieg mit seinen Folgen vor Augen, fragt man sich, wie Maximiliane ihn durchstehen soll. Immerhin besitzt sie eine gute Gesundheit, dazu die angeborene Fähigkeit, in nahezu allen Lebenslagen schlafen zu können, und außerdem noch die anerzogene Anpassungsfähigkeit. Damit muß sie nun durchkommen. Daß sie ständig Kinder zur Welt bringt und damit die bevorstehenden Schwierigkeiten auch noch selbst vergrößert, beweist ein weiteres Mal die Machtlosigkeit des Autors.

Schon hört man, sogar in Pommern, Sätze wie: ›Man muß den Krieg genießen, man weiß nicht, was der Frieden bringt.‹ Auf den Streichholzschachteln steht: ›Feind hört mit‹, über die Hauswände schleicht drohend der schwarze ›Kohlenklau‹. Ein Volk spart. Ein Volk hat sich auf Kriegsdauer eingerichtet. Der Osten wird zum Luftschutzkeller des Reichs. Immer noch keine Luftalarme in Hinterpommern, immer noch keine feindlichen Flugzeuge über dem Land. Auf Poenichen hört man am Sonntagmorgen die Bachkantate aus Leipzig; wer will, kann im Büro am Sonntagnachmittag auch ›das Wunschkonzert‹ hören. ›Glocken der Heimat, tragt ihr mir Grüße zu . . .‹ Martha Riepe bewacht das Rundfunkgerät und strickt Socken, Ohr-, Puls- und Kniewärmer.

»Was stricken Sie da nur immer?« erkundigt sich Frau von Quindt.

»Was Warmes für unsere Soldaten an der Front!«

»Ach ja!« sagt Frau von Quindt.

Man rückt zusammen, um Feuerung und Licht zu sparen und um Wehrmachtberichte und Sondermeldungen zu hören. Die Unterschiede, von denen Quindt früher oft gesprochen hat, verschwinden mehr und mehr. Anjas Deutschkenntnisse bessern sich. Daß die Kinder gleichzeitig ein paar Worte Polnisch lernen, läßt sich nicht vermeiden.

Die Glocke der Kirche war bereits ›eingezogen‹, wie Quindt es nannte. Jetzt sollte auch das Kriegerdenkmal zum Einschmelzen weggeschafft werden, ebenfalls das Eisengitter, das Kirche und Friedhof umgab. Herr von Quindt, als Patronatsherr, mußte dazu seine formale Einwilligung erteilen.

Der Melker Priebe kommt in seiner Eigenschaft als Ortsgruppenleiter ins Büro, zieht die Stiefel nicht mehr aus, pflanzt sich vor seinem Herrn auf: »Wir brauchen Kanonen und keine Denkmäler, Herr Quindt!«

Er erwartet Widerspruch. Statt dessen stimmt ihm der alte Quindt zu. »Was man dann bei Kriegsende an Kanonen übrigbehält, kann man ja wieder einschmelzen und ein neues Kriegerdenkmal draus machen. Nur ein bißchen kleiner als unseres. Eisen verbraucht sich. Immer bleibt irgendwo ein Stück stecken. Aber die Wiederverarbeitung leuchtet mir ein. Im Frieden Heldendenkmäler und im Krieg dann wieder Kanonen für die Herstellung künftiger Helden und immer so weiter, immer mehr Helden für immer kleinere Denkmäler. Da sehe ich allerdings eine Schwierigkeit auf uns zukommen, Priebe!«

Priebe versteht ihn nicht und glotzt ihn an.

»Einschmelzen, Priebe! Immer einschmelzen! Weg mit den Denkmälern!« sagt Quindt.

Aber Priebe geht noch nicht, er hat noch etwas anderes auf dem Herzen. »Es ist wieder so eine Nachricht gekommen, Herr Quindt. Der Älteste vom Klukas.« Ob der Herr Baron dem Klukas seinem Vater die Nachricht überbringen wird.

»Der Klaus? Nee, Priebe, da müssen Sie nun selber hingehen. Das sind schließlich Ihre Leute. Kein Grab, was? Und jetzt nicht mal ein Denkmal für seinen Namen. Wo soll der Klukas den Kranz denn hinlegen? Nee, da gehen Sie nur mal selber hin!«

»Dat dau ich nich, Herr Baron! Dei Klukas geiht mit de Greipe up mi laut!«

»Dann wird meine Enkelin hingehen müssen, Priebe.«

Maximiliane zog ihr schwarzes Konfirmationskleid an, das Frau Görke schon zweimal umgeändert hatte, und nahm Joachim bei der Hand. Klaus Klukas, ihr Prinz, der Klaus, mit dem sie im Holundergebüsch Doktor gespielt hatte, gefallen in Rußland, bei Brjansk . . .

Wie ein Todesengel geht sie künftig durchs Dorf, in drei Häuser zweimal, in eines viermal, und immer den kleinen gnädigen Herrn an der Hand, der die Augen fest zumacht, die Lippen aufeinanderpreßt und ein klein wenig zittert, wenn seine Mutter sagt, was gesagt werden muß, und sich dann strafft und stark macht, damit die Mutter sich auf ihn stützen kann. Maikäfer, flieg! Sein Vater war im Krieg. Joachim war noch sehr klein, aber er hatte ja noch viel Zeit, um in seine Aufgaben hineinzuwachsen.

»Ach, das Härrchen!« sagt die alte Frau Klukas, die Großmutter des Klaus. »So ein feines Härrchen!« Sie stammte aus Masuren und redete mehr als die anderen Frauen im Dorf.

Von den polnischen Kriegsgefangenen und Zwangsverpflichteten war nur Anja, von den französischen Kriegsgefangenen nur Claude, der Gärtner, zurückgeblieben. Als Ersatz bekam das Gut Poenichen russische Kriegsgefangene zugeteilt, dreißig Mann, die morgens mit dem Lastwagen gebracht wurden, von einem einzigen Wachmann beaufsichtigt; Fluchtgefahr bestand nicht, Rußland war weit, und noch entfernte sich die Front immer weiter nach Osten.

Wenn der Lastwagen morgens kommt, steigt der alte Riepe, den die Russen ›Väterchen‹ nennen, zu. Sie helfen ihm gutwillig beim Hochklettern. Er beaufsichtigt die Feld- und Waldarbeit, ein altes, ungeladenes Gewehr umgehängt.

»Mach kehrt!« befiehlt der alte Quindt seinem fünfzehnjährigen Kutscher Bruno, dem ältesten Enkel der Witwe Slewenka, wenn er den Gefangenentrupp von weitem sieht.

Er geht jetzt allem aus dem Wege.

Seit seine Schwiegertochter Vera vor Jahren jene Foto-Serie in der ›Berliner Illustrirten‹ veröffentlicht hat, steigt er, wenn er mit einem Landarbeiter sprechen will, schwerfällig und umständlich aus, geht nicht mehr von oben herab mit den Leuten um. An Tagen, an denen seine rheumatischen Beschwerden schlimmer als sonst sind, sagt er: »Steig ein! Setz dich mir gegenüber auf die Kutschbank!« Ganz ohne Folgen war Veras Anwesenheit auf Poenichen also doch nicht geblieben.

Quindts Verdauungsbeschwerden hatten sich in den ersten Kriegsjahren vorübergehend gebessert, ebenso wie der Rheumatismus, woran die bescheidenere, kalorienarme Kost schuld war. Nur selten kam er in die Küche, wo im Waschkessel das Essen für die Russen gekocht wurde, Pellkartoffeln aus der Miete, die faulen Kartoffeln nicht ausgelesen. Es blubberte und stank gärig. »Die sind doch nichts Besseres gewöhnt, das sind doch halbe Tiere!« erklärte die alte Frau Pech. Sie sagte, was sie im Radio hörte.

»Dann werden wir die Fütterung der Gefangenen dem Schweizer übertragen müssen, bei dem werden die Kühe ordentlich versorgt!«

Mit solchen Sätzen verärgert Quindt die alte Frau, ändert aber nichts. Sie haßt und verachtet die Russen, aber noch

fürchtet sie sie nicht. Kein Borschtsch mehr wie zu Anna Riepes Zeiten, vor 25 Jahren. Trotzdem singen die Gefangenen,
als hätte keine Oktoberrevolution stattgefunden: »Näh nicht,
liebes Mütterlein, am roten Sarafan.« Und auch die ›Drei
Rosse vor dem Wagen‹.

Maximiliane öffnet die Fenster des Kinderzimmers.
»Horcht!« sagt sie. »Sie singen wieder!« Sie versucht, die Melodie auf der Blockflöte nachzuspielen. Aber kein Windhauch
trägt die Töne über die Bäume des Parks zurück zu den Gefangenen; die Verbindung bleibt einseitig.

Claude versorgte die Russen mit seinem selbstgezogenen
Tabak, Anja mit Zigarettenpapier; eine Dünndruckausgabe
nach der anderen verschwindet aus der Bibliothek, Shake-
speares Königsdramen gehen in Zigarettenrauch auf, unbemerkt, da Quindt, seines Rheumas wegen, in die unterste Reihe des Bücherschrankes nie mehr greift.

Jahrzehntelang hatte ein Stettiner Buchhändler die Neuerscheinungen regelmäßig nach Poenichen geschickt, aber nun
hatte Quindt auch diese literarische Verbindung zur Außen-
welt gekündigt. »Verschonen Sie mich in Zukunft mit der
Blut-und-Boden-Literatur!« Er, der früher gern und weit gereist war, bis Sizilien, zur Krim und bis Lissabon, reist nicht
einmal mehr nach Berlin, höchstens, wenn es unerläßlich ist,
einmal bis Dramburg. Die Unbequemlichkeiten des Reisens
überließ er jahrelang den anderen, Gobineau, Alexander von
Humboldt, dem Seefahrer Cook; er ging mit Seume zu Fuß
nach Syrakus, verbrachte lange Winternachmittage in den Uf-
fizien, die er auf den Knien hielt, in Stahl gestochen. Als ihm
auch diese Reisen zu anstrengend wurden, griff er nach Fontane, las die ›Wanderungen durch die Mark Brandenburg‹,
wo ihm vieles bekannt war, wo vieles wie in Pommern war.
Er teilte sogar seiner Frau den einen oder anderen Satz mit.
Sie verbrachten jetzt viele Stunden gemeinsam im Herrenzimmer, das Separate wurde nicht mehr geheizt. Die alte Baronin
saß untätig; die Sehkraft ihrer Augen ließ nach. Genug Patiencen gelegt. Genug Kronen gestickt. Genug Hunde gezüchtet. Texa, die letzte Rauhhaarhündin, lag ihr zu Füßen, auch
bei Nacht. Quindt rauchte den Claudeschen Tabak in seiner
kurzen Pfeife. Manchmal sah man die beiden nebeneinander

durch die Allee gehen, 300 Meter hin, 300 Meter zurück, manchmal gingen sie auch nur ums Rondell. Einer Ehe muß man Zeit lassen.

Abends, wenn die Kinder ins Bett gebracht waren, kam Maximiliane ebenfalls ins Herrenzimmer. Sie nahm sich Bücher aus dem Schrank, setzte sich an den Schreibtisch und schrieb im Schein der grünen Lampe an Viktor, das heißt, sie schrieb ihm mit ihren großen runden Buchstaben Gedichte ab. An ihrer Handschrift hätte man damals schon ihr wahres Wesen erkennen können, das sich sonst noch nicht recht entfaltet hatte, das Großräumige, Großzügige, Platzbeanspruchende. Sie zeigte noch wenig eigenes Profil, was an Pommern liegen mochte, dessen Landschaft wenig prägt, vor allem aber am alten Quindt. In einer Familie kann immer nur ein Original gedeihen.

Zweimal in jeder Woche schickte Maximiliane ein Gedicht an Viktors Feldpostnummer; die Briefe, die dieser ebenso regelmäßig schrieb, glichen weiterhin den Wehrmachtsberichten, bei völliger Geheimhaltung der militärischen Lage und seiner Gefühle. Gedichte hin, Parolen her. Jedem Fremden hätten die Briefe des Viktor Quint in die Hände fallen können. Maximiliane las sie aufmerksam, las sie sogar vor, suchte nach irgendeinem verborgenen, vertrauterem Inhalt. Sie war verwöhnt! Sie kannte den Briefwechsel zwischen Abelard und Heloise, kannte Goethes Briefe an die Frau von Stein, die Briefe an Diotima. Was hätte sie ihm antworten sollen? Daß Joachim die Milchzähne verlor? Daß Viktoria bereits den ersten Zahn bekam? Daß Erika Schmaltz nun auch zum Kriegseinsatz eingezogen war, ebenso wie Lenchen Priebe, die eine zur Flak, die andere in eine Munitionsfabrik. Daß jemand Kleiderläuse eingeschleppt hatte? Daß alle vier Kinder Läuse gehabt hatten? Schließlich zahnte immer ein Kind, und für das Schicksal der Hausmädchen hatte Viktor sich nie interessiert; ungeeignete Mitteilungen, die sie daher unterließ.

Also suchte sie nach dem passenden Gedicht, wobei sie, instinktsicher, den Garten der deutschen Lyrik durchstreifte. Zur Erntezeit schrieb sie:

>»Kommt wohl der Weizen rein vor Feierabend?‹
›Ich denke doch, wir schaffen's, Herr Baron!‹«

Ein langes Gedicht; Börries Freiherr von Münchhausen
schrieb sie darunter und dann erst ihr großes M. Viktor antwortete: »Die Arbeitsleistung der russ. Gef. reicht hoffentlich
aus, die Ernte einzubringen, damit die Ernährung der Truppe
und Zivilbevölkerung gewährleistet bleibt. Es wird von allen
jetzt das Äußerste an Leistung und Entsagung verlangt!« Maximiliane scheute nicht die Mühe, zwei und drei Seiten lange
Gedichte abzuschreiben, schrieb, was sie vor einigen Jahren
dem Potsdamer Fähnrich geschrieben hatte, ohne sich jedoch
dabei an ihn zu erinnern: »›Liebe fragte Liebe: Was ist noch
nicht mein?‹«, wobei diesmal die Frage mit größerer Berech-
tigung gestellt wurde.

Kein Soldat wird je so viele Gedichte bekommen haben wie
Viktor Quint. Aber wie anders hätte sie ihm mitteilen sollen,
was sie bewegte? Mit eigenen Worten? Denen traute sie wenig, sie war keine mitteilsame Natur. Also schrieb sie ihm bei
zunehmendem Mond Carossas Gedicht:

»›Und wie manche Nacht
bin ich aufgewacht,
lag so hell der Mond auf Bett und Schrein!
Sah ins Tal hinaus,
traumhell stand dein Haus,
tiefer träumend schlief ich wieder ein.‹«

Noch vor dem Mondwechsel traf Viktors Antwort ein, aber
der Mond über der Blutbuche im Park war nicht derselbe
Mond, der die Lage am Dnjepr so gefährlich machte. »Wir
liegen am D.«, schrieb Viktor, »unsere Einheit hatte geringfü-
gige Verluste, aber der Vormarsch geht unaufhaltsam weiter.
Wir werden Rußlands Flüsse überschreiten, einen nach dem
anderen, nichts wird uns aufhalten können! Du müßtest meinen Haufen sehen! Lauter aufeinander eingefleischte Kerle.«
Als Nachsatz stand erklärend unter dem Brief, daß er nach einem erfolgreichen Spähtruppunternehmen zum Leutnant be-
fördert worden sei.

Joachim war groß genug, daß man ihm die Briefe seines
Vaters vorlesen konnte. Er stand still da, krampfte die Hände
zu Fäusten, preßte die Lippen zusammen, zitterte ein wenig
und verlor bei jedem Feldpostbrief für mehrere Stunden die
Sprache, trug aber den letzten Brief des Vaters bis zum Ein-

treffen des nächsten mit sich herum und legte ihn erst dann in einen Schuhkarton, den Martha Riepe zu diesem Zweck mit blauem Samt bezogen hatte und der neben dem Kästchen auf dem Kaminsims im Saal stand.

Maximiliane holte mit den Kindern Binsen vom Ufer des Blaupfuhls, flocht kleine Körbe daraus, wie sie es bei Fräulein Eberle gelernt hatte, und schickte sie an die Front, später im Sommer dann Heidekränze; kein Gedicht ohne eine gepreßte Blume am Rand, Rapsblüten, Flachs und Immortellen. Die ausgewählten Gedichte betrafen die Jahreszeiten, die Freiheitskriege und die Liebe. »Die Krähen schrein . . .«, schreibt sie, derweil draußen die Nebelkrähen durch die Dämmerung schreien, bevor sie sich auf dem gemeinsamen Schlafplatz niederlassen, unzählige schwarzköpfige Krähen in einem einzigen Baum. Der Frost hat sie aus Rußland nach Pommern vertrieben. »Weh dem, der jetzt nicht Heimat hat!«

Viktor antwortet: »Ein großes Betätigungsfeld liegt vor uns! Bis aus diesem unterentwickelten Agrarland ein zivilisiertes Kulturland werden wird. In den Dörfern noch Ziehbrunnen! Keine Elektrizität, sondern Ölfunzeln! Die Bevölkerung schläft auf dem Ofen, ganze Familien! Es wimmelt von Ungeziefer. Wir haben es bisher vorgezogen, im Zelt zu schlafen. Aber jetzt zwingt uns die hereinbrechende Kälte, in diesen Katen zu nächtigen.«

Da Maximiliane in seinem Brief das Wort ›Zelt‹ gelesen hat, schreibt sie für ihn Münchhausens Gedicht ›Jenseits des Tales standen ihre Zelte‹ ab, das sie so oft in Hermannswerder gesungen hat, und klebt ein gelbes Ahornblatt an den Rand. Und Viktor schreibt: »Es wäre gut, wenn Du bereits jetzt anfingest, Russisch zu lernen, ein Lehrbuch wird sich beschaffen lassen. Kontakt zu den Gefangenen halte ich nicht für ratsam. Diesem Krieg wird eine lange Zeit der Besatzung folgen. Ich überlege, ob nicht mein Platz in den Ostgebieten ist. Poenichen läßt sich, bis Joachim herangewachsen ist, mit einem guten Inspektor bewirtschaften, aber hier, wo man daran gewöhnt ist, daß der Herr über alles wacht, wird Anwesenheit unerläßlich sein. Du fragst nach Heimaturlaub. Ich bin von meinem ganzen Wesen her kein Urlauber. ›Als Sieger kehre heim!‹ Du wirst Dich dieser Mahnung der Frauen Athens an ihre Männer und Söhne entsinnen. Sie gilt heute wie eh und je! Unser Ziel heißt Moskau. Wir werden das Herz Rußlands erobern. Ich vertraue darauf, daß Du meine Söhne zu mutigen, tapferen Männern erziehst, gemäß SEINER Parole: ›Zäh wie Leder, hart wie Kruppstahl, schnell wie die Windhunde.‹ Die Mädchen entsprechend ihren künftigen Aufgaben als Mütter.«

Maximiliane antwortet mit Rudolf Alexander Schröder, in Schönschrift und mit ruhiger Hand: »›Eh der Fremde dir deine Kronen raubt, Deutschland, fallen wir Haupt bei Haupt.‹«

»Regen und Schlamm«, schreibt Viktor, »können unseren Vormarsch behindern, verhindern können sie ihn nicht. Die Erde hat sich vorübergehend in Schmierseife verwandelt. Aber Frost wird einsetzen und sich, wie im vergangenen Winter, mit uns verbünden, und dann geht es weiter vorwärts, ostwärts. Sag den Kindern, daß ihr Vater Träger des Eisernen Kreuzes Zweiter Klasse wurde. Dabei soll es nicht bleiben! Ich vermisse in Deinen Briefen Nachrichten über die Heimat.«

Daraufhin teilte Maximiliane ihm mit, daß Willem Riepe durch Sonderbefehl des Führers für die Dauer des Krieges für ›wehrwürdig‹ erklärt worden sei; seine Familie wohne nun mit in der Brennerei, und das Inspektorhaus würde für Evakuierte hergerichtet; dazu ein Gedicht, diesmal von Weinheber.

Aber was sollte Viktor mit Nachrichten über diesen Riepe, den Häftling eines Konzentrationslagers, anfangen? Und was mit Gedichten? Sie waren an ihn verschwendet. Er wirft einen flüchtigen Blick auf das Blatt mit der gepreßten Blume und gibt es an seinen Melder weiter, der Sinn für so etwas hat, Rudolf Hebe, Gefreiter, Volksschullehrer aus Gera, ein scheuer, schüchterner Mann, der nie Post von einem Mädchen erhält. Viktor händigt ihm Maximilianes Briefe regelmäßig nach Postempfang aus, und der Gefreite Hebe liest sie immer wieder und bewahrt sie auf. Er wartet sehnlicher auf die Briefe als sein Leutnant, an den sie gerichtet sind, verliebt sich in die Frauenhandschrift, vergißt, daß die Gedichte nicht ihm gelten. Das große Maximilianische M übersetzt er mit Maleen. Wort für Wort treffen die Gedichte sein Herz. Da lebt, irgendwo, eine Frau, die ihn versteht, die Stefan George liebt und Rilke.

Schneefall, Schneegestöber, Schneesturm! Und Viktor mit seinem Emanuel Quintschen Haß gegen Schneestürme, den er nun in Haß gegen den Feind umwandelt. Kältegrade bis 20 Grad unter dem Gefrierpunkt. Rechtzeitig vor Einsetzen des russischen Winters hatten ihn die Feldpostpäckchen erreicht, die Martha Riepe ihm heimlich schickte, Kopfschützer, Kniewärmer und Socken aus Schafwolle.

Maximiliane schickte handgefertigte Strohsterne, mit denen er den Erdbunker weihnachtlich schmücken sollte, immerhin auch eine Kerze und einen kleinen Hund aus Fensterkitt, den Joachim für ihn geknetet und bemalt hatte, dazu das ›Kaschubische Weihnachtslied‹. ›Krug um Krug das frische Bier aus Putzig‹, im Zusammenhang mit dem polnischen Leutnant und den Zoppoter Dünen schon einmal erwähnt. Welche Freude und Beglückung für den Gefreiten Rudolf Hebe! ›Wärst du, Kindchen, doch bei uns geboren!‹ Er trat mehr als die Hälfte der Thüringer Blutwurst, die ihm die Eltern geschickt hatten, an Leutnant Quint ab.

Bei den Abwehrkämpfen südlich Smolensk wurde Viktor Quint dann zum ersten Mal verwundet. In Poenichen hörte man am Abend desselben Tages im Wehrmachtsbericht: ›Im Abschnitt der Heeresgruppe Mitte herrscht weitgehend Ruhe!‹ Also beruhigte man sich auch im Büro. »Gott sei Dank!« sagte Martha Riepe, ohne es allerdings zu tun, und schaltete das Radiogerät ab.

Auch dieser Leutnant Quint – er teilte es in einem Brief aus dem Feldlazarett Minsk mit – hatte einen Lungendurchschuß von vorn erhalten, aber keinen von der tödlichen Art. Ein verirrtes Infanteriegeschoß hatte ihn getroffen. Ein anderes traf den Gefreiten Hebe, ihn allerdings tödlich. Seine Hinterlassenschaft, darunter die Blätter mit den Gedichten, nach Datum geordnet, wurde den Eltern in Gera zugeschickt. Sie fühlten sich in ihrem Schmerz über den Verlust des Sohnes ein wenig getröstet, im Gedanken daran, daß er jemanden gefunden hatte, der ihn liebte und ihm schrieb. Sie bewahrten die Blätter mit den gepreßten pommerschen Blumen auf, bis heute. Auf nichts kann man sich so verlassen wie auf die Wirksamkeit und Unvergänglichkeit eines Gedichts.

Es gibt immer noch keinen Kinderwagen auf Poenichen, obwohl sich die Anschaffung jetzt doch gelohnt hätte. Aber welches Kind hätte darin spazierengefahren werden sollen und von wem? Zu viele Kinder und kein ›Fräulein‹ wie früher. Statt dessen strich Martha Riepe den alten Handwagen blau an. Bei gutem Wetter, also fast täglich, da die Ansprüche, die an das Wetter gestellt wurden, nicht hoch waren, füllte Maximiliane nach dem Mittagessen den Wagen mit Kissen, Kindern, Äpfeln und Büchern. Joachim und Golo nahmen die Deichsel zwischen sich und zogen, Edda mußte schieben. Sobald der Sandweg beginnt, ziehen alle, um sie zu schonen, die Schuhe aus und kräftigen die Füße. Weit kommen sie mit ihrer Fuhre nicht, nie bis zum Poenicher See, aber doch bis in die Nähe des Blaupfuhls, jener windgeschützten Eiszeitsenke. Am Rand des Kornfeldes machen sie halt; Decken und Kissen, Puppen und Kinder werden ausgeladen. Jedes Kind erhält einen Apfel. Joachim spielt erst eine Weile damit und ißt ihn dann auf mit Stumpf und Stiel wie die Mutter, Golo ißt seinen Apfel sofort, läßt aber das Fruchtfleisch zur Hälfte am Gehäuse, den Rest für seine Mutter, und Edda drückt ihren Apfel an sich und sieht zu, daß niemand ihn ihr wegnimmt.

Wieder hockt Maximiliane in ihrem weiten blauen Rock am Rande eines Kornfeldes. Nie ist die Welt so weit wie um die Mittagsstunde während des Hochsommers in Pommern; dann atmet die Erde aus und dehnt sich. Wenn sie die Augen schließt, glaubt Maximiliane zu spüren, wie der Planet sich dreht, mehrfach an der Sonne vorüberkommt. Sie meint, die Fliehkraft der Erde zu fühlen, faßt nach den Kindern, damit sie nicht fortgeschleudert werden. Dann greift sie nach einem Buch, aber Golo schlägt es ihr aus der Hand. Er ist eifersüchtig auf Bücher, aus denen die Mutter Hexen, Königinnen und Bären herausholt. »Erzählen!« befiehlt er, und die Mutter erzählt die Märchen, an die sie sich erinnert, auch das Märchen von dem ›Fischer un syner Fru‹, das ihr die Amma am großen Herd in der Küche erzählt hat. Joachim, mit seinem verständigen Gesicht, fragt: »Was muß man sich denn wünschen, wenn man schon ein Schloß hat?«

»Ach, Mosche!« sagt die Mutter und zieht ihren Ältesten an sich.

Jeden Tag muß sie das Märchen von der Gänsemagd erzählen. ›O du Falada, da du hangest!‹ Joachim preßt die Faust vor den Mund und fürchtet sich, Golo blickt wild um sich und fuchtelt mit dem Stock, Edda plappert alles nach und zieht die Nadeln aus dem Haarknoten, derweil die Mutter singt: »›Weh, weh, Windchen, nimm Kürdchen sein Hütchen und laß 'n sich mit jagen, bis ich mich geflochten und geschnatzt und wieder aufgesatzt . . .‹«

Drei Märchenlängen, dann schlafen alle; Viktoria, hellhäutig und empfindlich im Schatten des Handwagens, Edda, trotz ihrer Sommersprossen in der prallen Sonne. Das Korn blüht, und der Samen stäubt über sie hin. Stille. Bis der Schrei des Bussards, der über ihnen kreist, die Kinder aufweckt, aber nicht ihre Mutter. Maximiliane erwacht erst, als der Bussard auf einen jungen Hasen herunterstößt und die Kinder ihn mit Geschrei vertreiben.

Nachts schliefen Mutter und Kinder nach wie vor im Kinderzimmer, fünf Betten stehen in einer Reihe, eines davon leer, auf Vorrat; Viktoria schläft noch in der Wiege. Noch immer sucht Maximiliane ein frisches kühles Bett auf, wenn ihr das eigene zu warm wird, zusätzlich gewärmt von Joachim oder Edda und doppelt warm, wenn Golo, der sich schweißnaß schläft, neben ihr liegt. Wenn nach einiger Zeit das betreffende Kind die Mutter vermißt, steht es auf, sucht sie und legt sich wieder zu ihr: Ein lautloser Bettenwechsel, keiner liegt morgens im selben Bett wie abends.

Mit der letzten Garbe, die zusammengebunden und verbrannt worden war, was die alte Frau Klukas murmelnd und springend in der Mittagsstunde besorgte – wovon weder Quindt noch Inspektor Kalinski und schon gar nicht Ortsgruppenleiter Priebe etwas wußten –, war der Korndämon für das Jahr 1943 gebannt. Bald darauf kam Viktor auf Genesungsurlaub nach Poenichen. Als seine Frau mit dem Handwagen voll Kindern wieder zum Blaupfuhl zog, ging er mit. Er setzte sich die kleine Viktoria auf die Schultern, wo sie, selig und ängstlich zugleich, thronte, schwankend und schwindlig in der ungeheuren Höhe, nur an den Füßen gehalten. Es war ein heißer Augusttag, der wärmste Tag des Jahres. Die Luft war erfüllt von Sommergeräuschen: der Dreschmaschine und des Gesangs der Grillen, der Libellen im Schilf. Die Kinder planschten im Wasser, kreischten vor Vergnügen, Edda stieß ihre hellen Schreie aus, Golo, in diesem Sommer von keinem Gipsverband behindert, schlug mit dem Stock aufs Wasser ein, und die kleine Viktoria krabbelte, noch unbeholfen, aber doch schon auf eigenen Beinen, im heißen Sand.

Die Eltern blieben also für eine Weile ungestört, was nachts nie der Fall war; wenn die Tür zu den grünen Zimmern unverschlossen war, bestürmten die Kinder das Ehebett; war sie verschlossen, fingen sie an zu brüllen. Der erste ungestörte Augenblick während des Urlaubs also, beide, der Wärme wegen, in Badeanzügen. Maximilianes Haut gleichmäßig gebräunt, das Haar ungleichmäßig aufgehellt, unter der Sonne ist sie die Schönste weit und breit. Zum ersten Mal sieht sie bei Tageslicht die rotgeränderten Narben am Körper ihres Mannes: die kleinere auf der Brust, die größere auf dem Rükken. Sie bedeckt sie mit ihren Händen, als wolle sie, nachträglich, seinen Körper schützen oder heilen. Welche Überraschung: Ihr Mann war verwundbar! Wieder tritt unter ihren streichelnden Händen der Gänsehaut-Effekt ein. Sie hat Gewalt über ihn, spürt etwas wie Magie.

Sie sehen sich an, Maximiliane zeigt auf die kleine verschwiegene Bucht, das Versteck im Schilf, das vor zwanzig Jahren bereits den Erzieherinnen und Christian Blaskorken zu demselben Zweck gedient hat: weißer, einladend warmer Sandboden.

Aber Blaskorken war weniger schreckhaft gewesen, war nicht kurz zuvor in russischen Wäldern verwundet worden. Ein Geräusch im Schilf, dann ein Vogelschrei über ihnen, und schon verscheuchten die Kinder mit ihrem Gebrüll den Bussard und auch den Vater. Sie verhinderten damit eine weitere Schwangerschaft ihrer Mutter.

Es wird also kein Kind geben, das noch nicht laufen kann, wenn Pommern geräumt werden muß.

28

›Das ist das Wunder, daß ihr mich gefunden habt, daß ihr
mich gefunden habt unter so vielen Millionen. Und daß ich
euch gefunden habe, das ist Deutschlands Glück.‹   Hitler

»Es geht mit dem Krieg bergab«, sagt der alte Quindt.

An allen Fronten müssen sich die deutschen Truppen zu-
rückziehen. Bei Salerno landen amerikanische Verbände. Der
Sturm der Alliierten auf die Festung Europa hat begonnen.

Martha Riepe hat den Rückzug der deutschen Truppen auf
der Europakarte, die in der Leutestube hängt, verhindert. Auf
Poenichen bleiben die Stecknadeln an den vordersten Stütz-
punkten stecken, und die Wollfäden halten weiterhin die
Kampflinien aus dem November 1942 fest, an der Atlantikkü-
ste und am Schwarzen Meer; Rhodos besetzt und die Lofoten
in deutscher Hand. Auch der ›Völkische Beobachter‹ wird
nicht mehr ausgewechselt, die Nummer vom 20. November
1942 bleibt in der Leutestube hängen, als hätten jene Nachrichten Gültigkeit für immer.

An der Kanalküste, wo Leutnant Quint seit einiger Zeit mit
seiner Einheit lag, herrschte weiterhin Ruhe.

Seine Einheit ›lag‹, er selbst jedoch ›stand‹, ›auf vorge-
schobenem Posten‹, ›in Erwartung des Feindes‹. »Nicht in
Furcht!« wie er nach Poenichen mitteilte. »Wenn sie es wagen
sollten, uns anzugreifen, so machen wir es ihnen ungemütlich.
Wir verlegen Minen am Strand, rammen Baumstämme in die
Erde, legen stählerne Hindernisse an. Wenn sie Badehotels
und Tanzpavillons an der Küste erwarten, so werden sie sich
täuschen. Wir halten den Blick nach vorn gerichtet, zum
Feind!«

Irgendwann muß er sich dann doch einmal umgedreht haben. In seinem nächsten Brief war von ›blühenden Apfelgär-
ten‹ die Rede, von ›Weiden voller Lämmerherden‹, ›Calvados und Camembert‹. Viktor war inzwischen von einer französischen Lehrerin aus der Ortschaft Roignet, Marie Blanc,
erobert worden. Sie erreichte, was Maximiliane nie erreicht
hatte, er wurde für einige Wochen mehr Mann als Soldat. Ein
reger Austausch von Verpflegung und Zärtlichkeiten setzte

ein. Gedörrte Bergamotten und geräuchertes Fleisch vom Wildschwein aus Hinterpommern in französischen Töpfen, und der Leutnant Quint in einem französischen Bett, nicht immer leichten Herzens. Aber wo sollte er mit seinem Kampfgeist hin in dieser langen, nervenzehrenden Wartezeit?

Hitler war davon überzeugt, daß die Alliierten den Ärmelkanal an der schmalsten Stelle, also zwischen Dover und Calais, überqueren würden, und zog daher die deutschen Truppen bei Calais zusammen. An der Calvadosfront herrschte infolgedessen weitgehend Unbesorgtheit. An einem Juniabend feierten die Offiziere des Regiments, bei dem Viktor Quint stand, im Kasino des Schlößchens Roignet ein Fest, wegen des 70prozentigen Calvados und des schlechten Wetters unbekümmerter denn je. Bei solch ungünstigen Wetterbedingungen würde der Feind jedenfalls keine Offensive beginnen. Es kam in diesem Zusammenhang zu einem der häufigen strategischen Streitgespräche: ›Wo werden die Alliierten angreifen?‹ Einer der Offiziere, ein Oberleutnant, erklärte, alle Anzeichen sprächen dafür, daß der Angriff an der normannischen Steilküste, also in ihrem Frontabschnitt, stattfinden würde und nicht, wie der ›Gröfaz‹ glaube, bei Calais; Gröfaz, zusammengezogen aus ›Größter Feldherr aller Zeiten‹, Hitler also.

Leutnant Quint greift zur Pistole, ist damit so schnell bei der Hand wie sein Sohn Golo und hat ebenfalls fünf Gläser Calvados getrunken. Es gelingt dem Regimentskommandeur, ihn zu beschwichtigen; den Oberleutnant verwarnt er. Das Fest wäre verlaufen wie zahlreiche andere Feste vorher, wenn sich unter den Offizieren nicht ein Pyromane befunden hätte, ein Mann von fast krankhaftem Brandstiftungstrieb, der zum Abschluß des Abends mit der Pulverladung von Patronen und Handgranaten ein Feuerwerk auf der Schloßterrasse veranstaltete. Um das ›Feuer zu flambieren‹, wie er sagte, leerte er eine Flasche des hochprozentigen Calvados in die Flammen und warf zur Krönung des Ganzen auch noch seine gesamte Pistolenmunition hinein, ein grandioses Feuerwerk, in das fauchend der Wind fuhr und das die Fassade des verdunkelten Schlosses hell erleuchtete.

Leutnant Quint tut, was er kann, um das Spektakel zu verhindern, und kommt dabei dem Feuer zu nahe: Ein detonierendes Geschoß reißt ihm den rechten Arm auf. Mit dem Wagen des Kommandeurs wird er sofort ins Feldlazarett Douzulé gebracht, wo er als erster Verwundeter der Invasion eintrifft.

Zwei Stunden nach dem Feuerwerk von Roignet hatte auf der gesamten Länge der Calvadosfront das Unternehmen ›Overlord‹, die Invasion der Alliierten, begonnen. Im allgemeinen Durcheinander fand kein Disziplinarverfahren, geschweige denn ein Kriegsgerichtsverfahren wegen mutwilligen Abbrennens eines Feuerwerks in Feindnähe statt; hingegen wurde Leutnant Quint durch seinen Kommandeur für sein unerschrockenes Eintreten für den Führer und obersten Befehlshaber der Wehrmacht rühmend erwähnt. Da die Fleischwunde sehr groß und der Oberarmknochen gesplittert war, mußte ihm der Arm bis zur Schulter abgenommen werden.

Maximilianes Briefe und Martha Riepes Päckchen kamen mit dem Vermerk ›Neue Feldpostnummer abwarten‹ zurück. Der nächste Feldpostbrief, der auf Poenichen eintraf, trug eine weibliche Handschrift.

Martha Riepe, die die Post in Empfang nahm, riß den Umschlag besorgt im Übereifer auf und eilte damit ins Herrenzimmer, um die Nachricht von der schweren Verwundung des jungen Herrn zuerst dem Baron zu überbringen. Unterwegs wurde sie von der Baronin aufgehalten. »Martha! Martha! Rufen Sie meine Enkelin, sie wird im Garten sein, und geben Sie ihr den Brief!«

Maximiliane las dann den Brief, den eine Rote-Kreuz-Schwester geschrieben hatte, vor. Er war kurz gehalten. Kein Wort diesmal über das Weltgeschehen, aber auch kein Wort über die Umstände und Art der Verwundung, wohl aber der Satz: »Ich werde lernen, mit der linken Hand zu schreiben und mit der linken Hand zu schießen! Es wird einen Platz geben, wo ich meinem Vaterland auch mit einem Arm dienen kann.« – »Heil Hitler!« sagte Quindt.

Daraufhin sagte Martha Riepe ebenfalls, wenn auch mit anderer Betonung: »Heil Hitler!«

»Ich meine, den alten, damals allerdings noch jungen Mitzeka zu hören«, sagte Quindt, zu seiner Frau gewandt: »85 000 gefangene Russen, was wiegt da ein Arm.«

»Das ist doch kein Vergleich, Quindt!« warf diese ein.

»Nein, Sophie Charlotte, das ist kein Vergleich, und Arm ist nicht Arm, und Krieg ist nicht gleich Krieg!«

»Wir sind nicht allein, Quindt!« mahnte seine Frau.

Martha Riepe entschuldigte sich daraufhin und verließ das Zimmer.

Maximiliane las den Schlußsatz vor: »Ich bin nun Träger des Deutschen Kreuzes in Gold.«

»Den Orden wird er wohl auch mit einem Arm tragen können!« sagte Quindt erbittert.

Als Maximiliane den ersten Schrecken überwunden hatte, äußerte sie: »Vielleicht ist Viktor nun gerettet! Mit einem Arm kann er doch nicht wieder eingesetzt werden, Großvater? Vielleicht kommt er jetzt für immer nach Hause.«

»›Du leiwer Gott!‹ hätte die alte Schmaltz gesagt.«

»Ich bitte dich, Quindt!« sagte seine Frau.

»Ich bin schon wieder ruhig, Sophie Charlotte.«

Bevor sich der Ring der Alliierten um die deutschen Einheiten bei Falaise schloß, war Leutnant Quint in das Feldlazarett Luxemburg verlegt worden. Dort traf ihn die Nachricht vom Attentat auf Hitler, in dessen Hauptquartier bei Rastenburg in Ostpreußen am 20. Juli eine Bombe explodiert war, die ihm gegolten hatte. 700 Offiziere wurden daraufhin verhaftet. Kaum ein deutsches Adelsgeschlecht, das nicht mit Vätern, Söhnen oder Schwiegersöhnen der Widerstandsbewegung angehört hätte.

Zum ersten Mal schrieb Viktor eigenhändig, linkshändig also: »Ich kann nur hoffen und zum Herrgott beten, daß keiner aus dem Quindtschen Geschlecht sich des Verrates an unserm Volk schuldig gemacht hat! Es hat sich seit jenem verhängnisvollen Tag ein Graben zwischen den Quints und den von Quindts aufgetan! Wäre auch nur ein Quindt unter den Verrätern, gälte die erste Kugel ihm und die zweite mir.«

Der alte Quindt sagte nach Anhörung des Briefes: »Ich kann nur hoffen, und in diesem Falle bin ich sogar bereit zu beten, daß ein Quindt darunter gewesen sein möge!«

»Der Schwanengesang des deutschen Adels«, sagte er, Stunden später, zu seiner Frau und: »Es lohnt nun nicht mehr.«

Alle Briefe kommen seither geöffnet nach Poenichen, das Telefon wird überwacht, der Freiherr von Quindt wird zweimal verhört, zweimal wird das Haus durchsucht. Und wieder hat man es der Verwandtschaft mit Viktor Quint zu danken, einem ehemaligen Referenten im Reichssippenamt und Träger des Deutschen Kreuzes in Gold, daß man zwar beargwöhnt, aber nicht weiter behelligt wird.

Viktor Quint war in ein Heimatlazarett verlegt worden, auf seinen ausdrücklichen Wunsch hin nach Berlin. Wenn sie ihn besuchen wolle, schrieb er seiner Frau nach Poenichen, so sei ihm das recht, er selbst würde nach den jüngsten Ereignissen Poenichen nicht mehr betreten. Er rate, die Kinder, so schmerzlich es ihm auch sei, ihre Entwicklung nicht mit eigenen Augen verfolgen zu können, nicht den Luftangriffen auszusetzen, mit denen ständig zu rechnen sei. Er bat um eine Fotografie. Daraufhin wurden alle vier vor jener rechten weißen Säule aufgestellt, die auf fast allen Poenicher Fotografien zu sehen ist, und Maximiliane reiste allein, nur mit den Bildern der Kinder in der Tasche nach Berlin.

Am ersten Abend führte Viktor sie in eine Kellerbar. Ein alter Mann saß in einem alten Frack an einem alten Klavier und spielte alte Schlager. Die beiden tranken eine Flasche Wein und tanzten miteinander. Viktor hielt Maximiliane mit einem Arm so fest wie früher mit zwei Armen.

›Es geht alles vorüber, es geht alles vorbei, auf jeden Dezember folgt wieder ein Mai.‹ Die Stimmung war ausgezeichnet. Das Lied von der ›tapferen kleinen Soldatenfrau‹ wurde von den meisten Gästen und auch von Viktor und Maximiliane mitgesungen. Maximilianes Augen glänzten, sie trug ihr schönstes Kleid, dazu den Bernsteinschmuck, hatte das Haar hochgesteckt und sah überraschend erwachsen aus. Sie läßt dem Klavierspieler ein Glas Wein bringen und bittet um das Lied ›Wer die Heimat liebt, so wie du und ich, braucht die Heimat, um glücklich zu sein‹, ihr Lieblingslied. Sie stellt sich neben das Klavier und singt mit und erhält Beifall. Der Kellner, der am Radio den Luftlagebericht mithört, gibt den Gästen bekannt, daß sich feindliche Verbände im Anflug auf Berlin befinden. Bald darauf ertönen die Sirenen, Voralarm, wenige Minuten später Vollalarm. Doch es besteht kein Grund, die Bar zu verlassen, man befindet sich bereits unter der Erde, aber ein Grund, das Licht, bis auf wenige schwache rote Lampen, auszuschalten: ›Rotes Licht, wir wollen Tango tanzen‹, rascher tanzen, lauter lachen, es geht alles vorüber, wer die Heimat liebt . . .

Nach der Entwarnung bringt Viktor Maximiliane zu ihrem Hotel; er selber muß ins Lazarett zurückkehren.

Maximiliane schläft und verschläft den zweiten Alarm dieser Nacht. Die Sirenen wecken sie nicht auf, auch nicht das Klopfen des Portiers. Sie erwacht erst, als Glas und Fensterrahmen auf ihr Bett stürzen. Sie liegt unverletzt unter den Scheiben, das Gesicht durch den Arm geschützt, liegt zuerst reglos, sieht durch die leeren Fenster ein Stück Himmel, von Leuchtkugeln erhellt, hört das Prasseln von Feuer, Schreie und Bombeneinschläge, Abschüsse der Fliegerabwehrkanonen. Geräusche, die sie bisher nicht gekannt hat. Sie springt aus dem Bett, sucht nach ihren Kleidern, zieht sich notdürftig an, verläßt das Zimmer und gelangt durch das schuttbedeckte Treppenhaus ins Freie. Auf der Straße wird sie von zwei Männern der Feuerwache angeschrien und in einen Keller gezerrt, wo sie zwischen fremden Menschen sitzt, bis die Sirenen die Stadt entwarnen. Sie macht sich zu Fuß auf den Weg und irrt, zwischen brennenden oder zusammengestürzten Häusern, durch die Straßen, Richtung Stettiner Bahnhof.

Abends kommt sie, ohne Koffer, verschmutzt und mit zerrissenem Kleid, nach Poenichen zurück.

In Roignet an der Calvadosküste wurde der Lehrerin Marie Blanc, die sich bisher versteckt gehalten hatte, öffentlich das Haar geschoren, weil sie sich während der Besatzungszeit mit einem deutschen Offizier eingelassen hatte, sie wurde gebrandmarkt und entwürdigt, durch den Ort geführt und erhielt Berufsverbot für Jahre.

›. . . eines jener Wesen, die einen dazu bringen, die Geschichte für eine Dimension zu halten, die der Mensch hätte entbehren können.‹   Emile M. Cioran

Die Wunderwaffen, die fliegenden Raketen, werden die Kriegswende bringen, den totalen Endsieg, verkündet Hitler, und Viktor gibt dessen Worte weiter nach Poenichen. Die Wunde an seinem Armstumpf ist verheilt, und er ist ins Führerhauptquartier abkommandiert worden, das sich zu diesem Zeitpunkt im Taunus befindet, von wo aus Hitler die Kampfhandlungen im Westen leitet.

Maximiliane erzählt den Kindern, daß ihr Vater jetzt Ordonnanzoffizier beim Führer sei. Auf Joachims Frage, was das sei, erklärt sie ihnen, daß ein Ordonnanzoffizier vor allem geheime Briefe befördern müsse.

»Dann ist Papa ein Briefträger wie die alte Frau Klukas?« fragt Joachim.

»So etwas Ähnliches«, antwortet seine Mutter.

»Der Westwall wird dem Feind trotzen!« steht in einem der nächsten knappen Briefe. Aber der Westwall wird durchbrochen. Der Feind setzt seinen Fuß auf deutschen Boden. »Nicht ungestraft«, wie Viktor schreibt.

Während dieser welthistorischen Ereignisse schrieb Viktors Mutter, die regelmäßig Berichte über das Ergehen ihrer Enkelkinder erwartete und bekam, aus Breslau Briefe über ›die Haltung von Kleinkindern‹, wie Quindt es nannte. »Ich begreife nicht, daß Viktoria noch immer nicht sauber ist mit mehr als zwei Jahren! Ich habe für meine Kinder keine einzige Windel benutzt. Abhalten! Von vornherein abhalten!«

Quindt, dem auch dieser Brief vorgelesen wurde, sagte: »Abhalten als Lebensdevise! Immer nur abhalten. Was hat die Frau gegen Windeln? Muß sie sie waschen?«

Das Haus hatte sich mit Evakuierten und Ausgebombten aus dem Westen gefüllt, es wurde immer schwerer, sich aus dem Wege zu gehen. Zusätzliche Koch- und Waschgelegenheiten mußten eingerichtet werden; die Kisten mit Wäsche und Silber und all dem, was den Quindts mit oder ohne d am wertvollsten war, mußten auf trockenen Böden und in leerstehenden Kammern diebstahlsicher gelagert werden; im Haus nur noch Anja als Hilfe, für Garten und Park nur noch Claude, keiner mehr, der das Obst hätte pflücken können, also mußte Maximiliane auch das noch besorgen. Während sie gleichzeitig vier Kinder beaufsichtigte, pflückte sie Erdbeeren, Stachelbeeren und Johannisbeeren; halbe Tage zwischen den Himbeersträuchern, wo die Hitze sich staute. ›Die scharwenkt mit bieden Händen!‹ hieß es anerkennend im Dorf. Wenn sie beim Pflücken das Ende der letzten Himbeerreihe erreicht hatte, waren in der ersten Reihe die nächsten Himbeeren bereits wieder reif. Joachim, das Herrchen, stand still und untätig dabei, Golo tauchte beide Arme tief in die gefüllten Eimer und beschmierte mit den Händen die kleine Viktoria, die mit langer Leine an einem der Kirschbäume angebunden war, immer im Schatten, aber trotzdem von Sonnenbrand geplagt. Nur Edda half beim Pflücken, ein fünfjähriges Hausmütterchen mit geschickten Händen, immer plappernd.

Auch in diesem, dem letzten Sommer belädt Maximiliane bisweilen den Handwagen und zieht mit ihren Kindern auf dem sandigen Weg barfuß zum Blaupfuhl, erzählt von ›Kürdchen seinem Hütchen‹ und vom ›Fischer un syner Fru‹. Mitten in die Geschichte hinein fragt Joachim eines Tages seine Mutter: »Hast du auch keinen Vater gehabt, so wie wir?«

»Aber ihr habt doch einen Vater, Mosche!« sagt sie, nimmt Viktoria vom Schoß und setzt ihren Ältesten darauf. »Vater ist im Krieg, er hat nur den Arm verloren.«

Joachim bleibt dabei: »Ich kann mich aber nicht erinnern!«

»Der Onkel ist doch dein Vater, Junge!« sagt Edda.

»Und eine Mutter hast du auch nicht gehabt?« fragt Joachim weiter.

»Ich hatte die ›Fräuleins‹. Und dann hatte ich den Großvater und die Urma.« – »Wir haben nur dich.«

»Mosche, ihr habt einen Vater! Wenn der Krieg vorbei ist, wird er zurückkehren.«

»Ist das ganz sicher? Versprichst du uns das?«

»Ganz sicher ist nur, daß die Sonne heute abend im Westen untergeht und morgen früh im Osten wieder aufgeht. Das verspreche ich euch!«

Die Augustäpfel wurden reif, die Renetten wurden reif, nichts durfte verderben, ein Volk hungerte. Morgens lud Bruno die Obstkörbe auf den Milchwagen und nahm sie mit zur Stadt. Im Backofen wurden Bergamotten zu Dörrobst getrocknet. Anja lief noch schneller mit der Schaufel voll glühender Kohle durchs Haus, heizte noch mehr Öfen, brachte Wärmflaschen und Kamillentee ans Bett der Baronin. Mit Claude war nichts mehr anzufangen, grübelnd stand er im Treibhaus herum, arbeitete kaum noch vor lauter Nachdenken. Er hatte Anja schon gefragt, ob sie mit ihm fliehen würde, sein Heimatort in Frankreich sei schon befreit. Aber Anja hatte abgelehnt, sie wollte die Kinder nicht im Stich lassen.

Eine Schreckensnachricht nach der anderen traf ein. Ingo Brandes war bei seinem 67. Feindflug abgeschossen worden. Walter Quint, Viktors jüngerer Bruder, an der Ostfront gefallen, Großmutter Quint hatte während eines Luftangriffs auf Breslau einen Herzschlag erlitten; das Jugendamt Pankow teilte mit, daß Hilde Jeschke geborene Preißing bei einem Luftangriff ums Leben gekommen sei. Riepe brachte aus Dramburg die Nachricht mit, daß der Notar Deutsch deportiert worden sei, und der Bahnhofsvorsteher Pech wollte mit eigenen Augen ganze Viehwagen, mit Deportierten beladen, gesehen haben. Tante Maximiliane schrieb, daß man den Eyckel nicht wiedererkenne. Ausgebombte, zumeist aus Nürnberg, hausten in den Räumen der Jugendherberge, »unwürdig unserer ehrwürdigen Burg«.

Es wurde Herbst, und die Felder mußten bestellt werden, wie in jedem Jahr. Griesemann, Bruno und der jüngste Sohn des Schmieds pflügten mit den Treckern, die Frauen besorgten mit den langsamen Ochsen das Eggen. Das Gänseschlachten fing später als in anderen Jahren an. Edda pflückte Brombeerblätter, die im Herd zu Tee und Tabak getrocknet wurden, Claude hatte sich um das Trocknen der Tabakblätter nicht mehr gekümmert, sie waren verschimmelt.

Abends, wenn Maximiliane die Briefe an Viktor herstellen mußte, fielen ihr die Augen vor Müdigkeit zu. Im Sommer hatte er ihr aus dem Lazarett in Luxemburg geschrieben: »Es ist keine Zeit für Gedichte, Maximiliane! Ich bedaure, Dir das schreiben zu müssen. Ich hatte gehofft, daß Du, als meine

Frau, im Verlauf dieses Krieges ein Gespür dafür bekommen würdest!« Maximiliane hatte daraufhin das Ausfindigmachen und Abschreiben von Gedichten eingestellt und dadurch viel Zeit gespart, aber ihre Briefe wurden noch kürzer, und sie schrieb auch seltener. »Die Herbstbestellung macht wegen der anhaltenden Regenfälle Schwierigkeiten. Die Zugochsen bleiben stecken, aber die Trecker auch. Die Wildschweine richten großen Schaden an, Inspektor Kalinski hat von den Gefangenen Erdlöcher graben und mit Zweigen abdecken lassen. Die Brennerei liegt jetzt ganz still, in diesem Jahr müssen alle Kartoffeln abgeliefert werden, sie lagern noch in Güterwagen am Bahnhof, die meisten faulen wegen der Nässe.«

Bei all diesen Angaben mußte Maximiliane fürchten, daß sie Viktor kränkten oder nicht interessierten. Sie strich das meiste wieder durch, so daß ihre Briefe aussahen, als wären sie durch die Zensur gegangen. Der alte Quindt, der von seinem Sessel aus ihre Bemühungen verfolgte, sagte schließlich: »Wer nichts mehr zu sagen hat, muß was tun. Schick ihm ein Päckchen! Eine geräucherte Gänsebrust wird er schon nicht mißverstehen.«

»Die schickt ihm schon Martha Riepe.«

»So. Tut sie das?«

»Hauptsache, er bekommt sie, dann ist es gleichgültig, von wem«, sagte Maximiliane.

»Objektiv ist das richtig, subjektiv –«

Die wenigen Sätze, die Quindt noch sagte, blieben fast immer unvollendet. Bald nach dem 20. Juli hatte er sich ins Herrenzimmer zurückgezogen, hatte sich dort auch sein Bett aufschlagen lassen; hinter einem Wandschirm standen eine Waschgelegenheit und der Stuhl für die Notdurft. Er wünschte den vielen Fremden im Haus nicht zu begegnen. Auch an warmen Tagen brannte im Kamin ein Feuer, die Läden durften nicht geöffnet, die Verdunkelungsrouleaus nicht hochgezogen werden. Das Licht brannte Tag und Nacht auf dem Schreibtisch. Quindt erhob sich nur gelegentlich, um einen Kloben Holz nachzulegen. Manchmal setzte sich seine Frau zu ihm, schweigend und untätig. Es war alles gesagt; was jetzt noch nicht gesagt war, mußte nun auch nicht mehr gesagt werden: Preußen, Pommern, Poenichen, die drei großen ›P‹.

Dafür hatte er gelebt, und am Ende würde nicht einmal Poenichen bleiben. Die sowjetischen Truppen hatten die ostpreußische Grenze bereits überschritten. Und diesmal würde es kein zweites Tannenberg geben. Quindt riß die Kalenderblätter nicht mehr ab, zog die Uhr nicht mehr auf, er wartete nur noch auf das Ende. Er wünschte auch Inspektor Kalinski nicht mehr zu sehen. Er ließ sich von Martha Riepe nicht mehr die Bücher vorlegen, selbst seinen Freund Riepe ließ er nicht mehr kommen. Er lehnte es ebenfalls ab, die Familie seines Neffen Erwin von Quindt zu sehen, die aus Ostpreußen geflohen war und nahezu eine Woche in den grünen Zimmern wohnte; auf die Mitteilung, daß der Generalmajor in russische Gefangenschaft geraten sei, hatte er nicht mehr als ›so‹ zu sagen.

Maximiliane stellte ihm das Essen hin, rückte den Tisch neben seinen Sessel. »Großvater! Iß etwas! Schwarzsauer, wie es die Amma immer gekocht hat!«

»Schlafen und verdauen!« sagte er. »Darauf läuft das Wohlbefinden des Menschen am Ende hinaus.« Er schob den Teller beiseite. Er konnte weder das eine noch das andere.

Bei der nächsten Mahlzeit brachte Maximiliane die Kinder mit, die ganze Kette, eines am anderen hängend, das letzte an der Mutter.

»Denk an die Kinder, Großvater!«

»Warum sollte ich das tun?« Er sah die Kinder der Reihe nach an, von Joachim bis Viktoria. »Mein Leben lang habe ich mich gesorgt, wer Poenichen einmal erben soll. Vier Erben und nichts zu vererben!« Er lachte. Keiner hatte ihn je laut lachen hören. Die Kinder fürchteten sich jetzt vor dem dunklen Zimmer und noch mehr vor dem grünen Licht. Sie wagten nicht, allein hineinzugehen, mit Ausnahme von Edda. Manchmal klinkte sie leise die Tür auf, schlich sich bis zum Sessel, setzte sich hinein, hielt die Puppe auf dem Schoß und blickte den alten Mann unverwandt mit ihren neugierigen Augen an.

»Na, du Kuckuck?« sagte er schließlich.

Nach einer Weile rutschte sie aus dem großen Sessel, setzte ihre Puppe als ihre Stellvertreterin hinein, drehte den Puppenkopf so, daß die gläsernen Schlafaugen den alten Mann anstarrten, und verließ dann vorsichtig das Zimmer. Ebenso vorsichtig holte sie sich nach einiger Zeit ihre Puppe wieder.

Am Neujahrstag erscheint der alte Pfarrer Merzin auf Poenichen. Er läßt sich nicht abweisen. Ohne vorher angeklopft zu haben, steht er plötzlich im halbdunklen Zimmer. Er wünscht Abschied zu nehmen. Er wird sich nach Dresden absetzen, wo seine Frau herstammt und wo noch Verwandte leben. »Dresden scheint der Feind schonen zu wollen.«

Das Kaminfeuer ist erloschen, der Raum erkaltet.

»Pommern ist mehrfach in die Hände seiner Feinde gefallen, Quindt!« fährt Pfarrer Merzin fort. »Viel Feind, viel Ehr! Oder wie es über Ihrem Kamin steht: ›Dem Feinde wehr.‹ Schweden. Polen. Und jetzt die Russen. Aber Pommern ist deutsch! Gott ist gerecht!«

»Des Herrgotts Gerechtigkeit, auf die beruft Hitler sich auch«, antwortet Quindt. »Er hat selber gesagt, die Vorsehung hätte ihn am 20. Juli gerettet. Sein Herrgott kann doch nicht derselbe sein, von dem Sie ein Leben lang gepredigt haben, Merzin!«

»Gott ist größer als Hitlers Vorsehung und größer als der Gott, den ich verkündigt habe. Er wird uns gnädig sein.«

»So? Wird er? Gerecht oder gnädig, Merzin, was denn nun?«

»Beides. Alles zu seiner Zeit.«

»Und was ist zu unserer Zeit? Ist Gott ein Pommer oder ein Pole oder gar ein Russe? Vielleicht ist er überhaupt ein Amerikaner, und wir wissen es nur nicht. ›Den Sieg dem Würdigsten.‹ Das meint Hitler auch. Polen war fast 150 Jahre lang geteilt. Aber Polen erwies sich als unteilbar. Die Bewohner blieben Polen, unter welcher Fahne sie auch lebten.«

»Mit Pommern wird es dasselbe sein, Quindt.«

»Ich höre nicht mehr gut. Sagen Sie das noch einmal.«

»Mit Pommern wird es dasselbe sein und auch mit unserem deutschen Vaterland. Es ist unteilbar!«

»Meinen Sie. Seit Wochen sitze ich hier und denke nach. Preußen, Pommern, Poenichen. Meine drei ›P‹. Am ersten Weltkrieg haben von unseren Poenichern 22 Männer teilgenommen, drei davon sind gefallen. Diesmal sind es schon viermal soviel. Jedesmal war ein Quindt dabei. Und jetzt fliehen die einen nach Norden, die anderen nach Westen, einige werden wohl bleiben, und ein paar werden sich nach oben absetzen.« Er weist mit dem Daumen zur Decke. »Jeder dahin, wovor er am wenigsten Angst hat. Sie, Merzin, nehmen Ihren Gott unter den Arm und gehen damit nach Dresden. Ihre Pension wird man Ihnen auch dort zahlen. Gehen Sie mit Gott, Merzin.«

Er blickt nicht hoch, reicht ihm nicht die Hand, Pfarrer Merzin vergißt, seine Perücke von Joachims Kopf zu nehmen, der vor der Tür auf ihn gewartet hat.

Am Abend desselben Tages sagte Quindt zu seiner Frau. »Der Pelz, Pia! Jetzt nehmen sie uns auch noch den Pelz. Und die Läuse bleiben übrig.«

Mitte Januar 1945 zog Hitler mit dem Führerhauptquartier in den Bunker der Reichskanzlei. In dem letzten Brief Viktors, der seine Frau erreichte, stand: »Sollte es zu einer – vorübergehenden – Evakuierung Pommerns kommen, dann tue nichts Unüberlegtes! Unser gemeinsames Lebensziel liegt im Osten! Warte meine Anweisungen ab! Du kannst Dich auch diesmal auf mich verlassen! Im entscheidenden Augenblick werde ich dasein und die Kinder in Sicherheit bringen.«

»Willst du hören, was Viktor schreibt?« fragt Maximiliane. Man mußte den alten Quindt jetzt fragen, bevor man etwas sagte.

»Laß hören!«

Nachdem Maximiliane ihm den Brief vorgelesen hatte, sagte er: »So. Er will euch in Sicherheit bringen. Wo liegt das? Ich habe mal deine Mutter in Sicherheit gebracht. Ihre Sicherheit liegt in den Vereinigten Staaten. Ein Ort in New Jersey, falls sie nicht weitergezogen ist, ich habe lange nichts mehr von ihr gehört. Merk dir ihre Adresse, aber schreib sie nicht auf!«

Seit Wochen nächtigen im Saal Evakuierte aus Ostpreußen, dann auch aus Westpreußen. Sie liegen auf Strohschütten, die Pferde der Trecks stehen in den Scheunen. Menschen und Zugtiere müssen versorgt, die Anordnungen der Quartierscheine müssen befolgt werden. Meist ziehen die Trecks nach zwei Nächten weiter, dann trifft bereits der nächste ein und bringt neue Schreckensnachrichten. Ausgebombte aus dem Westen tauschen ihre Erfahrungen mit den Evakuierten aus dem Osten; die einen wollen hin, wo die anderen herkommen; die einen versichern den anderen, daß sie keine Ahnung haben. Der jahrelang geschürte Haß gegen die Sowjetrussen wird zur Angst.

Schweine, Kälber, Schafe werden abgestochen, das Fleisch wird in Büchsen eingekocht, zum Räuchern fehlt es an Zeit. Frau Pech legt jetzt große Fleischstücke in die Suppe, die sie für die russischen Gefangenen kocht. Aber eines Tages bleibt der Lastwagen mit den Gefangenen aus. Die Gefangenenlager sollen aufgelöst, Ostarbeiter und Volksdeutsche aus dem Kriegsdienst entlassen worden sein, heißt es. Die Bauern im Dorf reparieren heimlich die Leiter- und Kastenwagen, und Ortsgruppenleiter Priebe, der mehr Angst vor seinem Kreisleiter als vor den anrückenden Russen hat, droht, jeden zu erschießen, der sich in den Westen absetzen will: Noch hat der Kreisleiter den Befehl zur Räumung nicht erteilt. Priebe treibt die Frauen von den Wagen herunter, die bereits mit Bettzeug und Futterkisten beladen sind. Bis ihm der alte Klukas mit der Mistgabel entgegentritt und ihn entwaffnet.

Im Büro saß die alte Frau Görke unbeirrt und ließ die Nähmaschine rattern: Sie nähte aus angerauhten Bettlaken bodenlange Nachthemden für die Kinder, machte aus kariertem Bettzeug, das Martha Riepe bei den Ausgebombten gegen Speck eingetauscht hatte, Hemden für die beiden Jungen und Kleider für die beiden Mädchen und auch noch blaukarierte Kleider für Maximiliane und Martha Riepe, beide Kleider nach demselben Schnitt, die Abnäher nach Gutdünken. Aus den Truhen wurden auch noch die letzten Jacken, die die Baronin vor 20 Jahren gewebt hatte, geholt und verteilt.

Eines Morgens waren die Mamsell Pech und ihre Mutter verschwunden, Richtung Bahnhof, wie es hieß, wo ihnen der Bahnhofsvorsteher Pech einen Platz in einem Militärtransportzug verschafft hätte. Ein paar Stunden später wurden Claude und Anja vermißt. Sie sollten sich einer Gruppe entlassener französischer Kriegsgefangener angeschlossen haben.

Maximiliane ging von einem Raum in den anderen, überall

sah es wüst aus. Büfetts und Schränke standen wie Bollwerke in dem Chaos, für Umzüge ungeeignet, nie von ihrem Platz verrückt. Sie gab Anordnungen, aber Martha Riepe ordnete das Gegenteil an. Die eine befahl: mitnehmen, die andere: zurücklassen. Maximiliane ließ in der Abenddämmerung von Bruno Silberzeug und Schmuck eingraben, Martha Riepe grub es in der Morgendämmerung wieder aus und packte es in Kisten.

In diesen Tagen des Aufbruchs erwies sich, daß Maximiliane keine jener großartigen Gutsfrauen aus dem Osten war, die ihre Trecks mit Tatkraft und Umsicht in den Westen führten. Sie war erfüllt von Vortrauer, nahm mit, was Augen, Ohren und Nase mitnehmen können: Geräusche, Gerüche, Bilder. Sie vollzog den Abschied einige Tage früher als die anderen.

Joachim saß verstört unter der zurückgebliebenen roten Perücke auf dem Rand seines Bettes. Golo rannte aufgeregt durch Ställe und Scheunen, kletterte auf Wagen, brachte sich in den Besitz eines Gewehrs und fuchtelte damit herum, bis der alte Riepe ihn einfing und im Herrenhaus ablieferte. Edda stopfte Wäschestücke, Puppen, Schuhe in Kissenbezüge, zog die Bündel die Treppen hinunter und belud den blauen Handwagen damit. Sie war die einzige, die an ›das Kästchen‹ dachte, in dem die Fotografien und Orden aufbewahrt wurden, mit denen die Kinder an Feiertagen hatten spielen dürfen. An den samtenen Kasten mit Viktors Feldpostbriefen dachte Martha Riepe und verstaute ihn in dem Fluchtgepäck, obwohl es sich um belastendes Material handelte: Briefe eines erklärten Nationalsozialisten. Sie schnitt die Ahnenbilder aus den schweren Rahmen und rollte sie in Teppiche, die großen Deutschen ließ sie hängen; Friedrich den Großen ebenso wie die Königin Luise und den Führer des Großdeutschen Reiches. Sie verpackte Tisch- und Bettwäsche, das Curländer Service einschließlich der Taufterrine.

Der alte Riepe und Bruno vergruben nachts hinter den Scheunen, wo die Erde nur schwach gefroren war, die Kisten mit den ausgelagerten Wertsachen der Verwandten. Auch die Jagdgewehre mußten vergraben werden, die Munition wurde auf dem Kornboden versteckt. Die Pichts, hieß es, sollten schon seit zehn Stunden mit ihrem Treck unterwegs sein, die

Mitzekas bereits seit zwei Tagen. Friederike Mitzeka sollte jede Tür, sogar Kellerräume und Vorratskammern, abgeschlossen und den schweren Schlüsselbund mitgenommen haben.

Am Nachmittag färbte sich der Himmel im Osten rot. »Die Sonne, Mama! Du hast gesagt, die Sonne geht immer im Westen unter!«

»Jetzt ist nicht immer, Mosche!«

Versprengte deutsche Soldaten, die ihre Einheit suchten, zogen durch, polnische und französische Marodeure. Schloß und Siegel der Brennerei wurden gewaltsam gesprengt, die Schnapsvorräte geleert, herumirrende Hühner eingefangen und mitgenommen. Viktoria stand allen im Wege, bis jemand sie in einen Sessel setzte oder in einer Ecke abstellte, wo sie nicht in Gefahr war, umgerannt zu werden. Auf dem Rondell wurden Führerbild und Hakenkreuzfahne verbrannt. Aber in der Leutestube blieben die Europakarte und die alte Nummer des ›Völkischen Beobachters‹ hängen. Wilhelm Riepe sollte wieder dasein, hieß es, desertiert, aber er halte sich noch versteckt und warte darauf, daß die Russen kämen.

Für den Aufbruch des Poenicher Trecks wird der Donnerstag festgesetzt. Die Genehmigung der Kreisleitung traf gerade noch rechtzeitig ein. Die alten Quindts sitzen in ihren Fahrpelzen im ungeheizten Herrenzimmer. Seit Tagen hat Quindt kein Wort mehr gesprochen. Draußen schreit das Vieh, rufen Menschen, in der Ferne hört man Geschützdonner. Das Herrenzimmer wird zum Auge des Orkans, es herrscht Stille; Mauern, Fenster und Türen schließen dicht.

»Und nun?« fragt Frau von Quindt ihren Mann.

»Erinnerst du dich an die Hochzeit deines Sohnes im Adlon?« antwortet Quindt. »Dort habe ich gesagt, daß ich der erste Quindt sein würde, der in seinem Bett eines natürlichen Todes zu sterben gedenkt. Einen natürlichen Tod scheint es für uns Quindts nicht zu geben.«

»Du willst freiwillig –?«

»Ja. Aber was wird aus dir?«

»Dasselbe, Quindt. Du wirst es tun müssen. Du weißt, ich kann nicht schießen.«

Als das geklärt ist, erhebt sich Quindt und wird für die

letzten Stunden noch einmal Herr über Poenichen. Er erscheint in der Vorhalle und trifft Anordnungen für die, die bleiben wollen, und für die, die auf die Flucht gehen. Das Vieh von den Ketten! So lange wie möglich füttern und melken! Die langsamen Ochsengespanne an die Spitze des Trecks. Die Trecker an den Schluß.

Er läßt Riepe zu sich rufen.

Zum letzten Mal sagt er: »Tach, Riepe!«

»Ach, Herr Baron!«

»Was ist? Gehst du oder bleibst du?«

»Wenn de Herr Baron geiht, geih ick, wenn de Herr Baron bliewt, bliew ick oak.«

»Es hat sich ausbaront, Riepe, und mit den Unterschieden ist es nun auch aus. Du bist ein Arbeiter und bist alt, dir werden sie nichts tun. Deine Mutter war sogar eine halbe Polin, und dein Willem ist ein Roter. ›Wer weiß, wofür's gut ist‹, hat deine Anna immer gesagt. Also bleib! Hier ist ein Umschlag. Verwahr ihn! Und dann gib ihn dem, der das Gut Poenichen weiterführen wird. Die Dränage-Pläne. Ohne die geht es nicht. Dem Land ist es egal, wer drüber geht. Und dann noch das letzte, Riepe, sorg dafür, daß wir unter die Erde kommen!«

»Dat dau ick nich!«

»Du stehst noch immer in meinen Diensten!«

»Jawohl, Herr Baron!« Er faßt nach dessen Hand, beugt sich über sie und küßt sie, auch die Hand der Baronin.

»Otto! Otto!« Wie früher, wenn er das Auto zu schnell fuhr.

Quindt läßt Inspektor Kalinski rufen, aber der weigert sich, den Wagen zu verlassen, auf dem er schon seit Stunden sitzt. Seine Furcht ist größer als sein Gehorsam. Also wird Martha Riepe den Treck leiten müssen. Quindt händigt ihr eine Reihe versiegelter Umschläge aus.

Als letztes wendet er sich Maximiliane und den Kindern zu.

»Wir beide werden Poenichen nicht verlassen!« sagt er.

»Dann bleiben wir auch!« erklärt Maximiliane.

»Du warst immer ein Flüchter. Denk an die Pferde, die ihre Art durch Flucht erhalten haben. Du bleibst eine Quindt, auch ohne Poenichen.«

»Das kann man nicht, Großvater!«

»Urma! Urma!« ruft Edda und streckt die Arme aus.

»Ach, zum Kuckuck!« sagt Quindt und kehrt ins Haus zurück.

Maximiliane zieht den Kindern alle Kleidungsstücke doppelt an, Hemden, Hosen, Jacken, Strümpfe. Eingemummt stehen Joachim, Edda, Viktoria zum Verladen bereit, als man feststellt, daß Golo fehlt. Der Aufbruch drängt. Man muß vor Einbruch der Nacht die erste Station erreicht haben, schon kommt das dumpfe Gebell der Panzerkanonen und der Geschützdonner näher. Die Pferde schnauben, Rufe und Schluchzen der Zurückbleibenden und der Flüchtenden.

Maximiliane hängt die drei Kinder aneinander und läuft weg, um Golo zu suchen. Sie ruft, aber erhält keine Antwort, bis sie ihn schließlich an seinem Lieblingsplatz findet, der auch ihr Lieblingsplatz gewesen ist, hoch oben in der Blutbuche, wo er sich anklammert wie eine Katze. Er will nicht weg, fängt an zu schreien. Wenn er jetzt aus Trotz herunterspringt, wird er sich ein Bein brechen! Sie legt den Arm um den Stamm der Blutbuche, drückt ihr Gesicht an die Rinde und hört Rufen und Geschützdonner nicht mehr. Als Golo feststellt, daß keiner mehr nach ihm ruft, erfaßt ihn Angst. Er klettert vorsichtig von Ast zu Ast, hängt sich an den untersten und springt auf die Erde. Dann nimmt er seine Mutter bei der Hand. »Mama, komm!«

Der Treck setzt sich in Bewegung. Zwei Ochsengespanne, vier Pferdegespanne, zwei Trecker. 143 Personen auf acht Wagen. Vier der Männer zu Pferde, darunter Gespannführer Griesemann. Sechs Hunde laufen neben den Wagen her, vier Katzen halten sich zwischen den Bündeln versteckt; zwei Kilometer hinter dem Dorf springen sie ab und kehren zurück. Stallaternen dienen als Rücklichter. Leichter Schneefall setzt ein. Am letzten Wagen baumelt die Schiefertafel: Quindt Poenichen.

Die alten Quindts stehen in der Vorhalle unter den erfrorenen Kübelpalmen, die man im Herbst vergessen hatte, in den Saal zu bringen: Sie warten, bis der letzte Wagen aus der Allee in die Chaussee einbiegt, dann fallen drei Schüsse, der erste gilt der Hündin Texa.

30

Flucht, Enteignung, Deklassierung, Verschleppung, Ausmerzung, Verelendung: von diesen Möglichkeiten des Schreckens, die das Kriegsende bot, hat Maximiliane, als der Quindtsche Treck auf die Chaussee einbog, vermutlich noch den besten Teil erwählt: die Flucht. Eine von dreizehn Millionen Deutschen, in einem breiten Strom, der sich von Osten her über Deutschland ergießt, sich verdünnt, später versickert.

Ob Maximiliane die drei Schüsse gehört hat, ist ungewiß, umgedreht hat sie sich jedenfalls nicht. Kein Blick zurück. Umgedreht hat sich nur Joachim, das Herrchen, ein Kind, das sich immer umdrehen, immer etwas zurücklassen wird. Diesmal war es die Perücke. Er weint leise vor sich hin. Seine Mutter zieht ihn an sich. »Mosche, mein Mosche! Bald werden wir zurückkehren, dann bekommst du deine Perücke wieder.«

»Versprichst du mir das?« Er braucht Versprechungen, braucht jemanden, der ihm zu seinem Recht verhilft. Dagegen sein Bruder Golo: für ihn beginnen die besten Jahre seines Lebens, ihm muß keiner zu seinem Recht verhelfen, eher müßte man ihn daran hindern, Unrecht zu tun. Für ihn bedeutet die Flucht ein einzigartiges Abenteuer. Um Edda muß man sich ebenfalls nicht sorgen: ein Sonntagskind. Nur Viktoria wird immer und überall zu kurz kommen, obwohl jeder ihr etwas zusteckt und jeder zu ihrer Mutter sagt: ›So passen Sie doch auf das Kind auf!‹ Mehr denn je gerät sie in Gefahr, verlorenzugehen, erdrückt oder totgetreten zu werden.

Vormärsche lassen sich besser organisieren als Rückzüge. Auch die Besiedlung eines Gebietes geht planvoller vor sich als die Räumung, trotz der vorgedruckten Durchführungsbestimmungen, die wildes Quartiermachen verbieten und Rasttage nur bei Erschöpfung der Zugtiere gestatten, trotz der Marschbefehle, die von einer Treckleitstelle zur anderen führen, wo Lebensmittel und Futtermittel ausgeteilt werden, soweit vorhanden. Sobald Truppenverbände der deutschen Wehrmacht die Straßen beanspruchen, fahren die Trecks an den Straßenrand und machen halt.

Spät in der Nacht erreicht der Poenicher Treck sein Tagesziel. »Die Quindts von Poenichen sind da!« ruft man und fragt: »Und wo ist der Freiherr von Quindt?« Keine Zeit, die Antwort abzuwarten, der eigene Treck wird bereits zusammengestellt. »Vier Kinder? Werden zwei Betten genügen?« Immer noch Unterschiede. Strohlager für die Gutsleute, Betten für die Gutsherren. Martha Riepe zählt zu den Leuten.

Wie schon am ersten, kommen sie auch am zweiten Tag mit ihrem Treck nur zehn Kilometer weiter – eine größere Strecke schaffen die langsamen Zugochsen nicht –, bis zu der Ortschaft Bannin, wo sie in der Schule nächtigen. Als Maximiliane nach frischen Windeln für Viktoria sucht, entdeckt sie in einem der vollgestopften Bündel die rote Perücke von Pfarrer Merzin. Joachims Gesicht hellt sich auf. Er stülpt die Perücke wie einen Wunschhut auf und nimmt sie bei Tag und Nacht nicht mehr ab, ein Gnom, der sich unkenntlich machen will. Die Bündel, die Edda zusammengepackt hat, erweisen sich als Wundertüten, die Buntstifte kommen zum Vorschein und die Schreibtafel und die Blockflöte. Bevor sie einschlafen, zieht Maximiliane ihre vier Kinder an sich und sagt nicht mehr wie früher zu jedem einzelnen ›Gott behütet dich!‹, sondern: »Gott behütet uns!«

»Versprichst du uns das?« fragt Joachim.

»Das verspreche ich euch!«

Maximiliane läßt, ohne die Anleitungen eines psychologischen oder pädagogischen Lehrbuches, ihren Kindern zukommen, was sie als Kind am meisten entbehrt hat: Nähe, Zärtlichkeit, Zusammengehörigkeit.

Wenn der Treck stundenlang am Straßenrand stehenbleibt, auf offenem Feld, bei eisigem Ostwind, und ihnen nur der große Teppich aus dem Saal, der als Plane über den Wagen gelegt ist, ein wenig Schutz gibt, erzählt Maximiliane Geschichten oder malt Bilder auf die Schreibtafel, malt ›unser Haus mit den vielen Fenstern‹, und wieder setzt sie keine Fensterrahmen und keine Türrahmen ein, was zu dieser Zeit bereits der Wirklichkeit entspricht. Sie malt Wege, die auf das Haus zu oder von ihm fort führen. »Wohin geht es denn dort?« fragt Golo, und sie sagt: »Dort geht es nach Kolberg und dort nach Berlin.« Und Joachim fragt: »Wohin führt dieser Weg?«, und sie sagt: »Alle Wege führen nach Poenichen!« Noch immer malt sie, wie als Kind, auf jedes Bild zuerst eine Sonne, und zum Schluß malt sie auch noch in jedes Fenster des Hauses ein Kind, nicht ahnend, daß sie die Zukunft vorwegnimmt.

Alles, was Maximiliane in ihrem bisherigen Leben gelernt hatte, zu Hause oder in der Schule, Englisch, Französisch, ein paar Sätze Polnisch, ein paar Worte Russisch, Rilke-Gedichte, Hühnerzucht, Reiten, Rudern und das Rühren einer Cumberlandsauce, nutzt ihr nichts mehr. Eine Zeit war angebrochen, in der Cumberlandsaucen an Wichtigkeit verloren hatten, nicht einmal das Rezept für die berühmte Poenicher Wildpastete, bereits von Bismarck in einem Brief erwähnt, war gerettet worden, es war mitsamt der Mamsell Pech verlorengegangen, aber der Bismarck-Brief war als Beweis für jene sagenhafte Pastete erhalten geblieben. Eine Zeit für Eintopfessen und Fußmärsche und für Choräle war angebrochen. Neue Geschichten mußten ausgedacht werden, ohne Prinzessinnen und Schlösser.

Während der Treck in einem Kiefernwäldchen haltgemacht hat, um feindlichen Tiefffliegern kein Ziel zu bieten, erfindet Maximiliane einen kleinen Jungen namens Mirko, der Vater und Mutter im Krieg verloren hat und nur noch seinen kleinen Hund besitzt. »Wie soll der denn heißen?« fragt sie. »Texa!« sagen die Kinder einstimmig. »Der Hund ist so klein, daß Mirko ihn auf dem Arm überallhin mitnehmen kann, und immer bellt Texa zweimal, wenn es für Mirko gefährlich wird. Überall wird geschossen, und Mirko weiß nicht, wo der Feind steht, vor ihm oder hinter ihm. Er spricht polnisch und deutsch, er lügt und er stiehlt und schlägt sich durch und findet immer jemanden, der ihm eine warme Ecke zum Schlafen, und jemanden, der ihm zu essen gibt. Und immer teilt er alles mit seinem kleinen Hund.«

Joachim fürchtet sich abwechselnd vor den Flugzeugen am Himmel und vor den Flugzeugen in der Geschichte von Mirko. Viktoria kaut an ihren Fingernägeln und träumt vor sich hin. Nur Golo und Edda lernen von Mirko. »Warum macht er sich denn kein Feuer?« – »Das Feuer würde ihn verraten!« – »Warum dreht er der Gans nicht den Hals um?« – »Er besitzt keinen Topf, um die Gans zu kochen!« – »Warum schießt er denn nicht?« – »Warum baut er sich kein Floß, wenn er über den Fluß will?«

Das Ziel des Trecks heißt Mecklenburg, die Richtung Westen, aber es geht nicht schnurgerade, sondern auf großen Umwegen westwärts, mit jedem Tag langsamer. Unter den schweren Teppichen, auf denen der Schnee lastet, brechen die Wagenmaste. Die Hufe der Ochsen bluten, sie sind nicht mit Eisen beschlagen, früher gingen sie auf sandigen Sommerwegen und nicht auf vereisten Asphaltwegen. Aus den Seitenstraßen münden ständig weitere Trecks in den Flüchtlingsstrom ein. Da die Lager und Lazarette aufgelöst werden, mischen sich Gefangene und verwundete Soldaten darunter, die die Heimkehr selbständig antreten, an Krücken, mit Kopfverbänden. Tag und Nacht sind die dröhnenden Abschüsse der deutschen schweren Artillerie und ihr dumpfer Einschlag zu hören. Und das Bellen der russischen Panzerkanonen. Die Hufe der Ochsen können nicht beschlagen werden, die Tiere müssen zurückbleiben, das Gepäck muß umgeladen werden. Nur die Alten und Kranken dürfen noch auf dem Wagen sitzen, alle anderen müssen nebenhergehen.

Martha Riepe hält den Poenicher Treck, so gut sie kann, zusammen, läuft in ihren schweren Männerstiefeln vom letzten zum ersten Wagen und wieder zurück und gibt Anordnungen; sie sorgt vor allem dafür, daß abends nur abgeladen wird, was unerläßlich ist. Es kommt zu einer Auseinandersetzung zwischen ihr und Maximiliane wegen des Handwagens, der an einem der Pferdefuhrwerke angekettet ist und den Maximiliane abhängen will. Martha Riepe läßt nicht zu, daß noch Ausnahmen gemacht werden. »Gemeinnutz geht vor Eigennutz!« sagt sie. – »Sie sitzen auf einem Treck, der den Quindts gehört, Martha!« antwortet Maximiliane in einem Ton, der an den alten Quindt erinnert.

Eine Volksgemeinschaft, durch Propaganda und Terror zusammengehalten, bricht auseinander.

Am nächsten Abend wurde ihr Treck auf einem kleinen Landsitz in der Nähe von Kolkwitz einquartiert, den die Besitzer bereits verlassen hatten. Maximiliane hatte sich mit den Kindern zum Übernachten in einen kleinen abgelegenen Salon zurückgezogen und verschlief in der Frühe den allgemeinen Aufbruch. Martha Riepe war mit dem Poenicher Treck ohne sie weitergefahren, ob mit, ob ohne Absicht, wer wollte es wissen. Vielleicht aus Trotz und Auflehnung – sie war schließlich die Schwester von Willem Riepe –, vielleicht auch aus unterschwelliger Eifersucht auf Maximilianes Mann und die Kinder. Als festgestellt wurde, daß die junge gnädige Frau mit den Kindern fehlte, bestand keine Möglichkeit mehr umzukehren.

Nur der hochbeladene Handwagen stand noch vor dem verlassenen Gutshaus. Viktoria, noch nicht dreijährig und schlecht zu Fuß, wird in eine Pelzjacke gesteckt und oben auf dem beladenen Handwagen festgebunden. Joachim und Golo an der Deichsel, Edda und Maximiliane schieben, wie früher, wenn sie zum Blaupfuhl zogen.

Manchmal geraten sie in einen der Flüchtlingsströme und dürfen ihren Handwagen an ein Pferdefuhrwerk binden, müssen ihn aber bald wieder losmachen, weil sie nicht Schritt halten können. Einmal nimmt ein Lastkraftwagen der Wehrmacht sie samt ihrem Wagen ein Stück Weg mit. Dann reihen sie sich wieder in die Wagenkolonnen ein.

»Wo kommt ihr denn her?« werden sie gefragt. Wenn Maximiliane antwortet, daß sie eine Quindt aus Poenichen sei, blickt sie in verständnislose Gesichter; sie hat den Wirkungsbereich ihres Namens längst verlassen.

»Wußten die Leute denn nicht, wer wir sind?« fragt Joachim. Erstaunen und Erschrecken schwinden nicht mehr aus seinem Gesicht, das täglich kleiner wird.

Da sich die Personalausweise, Quartierscheine und Lebensmittelmarken gesammelt bei der Treckführerin Martha Riepe befanden, besitzt Maximiliane keine Unterlagen, die sie berechtigen würden, irgendwo zu nächtigen oder etwas zu essen zu bekommen. Abends suchen sie Unterschlupf in verlassenen Bauernhäusern, nehmen sich, was sie benötigen. Wenn eines der Kinder etwas anbringt, was sie nicht brauchen, läßt Maximiliane es zurücktragen. In den Milchkammern stehen noch Töpfe mit Milch, in der Küche Töpfe mit Marmelade und Sirup. Sie kriechen in Betten, die noch warm sind, brauchen oft nur ein Holzscheit aufs Herdfeuer nachzulegen. Die Kinder wissen: Wo Hühner herumlaufen, gibt es Eier, und wo Hühner ihre Nester anlegen, wissen sie ebenfalls. Edda sucht in den Kammern Äpfel für die Mutter, runzlige Boskop, die für alle Zeiten nach Poenichen schmecken. Bevor sie einschläft, bindet Maximiliane die Kinder an sich fest, damit keines verlorengeht, bindet sie noch einmal an die Nabelschnur. Wenn sie im Heu schlafen müssen, legen sie ein Nest an: Maximiliane zieht die immer frierende Viktoria in die warme Kuhle ihres Leibes, eines der anderen Kinder legt sich hinter ihren Rücken, das nächste hinter dessen Rücken und so fort. Das letzte beklagt sich, daß sein Rücken von niemandem gewärmt wird, klettert über die anderen hinweg nach vorn, näher an die Mutter, dann beginnt das letzte zu jammern, erhebt sich ebenfalls, tut dasselbe, bis alle übereinander und durcheinanderkugeln, warm werden und einschlafen.

Sie überqueren im Strom der Flüchtlinge Bäche und kleine Flußläufe; noch immer haben sie die Oder nicht erreicht, und noch immer ist morgens und abends der Himmel hinter ihnen rot, ist der Geschützdonner zu hören, einmal näher, dann wieder ferner. Der Flüchtlingsstrom wird länger und breiter, immer mehr verwundete Soldaten darunter. Wenn einem von ihnen der Rockärmel lose von den Schultern baumelt, ruft Joachim: »Papa!« Manchmal kommt ihnen ein Treck entgegen, der kehrtgemacht hat und wieder nach Osten zieht. Jemand sagt: »Das sind ja selber halbe Polen.« Joachims Kopf, schwer von Gedanken und Müdigkeit schwankt unter der roten Perücke hin und her. ›Den Arm verloren‹, ›ein halber Pole‹. Solche Worte verwirren ihn. Er starrt seine Mutter an. »Welche Hälfte der Leute ist polnisch? Woran kann man das erkennen?« fragt er und: »Wo hat Papa seinen Arm verloren?«

»In der Normandie«, antwortet Maximiliane. »Das liegt in Frankreich, im Westen. Bei einem Schlößchen, das Roignet heißt.«

»Kann man den Arm dort suchen, wenn der Krieg aus ist?«
»Nein. Er liegt dort begraben.«

Darüber muß er nun wieder lange nachdenken, über diesen einzelnen Arm, der in der Normandie begraben liegt.

»Welche Hälfte von den Leuten war denn polnisch?« fragt er dann noch einmal.

»Was meinst du nur, Mosche?«

»Die Leute haben gesagt, ›das sind alles halbe Polen‹!«

»Manche Leute haben das Herz eines Polen, und andere haben den Kopf eines Polen –«, sie bricht ab. »Mosche, du mußt in die Schule gehen, ich kann dir das nicht alles erklären.«

»Versprichst du mir, daß ich in die Schule komme?«

»Ja, in Berlin!«

Dann stehen sie wieder an einem Hindernis, wieder ein Flußlauf.

»Warum fließen denn alle Flüsse nach Norden?« fragt er. »Warum müssen wir immer an die andere Seite vom Fluß?«

»Im Norden ist die Ostsee, die kennst du doch, Mosche, bei Kolberg! Und in die Ostsee fließen alle Flüsse.«

»Alle?«

»Alle, die aus Pommern kommen.«

»Warum gehen wir nicht am Flußufer entlang, dann brauchten wir uns nie zu verlaufen.«

»Wir müssen nach Berlin!«

Alle Fragen beantwortet Maximiliane mit ›Berlin‹.

Die Kinder lernen es, vorsichtig zu sein, aber auch, bei entsprechender Gelegenheit, zutraulich. Maximiliane entscheidet, was in bestimmten Situationen am günstigsten ist, ein einzelnes Kind vorzuschicken oder vier kleine Kinder auf einmal oder so einen verschüchterten Vogel wie Viktoria. Golo weiß längst, wo ein ›Heil Hitler‹ und wo ›Guten Abend‹ am Platz ist; er spricht das eine Mal Platt und radebrecht polnisch, wenn plündernde Polen ihr Versteck entdecken. Zu der Fähigkeit, wie seine Mutter im geeigneten Augenblick Tränen in die Kulleraugen fließen zu lassen, kommt seine Fähigkeit, Lachgrübchen in die Backen zu drücken; in hartnäckigen Fällen wendet er beides gleichzeitig an.

Auch die Landkarte ist im Besitz von Martha Riepe geblieben. Maximiliane muß sich am Stand der Sonne und am Stand der Sterne orientieren, beides hat sie von ihrem Großvater gelernt. Flüchtlingskolonnen kreuzen ihren Weg, sie wollen nach Norden, um die Küste zu erreichen, und sich auf Schiffen in Sicherheit bringen.

Unbeirrt zieht Maximiliane mit ihren Kindern nach Westen. Berlin. Sie ist immer nach Berlin gereist, von Pommern führen alle Reisen über Berlin. ›Du kannst Dich in Deiner schweren Stunde auf mich verlassen.‹ – ›Ich werde zur Stelle sein.‹ – ›Ich werde Dir beistehen.‹ Zum ersten Mal scheint sie Viktor beim Wort nehmen zu wollen.

Keine Rundfunkmeldungen erreichen sie, keine Zeitungen, kaum Gerüchte. Der Schnee schmilzt, in der Frühe sind die Pfützen nicht mehr von Eis bedeckt, die Sonne beginnt zu wärmen, es fängt an zu blühen, früher als in anderen Jahren. Es muß längst März sein, auf Eddas Stirn und Nase erscheinen die ersten Sommersprossen. »Kuckuck!« sagt die Mutter und zählt am Abend die Sommersprossen, tupft auf jeden braunen Punkt und singt dazu: »Weißt du, wieviel Sternlein stehen . . .« Noch ist ihr das Singen nicht vergangen.

Sie ziehen weiter, immer begleitet von Mirko und dem Hündchen Texa. »Eines Abends kommen die beiden an einen Fluß, der so breit ist, daß man nicht ans andere Ufer schwimmen kann. Der Mond steht groß und silbern am Himmel und versilbert den Fluß und die Büsche am Ufer und Mirko und sein Hündchen Texa. Mirko sucht unter dem Weidengebüsch nach einem Boot, und der Mond hilft ihm dabei. Mirko weiß: an jedem Ufer gibt es Boote, und immer sind die Ruder versteckt, damit kein Fremder mit dem Boot wegfahren kann. Aber Mirko weiß auch, wo man Ruder versteckt. Er findet ein schönes Boot, und er findet auch kräftige Ruder! Er setzt sein Hündchen Texa ins Boot, befiehlt ihm, nicht zu bellen, und will über den Fluß rudern. Aber es ist viel zu hell! Man wird das schwarze Boot auf dem silbernen Wasser entdecken und wird darauf schießen, weil man nicht sehen kann, daß nur ein kleiner Junge mit seinem Hündchen im Boot sitzt. Und was tut Mirko?! Er streckt seinen Arm weit aus und noch weiter und noch weiter bis zum Mond und pflückt ihn vom Himmel! Dann zieht er den Arm langsam zurück und steckt sich den Mond unter die Jacke. Der Himmel verdunkelt sich, und die Erde verdunkelt sich. Nur durch das Loch in Mirkos Jacke und durch die Knopflöcher fallen drei dünne Lichtstrahlen auf das Wasser und leuchten gerade so hell, daß Mirko das andere Ufer erkennen kann. Nachdem er gelandet ist, bindet er das Boot an einem Weidenbusch fest und versteckt die Ruder für den nächsten, der an das andere Ufer gelangen muß. Derweil schnuppert Texa im Sand, bis er eine warme Kuhle findet, und kläfft leise zweimal. Bevor Mirko sich zu seinem Hündchen in den Sand legt, knöpft er seine Jacke auf und läßt den Mond wieder zum Himmel emporschweben. Und dann nimmt er sein Hündchen in den Arm und schläft ein.«

Golo hat einen Kochtopf gefunden, bindet sich ihn um den Bauch und trommelt mit einem Kochlöffel darauf. Voran der Trommelbube! Maximiliane hat die Sohlen, die sich von ihren Schuhen gelöst haben, mit Bindfäden festgebunden; als diese durchgelaufen sind, verliert sie die Sohlen, geht auf Socken weiter. Zwei Stunden später bringt Golo ein Paar ›Knobelbecher‹ herbei, ein wenig zu groß für Maximiliane, aber zwei Batistwindeln, die als Fußlappen dienen, schaffen Abhilfe. Sie fragt nicht, wo er die Soldatenstiefel hergenommen hat; einem lebenden Soldaten wird er sie nicht ausgezogen haben.

Keine Bevorzugungen mehr, nicht einmal mehr Rechte, und ins Mitleid muß sie sich mit Hunderttausenden teilen, da kommt nicht viel auf den einzelnen.

Als eine Bäuerin bereit ist, ihr Milch für die Kinder zu geben, falls sie dafür den Pelz bekommt, in dem Viktoria eingewickelt ist, sagt Maximiliane: »Gott vergelt's Ihnen!« und zieht weiter.

»Warum hast du das gesagt?« fragt Joachim. »Das sagst du doch sonst nur, wenn man uns was gibt.«

»Gott vergilt nicht nur das Gute, Mosche, auch das Böse!«

»Versprichst du mir das?«

»Ja!« sagt seine Mutter.

Viktoria weint vor sich hin, wird immer durchsichtiger, trägt sich von Tag zu Tag leichter, wenn die Mutter sie vom Wagen hebt. Schwere Durchfälle lassen sie noch mehr abmagern. Maximiliane kaut Haferkörner, die sie auf einem Kornboden gefunden hat, liest die Spelzen heraus und füttert das Kind von Mund zu Mund, nach Vogelart.

Edda klagt darüber, daß ihre Fingernägel immer länger wachsen und daß sie sich damit blutig kratzt, wenn es sie juckt, und wo juckt es einen nicht, wenn man im Heu schläft und sich nicht waschen kann. Maximiliane gibt ihr den Rat, die Nägel abzukauen wie die anderen. Aber dann findet Golo bei einer Hausdurchsuchung einen Nähkasten mit einer Schere darin, und die Nägel können beschnitten werden. Bis auf die Schere muß Golo den Kasten samt Inhalt zurückbringen. »Die Schere nehmen wir mit, das andere brauchen wir nicht«, sagt Maximiliane und gibt damit die Richtschnur für sein künftiges Handeln. Aber auch ihren Grundsatz: ›Besser stehlen, als betteln!‹ macht Golo sich zu eigen. Er stiehlt wie ein Strauchdieb, verteilt das Gestohlene jedoch wie ein Fürst. Selbst Handgranaten und Pistolen, von deutschen Soldaten weggeworfen, bringt er herbei, sogar eine Panzerfaust. Mehrmals am Tag muß die Mutter ihn entwaffnen.

Eine Mutter Courage des Zweiten Weltkriegs. Aber noch findet das Schauspiel auf Deutschlands Straßen statt, noch nicht auf der Bühne. Wenn sie, zehn Jahre später, das Stück von Bert Brecht auf der Bühne sehen wird, wird sie am Schluß sagen: »Am besten war der Karren!«

Sie geraten zwischen die Fronten, weichen auf Nebenstraßen aus und finden sich plötzlich im Niemandsland wieder, wo ihnen kein Mensch mehr begegnet; wer zurückgeblieben ist, hält sich versteckt. Die Stoßkeile der schnell vorrückenden russischen Panzereinheiten sind rechts und links von ihnen auf den Hauptstraßen vorgedrungen.

Einen halben Tag lang humpelt ein deutscher Soldat an zwei Krücken neben ihnen her, den Kopf notdürftig verbunden, eine Gasmaskentrommel als einziges Gepäckstück bei sich. Als die Quints Rast machen, macht er ebenfalls Rast. Maximiliane legt ihm mit einer von Viktorias Windeln einen frischen Verband an. Der Gefreite Horstmar Seitz aus Kaiserslautern in der Pfalz wird die Windel mit der eingestickten Krone aufbewahren und die Frau und ihre Kinder im Gedächtnis behalten. »Eine Freifrau aus dem Osten hat mir eigenhändig am Straßenrand einen Verband angelegt!« Er holt Schokolade und Zigaretten aus seiner Gasmaskentrommel und verteilt sie. Maximiliane raucht, und Golo raucht ebenfalls. Warum sollte ein Fünfjähriger, der Kochtöpfe stiehlt und Toten die Stiefel auszieht, nicht rauchen. Dann verlieren sie sich, als sie weiterziehen, aus den Augen.

Edda sucht die ersten Brennesseln am Wegrand; ein Stadtkind, das weiß, daß man Spinat daraus kochen kann. Und Joachim, der Träumer, pflückt seiner Mutter die ersten Gänseblümchen. Viktoria macht die Windeln nicht mehr naß, mehr war von ihr nicht zu erwarten; welche Erleichterung für eine Mutter, die noch nie in ihrem Leben etwas eigenhändig gewaschen hatte! ›Eigenhändig‹, ein Beiwort, das sie jetzt lernt und später als eine hohe Anerkennung verwenden wird.

Ein Unteroffizier der Feldgendarmerie, der die Gegend nach deutschen Soldaten absucht, wünscht ihren Quartierschein und den Personalausweis zu sehen.

»Liebe Frau!« sagt er. »Wie wollen Sie denn durchkommen ohne Papiere? Wo wollen Sie überhaupt hin?«

»Zu meinem Mann!« antwortet Maximiliane.

»Wissen Sie denn, wo er ist?«

»Im Führerhauptquartier!«

»Ach du lieber Himmel!« sagt er und läßt sie ziehen.

Später fragt Joachim: »Warum hat der Soldat ›ach du lieber Himmel‹ gesagt?«

»Das sagt man, wenn etwas sehr schwierig ist, Mosche.«

Ende März stehen die sowjetischen Truppen und die fünf Quints an der Oder.

31

›Der Ernst hat eine feierliche Seite, eine schauerliche Seite, überhaupt sehr viele ernsthafte Seiten, aber ein elektrisches Fleckerl hat er doch immer, und da fahren bei gehöriger Reibung Funken der Heiterkeit heraus.‹   Nestroy

›Uhr. Uhr.‹

Urlaute der nach Vergeltung und Kriegsbeute dürstenden russischen Soldaten. Maximiliane streckt die nackten Armgelenke hin; die goldene Uhr trägt Joachim schon seit Tagen an seinem mageren Oberarm. Die Kinder halten ›ur-ur‹ für einen Gruß und rufen ebenfalls ›ur-ur‹, die meisten russischen Soldaten lachen darüber, aber einer fühlt sich verspottet und richtet den Gewehrlauf auf Maximiliane. »Peng, peng!« ruft Golo laut und schwenkt den leeren Stiel einer Handgranate. Der Soldat fährt herum und blickt in das lachende Kindergesicht. Joachim, in seiner Angst, hat bereits den Mantel ausgezogen und sagt: »Uhr!« Daraufhin öffnet Maximiliane das Band und reicht dem Soldaten die Uhr.

Von nun an auch keine Uhrzeit mehr, allerdings nur zwei Tage lang nicht, dann bringt Golo eine Ersatzuhr, keine goldene, aber eine, die deutlich wahrnehmbar tickt, eine Taschenuhr mit Sprungdeckel. »Ur-ur!« Er hält sie strahlend seiner Mutter hin, und sie fragt auch diesmal nicht nach dem Woher. Ein paarmal werfen russische Soldaten den Kindern Brote oder Büchsen mit Fleisch zu. Sie nehmen und sie geben, sie schießen oder helfen. Auch sie schon nahe dem Ziel: Berlin, Kriegsende. Panzer und Panjewagen und immer wieder Kolonnen deutscher Gefangener dazwischen, entwaffnet, ohne Hoheitsabzeichen und Schulterstücke. Auch jetzt wieder ruft Joachim, wenn er einen Einarmigen darunter sieht: »Papa!«

Die Oder versperrt den Flüchtlingskolonnen den Weg. Sie stauen sich zu Tausenden in den Ortschaften am östlichen Ufer des Flusses.

Die vier Kinder stehen wie eine Schlachtreihe vor ihrer jungen Mutter; zu ihrer Verteidigung nichts als ihr ohrenbetäubendes Geschrei. Maximiliane schwärzt sich nicht das Gesicht wie andere Frauen; kein Russe würde glauben, daß eine alte Frau mit vier kleinen Kindern unterwegs ist. Sie läuft auch nicht weg wie die anderen. Wenn Gefahr droht, rührt sie sich nicht vom Fleck und befiehlt: »Schreit! Schreit, so laut ihr könnt!« Und diese Kinder können sehr laut und anhaltend schreien, bauen eine Mauer aus Geschrei vor ihr auf. Aber als ein russischer Soldat den Luftschutzkeller, in dem sie schon seit zwei Tagen hausen, durchsucht, schreien die Kinder nicht, weil ihre Mutter schläft.

»Komm, Frau!« sagt der Soldat zu Maximiliane, aber diese schläft, tief und erschöpft, liegt mit entblößter Kehle, die Arme wehrlos neben dem Kopf und das Gesicht, der lichtdurchlässigen Augenlider wegen, mit einem Tuch abgedeckt. Joachim, dessen Tapferkeit, weil er ängstlich ist, so viel höher zu bewerten ist als die des unerschrockenen Golo, stellt sich vor seine Mutter und legt den Finger vor den Mund. »Mama schläft!« Der Russe versteht nicht, was das Kind sagt, stößt mit dem Gewehrkolben gegen das Knie der Frau, die an Stöße gewöhnt ist und selbst hiervon nicht wach wird.

Er hält sie für tot und geht.

Als es dann doch dazu kommt, macht Maximiliane nicht viel Aufhebens davon. Sie fügt den Kindern keinen dauernden seelischen Schaden zu. »Geht solange raus, paßt auf den Karren auf!« befiehlt sie. Mit dem Rücken zur Kellerwand, sieht sie dem russischen Soldaten entgegen, einem Asiaten mit Schlitzaugen und vorstehenden Backenknochen. Er schiebt mit der Hand ihr Kopftuch zurück und sagt: »Komm, kleine Frau!« Ein zusätzliches Eigenschaftswort nur, aber es macht die Sache ein wenig besser. Als Maximiliane keinen Ausweg mehr sieht, wird sie ruhig. Ein großes Erbarmen kommt über sie, mit dem fremden Soldaten, mit sich selbst und den Kindern, ein Erbarmen, das sich ausweitet zu Erbarmen mit der ganzen trostlosen Welt. Ihre Augen füllen sich mit Tränen, und der Soldat sagt: »Nicht weinen, kleine Frau!«, halb auf russisch, halb auf deutsch. Eine Vergewaltigung war es nicht, was da stattfand. Maximiliane fühlte sich, wie sie es später einmal ausdrückte, seit Tagen schon ›so allgemein‹. Sie umarmte ja auch Bäume. Der Unterschied zu Viktors Umarmungen war so groß nicht.

Der russische Soldat kommt noch dreimal in den Luftschutzkeller, bringt ihr und den Kindern jedesmal Brot mit, Wodka oder Zigaretten, sogar eine Filzdecke. Beim letzten Mal sitzt er neben Maximiliane auf dem Rand des eisernen Luftschutzbettes, raucht und redet; sie hört zu und prägt sich einige Worte ein. ›Kirgise‹, ›Alatau‹ und ›Balchasch-See‹. Während er spricht, betrachtet sie ihn, sein flaches Gesicht mit der erdgrauen Haut, den kahlgeschorenen Kopf. Als er mit Reden und Rauchen fertig ist, sagt sie: »Njet plakatje!«

Auch diesmal spürte sie, daß sie schwanger geworden war, aber es stand für sie fest, daß es ihr Kind werden würde wie die anderen auch. Auch sie hatte nie einen Vater besessen, auch ihre eigenen Kinder hatten den Vater kaum gesehen.

Weiterhin hielt sie den Anteil des Mannes bei der Zeugung für gering.

In einer Vollmondnacht wird sie mit ihren Kindern und dem Karren gegen das Entgelt einer goldenen Brosche von einer ortsansässigen Frau im Nachen über die Oder gesetzt.

Am folgenden Abend suchten sie in einem Pfarrhaus Unterkunft, aber es war überfüllt von Ausgebombten und Flüchtlingen. Für eine Frau mit vier kleinen Kindern war beim besten Willen kein Platz mehr. Ob sie wenigstens im Lexikon etwas nachschlagen dürfte, bat sie den Pfarrer, der ihr die Bitte erfüllt.

Maximiliane setzt die Kinder auf die Haustreppe. »Paßt auf den Karren auf! Schreit!« befiehlt sie, hockt dann fast eine halbe Stunde vor dem Bücherschrank des Pfarrers und unterrichtet sich im Lexikon aus dem Jahr 1912 über die Kirgisen, erfährt, daß sie ihre Herkunft von Dschingis-Khan ableiten, daß ihre Sprache ein reiner türkischer Dialekt sei und daß sie eine reiche lyrische und epische Volksdichtung besitzen. Der Adel sondert sich von den Untertanen ab. Sie betreiben Viehzucht und nur in wasserreichen Gegenden etwas Ackerbau. Die Wohnung besteht aus einem von außen mit Filzdecken belegten, von innen mit Grasmatten und Teppichen verkleideten Zelt mit Kuppeldach. Sie tragen als Kleidung Hemd, Hose und wollenen Rock, die Unterschenkel sind mit Filzstreifen umwickelt. Die Kopfbedeckung der Männer besteht aus einem bunten Käppchen, das sie auf dem glattrasierten Kopf tragen, zusammen mit einem spitzen Filzhut. Die Frauen schlingen zwei weiße Tücher um den Kopf, von denen das eine die Form einer hohen, spitzen Mütze erhält, während das andere, unter dem Kinn durchgeschlungen, über Schulter und Rücken fällt.

Die einzige Kopfbedeckung, die Maximiliane noch kannte, war das Kopftuch. Wer aus dem Osten kam, trug es unterm Kinn gebunden, die aus dem Westen über dem Kopf geknotet.

Die Frau wird gekauft, liest sie, und bleibt Eigentum der Sippe des Mannes. Nur Reiche haben manchmal zwei Frauen. Die Kirgisensteppe ist eine große sandige, zum Teil wellige Steppenlandschaft, in der abflußlose Seen gelegen sind, zum Beispiel der Balchasch-See. Da war er, der See, den er ge-

nannt hatte! Und da stand auch das andere Wort: Alatau, ein
Gebirge. Berge bis zu einer Höhe von über 7000 Metern. No-
maden, die mit ihren Herden von Brunnen zu Brunnen ziehen, vom Ertrag der Schafe, Ziegen, Pferde, Kamele leben.
Hauptnahrungsmittel ist der Joghurt, der aus Schafsmilch hergestellt wird. Eine Filzdecke dient dem Schlafenden als Unter-
lage, eine zweite als Zudecke, der Sattel als Kopfkissen.

Sie nimmt den Globus, der auf dem Bücherschrank steht,
dreht ihn, hält ihn an, legt die Hand auf Asien. Dann sucht sie
die Oder. Eine Haaresbreite auf dem Globus, größer war die
Strecke nicht bemessen, die sie in zwei Monaten zurückgelegt
hat, auf Pferdewagen, Lastwagen, zu Fuß. Sie stellt den Globus wieder auf den Bücherschrank und liest weiter, als läse sie
Geschichten aus Tausendundeiner Nacht. Ihr Kirgise mit seinen zwei Decken unterm Arm! Schon versieht sie ihn mit einem besitzanzeigenden Fürwort. Er roch nach Schweiß und
nach Schafen. Urgeruch steigt auf. Die Webstube der Großmutter, wo man sie als Kleinkind in die Schafwolle gelegt hat.
Der Schafpferch am Poenicher See ersteht vor ihren Augen,
Blaskorken, mit den silbernen Fischschuppen auf den Armen,
das Schilfrohr und Mosche in seinem Weidenkorb, ihr Reiter,
der schwarze Tschako mit dem Totenkopf. Sie schwankt für
einen Augenblick unter dem Anprall der Erinnerungen.

»Ist Ihnen nicht gut?« fragt der Pfarrer besorgt, als er ihre
feuchten Augen sieht. Da er keine Antwort erhält, setzt er er-
munternd hinzu: »Sie werden schon durchkommen!«

Maximiliane stellt den Band des Lexikons an seinen Platz
zurück und bedankt sich.

Draußen setzt sie sich zwischen die Kinder auf die Haustreppe.

»Wir werden ein Kind bekommen!« verkündet sie.

»Woher weißt du das?« fragt Joachim.

»Das habe ich in einem Lexikon gelesen. Es dauert noch
eine Weile, aber wir können uns schon einmal an das Kind
gewöhnen.«

»Ein Hund wäre aber besser«, wendet Golo ein. »Wie Mirkos Hündchen Texa, der kann wenigstens gleich laufen.
Kaum haben wir Tora soweit, da geht das wieder los.«

»Tora kann jetzt schon recht hübsch laufen!« Maximiliane

zieht sich ihr Sorgenkind auf den Schoß, das sich den Namen ›Tora‹ selbst gegeben hat. »Außerdem brauchen wir bald nicht mehr jeden Tag weiterzuziehen.«

»Versprichst du uns das?« fragt Joachim.

»Ja, Mosche, das verspreche ich euch!«

Noch auf der Treppe des Pfarrhauses einigen sie sich, daß das Kind Mirko heißen soll. Der Polenjunge Mirko steigt, mühelos, aus dem Märchen in die Wirklichkeit um.

»Auf die Plätze!« befiehlt Maximiliane. »Wir müssen weiter.«

Als sie aufbrechen, erscheint der Pfarrer mit einem Karton, fast so groß wie die Kartons, die man in Poenichen mit auf die Reise bekam. »Wenn Sie das von uns annehmen wollen?« Das Mitleid, das immer nur für wenige reicht, hat diesmal die fünf Quints ausgesucht.

Joachim macht eine Verbeugung und sagt: »Vergelt's Gott!«

»Danke, mein Sohn!« antwortet der Pfarrer.

Einige Zeit später fragt Joachim: »Warum hat der Pastor ›mein Sohn‹ gesagt, wo er doch gar nicht mein Vater ist?«

»Er hält sich für den lieben Gott, und weil du ein Gotteskind bist, sagt er ›mein Sohn‹.«

»Sind wir alle Kinder vom lieben Gott?«

»Ja.«

Maximiliane erteilt auf der Landstraße Erdkunde-, Geschichts- und Religionsunterricht. Joachim lernt zu lesen; die zerstörten Hauswände und die Bretter der vernagelten Türen dienen ihm als Schulfibel. ›Leben alle‹, handschriftlich, mit Kreide geschrieben. ›Fritz tot, Anna bei Opa‹, buchstabiert er.

Golo lernt derweil, in Zigarettenwährung zu rechnen. Eine Zigarette kostet drei Mark, für drei Zigaretten bekommt man ein Brot; er benutzt zum Zählen noch die Finger, aber er erreicht bereits, mit Hilfe seiner Lachgrübchen und den langen Wimpern die Preise herabzusetzen.

Schwere Tage für Kinder ihres Alters! Aber: sie haben eine Mutter, die machen kann, daß die Sonne nicht untergeht; eine Überzeugung, die durch nichts wieder ins Wanken gebracht werden wird.

Sie hatten am Fuß eines kleinen Berges in der märkischen Schweiz haltgemacht, die Sonne ging unter, es wurde dämmrig, und sie hatten noch keine Unterkunft für die Nacht gefunden, Viktoria mit Durchfall, Edda mit Blasen an den Füßen, Joachim taumelnd vor Müdigkeit unter seiner roten Perücke und Golo fluchend: »Lerge!«

Maximiliane weist mit dem Arm auf die Sonne. »Ich werde euch jetzt zeigen, daß die Sonne noch nicht untergeht. Paßt auf! Aber wir müssen uns beeilen!« Und sie ziehen, so schnell sie nur können, mit dem schwankenden Karren den Berg hinauf, und wirklich: die Sonne steht noch immer am Himmel. Aber sie nähert sich hinter dem nächsten Hügel bereits dem nächsten Untergang.

»Sie geht noch immer nicht unter«, verspricht die Mutter. »Ihr werdet sehen! Wir müssen uns nur noch einmal beeilen!«

Sie nehmen auch den nächsten Hügel im Anlauf, und wieder steht die Sonne überm Horizont.

Erschöpft und erleichtert sagt Maximiliane: »Und jetzt lassen wir sie ruhig untergehen! Dort steht eine Feldscheune!«

»Noch mal!« bittet Joachim.

»Genug, Mosche! Ich kann die Sonne dreimal untergehen lassen, aber mehr nicht.«

»Das hast du nur gemacht, damit wir schneller vorankommen«, sagt Edda.

Manchmal merkte man eben doch, daß Edda eine andere Mutter hatte.

32

›Das Leben ist nie so gut und so schlimm, wie man meint.‹
Maupassant

Während der letzten Kriegstage, die der Oberleutnant Quint im Bunker der Reichskanzlei, dem letzten Führerhauptquartier, verbrachte, führte er ein knappes, linkshändig geschriebenes Tagebuch, aus dem nur wenige Stellen wiedergegeben werden sollen, da sich die Eintragungen ähneln.

›Jetzt, wo alles zusammenzustürzen droht, was in einer Leistung aufgebaut wurde, die als einmalig in der Geschichte der Menschheit bezeichnet werden muß, ist mein Platz an SEINER Seite.‹ – ›In IHM verkörpert sich das Schicksal des Reiches. SEIN Aufstieg, SEIN Untergang. Die Vorsehung hat IHN uns geschickt. Die Vorsehung nimmt IHN uns. Ein Volk, das seinen Führer nicht wert war.‹ – ›Er hat alle Akten und Dokumente verbrennen lassen. Er hat Eva Braun in einer katholischen Trauung geheiratet.‹ – ›Im Rock des Gefreiten, kämpfend an der Spitze seines Volkes, wollte er fallen und hat sich erschießen lassen. Sein Leichnam wurde zusammen mit dem der Eva Braun verbrannt.‹ – ›In der Schublade seines Nachttisches befand sich eine Bartbinde.‹

Zwei Stunden nachdem er die letzte Eintragung gemacht hatte, verließ Oberleutnant Quint den Bunker in der Wilhelmstraße. Eine Maschinenpistole unter den linken Arm geklemmt, zwei Handgranaten in den Stiefelschäften, ging er in die Richtung, aus der Gefechtslärm zu hören war, und betätigte sich auf eigene Faust am Kampf um Straßen und Häuser. Dabei wird er vom Splitter einer Panzergranate getroffen und im Keller eines Hauses, wohin er sich verblutend zurückgezogen hatte, verschüttet.

Er machte Maximiliane zur Kriegerwitwe, seine Kinder zu Kriegswaisen, später als ›Hinterbliebene‹ von den Statistiken erfaßt.

An der Elbe stoßen die amerikanischen und russischen Streitkräfte aufeinander; es findet die berühmt gewordene einmalige Umarmung zwischen Ost und West statt. Die deutsche Wehrmacht kapituliert.

Zum ersten Mal kommt Maximiliane nicht auf dem Stettiner Bahnhof an, sondern zu Fuß über Ahrensfelde und Weißensee. Die Panzersperren auf den Straßen sind bereits weggeräumt. In den Vorgärten blühen die Mandelbäume so rosa wie noch nie. Viktoria hat vor wenigen Tagen ihren Thron auf dem Karren verlassen und geht zu Fuß an der Hand der Mutter. Alle paar Stunden sagt Joachim: »Horch, Mama! Sie schießen nicht mehr!«

Die Räder des Karrens stehen schief, weit werden sie damit nicht mehr kommen. Am Stadtschild ›BERLIN‹ macht Ma-

ximiliane halt, läßt den Karren los und umarmt das Schild, als
wäre es ein Baumstamm in Poenichen.

Weitere Kilometer, quer durch die zerstörte Stadt, auf
Trampelpfaden, zwischen Ruinen und herumirrenden Menschen. Die Straßen werden freigeschaufelt; im Osten der Stadt
auf die Breite eines Panjewagens, im Westen auf die Breite eines Jeeps. Die Luft schmeckt nach Asche und nassem Schutt.
Maximiliane vermag die Himmelsrichtung an Bäumen und
Sternen auszumachen, nicht aber an Hausruinen. Sie gelangt
bis Pankow und ist am Ende ihrer Kraft. Sie weiß nicht, wohin sie sich wenden soll. Sollte sie Viktor suchen? Aber wo?
Das Führerhauptquartier bestand längst nicht mehr. In seiner
Pension? Da war er bereits vor drei Jahren ausgezogen. Sollte
sie sich an die Großmutter Jadow in Charlottenburg wenden?
Aber wie sollte man erfahren, ob sie noch dort war, ob sie
überhaupt noch lebte? Sie hörte die Großmutter sagen: ›Das
ist doch eine Zu-mu-tung!‹, sah die Filetdeckchen vor sich
und schied Charlottenburg als mögliches Ziel aus. Sollte sie
nach Hermannswerder gehen? Aber die Insel, hieß es, wäre
von den Russen besetzt und für die Zivilbevölkerung gesperrt.
Und dann fällt ihr ein anderer Name ein: Hilde Preißing, Eddas Mutter, hatte vor ihrer Heirat bei ihren Eltern in Pankow
gelebt. Pankow! Sie setzt Edda vor sich auf den Wagen, faßt
sie bei den Schultern. »Denk nach, Kuckuck! Wo habt ihr gewohnt? Wie hieß die Straße?«

Edda denkt nach, ihr Gesicht rötet sich vor Anstrengung,
sie ballt die Fäuste wie ihr Vater, aber sie erinnert sich nicht.
Maximiliane schüttelt das Kind. »Denk doch nach! Wie hat
die Straße ausgesehen? Haben Bäume am Straßenrand gestanden?«

Edda schüttelt den Kopf.

»War eine Kirche in der Nähe? Habt ihr Glocken gehört?«

Wieder schüttelt Edda den Kopf. Plötzlich sagt sie: »Der
Kohlen-Paule! An der Ecke war der Kohlen-Paule! Da hat
der Opa immer Briketts geholt!«

»Das genügt!« sagt Maximiliane. »Wir werden ihn finden.«

Sie zieht mit den Kindern weiter, fragt immer wieder:
»Kennen Sie den Kohlen-Paule?«

Eine Menschenschlange versperrt ihnen den Weg. Männer,

Kinder und alte Frauen mit Kannen in der Hand. Die Schlange reicht bis in den Hinterhof, wo es bei einem Metzger Wurstsuppe gibt, und da löst sich Edda vom Wagen, läuft, so schnell sie kann, auf die Menschenschlange zu, zieht einen Mann am Ärmel und hängt sich an seinen Arm. Dieses Sonntagskind! Entdeckt in der Menschenmenge den Großvater.

Edda winkt ihrer Mutter und läßt dabei den Mann nicht los, als fürchte sie, er könnte wieder verlorengehen.

»Paßt auf den Karren auf!« sagt Maximiliane und geht auf den Mann zu. »Herr Preißing«, sagt sie, »lieber Gott, Herr Preißing!«, legt ihm die Arme um den Hals, legt den Kopf an seine Schulter und bricht in Tränen aus.

»Na, na«, sagt er, »der liebe Gott persönlich bin ich ja nun auch nicht.« Er zeigt auf den Karren. »Und das ist also das Rittergut in Pommern?«

Maximiliane nickt. Keinen Augenblick zweifelt sie daran, daß dieser fremde Mann sie und die Kinder aufnehmen wird, und mit derselben Selbstverständlichkeit tut er es. »Dann mal los«, sagt er, »bei mir steht noch alles.«

Die nächste Unterkunft besteht aus Wohnküche, Schlafzimmer, Flur und einem Abort auf der halben Treppe für vier Mietparteien.

»Ein Pißputt«, stellt Golo fest, als er alles besichtigt hat. Bretter vor den Fenstern, aber eines der Küchenfenster bereits wieder mit Glas versehen. Kein Wasser, kein Licht, kein Gas, aber ein Herd, dessen Rohr aus der Wand ins Freie ragt, zwei Betten und ein Sofa. Joachim setzt seine Perücke ab und legt sie auf den Küchentisch. Sein Gesicht ist braungebrannt, Stirn und Kopfhaut sind weiß geblieben, ein Denker.

Als am Abend alle Kinder gewaschen sind und in den Betten liegen, erkundigt sich Joachim: »Und wo soll der Mirko schlafen?«

»Fehlt etwa noch einer?« fragt Herr Preißing.

»Ich erwarte ein Kind«, erklärt Maximiliane, »ich brüte, wie mein Großvater zu sagen pflegte.«

Herr Preißing schlägt sich zweimal gegen den Kopf. »Ich träume! Eins war mir damals schon zuviel, und jetzt kriege ich fünf wieder.«

Er bietet Maximiliane zum Schlafen das Sofa in der Küche an; er wird sich ein Lager auf dem Fußboden zurechtmachen. Aber Maximiliane erklärt ihm, daß die Kinder von klein auf daran gewöhnt seien, mit ihr zusammen zu schlafen.

»Dann möchte ich wissen, wie Sie an die Kinder gekommen sind!« sagt Herr Preißing.

Die beiden sitzen noch eine Weile zusammen in der Küche. Maximiliane berichtet von der Flucht, Herr Preißing darüber, wie er durch Fliegerangriffe erst seine Frau und dann seine Tochter verloren habe und daß deren Wohnung am Gesundbrunnen zerstört worden sei. Von seinem Schwiegersohn Jeschek habe er noch vor kurzem Nachricht erhalten, so daß man hoffen könne, er sei noch am Leben und wäre nur in Gefangenschaft geraten. Er selber sei noch kurz vor Weihnachten zum Volkssturm eingezogen worden, sei aber leidlich davongekommen, es habe ihm lediglich die Druckwelle einer detonierenden Luftmine das Trommelfell des linken Ohres zerrissen, so daß er auf diesem Ohr schlecht höre, zumal er es mit einem Wattepfropf verstopfen müsse.

»Haben Sie Geld? Haben Sie Papiere?« erkundigt er sich.

»Geld ja, Papiere nein!« sagt Maximiliane.

»Besser als umgekehrt«, entscheidet Herr Preißing. Er habe auf der Registrierstelle einen Skatbruder sitzen, der würde vermutlich bei der Beschaffung der Papiere behilflich sein, wenn er ihm klarmachte, daß sie mit ihm verwandt wäre. »Wenn es Stiefväter gibt, muß es ja wohl auch Stiefgroßväter geben. Hauptsache, der Krieg ist aus.«

Am nächsten Vormittag übersetzt Herr Preißing auf der Registrierstelle Maximilianes Angaben über den Familienstand nach Gutdünken. Adel und Großgrundbesitz läßt er weg. Zwischen zwei Sätzen sagt er jedesmal: »Mensch, Lehmann, sieh dir das an! Vier so kleine Dinger und das fünfte unterwegs!« Er berichtet, daß sie alle Papiere auf der Flucht von Hinterpommern, wo sie evakuiert gewesen sei, verloren habe, daß ihr Mann Berliner und Angestellter gewesen sei, dann Wehrmachtsangehöriger mit dem letzten Dienstgrad eines Leutnants, schwerkriegsbeschädigt, armamputiert und seit Monaten vermißt. Die Tätigkeit beim Reichssippenamt verschweigt er, das Führerhauptquartier ebenfalls.

304

Ein Lebenslauf wird korrigiert. Maximiliane erhält eine Registrierkarte und Lebensmittelkarten für vier Kinder und eine für werdende Mütter. Anschließend hängt sie im Schulflur eine Suchanzeige für ihren Mann auf: ›Gesucht wird Leutnant Viktor Quint, letzte Nachricht Januar 45 aus Berlin.‹ Eine Suchanzeige unter vielen anderen.

In den kommenden Wochen entsteht in der Wohnung Preißing etwas wie Alltag. Herr Preißing, gelernter Schlosser, geht in seinem abgetragenen Monteuranzug wieder auf Montage, beziehungsweise, wie er abends beim Nachhausekommen sagt, auf ›Abmontage‹. Golo, der schon nach wenigen Tagen Berliner Dialekt spricht, begibt sich auf den schwarzen Markt. Um Mitleid zu erregen, läßt er sich morgens von der Mutter einen Verband ums Knie anlegen und humpelt davon. Eines Abends bringt er 20 Paar graue gestrickte Kniewärmer nach Hause, die nicht mehr an die Front gelangt waren. Edda geht mit einem leeren Kartoffelsack weg, klettert in den Ruinen umher, sucht nach halbverkohlten Holzstücken und pflückt zwischendurch Brennesseln und Löwenzahn. Joachim, der geduldigste, steht vor den Läden an für Brot oder Magermilch oder Stachelbeeren.

Und Maximiliane, immer noch in den Stiefeln des unbekannten Soldaten, lernt, eine Stube eigenhändig auszufegen, auf dem Hof eigenhändig Holz zu sägen, den Herd zu heizen und aus dem, was die Kinder heranbringen, eine Mahlzeit zu kochen und Hausflur, Treppe und Abort zu putzen.

»Es wird Ihnen schon kein Stein aus der Krone fallen!« sagt Herr Preißing, und Maximiliane nickt. »Die sitzen fest«, sagt sie, »die fallen auch beim Bücken nicht heraus!« Wenn er sich erkundigt: »Können Sie das?«, antwortet sie: »Ich kann es mal versuchen.«

Abends sitzen sie zusammen in der Küche. Edda zieht die Kniewärmer auf, Golo wickelt das Garn zu Knäueln, und Maximiliane versucht eigenhändig, einen Pullover daraus zu stricken. Joachim malt am Küchentisch Buchstaben, reihenweise, und auch eine Reihe schiefe und krumme Hakenkreuze. Maximiliane sieht es. »Mosche, verlern es wieder!« sagt sie, und Herr Preißing setzt hinzu: »Jetzt mußt du lernen, Hammer und Sichel zu malen! Ich bring dir das mal bei.«

Er malt die halbmondförmige, spitze Klinge der Sichel.

»Was bedeutet das?« will Joachim wissen.

»Das ist ein Symbol, Mosche!« sagt Maximiliane.

»Das versteht er doch nicht!« Herr Preißing setzt an die Klinge den Stiel. »Bauern arbeiten mit einer Sichel und Arbeiter mit einem Hammer, und von jetzt an gibt es nur noch Arbeiter und Bauern.«

»Bauern haben aber eine Sense und Maschinen!«

»Da hast du recht, Junge, und die Arbeiter hatten bisher eigentlich auch Maschinen und nicht nur einen Hammer. Es muß wohl doch ein Symbol sein«, sagt er, zu Maximiliane gewandt. »Der Junge denkt zuviel!« Er hält sein Blatt hoch. »An mir ist ein Maler verlorengegangen!« sagt er und lacht, wie einer, dem das Lachen schon einmal vergangen war.

»Schießen sie nun nie mehr?« fragt Joachim.

»Nein, Mosche, jetzt wird nie mehr geschossen«, antwortet Maximiliane.

»Versprichst du mir das?«

»Das verspreche ich dir!«

Deutschland wird derweil von den Siegermächten in vier ungleiche Teile und Berlin in vier Sektoren aufgeteilt, geschichtliche Ereignisse, von denen die unmittelbar Betroffenen am wenigsten erfahren. Keine Zeitungen, keine Post, kein Telefon, die Bevölkerung richtet sich darauf ein, auch den Nachkrieg zu überleben. Maximiliane beteiligt sich nicht an der großen Aufrechnung der Schicksale. Die Frage, was schwerer wiegt, aus einem zerstörten oder aus einem unzerstörten Haus wegzugehen, ist bis heute nicht befriedigend beantwortet. Sie glaubt auch nicht an die Möglichkeit eines Lastenausgleichs. ›Einer trage des anderen Last!‹ hatte Pfarrer Merzin gepredigt. »Warum soll nicht jeder seine eigene Last tragen? Warum soll er sie dem anderen auflasten?« Eine Einstellung, die ihr das Leben sehr erleichtert.

Sie heftet weiterhin Suchanzeigen an Bretterwände und Litfaßsäulen und sucht Nachrichten über Pommern und den Verbleib der Trecks einzuholen.

An einem Sommersonntag besuchen sie die Großmutter Jadow in Charlottenburg. Ein Besuch im amerikanischen Sektor der Stadt bedeutet eine Tagesreise, von einem Hoheitsgebiet ins andere, von einer Weltanschauung in die andere. Ein Passierschein als Legitimation, für jedes Kind ein Sirupbrot und eine Pellkartoffel, außerdem zwei Bierflaschen voll Magermilch. Frisch gewaschen und gekämmt und mit geputzten Schuhen machen sie sich auf den Weg.

Das Haus steht noch. Nicht einmal der Dachstuhl war ausgebrannt, und sämtliche Fenster waren verglast. Aus den Wänden ragten keine Ofenrohre, im Treppenhaus lag kein Schutt, und das Messingschild im dritten Stockwerk war blank geputzt: ›v. Jadow‹. Allerdings drei handgeschriebene Zettel daneben mit Namen und mit der Angabe, wie oft zu klingeln sei. Einmal für Jadow.

Die Stimme der Großmutter ist zu hören: »Wer ist da?«

»Maximiliane!«

Die Tür wird vorsichtig geöffnet. Großmutter Jadow erscheint, mit weißer Blende am Stehbündchen und mit onduliertem weißen Haar, unverändert, allenfalls ein wenig kleiner geworden.

»Tretet die Schuhe ab, Kinder!« sagt sie zur Begrüßung und: »Die Kinder müssen lernen, daß man sich die Schuhe abtreten muß!«

»Später, Großmutter«, antwortet Maximiliane, »jetzt müssen sie erst einmal Schuhe bekommen.«

Sie verteilen sich im Salon auf die Sessel und Stühle. Maximiliane blickt sich um. »Wie schön, alles wie früher zu finden, als ich dich sonntags von Hermannswerder aus besucht habe!«

»Ach, Kind, die Fremden! In jedem Zimmer fremde Leute! Es ist eine Zu-mu-tung! Die wertvollen Teppiche, die Polstermöbel. Was das für Leute sind! Sie ru-i-nie-ren alles!«

Noch bevor sie sich nach Maximilianes Großeltern und nach ihrem Mann erkundigt, fragt sie nach den Kisten. »Habt ihr meine Kisten gerettet? Mit dem Familiensilber der Jadows und der guten Bettwäsche? Meine Pelzmütze und mein Muff waren auch darin!«

Maximiliane teilt ihr mit, daß die Kisten vergraben worden seien und daß man sie nicht habe auf die Flucht mitnehmen können.

Die alte Dame ist gekränkt, wie früher, spricht kaum noch, hört kaum zu, als Maximiliane von der Flucht berichtet und sagt: »Wir sind mit dem Handwagen hier angekommen.«

Schließlich fragt sie dann doch: »Seid ihr gut untergebracht?«

»Ja, danke«, antwortet Maximiliane. »In Pankow. Bei Eddas Großvater. Erinnerst du dich, Edda stammt aus Berlin.«

»Pankow? Das ist doch keine gute Gegend!« sagt Frau von Jadow und berichtet in diesem Zusammenhang, daß sich in den besseren Wohnvierteln des Westens, Dahlem, Zehlendorf, amerikanische Offiziere einquartiert hätten. Auch Veras beziehungsweise Dr. Grüns Villa, die jahrelang von einem nationalsozialistischen Funktionär bewohnt gewesen sei, wäre von den Amerikanern beschlagnahmt.

»Kann man hier mal aufs Klo?« fragt Edda mittenhinein.

Viktoria verspürt das gleiche Bedürfnis und rutscht vom Stuhl.

»Wartet!« Die alte Dame geht zu einer Kommode, nimmt aus der oberen Schublade zwei sorgfältig beschnittene Zeitungsblätter und händigt jedem Kind ein Blatt aus. »Die blaue Wasserkanne gehört mir, benutzt sie möglichst nur einmal!«

»Ich fülle sie dir wieder, Großmutter!« sagt Maximiliane.

Während sie mit den beiden Kindern draußen ist, untersucht Golo mit Augen und Händen den Salon, öffnet Schranktüren, zieht Schubladen auf, spricht angesichts des Silberbestecks von ›verscherbeln‹ und angesichts einer Reihe von acht Paar Schuhen überwältigt: »Gehört das alles dir? Du brauchst doch nur ein Paar Schuhe!«

»Was für ein schrecklicher Junge!« sagt Frau von Jadow zu Maximiliane, als diese zurückkommt. »Kannst du ihn nicht veranlassen, sich hinzusetzen? Er ist ja der reine Kommunist! Und der Große kaut schon die ganze Zeit an seinen Nägeln! Wissen die Kinder denn überhaupt nicht, wer sie sind?«

»Nein, warum sollten sie?« sagt Maximiliane und nimmt erst gar nicht wieder Platz. »Wir müssen jetzt gehen. Ich wollte nur sehen, ob du noch am Leben bist.«

»Du siehst ja wie! In zwei Zimmern! Alle diese schrecklichen Leute, die alles ru-i-nie-ren! Wenn ihr wenigstens die Kisten gerettet hättet!«

»Es tut mir leid, Großmutter.«

»Du solltest mehr auf deine Figur achten, Maximiliane«, sagt Frau von Jadow dann noch, als sie sich verabschieden und an der Wohnungstür stehen. »Du neigst dazu, dick zu werden.«

»Später«, antwortet Maximiliane und – überwältigt von Scham, Erbarmen und Nachsicht – nimmt sie die alte Dame dann doch noch in den Arm.

Als die Haustür hinter ihnen zugefallen ist, sagt sie zu den Kindern: »Hierher brauchen wir nun nie wieder zu gehen!«

»Versprichst du uns das?« fragt Joachim.

»Das verspreche ich euch!«

Auf dem Rückweg machen sie auf einem Trümmergrundstück am Tiergarten Rast und essen ihre Pellkartoffeln. Viktoria schläft ein, Edda sucht nach Brennesseln, Golo versucht mit zwei farbigen Soldaten ins Geschäft zu kommen, und Joachim setzt sich neben seine Mutter. Er zeigt auf einen kahlen, zersplitterten Baum. »Sieht Großvaters Wald jetzt auch so aus?«

»Nein! Der ist viel zu groß, so viele Bäume kann man gar nicht zerstören.«

»Ich wollte, ich wäre ein Baum und stände mitten im Wald!« sagt er, und dann buchstabiert er an einer Anschlagtafel die Suchanzeigen: die nächste Seite seines Lesebuchs.

Ein Jeep fährt vorüber, hält für einen Augenblick an: »Hallo, Fräulein!« und fährt weiter. Ein paar zerlumpte, aus der Kriegsgefangenschaft entlassene Soldaten kommen vorüber.

Maximiliane bricht auf, sie haben einen weiten Weg vor sich. Die Splittergräben im Tiergarten sind bereits umgegraben, der Park ist in Gemüsefelder zerstückelt, die meisten Bäume bereits als Brennholz verheizt. Das Brandenburger Tor mit der Quadriga kommt in Sicht. Am südlichen Torhäuschen liegt das Dachgebälk bloß, der Blick geht in den preußisch-blauen Himmel, das griechische Vorbild ist nähergerückt, erinnert an das Herrenhaus in Poenichen.

Maximiliane hebt Viktoria hoch: »Tora, siehst du die Frau dort droben auf dem Wagen? Sie heißt genau wie du: ›Viktoria‹.«

Im zerborstenen Arm der Viktoria steckt ein Fahnenmast: der Ostwind bläht die rote Fahne mit Hammer und Sichel.

Maximiliane erinnert sich an jenen Abend in Berlin, als der stechende Blick des Führers sie getroffen hatte und als Viktoria gezeugt wurde. Sie betrachtet das Kind, als hätte sie Angst, in die Augen des Führers zu sehen, blickt in blaßblaue Augen, blaß wie die Haut und die Haare, wie das ganze Kind, das auch jetzt wieder erschrocken anfängt zu weinen und auf dem Arm getragen werden will.

Sie geht mit den Kindern in Richtung Dorotheenstraße weiter. »Hier hat Vater einmal gewohnt!«

»Wo?« fragt Joachim. Aber die Mutter kann das Haus nicht wiederfinden.

»Wo ist Papa jetzt?«

»In einem Gefangenenlager.«

»Muß er im Wald arbeiten? Wie unsere Russen?«

»Ich glaube nicht, er hat doch nur einen Arm, da können sie nichts mit ihm anfangen.«

Als sie müde und verstaubt wieder in der Preißingschen Wohnung angekommen sind, zieht Golo aus einer seiner Hosentaschen eine Schachtel mit Chesterfield-Zigaretten und aus der anderen Tasche weißes Nähgarn und eine Dose mit Nähnadeln, die aus dem Nähtisch der Großmutter stammen.

»Das können wir alles sehr gut gebrauchen!« sagt seine Mutter und holt den Topf mit dem Graupeneintopf unter dem Bettzeug hervor, das sie als Kochkiste benutzt.

»Jeden Tag haben wir jetzt Eintopfsonntag! Wenn das der Führer wüßte!« sagt Herr Preißing. »Das muß man Ihnen lassen, Sie können kochen!«

Golo verlangt einen zweiten Teller Suppe. »Gib mich noch mal!«

Maximiliane verbessert ihn und bringt ihm den Unterschied von ›mir‹ und ›mich‹ bei. Später wird sie ihm den Unterschied von ›mein‹ und ›dein‹ beibringen müssen, was länger dauern wird.

»Wie Sie das machen!« sagt Herr Preißing. »Die geborene Witwe!«

Es klopft an der Korridortür. Draußen steht ein Mann, ein Heimkehrer in Wehrmachtsuniform, mit dem großen ›PW‹

auf dem Rücken, ›Prisoner of War‹, ein entlassener Kriegsgefangener. Es ist Jeschek, der Schwiegersohn von Herrn Preißing, dessen Wohnung total zerstört ist.

Maximiliane zieht sich mit den Kindern ins Schlafzimmer
zurück. Sie hören aus der Küche die Stimme des Neuange-
kommenen. »Fremde Leute ... Gören ... Nazi-Schwein ...
Hilde ... Kind angedreht .., Junker ... Kapitalisten ... Mi-
litaristen ...«

Abends sagt Maximiliane zu Herrn Preißing, sie hätte beschlossen, mit ihren Kindern weiterzuziehen.

»Wo wollen Sie den hin?« fragt Herr Preißing.

Maximiliane macht mit dem Arm eine unbestimmte, aber
großartige Bewegung: »Wenn man kein Zuhause hat, kann
man überallhin!«

Joachim sitzt auf der Bettkante und macht sein sorgenvolles
Gesicht. »Können wir denn nicht wieder nach Poenichen zu
Opa und Urma?«

»Nein, Mosche, vorerst nicht, aber sonst können wir überallhin. Wir suchen Martha Riepe und Inspektor Kalinski und
Griesemanns, alle unsere Leute, den ganzen Treck aus Poenichen. Und Falada! Und dann ziehen wir zu Tante Maximiliane, die auf einer richtigen Burg wohnt. Und dann haben wir
Onkel und Tanten und Vettern in Schweden, und in Amerika
habt ihr eine Großmutter. Aber zuallererst müssen wir uns
jetzt einen Platz zum Brüten suchen, für den Mirko!«

»Du kannst bei deinem Opa bleiben, wenn du nicht mit uns
kommen willst, Kuckuck«, sagt sie zu Edda, die dasitzt und
an den Zöpfen kaut. Das Kind fängt an zu weinen, weint so
durchdringend, daß alle anderen ebenfalls anfangen zu weinen. Herr Preißing erscheint. Er bringt ein paar Entschuldi-
gungen an, schiebt alles auf den Schwiegersohn und sagt dann
abschließend: »Edda bleibt natürlich hier!«

»Nein!« schreit das Kind, schlägt mit beiden Fäusten auf
den Holzrahmen des Bettes und stampft in der gleichen Weise
auf wie sein Vater.

»Mein Mann und ich haben das Kind adoptiert, Herr Preißing«, sagt Maximiliane.

»Dafür haben Sie keine Papiere!«

»Sie haben auch keine Papiere, Herr Preißing!«

Am nächsten Tag erfährt sie auf der Bezirksregistrierstelle, daß sich auf ihre Suchanzeige hin jemand gemeldet habe, ein Mann von der Fernsprechvermittlung der ehemaligen Reichskanzlei; er habe angegeben, daß der Oberleutnant Viktor Quint, zuletzt Ordonnanzoffizier beim Führerhauptquartier, als vermißt gelte.

33

›Sicherheit gehört zum Glück.‹   Hessische Brandversicherung

»Macht's gut!« hatte Herr Preißing gesagt; es klang nach: ›Seht zu!‹ und war endgültig. Als ›Opa Preißing mit der Watte im Ohr‹ geht er in die Familiengeschichte ein.

Der Abschied von dem Handwagen fiel schwer, wieder blieb ein Stück Poenichen zurück. Jeder hatte zwei Gepäckstücke zu tragen, auch Viktoria; Bündel und Decken und Säcke, auf denen man sitzen oder schlafen konnte.

Vorerst sitzen sie, an einem Tag im September, mitten in einer Menge von Flüchtlingen auf einem Bahnsteig des Bahnhofs Zoo und warten auf den Zug, der sie in den Westen bringen soll, bis an die Zonengrenze zumindest; in den blauweißen Kleidungsstücken, die Frau Görke auf Zuwachs genäht hatte, hocken sie beieinander, von weitem anzusehen wie ein Haufen zusammengewürfeltes Bettzeug. Neben ihnen sitzt eine Frau aus dem Warthegau auf ihrem Bündel, die ihre beiden Kinder auf der Flucht verloren hat, eines durch Erfrieren, eines durch die Ruhr. Sie sei zu alt, um noch einmal Kinder zu bekommen, wo ihr Mann sei, wisse sie nicht, vielleicht schon in Sibirien. Sie legt ihre Hand auf Maximilianes Leib und sagt: »Das wird ein Mädchen. Wenn der Bauch rund ist, werden es Mädchen, und wenn er spitz ist, werden es Jungen.«

Wieder eine Weissagung. Einige haben sich bereits erfüllt. ›Das bringt es zu nichts, das ist mit offenen Händen geboren‹, hatte die Hebamme Schmaltz nach Maximilianes Geburt in der Küche zu Anna Riepe gesagt. An ihrer Wiege hatte das

312

Grammophon unermüdlich ›Untern Linden, untern Linden‹ gespielt, und untern Linden standen keine Linden mehr, ›Yes, we have no bananas‹ stimmte ebenfalls. Jene Zeile aus dem Choral des Grafen Zinzendorf, der mit den Quindts verschwägert gewesen sein soll, ›Und auch in den schwersten Tagen niemals über Lasten klagen‹, was bei Maximilianes Taufe als ›Quindtsche Art‹ bezeichnet worden war, hatte seine Richtigkeit erwiesen, und die Augen des polnischen Leutnants, die Herr Mitzeka als ›ein Kapital für ein Mädchen‹ bezeichnete, hatten schon einige Male ihre Wirkung getan.

Dem Namen Maximiliane hafte etwas Großes und Weites an, hatte der alte Quindt in seiner Taufrede gemeint. Maximiliane wird nun in ihren Namen hineinwachsen: Maximiliane Quint, nicht mehr auf Poenichen, sondern aus Poenichen. Das ›blaue Wunder‹, das ihr die ›Fräuleins‹ und Rektor Kreßmann versprochen haben, steht ihr noch bevor. Sie hat gelernt, sich herauszuhalten, wie es sowohl der alte Quindt als auch Viktor Quint von einer Frau erwarteten. Aus dem Flüchter ist ein Flüchtling geworden. Jener Grundsatz ›Das verwächst sich auch wieder‹ wird sich weiterhin bewahrheiten; aber Maximiliane wird noch oft Nägel abkauen, wird weiterhin ›Im Schummern, im Schummern‹ singen, Löns-Lieder wird sie nie verwachsen. Ihr wird das Singen nicht vergehen und auch nicht das Lachen, obwohl sie eigentlich nichts zu lachen hat, und sie wird weiterhin Baumstämme umarmen, auch wenn sie vorerst die Arme voller Kinder hat. Ihre Wurzeln stecken in Pommern. Ob sie je neue Wurzeln bilden wird?

Alle Menschen sind ›gleich arm‹, weil es ›gleich reich‹ nicht gibt, ebenfalls eine jener Quindt-Essenzen, die in Erfüllung gegangen sind. Die Unterschiede sind verschwunden, zumindest für einige Zeit, bis neue, andere entstehen werden.

Um sich die Wartezeit zu vertreiben, spielen Edda und Golo ›Komm, Frau!‹. Edda schreit und läuft um die Gepäck- und Menschenbündel herum, Golo jagt hinter ihr her, zieht einem Mann den Stock weg, klemmt ihn unter den Arm, ruft »peng, peng!«, bis Edda sich ergibt und sich neben der Mutter auf eines der Bündel fallen läßt.

Der Mann bekommt den Jungen am Arm zu fassen und kann ihn entwaffnen. »Habt ihr denn gar keine Angst vor eurer Mutter?« fragt er.

»Nein!« ruft Golo.

Etwas Besseres ist bisher über Maximiliane Quint nicht zu sagen.

Bitte beachten Sie
auch die folgenden Seiten:

A. J. Cronin

Hinter
diesen Mauern

Ullstein Buch 437

Cronin greift eines der kompliziertesten und heikelsten Themen unseres gesellschaftlichen Lebens auf: das Problem der Rechtsprechung und der in ihr beschlossenen Möglichkeiten verhängnisvoller Fehlurteile. Die ganze Skala menschlicher Größe und menschlicher Schwäche wird von Cronin meisterhaft dargestellt.

Die Schlüssel
zum Königreich

Ullstein Buch 300

In diesem reifsten und wohl bedeutendsten Werk beschäftigt sich Cronin mit der uralten Menschheitsfrage nach der höchsten Tugend. Sein Held ist ein schottischer Pater, ein wunderlich-liebenswerter einfacher Mann voll kindlicher Einfalt und kluger Einsicht, der die Duldsamkeit als höchste menschliche Tugend erkannt hat und nach ihr die Demut.

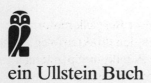

ein Ullstein Buch

Arthur Hailey

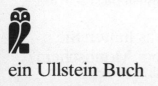

ein Ullstein Buch

»Dieser Bestsellerautor kennt den direkten Weg zum Publikum: Spannung.«
Münchner Merkur

Barbara Noack

ein Ullstein Buch

John Galsworthy

Die Forsyte Saga

Alle Romane ungekürzt
in neun Ullstein Büchern

ein Ullstein Buch

Christine Brückner

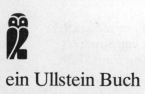

ein Ullstein Buch